多情劍客無情劍（上）

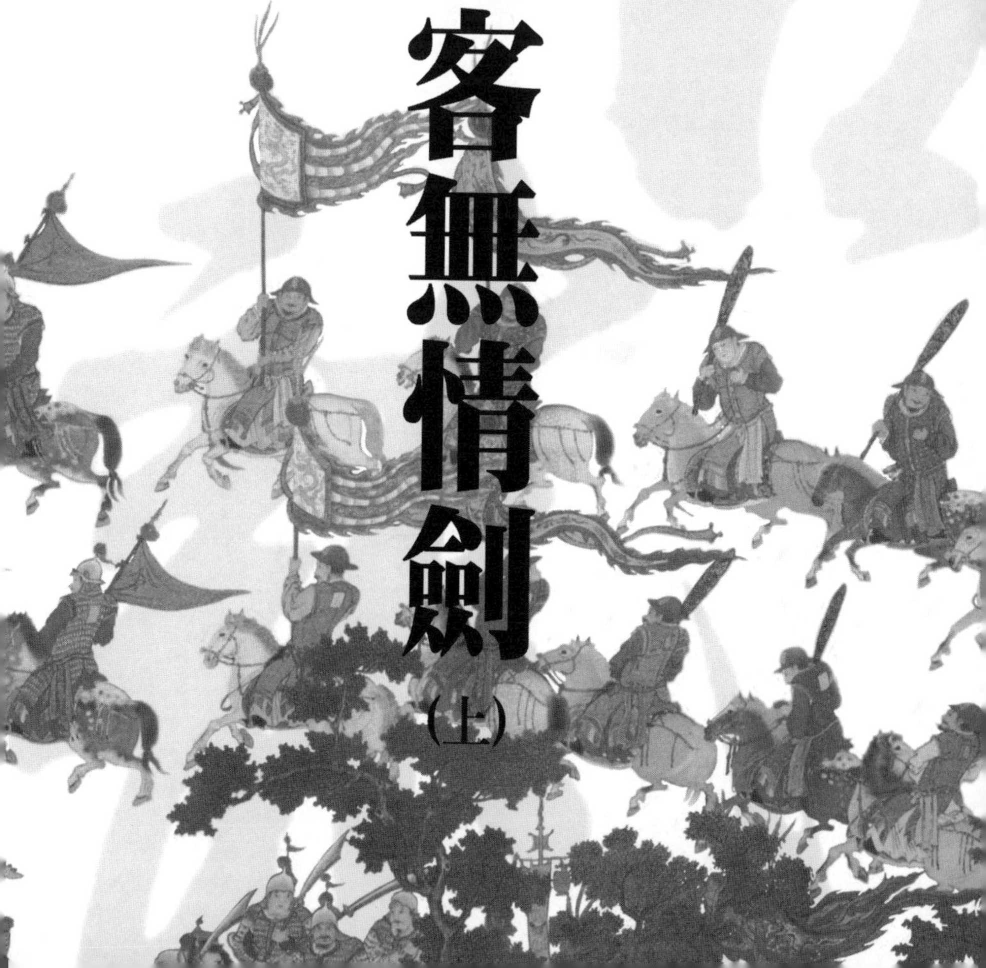

【導讀推薦】

劃破黑暗的小李飛刀

一、劍本無情

人多情，劍卻無情。這種對比關係，正是古龍《多情劍客無情劍》這部小說的基本結構。

在人物方面，李尋歡、阿飛是一組；上官金虹、荊無命是相對比的另一組。李尋歡跟阿飛多情，上官金虹和荊無命無情。

李尋歡與阿飛是朋友，但關係如父子。阿飛沒有父親，他心目中只記得母親，母親對他有深刻的意義與影響，但「他這一生受李尋歡的影響實在太多，甚至比他母親還多」，所以最後孫小紅發現阿飛已變得跟李尋歡幾乎完全一樣了（八九章）。

荊無命與上官金虹也不是父子，但其關係，卻連上官金虹的兒子都要誤會荊無命可能是上官金虹的私生子。荊無命沒有生命，他的命是上官金虹的，他只是上官金虹的影子。可是，他們關係雖然如此密切，卻絕不是朋友。

李尋歡和阿飛，會犧牲自己來成全對方；上官金虹與荊無命，則會殺掉對方來保全自己。所以他們這四個人，是兩組奇特的對比。

四個人中，上官金虹與李尋歡又是一組，荊無命與阿飛是另一組。

李尋歡當然與上官金虹不同，他是真君子，上官金虹是真小人；他是英雄，上官金虹是梟雄；他具有偉大的同情，處處爲他人著想，上官金虹絕對無情，只爲自己考慮；他蕭然一身，上官金虹卻經營龐大的金錢幫；他對金錢與權勢俱無執念，上官則正好相反。他們的對比，在每個地方都是極爲明顯的。

但李尋歡幾乎也就是上官金虹。七十章敘述見過這兩個人的人議論紛紛：「我總覺得這兩個人像是有些相同的地方」「李尋歡若不是李尋歡，也許就是另一個上官金虹」。七三章孫小紅也對李尋歡說：「他覺得你也和他一樣——和他是同樣的人，所以才佩服你、欣賞你。一個人最欣賞的人，本就必定是和他自己同樣的人」。

李是孤獨的，上官也是；上官手上無環，環在心中，李也是手上無招，招在心上，兩人武功之高明處均在心上；李與龍嘯雲結拜，龍嘯雲也來找上官結拜；林仙兒媚惑了天下所有的男人，也只有對李尋歡與上官金虹是無力控制的。

阿飛與荊無命，也是這樣的相似的對照組：「這也許是世上最相像的兩個人！現在兩人終於相遇了。」都是身世如謎、都堅毅剽悍、都使快劍。而那兩柄劍，「也許是世上最相同的兩柄劍」。不過，「荊無命臉上，就像戴著個面具，永遠沒有任何表情變化。阿飛的臉雖也是沉靜的、冷酷的，但目光卻隨時都可能像火焰般燃燒起來，就算將自己的生命和靈魂都燒毀也在所不惜。而荊無命的整個人卻已是一堆死灰」（**五七章**）。所以阿飛要靠愛來獲得新生的力量，荊無命則要靠恨。

這就是「相似的對比」關係，對比本來就有許多種。相反之物形成對比，例如善與惡、仙佛與妖魔，是最尋常、且易爲人所理解的。但那只是相異之對比，古龍在《多情劍客無情劍》中所要經營的，卻是一種相似的對比關係。

二、劍亦有情

相似的對比，遠比相異之對比複雜，而也建立在相異對比的關係上。例如林仙兒，名為仙兒，卻非仙女，而是專門帶男人下地獄的魔女；趙正義，名為正義，卻非主持正義之俠士，而是顛倒是非、毫不公道之輩。他們姓名與實質之矛盾，就是一種相異的對比。其次，林仙兒與藍蠍子相比，同樣喜歡布施色相、媚惑男人，但藍蠍子是有情義的，與林仙兒不同，這也仍是相異性的對比。可是若說林仙兒與林詩音，那就是相似的對比了。

林詩音善良、懦弱、只顧著自己的家和孩子；林仙兒野心勃勃，她與阿飛的「家」只是一種偽裝。林詩音不擅武功，林仙兒則否。在許多地方，她們確實是相異且足資對比的兩位女性。但林仙兒號稱武林第一美人，孫小紅卻認為林詩音才是（八四章）；她們是「姐妹」；也都以不同的方式在折磨著人。林詩音讓林仙兒搬入李尋歡的舊居「冷香小築」，又希望李尋歡不要再去「害她」，其實已隱隱然把這位少女當成是另一個年輕的自己了。所以最後她感傷命運，也仍是拿林仙兒跟自己做比較，說：「現在我什麼都沒有得到，什麼都是空的，正和林仙兒一樣」（八四章）。因此，林詩音和林仙兒並非相異的善惡兩極對比，她們之間，有極親近、極相似的地方。她們，就像荊無命和阿飛，如此相似，卻又截然互異，足堪對比。

《多情劍客無情劍》裡，多的是這樣的關係。以情和劍來說吧，劍客多情，劍卻無情，固然昭昭見於書名，書中甚至還極力刻畫一柄「奪情劍」。然而，劍真無情嗎？六二章描述李尋歡向阿飛分析他與荊無命的不同：

> 李尋歡道：「……你有感情，你的劍術雖精，人卻有情。」

阿飛道：「所以我就永遠無法勝過他？」

李尋歡搖了搖頭，道：「錯了，你必能勝過他。」

阿飛沒有問，只是在聽。

李尋歡接著說了下去，道：「有感情，才有生命，有生命才有靈氣，才有變化。」

所以，劍也像人一樣，其實也是多情的。書中種種，力陳其異，但凡此迥然異趣者，深一層看，往往相似或相通，正是這部小說最迷人的地方。

可不是嗎？君子與小人、正派與旁門、英雄與奸邪、美人與妖姬、好人與壞人，這樣黑白分明的對比，太簡單了。江湖之所以詭譎、世途之所以險惡、人生之所以難以理解，不但在於君子可能反而是小人、英雄反而可能是姦邪、美人反而是妖姬、好人反而是壞人；更在於好人與壞人也可能本是一樣的。

六九章〈神魔之間〉，七十章〈是真君子〉，七三章〈人性無善惡〉，都是在談這個問題。七十章論李尋歡與上官金虹相同，「只不過，一個是仙佛，一個卻是惡魔。善惡本在一念之間，仙佛和惡魔的距離也正是如此」。七三章，孫小紅撇了撇嘴，道：「但你真的和他是同樣的人嗎？」李尋歡沉吟著，緩緩道：「在某些方面說，是的。只不過因爲我們生長的環境不同，遇著的人和事也不同，所以才會造成完全不同的兩個人。」

後天影響說，在人性論上當然有其缺點，但古龍採用這套講法其實只是想說明神魔既非本性互異，善惡亦非判然分疆。他有時也會換個方式說，例如〈神魔之間〉那一章，談的其實是武功，藉用禪宗語，評騭上官金虹與李尋歡的造詣，說「手中無環，心中有環」須進至「環即是我，我即是環」，再進至「無環無我，物我兩忘」，才算是仙佛境界。用其說以論人性，同樣也可說神魔一如、善惡兩忘，才是究竟實說。分判神魔、區別善惡，畢竟仍落下乘。

三、人在江湖

古龍經營這一大堆「相似的對比」的狀況，真正想要追問的，恐怕就是這一個關於人性或人生的答案。

故事當然是非常曲折、非常好看的。名俠小李探花，傷心人別有懷抱，重入江湖，誤傷故人之子，捲入梅花盜奇案；又被誤會爲梅花盜，且爲故人所害，遭押送少林寺。迭經波瀾，終得證明清白，逆徒授首，但友人阿飛卻陷身溫柔陷阱之中。而群豪奪寶，又起風波，金錢幫爲禍武林，終於逼得小李飛刀不能不與上官金虹一決死生；阿飛則幡然改悟，打破了愛的迷執。小李探花也漸因孫小紅的愛，轉移了對林詩音的刻骨相思，也解下了心中的枷鎖。

這其中，神奇的飛刀、閃電般的快劍、《兵器譜》上排名群豪的爭霸、中原八義淒厲的恩怨、以及妖異的人物（例如冷酷的荊無命、胖得離奇的大歡喜女菩薩、仙魔合體的林仙兒），無論兵器、人物、情節，莫不動人。鐵傳甲、孫二駝子的義氣；李尋歡、阿飛的友情；李尋歡對林詩音、阿飛對林仙兒的癡情，也都是非常感人的。

但古龍想寫的，似乎不是這些。

在整體結構上，它當然仍是一般武俠小說正邪對比對抗的型態。但是，我們前面說過，分判神魔、區別善惡，只是下乘。古龍在這裡所描述的，是另一個層次的問題。

以李尋歡來說，他是個「吃喝嫖賭，樣樣精通」「不喜歡做官，反而喜歡做強盜」（二章）「殺手無情的李探花」（七章）「無可救藥的浪子」（十三章）。因此他是正派大俠嗎？若非許多人本已認爲他是個惡魔，趙正義等人誣陷他，說他是梅花盜，怎能立刻取信於眾？在李尋歡所愛的林詩音眼中，他更常像是個惡魔：

林詩音瞪著他，咬著嘴唇道：「很好，很好，我早就知道你不會讓我快快樂樂的活著，你連我最後剩下的一點幸福都要剝奪，你……」（八章）

林詩音的手握得更緊，顫聲道：「你既然走了，為什麼又要回來？我們本來生活得很平靜，你……你為什麼又要來擾亂我們？」……林詩音忽然嘎聲道：「你害了我的孩子還不夠？還要去害她？」（十三章）

李尋歡這種情況，亦如其僕鐵傳甲。鐵傳甲是義薄雲天的，可是他出賣了翁天傑，逼得「中原八義」苦苦追殺他。但翁天傑暗中做強盜，鐵傳甲協助查案，又不能不予舉發；舉發以致翁被殺，卻又不忍說出翁的穢行，只好逃亡；逃至無可再逃，只好賠上一命。

李尋歡本來也在逃。因爲龍嘯雲救過他，他知龍嘯雲愛上了林詩音，只好疏遠林女，讓林詩音嫁給龍嘯雲，然後將莊宅相贈，隻身逃走。可是義舉與割愛卻成了雙方的魔魘。林詩音把他當成惡魔、龍嘯雲深感痛苦、龍小雲更是恨他。

於是，爲了消除這個魔魘，龍嘯雲想盡辦法要殺他，龍小雲也是。這對父子做出了許多令胡不歸這樣老江湖都看不下去的醜行，最後龍嘯雲亦喪命於金錢幫之手。

從他們傾陷李尋歡、以怨報德的行徑來看，這對父子確是「壞人」無疑。但他們的幸福，不也斷送在李尋歡手裡嗎？李尋歡的義舉，是他們痛苦的來源；他們的報復，卻又蒙上不義的污名。他們的悲哀，難道不值得同情嗎？可是，他們越悲哀，李尋歡的痛悔就越甚。因爲，他們的悲哀，正加在李尋歡的身上。李尋歡只有更加悲哀，更要咳個不停，咳出血來了。

但李尋歡錯了嗎？義舉與割愛似乎不能算錯。龍嘯雲錯了嗎？他想保有尊嚴、保有家、保有妻子，也不能說是錯的。八六章：

龍嘯雲淒然笑道：「也許我們都沒有錯，那麼，錯的是誰呢？」

林詩音目光茫然遙視著窗外的風雨，喃喃道：「錯的是誰呢？錯的是誰呢？」

他無法回答。

沒有人能回答。

其實，這就是回答了。李尋歡在本書中一出場，講的第一句話就是：「人生本來就充滿著矛盾，任何人都無可奈何」，然後嘆了一口氣，自馬車角落中摸出一瓶酒來喝。在第五三章，李尋歡與龍嘯雲對談時，他又「長長嘆了一口氣，道：『人生本來有些事是誰也無可奈何的。』」他講的就都是這個道理。這個道理，在希臘悲劇中叫做命運，在武俠文學中則或稱爲「人在江湖，身不由己」。

由於造化弄人、由於人生之不得已，遂有了李尋歡這樣帶給龍家不幸的英雄，也有了龍嘯雲這樣的壞人。但李尋歡就是善，龍嘯雲就是惡嗎？

詰問至此，只有善惡兩忘了。但如此善惡兩忘，得到的，並不是禪家的空明澄靜，而是在命運之前，深刻的悲憫。

四、友情長存

除了命運、人性之外，古龍恐怕還想談談「情」的問題。

情有許多種，父子、母子之情爲其中之一。書中有許多對父子，龍嘯雲與龍小雲、伊哭與丘獨、上官金虹與上官飛，還有兩對擬父子：上官金虹與荊無命、李尋歡與阿飛。一對祖孫：天機老人和孫小紅。每一對都不一樣，但情感都是極深的，連上官金虹也深愛著上官飛（**雖然愛他的結果卻害死了他**）。

書中也有許多對母子，林詩音與龍小雲、阿飛和他媽媽，以及一對擬母子關係：阿飛和林仙兒。阿飛醒來時就看見林仙兒的臉。「這張臉溫柔美麗得幾乎就像是他的母親。他記得在小時生病的時候，他的母親也是這麼樣坐在他身邊，也是這麼樣溫柔的看守著他」（十七章）。林仙兒當然是他的愛人，但也是他的媽、他的神。林仙兒每天像哄小孩一樣哄著他喝湯，也絕不跟他發生性關係。阿飛從迷戀她到脫離她，正像他逐漸掙脫母親的教誨（**絕不要信任何人，也絕對不要受任何人的好處**）而轉向李尋歡。

阿飛所掙脫的，同時也是個愛情的枷鎖。多情劍客之多情，主要也是指愛情。李尋歡苦戀林詩音，日久成癡，又一心一意想把阿飛從林仙兒的癡情中拉轉出來，這本來就近乎癡想。他知道自己不能不思念林詩音，所以也就明白阿飛爲何不能不癡情於林仙兒。這種感情的執著，也是無可奈何的。七四章：

孫老先生嘆息著道：「他這麼做，只因為他已不能自主。」

孫小紅道：「為什麼不能自主？又沒有人用刀逼住他、用鎖鎖住他。」

孫老先生道：「雖然沒有別人逼他，他自己卻已將自己鎖住。」

他嘆息著接道：「其實，不只是他，世上每個人都有自己的枷鎖，也有自己的蒸籠。」

人誰無情，誰能遣此？這就是不由自主，無可奈何。只能期待忽然夢醒，或有所移轉。在尚未醒來或移轉替代之前，愛也和命運一樣，會不斷折磨人的。

愛情之外，另一種值得重視的，便是友情。江湖人所說的義氣，本來就是針對朋友情誼而說。愛情不論如何刻骨銘心，在武俠世界中，大概仍要讓位給友情，古龍尤其看重這一點。

《多情劍客無情劍》自「飛刀與快劍」，李尋歡和阿飛的相遇寫起，寫到李尋歡以友情的力量幫助阿飛掙脫了對林仙兒的執迷爲止。它事實上是一則友情的故事，友情也是整個小說中唯一的光，像李尋歡的飛刀一樣。只有友情，能劃破無邊的黑暗，讓人在命運的無可奈何之中，還能看見一點希望。

這也許就是唯一能驅走人間寂寞與黑暗的光輝。

這是永遠的光輝。只要人性不滅，就永遠有友情存在（**六十章**）。如果說愛情常如枷鎖，那麼古龍會說友情是蒸籠，可以把人的潛力都蒸發出來。

李尋歡所尋之歡，其實就是在尋覓友情的歡樂。早年他爲了成全友情，而割捨了愛情；現在，他成就了友情，也獲得了愛情，所以「他驟然覺得自己又年輕了起來，對自己又充滿了勇氣和信心，對人生又充滿了希望」（**九十章**）。

尋歡之旅，屆此方始終結。古龍對人生的希望，大抵也寄託於此。

佛光大學創校校長、中華武俠文學學會會長

龔鵬程

古龍精品集 1

多情劍客無情劍(上)

目・錄

目錄

一　飛刀與快劍

冷風如刀，以大地為砧板，視眾生為魚肉。萬里飛雪，將穹蒼作洪爐，溶萬物為白銀。

雪將住，風未定，一輛馬車自北而來，滾動的車輪輾碎了地上的冰雪，卻輾不碎天地間的寂寞。

李尋歡打了個呵欠，將兩條長腿在柔軟的貂皮上儘量伸直，車廂裡雖然很溫暖，很舒服，但這段旅途實在太長、太寂寞，他不但已覺得疲倦，而且覺得厭惡，他平生最厭惡的就是寂寞，但他卻偏偏時常與寂寞為伍。

「人生本就充滿了矛盾，任何人都無可奈何。」

李尋歡嘆了口氣，自角落中摸出了個酒瓶，他大口的喝著酒時，也大聲的咳嗽起來，不停的咳嗽使得他蒼白的臉上，泛起一種病態的嫣紅，就彷彿地獄中的火焰，正在焚燒著他的肉體與靈魂。

酒瓶空了，他就拿起把小刀，開始雕刻一個人像，刀鋒薄而鋒銳，他的手指修長而有力。

這是個女人的人像，在他純熟的手法下，這人像的輪廓和線條看來是那麼柔和而優美，看來就像是活的。

他不但給了「她」動人的線條，也給了她生命和靈魂，只因他的生命和靈魂已悄悄的自刀鋒下溜走。

他已不再年輕。

他眼角佈滿了皺紋，每一條皺紋裡都蓄滿了他生命中的憂患和不幸，只有他的眼睛，卻是年輕的。

這是雙奇異的眼睛，竟彷彿是碧綠色的，彷彿春風吹動的柳枝，溫柔而靈活，又彷彿夏日陽光下的海水，充滿了令人愉快的活力。

也許就因爲這雙眼睛，才使他能活到如今。

現在人像終於完成了，他癡癡地瞧著這人像，也不知瞧了多少時候，然後他突然推開車門，跳了下去。

趕車的大漢立刻吆喝一聲，勒住車馬。

這大漢滿面虬髯，目光就如鷙鷹般銳利，但等到他目光移向李尋歡時，立刻就變得柔和起來，而且充滿了忠誠的同情，就好像一條惡犬在望著牠的主人。

李尋歡竟在雪地上挖了個坑，將那剛雕好的人像深深的埋了下去，然後，他就癡癡的站在雪堆前。

他的手指已被凍僵，臉已被凍得發紅，身上也落滿了雪花。但他卻一點也不覺得冷，這雪堆裡埋著的，就像是一個他最親近的人，當他將「她」埋下去時，他自己的生命也就變得毫無意義。

若是換了別人，見到他這種舉動，一定會覺得很驚奇，但那趕車的大漢卻似已見慣了，只是柔聲道：「天已快黑了，前面的路還很遠，少爺你快上車吧！」

李尋歡緩緩轉回身，就發現車轍旁居然還是一行足印，自遙遠的北方孤獨地走到這裡來，又孤獨地走向前方。

腳印很深，顯然這人已不知走過多少路了，已走得精疲力竭，但他卻還是絕不肯停下來休息。

李尋歡長長嘆了口氣，喃喃道：

「這種天氣，想不到竟還有人要在冰天雪地裡奔波受苦，我想他一定是很孤獨、很可憐的人。」

那虬髯大漢沒有說什麼，心裡卻在暗暗嘆息：「你難道不也是個很孤獨很可憐的人麼？你爲何總是只知道同情別人？卻忘了自己……」

車座下有很多塊堅實的松木，李尋歡又開始雕刻，他的手法精練而純熟，因爲他所雕刻的永遠是同一個人。

這個人不但已佔據了他的心，也佔據了他的軀殼。

雪，終於停了，天地間的寒氣卻更重，寂寞也更濃，幸好這裡風中已傳來一陣人的腳步聲。

這聲音雖然比馬蹄聲輕得多，但卻是李尋歡正在期待著的聲音，所以這聲音無論多麼輕微，他也絕不會錯過。

於是他就掀起那用貂皮做成的簾子，推開窗戶。

他立刻就見到了走在前面的那孤獨的人影。

這人走得很慢，但卻絕不停頓，雖然聽到了車轔馬嘶聲，但卻絕不回頭！他既沒有帶傘，也沒有戴帽子，溶化了的冰雪，沿著他的臉流到他脖子裡，他身上只穿件很單薄的衣服。

但他的背脊仍然挺得筆直，他的人就像是鐵打的，冰雪，嚴寒，疲倦，勞累，飢餓，都不能令他屈服。

沒有任何事能令他屈服！

馬車趕到前面時，李尋歡才瞧見他的臉。

他的眉很濃，眼睛很大，薄薄的嘴唇緊緊抿成了一條線，挺直的鼻子使他的臉看來更瘦削。這張臉使人很容易就會聯想到花崗石，倔強，堅定，冷漠，對任何事都漠不關心，甚至對他自己。

但這卻也是李尋歡平生所見到的最英俊的一張臉，雖然還太年輕了些，還不夠成熟，但卻已有種足夠吸引人的魅力。

李尋歡目光中似乎有了笑意，他推開車門，道：「上車來，我載你一段路。」

他的話一向說得很簡單，很有力，在這一望無際的冰天雪地中，他這提議實在是任何人都無法拒絕的。

誰知這少年連看都沒有看他一眼，腳步更沒有停下來，像是根本沒有聽到有人在說話。

李尋歡道：「你是聾子？」

少年的手忽然握起了腰畔的劍柄，他的手已凍得比魚的肉還白，但動作卻仍然很靈活。

李尋歡笑了，道：「原來你不是聾子，那麼就上來喝口酒吧，一口酒對任何人都不會有害處的！」

少年忽然道：「我喝不起。」

他居然會說這麼樣一句話來，李尋歡連眼角的皺紋裡都有了笑意，但他並沒有笑出來，卻柔聲道：「我請你喝酒，用不著你花錢買。」

少年道：「不是我自己買來的東西，我絕不要，不是我自己買來的酒，我也絕不喝……我的話已經說得夠清楚了麼？」

李尋歡道：「夠清楚了。」

少年道：「好，你走吧。」

李尋歡沉默了很久，忽然一笑，道：「好，我走，但等你買得起酒的時候，你肯請我喝一杯麼？」

少年瞪了他一眼，道：「好，我請你。」

李尋歡大笑著，馬車已急馳而去，漸漸又瞧不見那少年的人影了，李尋歡還在笑著道：「你可曾見過如此奇怪的少年麼？我本來以爲他必定已飽經滄桑，誰知他說的話卻那麼天真，那麼老實。」

趕車的那虬髯大漢淡淡道：「他只不過是個倔強的孩子而已。」

李尋歡道：「你可瞧見他腰帶上插著的那柄劍麼？」

虬髯大漢目中也有了笑意，道：「那也能算是一柄劍麼？」

嚴格說來，那實在不能算是一柄劍，那只是一條三尺多長的鐵片，既沒有劍鋒，也沒有劍鍔，甚至連劍柄都沒有，只用兩片軟木釘在上面，就算是劍柄了。

虬髯大漢含笑接著道：「依我看來，那也只不過是個小孩子的玩具而已。」

這次李尋歡非但沒有笑，反而嘆了口氣，喃喃道：「依我看來，這玩具卻危險得很，還是莫要去玩它的好。」

小鎮上的客棧本就不大，這時住滿了被風雪所阻的旅客，就顯得分外擁擠，分外熱鬧。

院子裡堆著十幾輛用草蓆蓋著的空鏢車，草蓆上也積滿了雪，東面的屋簷下，斜插著一面醬色鑲金邊的鏢旗，被風吹得獵獵作響，使人幾乎分辨不出用金線繡在上面的是老虎？還是獅子？

客棧前面的飯鋪裡，不時有穿著羊皮襖的大漢進進出出，有的喝了幾杯酒，就故意敞開衣襟，表示他們不怕冷。

李尋歡到這裡的時候，客棧裡連一張空鋪都沒有了，但他一點也不著急，因爲他知道這世上用金錢買不到的東西畢竟不多，所以他就先在飯鋪裡找了張角落裡的桌子，要了壺酒，慢慢的喝著。

他酒喝得並不快，但卻可以不停的喝幾天幾夜。他不停的喝酒，不停的咳嗽，天已漸漸黑了。

那虬髯大漢已走了進來，站在他身後，道：「南面的上房已空出來了，也已打掃乾淨，少爺隨時都可以休息。」

李尋歡像是早已知道他一定會將這件事辦好似的，只點了點頭，過了半晌，那虬髯大漢忽然又道：「金獅鏢局也有人住在這客棧裡，像是剛從口外押鏢回來。」

李尋歡道：「哦！押鏢的是誰？」

虬髯大漢道：「就是那『急風劍』諸葛雷。」

李尋歡皺眉，又笑道：「這狂徒，居然能活到現在，倒也不容易。」

他嘴裡雖在和後面的人說話，眼睛卻一直盯著前面那掩著棉布簾子的門，彷彿在等著什麼人似的。

虬髯大漢道：「那孩子的腳程不快，只怕要等到起更時才能趕到這裡。」

李尋歡笑了笑，道：「我看他也不是走不快，只不過是不肯浪費體力而已，你看見過一匹狼在雪地上走路麼？假如前面沒有牠的獵物，後面又沒有追兵，牠一定不肯走快的，因為牠覺得光將力氣用在走路上，未免太可惜了。」

虯髯大漢也笑了，道：「但那孩子卻並不是一匹狼。」

李尋歡不再說什麼，因為這時他又咳嗽了起來。

然後，他就看到三個人從後面的一道門走進了這飯舖，三個人說話的聲音都很大，正在談論著那些「刀頭舐血」的江湖勾當，像是生怕別人不知道他們就是「金獅鏢局」的大鏢頭。

李尋歡認得其中那紫紅臉的胖子就是「急風劍」，但卻似不願被對方認出他，於是他就又低下頭離他的人像。

幸好諸葛雷到了這小鎮之後，根本就沒有正眼瞧過人，他們很快的要來了酒菜，開始大吃大喝起來。

可是酒菜並不能塞住他們的嘴，喝了幾杯酒之後，諸葛雷更是豪氣如雲，大聲的笑著：「老二，你還記得那天咱們在太行山下遇見『太行四虎』的事麼？」

另一人笑道：「俺怎麼不記得，那天太行四虎竟敢來動大哥保的那批紅貨，四個人耀武揚威，還說什麼：『只要你諸葛雷在地上爬一圈，咱們兄弟立刻放你過山，否則咱們非但要留下你的紅貨，還要留下你的腦袋。』」

第三人也大笑道：「誰知他們的刀還未砍下，大哥的劍已刺穿了他們的喉嚨。」

第二人道：「不是俺趙老二吹牛，若論掌力之雄厚，自然得數咱們的總鏢頭『金獅掌』，但若論劍法之快，當今天下只怕再也沒有人比得上咱們大哥了！」

諸葛雷舉杯大笑，但是他的笑聲忽然停頓了，他只見那厚厚的棉布簾子忽然被風捲起。

兩條人影，像是雪片般被風吹了進來。

這兩人身上都披著鮮紅的披風，頭上戴著寬邊的雪笠，兩人幾乎長得同樣形狀，同樣高矮。

大家雖然看不到他們的面目，但見到他們這身出眾的輕功，奪目的打扮，已不覺瞧得眼睛發直了。

只有李尋歡的眼睛，卻一直在瞪著門外，因爲方才門簾被吹起的時候，他已瞧見了那孤獨的少年。

那少年就站在門外，而且像是已站了很久，就正如一匹孤獨的野狼似的，雖然留戀著門裡的溫暖，卻又畏懼那耀眼的火光，所以他既捨不得走開，卻又不敢闖入這人的世界來。

李尋歡輕輕嘆了口氣，目光這才轉到兩人的身上。

只見這兩人已緩緩摘下雪笠，露出了兩張枯黃瘦削而又醜陋的臉，看來就像是兩個黃蠟的人頭。

他們的耳朵都很小，鼻子卻很大，幾乎佔據了一張臉的三分之一，將眼睛都擠到耳朵旁邊去了。

但他們的目光卻很毒惡而銳利，就像是響尾蛇的眼睛。

然後，他們又開始將披風脫了下來，露出了裡面一身漆黑的緊身衣服，原來他們的身子也像是毒蛇，細長、堅韌，隨時隨地都在蠕動著，而且還黏而潮濕，叫人看了既不免害怕，又覺得噁心。

這兩人長得幾乎完全一模一樣，只不過左面的人臉色蒼白，右面的人臉色卻黑如鍋底。他們的動作都十分緩慢，緩緩脫下了披風，緩緩疊了起來，緩緩走過櫃枱，然後，兩人一起緩緩走到諸葛雷面前！

飯舖裡靜得連李尋歡削木頭的聲音都聽得見，諸葛雷雖想裝作沒有看到這兩人，卻實在辦不到。

那兩人只是瞬也不瞬地盯著他，那眼色就像是兩把蘸著油的濕刷子，在諸葛雷身上刷來刷去。

諸葛雷只有站起來，勉強笑道：

「兩位高姓大名？恕在下眼拙……」

那臉色蒼白的人蛇忽然道：「你就是『急風劍』諸葛雷？」

他的聲音尖銳、急促，而且還在不停的顫抖著，也就像是響尾蛇發出的聲音，諸葛雷聽得全身汗毛都悚慄起來道：「不……不敢。」

那臉色黝黑的人蛇冷笑道：「就憑你，也配稱急風劍？」

他的手一抖，掌中忽然多了柄漆黑細長的軟劍，迎面又一抖這柄腰帶般的軟劍，已抖得筆直。

他用這柄劍指著諸葛雷，一字字道：「留下你從口外帶回來的那包東西，就饒你的命！」

那趙老二忽然長身而起，陪笑道：「兩位只怕是弄錯了，咱們這趟鏢是在口外交的貨，現在鏢車已空了，什麼東西都沒有，兩位……」

他的話還未說完，那人掌中黑蛇般的劍已纏住了他的脖子，劍柄輕輕一帶，趙老二的人頭就忽然平空跳了起來。

接著，一股鮮血旗花自他脖子裡沖出，沖得這人頭在半空中又翻了兩個身，然後，鮮血才雨點般落下，一點點灑在諸葛雷身上。

每個人的眼睛都瞧直了，兩條腿卻在不停的彈琵琶。

但諸葛雷能活到現在還沒有死，畢竟是有兩手的，他忽然自懷中掏出了個黃布包袱，拋在桌上，道：「兩位的招子果然亮，咱們這次的確從口外帶了包東西回來，但兩位就想這麼樣帶走，只怕還辦不到。」

那黑蛇陰惻惻一笑，道：「你想怎樣？」

諸葛雷道：「兩位好歹總得留兩手真功夫下來，叫在下回去也好有個交代。」

他嘴裡說著話，人已退後七步，忽然「嗆」的拔出了劍，別人只道他是要和對方拚命了。

誰知他卻一反手，將旁邊桌上的一碟菜挑了起來，碟子裡裝的是炸蝦球，蝦球也立刻飛了起來。

只聽劍風嘶嘶，劍光如匹練的一轉，十多個炸蝦球竟都被他斬爲兩半，紛紛落在地上。

諸葛雷面露得色，道：「只要兩位能照樣玩一手，我立刻就將這包東西奉上，否則就請兩位走吧。」

他這手劍法實在不弱，話也說得很漂亮，但李尋歡卻在暗暗好笑，他這麼樣一做，別人也就只能斬蝦球，不能斬他的腦袋了，他無論是勝是負，至少已先將自己的性命保住再說。

黑蛇格格笑道：「這只能算是廚子的手藝，也能算武功麼？」

說到這裡，他長長吸了口氣，剛落到地上的蝦球，竟又飄飄的飛了起來，然後，只見烏黑的光芒一閃，滿天的蝦球忽然全都不見了，原來竟已全都被他穿在劍上，就算不懂武功的人，也知道劍劈蝦球雖也不容易，但若想將蝦球用劍穿起來，那手勁，那眼力，更不知要困難多少倍。

諸葛雷面色如土，因爲他見到這手劍法，已忽然想起兩人來，他腳下又悄悄退了幾步，才嘎聲道：「兩位莫非就是……就是碧血雙蛇麼？」

聽到「碧血雙蛇」這四個字，另一個已被嚇得面無人色的鏢師，忽然就溜到桌子下面去了。

就連李尋歡身後那虬髯大漢，也不禁皺了皺眉，因爲他也知道近年黃河一帶的黑道朋友，若論心之黑、手之辣，實在很少有人能在這「碧血雙蛇」之上，聽說他們身上披的那件紅披風，就是用鮮血染成的。

可是他聽到的還是不多，因爲真正知道「碧血雙蛇」做過什麼事的人，十人中倒有九人的腦袋已搬家了。

只聽那黑蛇嘿嘿一笑，道：「你還是認出了我們，總算眼睛還沒有瞎。」

諸葛雷咬了咬牙，道：「既然是兩位看上了這包東西，在下還有什麼話好說的，兩位就請……就請拿去吧。」

白蛇忽然道：「你若肯在地上爬一圈，咱們兄弟立刻就放你走，否則咱們非但要留下你的包袱，還要留下你的腦袋。」

這句話正是諸葛雷他們方才在自吹自擂時說出來的，此刻自這白蛇口中說出，每個字都變得像是一把刀。

諸葛雷面上一陣青、一陣白，怔了半晌，忽然爬在地上，居然真的圍著桌子爬了一圈。

李尋歡到這時才忍不住嘆了口氣，喃喃道：「原來這人脾氣已變了，難怪他能活到現在。」

他說話的聲音極小，但黑白雙蛇的眼睛已一起向他瞪了過來，他卻似乎沒有看見，還是在雕他的人像。

白蛇陰惻惻一笑，道：「原來此地竟還有高人，我兄弟倒險些看走眼了。」

黑蛇獰笑道：「這包袱是人家情願送給咱們的，只要有人的劍法比我兄弟更快，我兄弟也情願將這包袱雙手奉上。」

白蛇的手一抖，掌中也多了柄毒蛇般的軟劍，劍光卻如白虹般眩人眼目，他迎風亮劍，傲然道：「只要有比我兄弟更快的劍，我兄弟非但將這包袱送給他，連腦袋也送給他！」

他們的眼睛毒蛇般盯在李尋歡臉上，李尋歡卻在專心刻他的木頭，彷彿根本聽不懂他們在說什麼。

但門外卻忽然有人大聲道：「你的腦袋能值幾兩銀子？」

聽到了這句話，李尋歡似乎覺得很驚訝，但也很歡喜，他抬起頭，那少年終於走進了這屋子。

他身上的衣服還沒有乾透，有的甚至已結成冰屑，但他的身子還是挺得筆直的，直得就像標槍。

他的臉看來仍是那麼孤獨，那麼倔強。

他的眼裡永遠帶著種不可屈服的野性，像是隨時都在準備爭鬥、反叛，令人不敢去親近他。

但最令人注意的，還是他腰帶上插著的那柄劍。

瞧見這柄劍，白蛇目中的驚怒已變爲訕笑，格格笑道：「方才那句話是你說的麼？」

少年道：「是。」

白蛇道：「你想買我的腦袋？」

少年道：「我只想知道它能值幾兩銀子，因爲我要將它賣給你自己。」

白蛇怔了怔，道：「賣給我自己？」

少年道：「不錯，因爲我既不想要這包袱，也不想要這腦袋。」

白蛇道：「如此說來，你是想來找我比劍了。」

少年道：「是。」

白蛇上上下下望了他幾眼，又瞧了瞧他腰畔的劍，忽然縱聲狂笑起來，他這一生中實在從未見過這麼好笑的事。

少年只是靜靜的站在那裡，完全不懂得這人在笑什麼？他自覺說的話並沒有值得別人如此好笑的。

那虬髯大漢暗中嘆了口氣，似乎覺得這孩子實在窮瘋了，諸葛雷也覺得他的腦袋很有毛病。

只聽白蛇大笑道：「我這顆頭顱千金難買……」

少年道：「千金太多了，我只要五十兩。」

白蛇驟然頓住了笑聲，因為他已發覺這少年既非瘋子，亦非呆子，更不是在開玩笑的，說的話竟似很認真。

但他再一看那柄劍，又不禁大笑起來，道：「好，只要你能照這樣做一遍，我就給五十兩。」

笑聲中，他的劍光一閃，似乎要劃到櫃枱上那根蠟燭，但劍光過處，那根蠟燭卻還是文風不動。

大家都覺得有些奇怪，可是白蛇這時已吹了口氣，一口氣吹出，蠟燭突然分成七段，劍光又一閃，七段蠟燭就都被穿在劍上，最後一段光焰閃動，燭火竟仍未熄滅——原來他方才一劍已將蠟燭削成七截。

白蛇傲然道：「你看我這一劍還算快麼？」

少年的臉上絲毫表情都沒有，道：「很快。」

白蛇獰笑道：「你怎樣？」

少年道：「我的劍不是用來削蠟燭的。」

白蛇道：「那麼你這把破銅爛鐵是用來幹什麼的？」

少年的手握上劍柄，一字字道：「我的劍是用來殺人的！」

白蛇格格笑道：「殺人？你能殺得了誰？」

少年道：「你！」

這「你」字說出口，他的劍已刺了出去！

劍本來還插在這少年腰帶上，每個人都瞧見了這柄劍。

忽然間，這柄劍已插入了白蛇的咽喉，每個人也都瞧見三尺長的劍鋒自白蛇的咽喉穿過。

但卻沒有一個人看清他這柄劍是如何刺入白蛇咽喉的！

沒有血流下，因爲血還未及流下來。

少年瞪著白蛇，道：「是你的劍快？還是我的劍快！」

白蛇喉嚨裡「格格」的響，臉上每一根肌肉都在跳動，鼻孔漸漸擴張，張大了嘴，伸出了舌頭。

鮮血，已自他舌尖滴了下來。

黑蛇的劍已揚起，但卻不敢刺出，他臉上的汗不停的在往下流，掌中的劍也在不停的顫抖。

只見少年忽然拔出了劍，鮮血就箭一般自白蛇的咽喉裡標出，他悶著的一口氣也吐了出來，狂吼道：「你……」

這一聲狂吼發出後，他的人就撲面跌倒。

少年卻已轉問黑蛇，道：「他已承認輸了，五十兩銀子呢？」

他說的仍是那麼認真，認真得就像個傻孩子。

但這次卻再也沒有一個人笑他了。

黑蛇連嘴唇都在發抖，道：「你……你……你真是爲了五十兩銀子殺他的麼？」

少年淡淡笑道：「不錯。」

黑蛇的一張臉全都扭曲起來，也不知是哭還是笑，忽然甩卻了掌中的劍，用力扯著自己的頭髮，將身上的衣服也全撕碎了，懷中的銀子一錠錠掉了下來，他用力將銀子擲到少年的面前，哭嚎著道：「給你，全給你……」

他就像個瘋子似的狂奔了出去。

那少年既不追趕，也不生氣，卻彎腰拾了兩錠銀子起來，送到櫃枱後那掌櫃的面前，道：「你看這夠不夠五十兩？」

那掌櫃的早已矮了半截，縮在櫃枱下，牙齒格格的打戰，也說不出話來，只是拚命的點頭。

到了這時，李尋歡才回頭向那虬髯大漢一笑，道：「我沒有說錯吧？」

虬髯大漢嘆了口氣，苦笑道：「一點也不錯，那玩具實在太危險了。」

他瞧見那少年已向他們走了過來，但卻未瞧見諸葛雷的動作，諸葛雷一直就沒有從桌子下爬起來。

此刻他竟忽然掠起，一劍向少年的後心刺出！

他的劍本不慢，少年更絕未想到他會出手暗算——他殺了白蛇，諸葛雷本該感激他才是，爲何要殺他呢！

眼看這一劍已將刺穿他的心窩，誰知就在這時，諸葛雷忽然狂吼一聲，跳起來有六尺高，掌中的劍也脫出飛出，插在屋樑上。

劍柄的絲穗還在不停的顫動，諸葛雷雙手掩住了自己的咽喉，眼睛瞪著李尋歡，眼珠都快凸了出來。

李尋歡此刻並沒有在刻木頭，因爲他手裡那把刻木頭的小刀已不見了。

鮮血一絲絲自諸葛雷的背縫裡流了出來。

他瞪著李尋歡，咽喉裡也在「格格」的響，這時才有人發現李尋歡刻木頭的小刀已到了他的咽喉上。

但也沒有一個人瞧見這小刀是怎會到他咽喉上的。

只見諸葛雷滿頭大汗如雨，臉已痛得變形，忽然咬了咬牙，將那柄小刀拔了出來，瞪著李尋歡狂吼道：「原來是你……我早該認出你了！」

李尋歡長嘆道：「可惜你直到現在才認出我，否則你也許就不會做出如此丟人的事了！」

他這句話諸葛雷並沒有聽到，已永遠聽不到了。

少年也曾回頭瞧了一眼，面上也曾露出些驚奇之色，似乎再也想不到這人爲什麼要殺他？

但他只不過瞧了一眼，就走到李尋歡面前，他充滿了野性的眸子裡，竟似露出了一絲溫暖的笑意。

他也只不過說了一句話，他說：「我請你喝酒。」

二　海內存知己

馬車裡堆著好幾罈酒，這酒是那少年買的，所以他一碗又一碗的喝著，而且喝得很快。

李尋歡瞧著他，目中充滿了愉快的神色，他很少遇見能令他覺得有趣的人，這少年卻實在很有趣。

道上的積雪已化爲堅冰，車行冰上，縱是良駒也難駕馭，那虬髯大漢已在車輪綑起幾條鐵鍊子，使車輪不致太滑。

鐵鍊拖在冰雪上，「格朗格朗」的直響。

少年忽然放下酒碗，瞪著李尋歡道：「你爲什麼定要我到你馬車上來喝酒。」

李尋歡笑了笑，道：「只因爲那客棧已非久留之地。」

少年道：「爲什麼？」

李尋歡道：「無論誰殺了人後，多多少少都會有些麻煩的，我雖不怕殺人，但平生最怕的就是麻煩。」

少年默然半晌，這才又從罈子裡勺了一碗酒，仰著脖子喝了下去，李尋歡含笑望著，很欣賞他喝酒的樣子。

過了半晌，少年竟也嘆了口氣，道：「殺人的確不是件愉快的事，但有些人卻實在該殺，我非殺人不可！」

李尋歡微笑道：「你真是爲了五十兩銀子才殺那白蛇的麼？」

少年道：「沒有五十兩銀子，我也要殺他，有了五十兩銀子更好。」

李尋歡道：「爲什麼你只要五十兩？」

少年道：「因爲他只值五十兩。」

李尋歡笑了，道：「江湖中該殺的人很多，也有些不祗值五十兩的，所以你以後說不定會成爲一個大富翁，我也常常會有酒喝了。」

少年道：「只可惜我太窮，否則我也該送你五十兩的。」

李尋歡道：「爲什麼？」

少年道：「因爲你替我殺了那個人。」

李尋歡大笑道：「你錯了，那人非但不值五十兩，簡直連一文都不值。」

他忽又問道：「你可知道他爲何要殺你麼？」

少年道：「不知道。」

李尋歡道：「白蛇雖然沒有殺他，但卻已令他無法在江湖中立足，你又殺了白蛇，他只有殺了你，以後才可以重新揚眉吐氣，自吹自擂，所以他就非殺你不可，江湖中人心之險惡，只怕你難以想像的。」

少年沉默了很久，喃喃道：「有時人心的確比虎狼還惡毒得多，虎狼要吃你的時候，最少先讓你知道。」

他喝下一碗酒後，忽又接道：「但我只聽到過人說虎狼惡毒，卻從未聽過虎狼說人惡毒，其實虎狼只爲了生存才殺人，人卻可以不爲什麼就殺人，而且據我所知，人殺死的人，要比虎狼殺死的人多得多了。」

李尋歡凝注著他，緩緩道：「所以你就寧可和虎狼交朋友？」

少年又沉默了半晌，忽然笑了，笑著道：「只可惜牠們不會喝酒。」

這是李尋歡第一次見到少年的笑，他從未想到笑容竟會在一個人的臉上造成這麼大的變化。

少年的臉本來是那麼孤獨，那麼倔強，使得李尋歡時常會聯想到一匹在雪地上流浪的狼。

但等到他嘴角泛起笑容的時候，他這人竟忽然變了，變得那麼溫柔，那麼親切，那麼可愛。

李尋歡從未見過任何人的笑容能使人如此動心的。

少年也在凝注著，他忽又問道：「你是不是個很有名的人？」

李尋歡也笑了，道：「有名並不是件好事。」

少年道：「但我卻希望變得很有名，我希望能成爲天下最有名的人。」

他說這句話的時候，忽又變得孩子般認真。

李尋歡笑道：「每個人都希望成名，你至少比別人都誠實得多。」

少年道：「我和別人不同，我非成名不可，不成名我只有死！」

李尋歡開始有些吃驚了，忍不住說道：「爲什麼？」

少年沒有回答他這句話，目中卻流露出一種悲傷憤怒之色，李尋歡這才發覺他有時雖然天真坦白得像個孩子，但有時卻又似藏著許多秘密，他的身世，如謎卻又顯然充滿了悲痛與不幸。

李尋歡柔聲道：「你若想成名，至少應該先說出自己的名字。」

少年這次沉默得更久，然後才緩緩道：「認得我的人，都叫我阿飛。」

阿飛？

李尋歡笑道：「你難道姓『阿』麼?世上並沒有這個姓呀。」

少年道：「我沒有姓！」

他目光中竟似忽然有火焰燃燒起來，李尋歡知道這種火焰連眼淚都無法熄滅，他實在不忍再問下去。

誰知那少年忽又接道：「等到我成名的時候，也許我會說出姓名，但現在……」

李尋歡柔聲道：「現在我就叫你阿飛。」

少年道：「很好，現在你就叫我阿飛——其實你無論叫我什麼名字都無所謂。」

李尋歡道：「阿飛，我敬你一杯。」

剛喝完了半碗酒，又不停的咳嗽起來，蒼白的臉上又泛起那種病態的嫣紅色，但他還是將剩下的半碗酒一口倒進脖子裡。

阿飛吃驚的瞧著他，似乎想不到這位江湖的名俠身體竟是如此虛弱，但他並沒有說什麼，只是很快的喝完了他自己的一碗酒。

李尋歡忽然笑道：「你可知道我爲什麼喜歡你這朋友?」

阿飛沉默著，李尋歡笑道：「只因你是我朋友中，看到我咳嗽，卻沒有勸我戒酒的第一個人。」

阿飛道：「咳嗽是不是不能喝酒？」

李尋歡道：「本來連碰都不能碰的。」

阿飛道：「那麼你爲什麼要喝呢？你是不是有很多傷心事？」

李尋歡明亮的眼睛黯淡了，瞪著阿飛道：「我有沒有問過你不願回答的話？有沒有問過你的父母是誰？武功是誰傳授的？從那來？到那裡去？」

阿飛道：「沒有。」

李尋歡道：「那麼你爲什麼要問我呢？」

阿飛靜靜的凝注他半晌，展顏一笑，道：「我不問你。」

李尋歡也笑了，他似乎想再敬阿飛一杯，但剛勺起酒，已咳得彎下腰去，連氣都喘不過來。

阿飛剛替他推開窗子，馬車忽然停下。

李尋歡探首窗外，道：「什麼事？」

虬髯大漢道：「有人擋路。」

李尋歡皺眉道：「什麼人？」

虬髯大漢似乎笑了笑，道：「雪人。」

道路的中央，不知被那家頑童堆起個人，大大的肚子，圓圓的臉，臉上還嵌著兩粒煤球算做眼睛。

他們都下了車，李尋歡在長長的呼吸著，阿飛卻在出神的瞧著那雪人，像是從來也沒有見過雪人似的。

李尋歡望向他，微笑道：「你沒有堆過雪人？」

阿飛道：「我只知道雪是可恨的，它不但令人寒冷，而且令草木果實全都枯萎，令鳥獸絕跡，令人寂寞、飢餓。」

他捏個雪球，拋了出去，雪球呼嘯著飛到遠方，散開，不見，他目光也在望著遠方，緩緩道：「對那些吃得飽、穿得暖的人說來，雪也許很可愛，因爲他們不但可以堆雪人，還可以賞雪景，但對我們這些人……」

他忽然瞪著李尋歡，道：「你可知道我是在荒野中長大的，風、雪、霜、雨，都是我最大的敵人。」

李尋歡神情也有些黯然，忽也捏起團雪球，道：「我不討厭雪，但我卻最討厭別人擋我的路。」

他也將雪球拋出去，「砰」的擊在那雪人上。

雪花四濺，那雪人竟沒有被他擊倒。

只見一片片冰雪自那雪人身上散開，煤球也被擊落，圓圓的臉也散開，卻又有張死灰色的臉露了出來。

雪人中竟藏著一個真正的人。

死人！

死人的臉絕不會有好看的，這張臉尤其猙獰醜惡，一雙惡毒的眼睛，死魚般凸了出來。

阿飛失聲道：「這是黑蛇！」

黑蛇怎會死在這裡？

殺他的人，爲什麼要將他堆成雪人，擋住道路？

虬髯大漢將他的屍體自雪堆中提了起來，蹲下去仔仔細細的瞧著，似乎想找出他致命的傷痕。

李尋歡沉思著，忽然道：「你可知道是誰殺死他的麼？」

阿飛道：「不知道。」

李尋歡道：「就是那包袱？」

阿飛皺眉道：「包袱？」

李尋歡道：「那包袱一直在桌上，我一直沒有太留意，但等到黑蛇走了後，那包袱也不見了，所以我想，他故意作出那種發瘋的樣子來，就爲的是要引開別人的注意力，他才好趁機將那包袱攫走。」

阿飛道：「嗯。」

李尋歡道：「但他卻未想到那包袱竟爲他招來了殺身之禍，殺他的人，想必就是爲了那個包袱。」

他不知何時已將那小刀拿在手上，輕輕的撫摸著，喃喃道：「那包袱裡究竟是什麼呢？爲何有這麼多人對它發生興趣？也許我昨天晚上本該拿過來瞧瞧的。」

阿飛一直在靜靜的聽著，忽然道：「殺他的人，既是爲了那包袱，那麼他將包袱奪走之後，爲什麼要將黑蛇堆成雪人，擋住路呢？」

李尋歡神情看來很驚訝。

他發覺這少年雖然對人情世故很不了解，有時甚至天真得像個孩子，但智慧之高，思慮之密，反應之快，他這種老江湖也趕不上。

阿飛道：「那人是不是已算準這條路不會有別人走，只有你的馬車必定會經過這裡，所以要在這裡將你攔住。」

李尋歡沒有回答這句話，卻沉聲道：「你找出他的致命傷沒有？」

虬髯大漢還未說話，李尋歡忽又道：「你不必找了。」

阿飛道：「不錯，人都已來了，還找什麼？」

李尋歡耳力之敏，目力之強，可說冠絕天下，他實未想到這少年的耳目居然也和他同樣靈敏。

這少年似乎天生有種野獸般的本能，能覺察到別人覺察不出的事，李尋歡向他讚許的一笑，然後就朗聲道：「各位既已到了，爲何不過來喝杯酒呢？」

道旁林木枯枝上的積雪，忽然簌簌的落了下來。

一人大笑著道：「十年不見，想不到探花郎的寶刀依然未老，可賀可喜。」

笑聲中，一個顴骨高聳，面如淡金，目光如睥睨鷹的獨臂老人，已大步自左面的雪林中走了出來。

右面的雪林中，也忽然出現了個人，這人乾枯瘦小，臉上沒有四兩肉，像是一陣風就能將他吹倒。

阿飛一眼便已瞥見，這人走出來之後，雪地上竟全無腳印，此地雪雖已結冰，但冰上又有積雪。

這人居然踏雪無痕，雖說多少佔了些身材的便宜，但他的輕功之高，也夠嚇人的了。

李尋歡笑道：「在下入關還不到半個月，想不到『金獅鏢局』的查總鏢頭，和『神行無影』虞二先生就全都來看我了，在下的面子實在不小。」

那矮小老人陰沉沉的一笑，道：「小李探花果然是名不虛傳，過目不忘，咱們只在十三年前見過一次面，想不到探花郎竟還記得我虞二拐子這老廢物。」

阿飛這才發現他竟有條腿是跛的，他實在想不到一個輕功如此高明的人，竟是個跛子。

卻不知這虞二拐子就因為右腿天生畸形殘廢，是以從小就苦練輕功，他要以超人的輕功，來彌補天生的缺陷。

阿飛倒不禁對這老人覺得很佩服。

李尋歡微微一笑，道：「兩位既然還請來幾位朋友，為何不一起為在下引見引見呢？」

虞二拐子冷冷道：「不錯，他們也久聞小李探花的大名了，早就想見見閣下。」

他說著話，樹林裡已走出四個人來，此刻雖然是白天，但李尋歡見了這四人，還是不覺倒抽了口冷氣。

這四人年紀雖然全已不小，但卻打扮得像是小孩子，身上穿的衣服五顏六色，花花綠綠，腳上穿的也是繡著老虎的童鞋，腰上還紮著圍裙，四人雖都是濃眉大眼，像獰惡，但卻偏偏要作出頑童的模樣，嘻嘻哈哈，擠眉弄眼，叫人見了，連隔夜飯都要吐了出來。

最妙的是，他們手腕上、腳踝上，竟還戴滿了發亮的銀鐲，走起路來「叮叮噹噹」的直響。

虯髯大漢一見這四人，臉色立刻變得鐵青，忽然嘎聲道：「那黑蛇不是被人殺死的。」

李尋歡道：「哦？」

虬髯大漢道：「他是被蠍子和蜈蚣螫死的。」

李尋歡臉色也變了變，沉聲道：「如此說來，這四位莫非是苗疆『極樂峒』五毒童子的門下？」

四人中的黃衣童子格格一笑，道：「我們辛辛苦苦堆成的雪人被你弄壞了，我要你賠。」

「賠」字出口，他身子忽然飛掠而起，向李尋歡撲了過來，手足上的鐲子如攝魂之鈴，響聲不絕。

李尋歡只是含笑瞧著他，動也不動。

但虞二拐子卻也忽然飛起，半空中迎上了那黃衣童子，拉住他的手斜斜飛到一邊。

「金獅」查猛也立刻大笑道：「探花郎家財萬貫莫說一個雪人，就算金人他也賠得起的，但四位卻不可著急，先待我引見引見。」

一個紅衣童子笑嘻嘻道：「我知道他姓李，叫李尋歡。」

另一黑衣童子道：「我還知道他吃喝嫖賭，樣樣精通，所以我們早就想找他帶我們去尋尋歡、找找樂子了。」

剩下的一個綠衣童子道：「我還知道他學問不錯，中過皇帝老兒點的探花，聽說他老子，和他老子的老子也都是探花。」

紅衣童子笑嘻嘻道：「只可惜這小李探花卻不喜歡做官，反而喜歡做強盜。」

他們在這裡說，別人還未覺得怎樣，阿飛卻聽得出了神，他實在想不到他這新交的朋友，竟有如此多姿多采的一生。

他卻不知道這些人只不過僅將李尋歡多采的一生，說出了一鱗半爪而已，李尋歡這一生的故事，他們就算不停的說三天三夜，也說不完的。

阿飛也未發現李尋歡面上雖還帶著微笑，目中卻露出痛苦之色，像是別人只要一提及他的往事，就令他心碎。

突聽虞二拐子沉著臉道：「你們對李探花的故事實在知道不少，但你們可聽過，小李神刀，冠絕天下，出手一刀，例不虛發！」

那黃衣童子吃吃笑道：「出手一刀，例不虛發……原來你是怕我被他手上那把小刀弄死，回去無法向我師傅交代，所以才拉住我的。」

李尋歡微笑著道：「但各位只管放心，在下的第二刀就不怎麼樣高明了，而一刀是萬萬殺不死六個人的！」

他忽也沉下臉，瞪著查猛道：「所以各位若是想來爲諸葛雷復仇，還是不妨動手！」

「金獅」查猛乾笑了兩聲，道：「諸葛雷自己該死，怎麼能怪李兄。」

李尋歡道：「各位既非爲了復仇而來，難道真的是找我來喝酒的麼？」

查猛沉吟著，像是不知該如何措詞。

虞二拐子已冷冷道：「我們只要你將那包袱拿出來！」

李尋歡皺了皺眉，道：「包袱？」

查猛道：「不錯，那包袱乃是別人重託給『金獅鏢局』的，若有失閃，敝鏢局數十年的聲名就從此毀於一旦。」

李尋歡瞧了黑蛇的屍身一眼，道：「包袱難道不在他身上？」

查猛大笑道：「李兄這是說笑，有李兄在場，區區的黑蛇怎麼能將那包袱拿得走。」

李尋歡皺了皺眉，嘆息著喃喃道：「我平生最怕麻煩，麻煩爲什麼總要找上我？」

查猛也聽不清他在說什麼，接著又道：「只要李兄肯將那包袱發還，在下非但立刻就走，而且多少總有一點心意，給李兄飲酒壓驚。」

李尋歡輕輕撫摸著手裡的刀，忽然笑道：「不錯，那包袱的確在我這裡，但我卻還未決定是否將它還給你們，你們最好讓我考慮考慮。」

查猛面上已變了顏色，虞二拐子卻搶著道：「卻不知閣下要考慮多久？」

李尋歡道：「有一個時辰就已足夠了，一個時辰後，還是在此地相見。」

虞二拐子想也不想，立刻道：「好，一言爲定！」

他再也不說一句話，揮手就走。

黃衣童子忽然格格一笑，道：「有半個時辰，就可以逃得很遠了，何必要一個時辰。」

虞二拐子沉著臉道：「小李探花自出道以後，退隱之前，七年中身經大小三百餘戰，從來也未曾逃過一次。」

他們來得雖快，退得更快，霎眼間已全部失去蹤影，再聽那清悅的手鐲聲，已遠在十餘丈外。

阿飛忽然道：「包袱並不在你手上。」

李尋歡道：「嗯。」

阿飛道：「既然不在，你爲何要承認？」

李尋歡笑了笑，道：「我縱然說沒有拿，他們也絕不會相信的，遲早還是難免出手一戰，所以我倒不如索性承認了，也免得跟他們嚕嗦麻煩。」

阿飛道：「既然遲早難免一戰，你還考慮什麼？」

李尋歡道：「在這一個時辰中，我要先找到一個人。」

阿飛道：「什麼人？」

李尋歡道：「偷那包袱的人。」

阿飛道：「你知道他是誰？」

李尋歡道：「昨天那酒店中有三個金獅鏢局的鏢頭，除了諸葛雷和那趙老二外，還有一個人，我要找的就是他！」

阿飛沉默了半晌，道：「你說的可是那穿著件紫緞團花皮襖，腰上似乎纏著軟鞭，耳朵還有撮黑毛的矮子麼？」

李尋歡微笑道：「你只瞧了他兩眼，想不到已將他瞧得如此仔細。」

阿飛道：「我只瞧了一眼，一眼就已足夠了。」

李尋歡道：「不錯，我說的就是他，昨天在酒店中的人，只有他知道那包袱的價值，他一直躲旁邊，沒有人注意他，所以也只有他有機會拿那包袱。」

阿飛沉思著，道：「嗯。」

李尋歡說道：「就因爲他知道那包袱的價值，所以存心要將之吞沒，但他卻怕查猛懷疑於他，所以就將責任推到我身上。」

他淡淡一笑，接著道：「好在我替別人背黑鍋，這已不是第一次了。」

阿飛道：「查猛他們知道你的行蹤，自然就是他去通風報訊的。」

李尋歡道：「不錯。」

阿飛道：「他為了怕查猛懷疑到他，暫時絕不敢逃走！」

李尋歡道：「不錯。」

阿飛道：「所以他現在必定和查猛他們在一起，只要找到查猛，就可以找得到他！」

李尋歡拍了拍他肩頭，笑道：「你只要在江湖中混三五年，就沒有別人可混的了，以後我們若是還有機會見面，希望還是朋友。」

他大笑著接道：「因為我實在不願意有你這樣的仇敵。」

阿飛靜靜的望著他，道：「你現在要我走？」

李尋歡道：「這是我的事，和你並沒有關係，別人也沒有找你……你為何還不走？」

阿飛道：「你是怕連累了我，還是已不願和我同行？」

李尋歡目中露出一絲痛苦之色，卻還是微笑著道：「天下無不散的筵席，我們反正遲早總是要分手的，早幾天遲幾天，又有什麼分別？」

阿飛沉默著，忽然自車廂中倒了兩碗酒，道：「我再敬你一杯……」

李尋歡接過來一飲而盡，慢聲道：「勸君更盡一杯酒，與爾同消萬古愁……」

他想笑一笑，卻又彎下腰去，不停的咳嗽起來。

阿飛又靜靜的望了他很久，忽然轉過身，大步而去。

這時天邊又霏霏的落下了雪來，天地間靜得甚至可以聽到雪花飄落在地上的聲音。

李尋歡望著這少年堅挺的身子在風雪中漸漸消失，望著雪地上那漫長的、孤獨的腳印……

他立刻又倒了碗酒，高舉著酒杯，喃喃道：「來，少年人，我再敬你一杯，你可知道我並不是真的要你走，只不過你前程遠大，跟著我走，永遠沒好處的，我這人好像已和倒楣、麻煩、危險、不幸的事交成了好朋友，我已不能再交別的朋友了！」

阿飛自然已聽不到他的話了。

那虯髯大漢始終就像石像般站在一邊，既沒有說話，滿身雖已積滿了冰雪，他也絕不動一動。

李尋歡又飲盡了杯中的酒，才轉身望著他，道：「你在這裡等著，最好將這條蛇的屍體也埋起來，……我一個時辰，就會回來的。」

虯髯大漢垂下了頭，忽道：「我知道金獅查猛雖以掌力雄渾成名，但卻只不過是徒有虛名而已，少爺你在四十招內就可取他首級。」

李尋歡淡淡笑道：「也許還用不著十招！」

虯髯大漢道：「虞二拐子呢？」

李尋歡道：「他輕功不錯，據說暗器也很毒辣，但我還是足可對付他的。」

虯髯大漢道：「據說『極樂峒』門下每人都有幾手很邪氣的外門功夫，方才看他們的出手，果然和中原的武功路數不同……」

李尋歡微笑著打斷了他的話，道：「你放心，就憑這些人，我還未放在心上。」

虯髯大漢的面色卻很沉重，緩緩道：「少爺也用不著瞞我，我知道此行若非極兇險，少爺就絕不會讓那位……那位飛少爺走的。」

李尋歡板起了臉，道：「你什麼時候也變得多嘴起來了。」

蚪髯大漢果然不敢再說什麼，頭垂得更低，等他抬起頭來時，李尋歡已走入樹林，似乎又在咳嗽著。

這斷續的咳嗽聲在風雪中聽來，實在令人心碎。

但風雪終於連他的咳嗽聲也一起吞沒。

虬髯大漢目中已泛起淚光，黯然道：「少爺，咱們在關外過得好好的，你爲什麼又要入關來受苦呢？十年之後，你難道還忘不了她？還想見她一面？可是你見著她之後，還是不會和她說話的，少爺你……你這又何苦呢？……」

一進了樹林，李尋歡那種懶散、落寞的神情就完全改變了，他忽然變得就像條獵犬那麼輕捷、矯健。

他的耳朵、鼻子、眼睛，他全身的每一根肌肉，都已有效的運用，雪地上、枯枝間，甚至空氣裡，只要有一絲敵人留下的痕跡，一絲異樣的氣息，他都絕不會錯過，二十年來，世上從沒有一個人能逃得過他的追蹤。

他行動雖快如脫兔，但看來並不急躁匆忙，就像是個絕頂的舞蹈者，無論在多麼急驟的節奏下，都還是能保持他優美柔和的動作。

十年前，他放棄了他所有的一切，黯然出關去的時候，也曾路過這裡，那時正是春暖花開的時候。

他記得這附近有個小小的酒家，遠遠就可以看到那高懸的青帘，所以他也曾停下車來，去喝了幾斤酒。

酒雖不佳，但那地方面對青山，襟帶綠水，春日裡的遊人很多，他望著那些歡笑著的紅男綠女，一杯杯喝著自己的苦酒，準備從此向這十丈軟紅告別，這印象令他永遠也不能忘記。

現在，他想不到自己又回到這裡，經過了十年的歲月，人面想必已全非，昔日的垂髫幼女，如今也許已嫁作人婦，昔日的恩愛夫妻，如今也許已歸於黃土，就連昔日的桃花，如今已被掩埋在冰雪裡。

可是他希望那小小的酒家仍在。

他這麼想，倒並不是爲了要捕捉往日的回憶，而是他認爲金獅查猛他們說不定就落腳在那酒家裡。

冰雪中的世界，雖然和春風中大不相同，但他經過這條路時，心裡仍不禁隱隱感覺到一陣陣刺痛。

財富、權勢、名譽和地位，都比較容易捨棄，只是那些回憶，那些辛酸多於甜蜜的回憶，卻像是沉重的枷鎖，是永遠也拋不開、甩不脫的。

李尋歡自懷中摸出個扁扁的酒瓶，將瓶中的酒全灌進喉嚨，等咳嗽停止之後，才再往前走。

他果然看到了那小小的酒家。

那是建築在山腳下的幾間敞軒，屋外四面都有寬闊的走廊，朱紅的欄杆，配上碧綠的紗窗。

他記得春日裡這裡四面都開遍了一種不知名的山花，繽紛馥郁，倚著朱紅的欄杆賞花飲酒，淡酒也變成了佳釀。

如今欄杆上的紅漆已剝落，紅花也被白雪代替，白雪上車轍馬蹄縱橫，還可以聽到屋後有馬嘶聲隨風傳出。

李尋歡知道自己沒有猜錯，查猛他們果然落腳在這裡！因爲在這種天氣，這種地方絕不會有其他遊客的。

他的行動更快，更小心，靜靜的聽了半晌，酒店裡並沒有人聲，他皺了皺眉，箭一般竄了過去。到了近前，就可以發覺這酒店實在靜得出奇，除了偶爾有低低的馬嘶外，別的聲音一絲也沒有。走廊上的地板已腐舊，李尋歡的腳剛踏上去，就發出「吱」的一聲，他立刻後退了十幾尺。

但酒店裡仍然一點動靜也沒有。

李尋歡微一沉吟，輕快的繞到屋子後面，他心裡在猜測，也許「金獅」查猛並沒有回到這裡。

可是他卻立刻就見到了查猛！

查猛竟正在直著眼睛，瞪著他！

查猛的眼睛幾乎完全凸了出來，淡金色的臉看來竟已變得說不出的猙獰可怕，他就站在馬廄前那根柱子旁。

廄中的馬在低嘶著，踢著腳，查猛卻只是站在那裡，既不出聲，也不動，就像是個泥塑的，還未著色的人像。

李尋歡暗中嘆了口氣，道：「想不到！……」

他只說了三個字，就立刻停住了嘴。

因爲他已發覺查猛是再也聽不到任何人說話的聲音了。

三 寶物動人心

李尋歡再一注視，那查猛的咽喉，竟已被洞穿！殺他的人顯然不願他的鮮血濺上自己的衣裳，所以一劍刺穿他的咽喉後，就立刻塞了團冰雪在創口裡，等到冰雪被熱血溶化的時候，血卻也已被冰凝結住了。

他的屍體仍筆直的站著，倚著木柱並沒有倒下來，由此可見，殺他的那人，身法是多麼輕，多麼快！他一劍刺穿查猛的咽喉後，就立刻拔出了劍，連一絲多餘的力量都沒有，所以才沒有碰倒查猛的屍體。

查猛自然是準備抵抗的，但等到這一劍刺穿咽喉後，他的招式還沒有使出來，所以他的屍體仍在保持著平衡。

這一劍好快！

李尋歡面上露出了驚奇之色，他知道「金獅」查猛成名已有二十多年，並沒有吃過多大的虧。金獅鏢局的招牌也很硬，由此可見，查猛並非弱者，但他卻連反抗之力都沒有，一劍就被人洞穿了咽喉！

他就算是個木頭人，要想一劍將這木頭人的咽喉刺穿，而不將它撞倒，也絕不是件容易事。

李尋歡一轉身，竄入那酒店裡，門上並沒有掛簾子，裡面也沒有擺上桌椅，顯見這酒店也並不想在這種天氣做生意。

很寬敞的屋子裡，只有靠窗旁擺著一桌菜，但菜大多都沒有動過，甚至連杯裡的酒都沒有喝。

來自極樂峒的那四個「童子」，也已變成了四個死屍！

死屍的頭向外，足向裡，像是在地上擺著個「十」字，黃衣童子的足底和綠衣童相對，黑衣童和紅衣童相對，右手腕上的金鐲已褪下，落在手邊，四人的臉上還帶著獰笑，咽喉竟也是被一劍刺穿的！

再看虞二拐子，也已倒在角落裡的一個柱子旁，他的雙手緊握，似乎還握著滿把暗器。

但暗器還未發出，他也已被一劍刺穿咽喉！

李尋歡也不知是驚奇，還是歡喜，只是不住喃喃道：「好快的劍……好快的劍……」

若在兩天以前，他實在猜不出普天之下，是誰有這麼快的劍法，昔年早稱當代第一劍客的天山「雪鷹子」，劍法雖也以輕捷飄忽見長，但出手絕不會有如此狠辣，何況自從鷹愁澗一役之後，這位不可一世的名劍客已封劍歸隱，到如今只怕也埋骨在天山絕頂，亙古不化的冰雪下了。

至於昔日縱橫天下的名俠，沈浪、熊貓兒、王憐花，據說早已都買舟入海，去尋海外的仙山，久已不在人間了。

何況他們用的都不是劍！

除了這些人之外，李尋歡實在想不出世上還有誰的劍如此快，直到現在，他已知道是還有這麼一個人的。

就是那神秘、孤獨，而憂鬱的少年阿飛！

李尋歡閉起眼睛，彷彿就可以看到他落寞的走入這屋子裡，極樂峒的護法童子們立刻迎了上去，將他包圍。

但他們的金鐲褪下，面上的獰笑還未消失，阿飛的劍已如閃電，如毒蛇般將他們的咽喉刺穿。

虞二拐子在一旁想發暗器，他以輕功和暗器成名，手腳自然極快，但他的手剛抓起暗器，還未發出，劍已飛來，一劍穿喉！

李尋歡嘆了口氣，喃喃道：「玩具，居然還有人說他的劍像玩具……」

他忽然發現柱子上有用劍尖劃出來的字：「你替我殺了諸葛雷，我就替你殺這些人，我不再欠你的債了，我知道一個人絕不能欠債！」

看到這裡，李尋歡不禁苦笑著道：「我只替你殺了一個人，你卻替我殺了六個，你知道一個人不能欠債，為何要我欠你的債呢？」他又接著看下去！

「我替你殺的人雖多些，但情況不同，你殺的一個足可抵得上這六個，所以你也不欠我，我也不願別人欠我的債！」

李尋歡失笑道：「你這帳算得太不精明，看來以後做不得生意。」

柱子上只有這幾句話，卻還有個箭頭。

李尋歡自然立刻順著這箭頭所指的方向走過去，剛走進一扇門，他就聽到了一聲驚呼！

有柄很亮的劍，劍尖正指著他！

劍尖，在微微的顫抖著！

握劍的是個很發福的老人，鬍子雖還沒有白，但臉上的皺紋已很多，可見年紀已不小了。

這老人雙手握劍，對著李尋歡大聲道：「你……你是什麼人？」

他雖然儘量想說得大聲些，可是聲音偏偏有些發抖。

李尋歡忽然認出他是誰了，微笑道：「你不認得我了？」

老人只是在搖頭。

李尋歡道：「我卻認得你就是這裡的老闆，十年前，你還陪過我喝了幾杯酒哩。」

老人目中的警戒之色已少了些，雙手卻還是緊握著劍柄，道：「客官貴姓？」

李尋歡道：「李，木子李。」

老人這才長長吐出口氣，手裡的劍也「噹」的落在地上，展顏道：「原來是李……李探花，老朽已在這裡等了半天了。」

李尋歡道：「等我？」

老人道：「方才有位公子……英雄，殺了很多人……惡人，卻留下個活的，交給老朽看守，說是有位李探花就會來的，要老朽將這人交給李探花，若是此間出了什麼差錯，他就會來……來要老朽的命。」

李尋歡道：「人呢？」

老人道：「在廚房裡。」

廚房並不小，而且居然很乾淨，果然有個人被反綁在椅子上，長得很瘦小，耳邊還有撮黑毛。

李尋歡早已想到阿飛就是要將這人留給他拷問的，但這人卻顯然未想到還會見到李尋歡，目中的驚懼之色更濃，嘴角的肌肉也在不停的抽搐著，卻說不出話來——阿飛非但緊緊的綁住了他，還用布塞住了他的嘴。

他顯然是怕這人用威脅利誘的話來打動這老人，所以連嘴也塞住，李尋歡這才發覺他居然還很細心。

但他爲什麼不索性點住這人的穴道呢？

李尋歡手裡的刀光忽然一閃，只不過是挑去了這人嘴裡塞住的布而已，這人卻已幾乎被嚇暈了。

他想求饒，但嘴裡乾得發麻，一個字也說不出來。

李尋歡也沒有催他，卻在他對面坐下，又請那老人將外面的酒等全都搬了進來，他倒了杯酒喝下去，才微笑著道：「貴姓？」

那人臉已發黃，用發乾的舌頭舐著嘴唇，嘎聲道：「在下洪漢民。」

李尋歡道：「我知道你喝酒的，喝一杯吧。」

他居然又挑斷了這人身上綁著的繩子，倒了杯酒遞過去，這人吃驚的張大了眼睛，用力捏著自己被綑得發麻的手臂，既不敢伸手來接這杯酒，又不敢不接。

李尋歡笑著道：「有人若請我喝酒，我從來不會拒絕的。」

洪漢民只有接過酒杯，他的手直抖，雖然總算喝下去半杯酒，還有半杯卻都灑到身上了。

李尋歡嘆了口氣，喃喃道：「可惜可惜……你若也像我一樣，找把刀來刻刻木頭，以後手就不會發抖，雕刻可以使手穩定，這是我的秘訣。」

他又倒了兩杯酒，笑道：「佳人不可唐突，好酒不可糟蹋，這兩件事你以後一定要牢記在心。」

洪漢民用兩隻手端著酒杯，還生怕酒潑了出來，趕緊用嘴湊上去，將一杯酒全喝了個乾淨。

李尋歡道：「很好，我一生別的都沒有學會，只學會了這兩件事，現在已全都告訴了你，你應該怎麼樣來感謝我？」

洪漢民道：「在下……在下……」

李尋歡道：「你也用不著做別的事，只要將那包袱拿出來，我就很滿意了。」

洪漢民的手又一抖，幸好杯子裡已沒有酒了。

他長長吸進了一口氣，道：「什麼包袱？」

李尋歡道：「你不知道？」

洪漢民臉上很盡力地擠出了一絲微笑，道：「在下真的不知道。」

李尋歡搖著頭嘆道：「我總以為喜歡喝酒的人都比較直爽，可是你……你實在令我失望。」

洪漢民陪笑道：「李……李大俠只怕是誤會了，在下的確……」

李尋歡忽然沉下臉，道：「你喝了我的酒，還要騙我，把酒還給我吧。」

洪漢民道：「是，是……在下這就去買。」

李尋歡道：「我只要你方才喝下去的兩杯，買別的酒我不要。」

洪漢民怔了怔，用袖子直擦汗，吃吃道：「但……但酒已喝在肚子裡，怎麼還呢？」

李尋歡道：「這倒容易。」

刀光一閃，小刀已抵住了洪漢民的胸膛。

李尋歡冷冷道：「酒既然在你肚子裡，我只要將你的肚子剖開就行了。」

洪漢民臉色發白，勉強笑道：「李大俠何必開小人的玩笑。」

李尋歡道：「你看我這像是在開玩笑？」

他的手微微用了些力，將小刀輕輕在洪漢民的胸膛上一刺，想將他的胸膛刺破一點，讓他流一點血。

因為只有懦夫才會說謊，而懦夫一看到自己的血，就會被駭出實話了，這道理誰也不會比李尋歡更清楚。

誰知道刀尖刺下，竟好像刺在一個石面上，洪漢民還是滿面假笑，似乎連一點感覺都沒有。

李尋歡目光閃了閃，手已停了下來，這懦夫居然刀槍不入，李尋歡居然也並沒有吃驚。

他反而微笑著道：「你在江湖中混了已有不少時候了吧。」

洪漢民想不到他忽然會問出這句話來，怔了怔，陪笑道：「已有二十年了。」

李尋歡道：「那麼你總該知道江湖中有幾件很神奇的寶物，這些寶物雖很少有人能真的見到，但卻已傳說多年，其中有一件就是……」

他眼睛盯著洪漢民，一字字接著道：「就是金絲甲，據說此物刀槍不入，水火不傷，你既已在江湖中混了二十年，總該聽說過。」

洪漢民的臉已經變得好像一塊抹桌布，跳起來就想逃。

他的身法並不慢，縱身一掠到了門口，但他正要竄出門的時候，李尋歡也已站在門口了。

洪漢民咬了咬牙，一轉身就解下了條亮銀鍊子槍，銀光灑開，鍊子槍毒蛇般向李尋歡刺了過去。

看來他在這柄槍上至少已有二、三十年的功夫，這一招刺出，軟軟的鍊子槍竟被抖得筆直，帶著勁風直刺李尋歡的咽喉。

只聽「噹」的一聲，李尋歡只抬了抬手，他手裡還拿著酒杯，就用這酒杯套住了槍尖。

也不知怎地，槍尖竟沒有將酒杯擊碎。

李尋歡笑道：「以後若再有人勸我戒酒，我一定要告訴他喝酒也有好處的，而且酒杯還救過我一次命。」

洪漢民就像石頭人般怔在那裡，滿頭汗落如雨。

李尋歡道：「你若不想打架了，就將身上的金絲甲脫下來作酒資吧，那勉強也可抵得過我的兩杯酒了。」

洪漢民顫聲道：「你……你真要……」

李尋歡道：「我倒並不是真的想要這東西，你能趁我不備，將包袱偷走，也算你的本事，但你卻不該對別人說包袱是我拿的，我這人最不喜被人冤枉。」

洪漢民道：「不錯，包袱是……是小人拿的，包袱裡也的確就是金絲甲，可是……可是……」

他非但已急得說不出話，連眼淚都快被急了出來。

李尋歡道：「金絲甲雖然是防身至寶，但你得了有什麼用呢？你就算穿著十件金絲甲，我一刀還是可以要你的命，你何必爲了它拚命？」

他嘆息著接道：「世間的寶物，唯有德者居之，這種東西更不是你們這種人應該有的，你將它送給我，也許還可以多活幾年。」

洪漢民嘎聲道：「小人也知道不配有這種東西，但小人也並不想將之據爲己有……」

李尋歡道：「難道你本來就想將它送給別人麼？送給誰？」

洪漢民咬著牙，連嘴唇都被咬出血來。

李尋歡悠然道：「我有很多法子能要人說實話，可是我並不喜歡用，所以我希望你莫要也逼我用出來。」

洪漢民終於長長嘆了口氣，道：「好，我說。」

李尋歡道：「你最好從頭說起。」

洪漢民沉吟著道：「李大俠可知道有個『神偷』戴五麼？這種下五門的小賊，李大俠也許不會知道的。」

李尋歡笑道：「我非但知道這人，而且還認得他，他的輕功和手上功夫都算不弱，而且酒量也很不錯。」

洪漢民道：「這『金絲甲』，就是他不知從那裡偷來的。」

李尋歡道：「哦？那麼，又怎會到了你們手上呢？」

洪漢民道：「他和諸葛雷本來也是老朋友，我們在張家口遇見了他，就在一起喝酒，他大醉之下，把金絲甲拿出來吹噓，諸葛雷瞧著眼紅，就……就……」

李尋歡板著臉道：「你們既然做得出這種不要臉的事，難道還不好意思說出來嗎？」

洪漢民垂下頭嘆道：「戴五明知這金絲甲現在是江湖中每個人都想得到的寶物，他既然身懷此物，本不該喝醉的。」

李尋歡冷冷道：「他並不是不該喝酒，而是不該交錯了朋友。」

洪漢民慘白的臉，居然也有些發紅。

李尋歡道：「這金絲甲雖然號稱是『武林三寶』之一，其實並沒有太大用處，因爲除了兩個勢均力敵的高手相爭時用得著它之外，一般人得到它還是難免送命，我倒不懂它爲什麼會忽然變得如此搶眼了，這其中是否另有原因？」

洪漢民道：「不錯，這其中的確有個秘密……其實這秘密現在已不能算是秘密了，只因……」

他剛說到這裡，這酒店的主人已端著兩壺酒進來，陪笑道：「剛溫好的酒，探花大人先喝一杯再說話吧。」

李尋歡苦笑道：「你若想我下次再來照顧你的生意，最好再也莫要叫我這名字，我一聽這四個字，連酒都喝不下去了。」

酒杯還在他手上，他滿滿倒了一杯，只覺一陣酒香撲鼻而來，他臉色立刻又開朗了，展顏道：「好酒。」

他將這杯酒喝了下去，又彎下腰咳嗽起來。

老人嘆息著，揣了張椅子過來扶著李尋歡坐下，道：「咳嗽最傷身子，要小心些，要小心些……」

他蒼老的面上忽然露出了一絲微笑，接著道：「但這酒專治咳嗽，客官你喝了，以後包管不會再咳嗽了。」

李尋歡笑道：「酒若能治咳嗽，就真的十全十美了，你也喝一杯吧。」

老人道：「我不喝。」

李尋歡道：「爲什麼？賣餃子的人寧可吃饅頭也不願吃餃子，賣酒的人難道也寧可喝水，卻不喝酒麼？」

老人道：「我平常也喝兩杯的，可是……這壺酒卻不能喝。」

他呆滯的目光竟也變得銳利狡黠起來。

李尋歡卻似未曾留意，還是微笑著問道：「爲什麼？」

老人盯著他手裡的小刀，緩緩道：「因爲喝下我這杯酒後，只要稍爲一用真力，酒裡的毒立刻就要發作，七孔流血而死！」

李尋歡張嘴結舌，似已呆了。

洪漢民又驚又喜，道：「想不到你居然會來幫我的忙，日後我必定重重酬謝。」

老人冷冷道：「你不必謝我。」

洪漢民面色微變，陪笑道：「前輩真人不露相，莫非也想要……」

他嘴裡說著話，掌中的鍊子槍又已飛舞而出。

老人怒叱一聲，佝僂的身子，竟似忽然暴長了一尺，左手一反，已抄著了槍頭，厲聲道：「就憑你也敢跟我老人家動手？」

這膽小怕事的糟老頭子，在瞬間就彷彿變了個人似的，連一張臉都變得紅中透紫，隱隱有光。

洪漢民看到他這種奇異的面色，忽然想起一個人來，失聲驚呼道：「前輩饒命，小人不知道前輩就是……」

他求饒已遲了，呼聲中，老人的右拳已擊出，只聽「砰」的一聲，洪漢民的身子竟被打得飛了出來，纏在手上的鍊子也斷成兩截，鮮血一路濺了出來，他身上撞在牆上，恰巧落在灶上的大鐵鍋裡。

這一拳的力道實在驚人。

李尋歡嘆了口氣，搖著頭道：「我早就說過，你有了這件金絲甲，反而會死得快些。」

老人將半截鍊子槍甩在地上，出神的望著洪漢民的屍身，臉上的皺紋又一根根現了出來，喃喃道：「你已有二十年沒有殺人了，是嗎？」

老人輕身望著他，道：「但我並沒有忘記如何殺人，是嗎？」

李尋歡道：「你爲了這種事殺人値得嗎？」

老人道：「二十年前，我不爲什麼也會殺人的。」

李尋歡道：「但現在已過了二十年，你能躲過這二十年，並不容易。若爲了這種事將自己身分暴露，豈非划不來。」

老人動容道：「你已知道我是誰了？」

李尋歡笑了笑，道：「你莫忘記，『紫面二郎』孫逵在二十年前是多麼出鋒頭的人物，居然敢和江南七十二道水陸碼頭總瓢把子的妻子私奔，這種勇氣我實在佩服。」

老人怒道：「此時此刻，你還敢出言不遜？」

李尋歡道：「你莫以爲我這是在諷刺你，一個男人肯爲了自己心愛的女子冒生命之險，負天下之謗，甚至不惜犧牲一切，這種男人至少已不愧是個男人，我本來的確對你很佩服的，可是現在……」

他搖了搖頭，長嘆道：「現在我卻失望得很，因爲我想不到紫面二郎居然也是個鬼鬼祟祟的小人，只敢在暗中下毒，卻不敢以真功夫和人一決勝負。」

孫逵怒目望著他，還未說話，突聽一人笑道：「這你倒莫要冤枉了他，下毒也要有學問的，就憑他，還沒有這麼大的本事。」

這是個女子的聲音，而且很動聽。

李尋歡微笑道：「不錯，我早該想到這是薔薇夫人的手段了，李尋歡能死在二十年前名滿江湖的美人手上倒也不虛此生。」

那聲音吃吃笑道：「好會說話的一張嘴，我若在二十年前遇到了你，只怕就不會跟他私奔了。」笑聲中，她的人已扭動著腰肢走了出來。

過了二十年之後，她還並不顯得太老，眼睛還是很有風情，牙齒也還很白，可是她的腰——她實在已沒有腰了，整個人就像是一個並不太大的水缸，裝的水最多也只不過能灌兩畝田而已。

李尋歡的表情看來就像是剛吞下一整個雞蛋。

這就是薔薇夫人？他簡直無法相信。

美人年華老去，本是件很令人惋惜，令人傷感的事，但她若不知道自己再也不是雙十年華，還拚命想用束腰紮緊身上的肥肉，用脂粉掩蓋著臉上的皺紋，那就非但不再令人傷感，反而令人噁心可笑。

這道理本來再也明顯不過，奇怪的是，世上大多數女人，對這道理都不知道——也許是故意拒絕知道。

薔薇夫人穿著的是件紅緞的小皮襖，梳著萬字髻，遠遠就可以嗅到一陣陣刨花油的香氣。

她望著李尋歡笑道：「好一位風流探花郎，果然是名不虛傳，我已經有二十年沒有瞧見過這麼神氣的男人了，可是二十年前……」

她嘆了口氣，接著道：「二十年前我們家裡卻總是高朋滿座，那時候江湖道上的少年英雄，風流劍客，有那一個不想來拜訪拜訪我？只要能陪我說兩句話，看我一眼，他們就好像吃了人參果似的，開心得要命，你不信問他好了。」

孫逵沉著臉，抱定主意不開口。

李尋歡望著薔薇夫人脖子上就像風中薔薇般在抖動著的肥肉，再看看孫逵，暗中不禁嘆息。

他已看出這老人這二十年的日子並不好過。

薔薇夫人又嘆了口氣，道：「可是這二十年來，實在把我憋苦了，每天躲在屋子裡，連人都不敢見，我真後悔怎麼會跟著這沒出息的男人逃走的。」

孫逵忍不住也長長嘆息了一聲，喃喃道：「誰不後悔，誰是王八蛋。」

薔薇夫人叫了起來，跳著腳道：「你在說什麼？你說！老娘放著好日子不過，跟著你到這個鬼地方來受苦，一個如花似玉的大美人，被你糟蹋成這個樣子，你還有什麼好後悔的，你說，說呀！」

孫逵鼻子裡直抽氣，嘴又緊緊閉了起來。

薔薇夫人道：「探花郎，你說，這種男人是不是沒有良心，早知道他會變成這樣子，那時我還不如……不如死了好些。」

她拚命用手揉著眼睛，只可惜連一滴眼淚也沒有揉出來。

李尋歡笑道：「幸好夫人沒有死，否則在下就真的要遺憾終生了。」

薔薇夫人嬌笑道：「真的麼？你真的這麼想見我？」

李尋歡道：「自然是真的，像夫人這麼胖的美人，到那裡才能找到第二個？」

薔薇夫人臉都氣白了，孫逵卻忍不住笑了起來。

李尋歡道：「其實夫人得到這件金絲甲也沒有用的，因為就算將夫人從中間分成兩半，也穿不上它。」

薔薇夫人咬著牙，道：「你……我若讓你死得痛快了，我就對不起你。」

她自頭上拔下了一根很細很尖的金簪，咬著牙走向李尋歡，李尋歡居然還是安坐不動，穩如泰山。

孫逵皺眉道：「金絲甲既已到手，我們還是趕快辦正事去吧，何必跟他過不去？」

薔薇夫人吼道：「老娘的事，用不著你管！」

李尋歡竟真的已不能動，眼睜睜的望著她。

誰知她剛衝到李尋歡面前，剛想將那根金簪刺入他的眼睛，孫逵忽然從後面飛起一腳，將她踢上屋頂。

她百把斤重的身子撞在屋頂上，整個屋子都快被她震垮了，等她跌下來的時候，已只剩下半口氣。

李尋歡也有些驚訝，忍不住問道：「你難道是為了救我而殺她的？」

孫逵恨恨道：「這二十年來，我已受夠了她的氣，已經快被她纏瘋了，我若不殺了她，不出半年就要被她活活逼死。」

李尋歡道：「但這是你自己心甘情願的，你莫忘記，二十年前……」

孫逵道：「你以爲是我勾引她的，你以爲我想帶著她私奔？」

李尋歡道：「難道不是？」

孫逵嘆道：「我遇見她的時候，根本不知道她是楊大鬍子的老婆，所以才會跟她……」

他乾咳了兩聲，才接著道：「誰知她竟吃定了我，非跟我走不可，那時楊大鬍子已帶著二三十個高手來了！我不走也不行了。」

李尋歡道：「至少她是真的喜歡你，否則她爲什麼要這樣做？」

孫逵道：「喜歡我？嘿嘿……」

他咬著牙冷笑道：「後來我才知道，我只不過是她拉到的替死鬼，原來她早就趁楊大鬍子出關的時候，姘上了一個小白臉，而且有了孩子，她怕楊大鬍子回來後無法交帳，就捲帶著些細軟和那小白臉私奔了。」

李尋歡道：「哦？原來其中還有這麼段曲折。」

孫逵道：「誰知那小白臉卻又將她從楊大鬍子那裡偷來的珠寶偷走了一大半，她人財兩空，正不知該怎麼好，恰巧遇上了我這倒楣鬼。」

李尋歡道：「你既然知道這件事，爲何不向別人解釋？」

孫逵苦笑道：「這是她後來酒醉時才無心洩露的，那時生米早已煮成熟飯，我再想解釋已來不及了。」

李尋歡道：「她那孩子呢？」

孫逵閉著嘴不說話。

李尋歡嘆息了一聲，道：「既然如此，你早就該殺她了，爲什麼要等到現在？」

孫逵還是不說話。

李尋歡道：「我反正已離死不遠，你告訴我又有什麼關係？」

孫逵沉吟了很久，才緩緩道：「開酒店有個好處，就是常常可以聽到一些有趣的事……你可知道近來江湖中最有趣的事是什麼？」

李尋歡道：「我又沒有開酒店。」

孫逵四下望了一眼，就好像生怕有人偷聽似的。

然後他才壓低聲音道：「你可知道，三十年前橫行天下的『梅花盜』又出現了！」

「梅花盜」這三個字說出來，李尋歡也不禁爲之動容。

孫逵道：「梅花盜橫行江湖的時候，你還小，也許還不知道他的厲害，但我卻可以告訴你，當時江湖中沒有一個人不知道他的，連點蒼的掌門，當時號稱江湖第一劍客的吳問天，也都死在他手上。」

他歇了口氣，又道：「而且此人行蹤飄忽，神鬼莫測，吳問天剛揚言要找他，第二天就死在自己的院子裡，全身一無傷痕，只有……」

說到這裡，他忽然停了下來，又四下望了一眼，像是生怕那神鬼難測的「梅花盜」會在他身後忽然出現。

但四下卻是一片死寂，甚至連雪花飄在屋頂上的聲音都聽得到，孫逵這才吐出口氣，接著道：「只有胸前多了五個像梅花般排列的血痕，血痕小如針眼，人人都知道那就是梅花盜的標誌，但卻沒有人知道他用的究竟是件極毒辣的暗器？還是件極厲害的外門兵刃？因爲和他交過手的人，沒有一個還能活著的，所以也沒有人知道他的本來面目。」

他語聲剛停下來，忽又接著道：「大家只知道他必定是個男的。」

李尋歡道：「哦？」

孫逵道：「因爲他不但劫財，還要劫色，江湖中無論黑白兩道，都恨他入骨，卻拿他一點法子也沒有，但只要有人說出要和他作對的話，不出三天，必死無疑，胸前必定帶著他那獨門的標誌。」

李尋歡道：「凡是死在他手上的人，致命的傷痕必在前胸，是麼？」

孫逵道：「不錯，前胸要害，本是練家子防衛最嚴密之處，但那梅花盜卻偏偏要在此處下手，從無例外，好像若不如此，就不足以顯出他的厲害。」

李尋歡笑了笑，道：「所以你認爲只要穿上這件金絲甲，就能將梅花盜制住，只要你能將梅花盜制住，就可以揚眉吐氣，揚名天下，黑白兩道的人都會因此而感激你，再也沒有人會找你算那筆老帳了。」

孫逵目光閃動，道：「江湖中人人都知道，只要能躲得過他前胸致命之一擊，就已先立於不敗之地，就有機會將他制住！」

他面上神采飛揚，接著道：「因爲他這一擊從未失手，所以他作此一擊時，就不必留什麼退路，對自己的防衛必定疏忽。」

李尋歡道：「聽來倒像是蠻有道理……」

孫逵大笑道：「若是沒有道理，江湖中也不會那麼多人一心想將這金絲甲弄到手了。」

李尋歡道：「可是你在這裡種種花、喝喝酒，你的對頭早已漸漸將你忘懷了，你的日子難道過得還不夠舒服麼？爲什麼還要找這些麻煩呢？」

四　美色惑人意

孫逵笑道：「你懂得什麼？我若能將梅花盜置之於死地，非但從此揚眉吐氣，而且……而且那好處也不知有多少。」

李尋歡道：「還有什麼好處？」

孫逵道：「梅花盜自從在三十年銷聲匿跡之後，江湖中人本都以爲他已惡貫滿盈，誰知半年多以前他竟忽又出現，就在這短短七、八個月裡，他已又做了七八十件巨案，連華山派掌門人的女兒，都被他糟蹋了。」

李尋歡道：「此人算來已該有七十左右，想不到興趣居然還如此濃厚。」

孫逵道：「自從他再次出現後，江湖中稍有資產的人，都已人人自危，稍有姿色的女子，更是寢食難安……」他頓了頓接道：「所以已有九十餘家人在暗中約定，無論誰殺了梅花盜，他們就將自己的家財分出一成來送給他，這數目自然極爲可觀。」

李尋歡道：「這就是那已不成爲秘密的秘密麼？」

孫逵點了點頭，又道：「除此之外，江湖中公認的第一美人也曾揚言天下，無論僧俗老少，只要他能除去梅花盜，她就嫁給他。」

李尋歡嘆了口氣，苦笑道：「財色動人心，這就難怪你放著好好的日子不過，要來蹚這趟渾水了，也就難怪你要殺了自己的老婆，現在，看來只怕要輪到我了。」

孫逵道：「憑良心講，我也覺得你死得很冤枉，可是又非殺了你不可。」

李尋歡忽然笑了，悠然道：「憑良心講，你覺得殺我是件很容易的事麼？」

孫逵的鐵拳已將舉起，此刻又不禁放下，瞪著李尋歡望了半晌，嘴角漸漸露出了一絲微笑，道：「像你這樣的人居然能活到現在，可見要殺你實在不容易，但是現在……」

忽然間，門外傳來一陣響亮的笑聲。

一人大笑道：「憑良心講，你看他現在像是已中了毒的樣子麼？」

孫逵一驚，轉身，廚房的小門前，不知何時已站著個青衣人，他身材並不矮，也不太高，神情悠閒而瀟灑，一張臉卻是青慘慘、陰森森的，彷彿戴著面具，又彷彿這就是他本來的面目。

他背負著雙手，悠然踱了進來，喃喃嘆著道：「一個人若想在酒徒的酒中下毒，那麼無論多麼愚蠢的事他只怕都能做得出來了……你說是麼？」

最後一句話他是問李尋歡的，李尋歡忽然發現這人竟有雙最動人的眼睛，和他的臉實在太不相襯。

那就像是嵌在死豬肉上的兩粒珍珠似的。

李尋歡望著這雙眼睛，微笑著道：「和賭鬼賭錢時弄鬼，在酒鬼杯中下毒，當著自己的老婆說別的女人漂亮——無論誰做了這三件事，都一定會後悔的。」

青衣人冷冷道：「只可惜他們後悔時大多已來不及了！」

孫逵呆呆的望著他們，忽然衝過去攫起了那隻酒壺。

李尋歡微笑道：「你用不著再看，酒中的確有毒，一點也不假。」

孫逵嘎聲道：「那麼你……」

李尋歡道：「酒中是否有毒，別的人也許看不出，但像我這樣的酒鬼，用鼻子一嗅就知道酒味是否變了。」

他笑著接道：「這也是喝酒的好處，不喝酒的人都應該知道。」

孫逵道：「但……但我明明看到你將那杯酒喝下去的。」

李尋歡淡淡笑道：「我雖然喝了下去，但咳嗽時又全都吐出來了。」

孫逵身子一震，手裡的酒壺「噹」的掉在地上。

青衣人道：「看來他現在已覺得很後悔，但是已來不及了。」

孫逵怒吼一聲，吼聲中已向這青衣人攻出三拳。

這二十年來，他非但未將武功擱下，反而更有精進，這一拳招沉力猛，拳風虎虎，先聲已奪人。

任何人都可以看出，他這三拳雖然未必能擊石如粉，但要將一個人的腦袋打碎，卻是綽綽有餘。

那青衣人全身都似已在拳風籠罩之下，看來非但無法招架，簡直連閃避都未必能閃避得開。

誰知他既未招架，也未閃避，只是輕輕一揮手。

他出手明明在孫逵之後，但也不知怎地，孫逵的拳頭還未沾著他衣裳，他這一掌已摑在孫逵臉上。

他只不過像拍蒼蠅似的輕輕摑了一掌，但孫逵卻殺豬般狂吼了起來，一個觔斗跌倒在地上。

等他掙扎著想爬起來，左邊的半邊臉已腫起了半尺高，紅裡發紫，紫中透明，連眼睛都已被摔到旁邊去了。

青衣人淡淡道：「憑良心講，你死得也實在有些冤枉，我本來並不想殺你的，可是我這隻手……」

孫逵沒有腫的半邊臉上連一絲血色都沒有，每一根肌肉在扭緊著，襯著另半邊臉上一堆死肉，那模樣真是說不出的猙獰可怕。

他剩下的一隻眼睛裡更充滿了驚懼之色，望著青衣人的一隻手，嘶聲道：「你的手……你的手……」

青衣人手上，戴著雙暗青色的鐵手套，形狀看來醜惡而笨拙，但它的顏色卻令人一看就不禁毛骨悚然。

孫逵目中的驚懼已變為絕望，聲音也愈來愈微弱，喃喃道：「我究竟作了什麼孽？竟叫我今日還見著青魔手？……李……李探花，你是個好心人，求求你殺了我吧，快殺了我吧。」

李尋歡仍坐在那裡沒有動，眼睛也盯在青衣人的那雙手上，只不過用腳尖將那半截練子槍頭撥到孫逵的手邊。

孫逵掙扎著拾起了它，顫聲道：「謝謝你，謝謝你，我死也忘不了你的好處。」

他用盡全身力氣，將那練子槍頭插入了自己的咽喉，自喉頭濺出來的鮮血，已變為紫黑色的，就像是從陰溝裡流出來的臭水。

李尋歡闔起眼睛，嘆了口氣，黯然道：「武林有七毒，最毒青魔手……這話看來倒沒有誇張。」

青衣人也在望著自己的一雙手，居然也嘆了口氣道：「別人都說挨了青魔手的人生不如死，只想愈快死愈好，的確沒有誇張。」

李尋歡目光移到他臉上，沈聲道：「但閣下卻並非『青魔』伊哭。」

青衣人道：「你怎知道我不是，你認得他？」

李尋歡道：「嗯。」

青衣人似乎笑了笑，道：「我倒也並不是想冒充他，只不過是他的……」

李尋歡道：「伊哭沒有徒弟。」

青衣人道：「誰說我是他的徒弟，就憑他，做我的徒弟都不配。」

李尋歡道：「哦？」

青衣人道：「你以為我在吹牛？」

李尋歡淡淡道：「我對閣下的來歷身分並沒有興趣。」

青衣人動人的眼睛忽然發出了銳利的光，瞪著李尋歡道：「你對什麼有興趣？金絲甲？」

李尋歡沒有回答，只是緩緩撫摸著手裡的小刀。

青衣人目光也落在這柄小刀上，道：「別人都說你『出手一刀，例不虛發』，這話不知有沒有誇張？」

李尋歡道：「以前也有很多人對這句話表示懷疑。」

青衣人道：「現在呢？」

李尋歡目中閃過一絲蕭索之意，緩緩道：「現在人都已死了！」

青衣人默然半晌，忽然笑了起來。

他笑的聲音很奇特，就像是硬逼出來的，笑聲雖很大，他面上卻仍死魚般全無表情，道：「老實說，我的確想試試。」

李尋歡道：「我勸你最好不要試。」

青衣人頓住笑聲，又瞪了李尋歡幾眼，道：「金絲甲就在鍋裡那死人身上，是嗎？」

李尋歡道：「嗯。」

青衣人道：「現在我若去動那死人，那麼……」

李尋歡打斷了他的話，道：「那麼你只怕也要變成死人了！」

青衣人又笑了，道：「我並不是怕你，只不過我這人天生不喜歡賭博，也不喜歡冒險。」

李尋歡道：「這是種好習慣，只要你能保持，一定會長命的。」

青衣人目光閃動著，道：「但我總有法子能令你將這金絲甲讓給我的。」

李尋歡道：「哦？」

青衣人道：「你總該知道，這『青魔手』乃是伊哭採金鐵之英，淬以百毒，鍛冶了七年才製成的，可說是武林中最霸道的兵刃之一。」

李尋歡道：「百曉生作『兵器譜』，青魔手排名第九，可算珍品。」

青衣人道：「那麼，我若將這青魔手送給你，你肯不肯將金絲甲讓給我？」

李尋歡沈默了半晌，望著手裡的小刀，緩緩道：「我這把小刀只不過是大冶的鐵匠，花了三個時辰打好的，但百曉生品評天下兵器，小李飛刀卻排名第三！」

青衣人長長嘆了口氣，道：「你的意思是說，兵器的好壞並沒有關係，主要的是要看用兵器的是什麼人。」

李尋歡微笑道：「閣下是聰明人。」

青衣人道：「所以你不肯。」

李尋歡道：「我若想要它，現在它就不會在你的手上了！」

青衣人沉吟了半晌，忽然自懷中取出個長而扁的匣子。

他將這匣子慎重的放在桌上，用兩隻戴著鐵手套的手，笨拙的將匣子打開，立刻便有一陣劍氣砭人肌膚。

這黝黑的鐵匣子裡，竟是柄寒光照人的短劍。

青衣人道：「寶劍贈英雄，這柄『魚腸劍』，天下無雙，總該能配得過你了吧。」

李尋歡動容道：「閣下莫非是『藏劍山莊』藏龍老人的子弟？」

青衣人道：「不是。」

李尋歡道：「那麼，閣下這柄劍是那裡來的？」

青衣人道：「老龍已死了，這是他兒子游龍生送給我的。」

李尋歡道：「魚腸劍乃上古神兵，武林重寶，『藏劍山莊』也以劍而名，若非因爲藏龍老人與少林、武當、崑崙三大派的掌門人俱是生死之交，此劍早已被人奪去，雖是如此，藏劍山莊爲了此劍還是不知經過多少次浴血戰，那游少莊主又怎會將這傳家之寶輕易送人呢？」

青衣人冷冷一笑，道：「莫說是柄劍，我就算要他將頭顱送給我，他也絕不會拒絕的，你信不信？」

李尋歡沉默了半晌，道：「此劍價值只怕還在金絲甲之上，閣下爲何要以貴易賤？」

青衣人道：「我這人天生有個脾氣，愈不容易到手的東西，我愈想要。」

李尋歡笑了笑，道：「恰巧我也有這種脾氣。」

青衣人道：「你還是不肯？」

李尋歡道：「不肯。」

青衣人怒道：「你爲何一定非要那金絲甲不可？」

李尋歡道：「那是我的事與閣下無關。」

青衣人仰天打了個哈哈，道：「久聞『小李探花』一向淡泊名利，視富貴如浮雲，二十年前棄功名如糞土，十年前又散盡了萬貫家財，隱姓埋名，蕭然出關……這樣的人，爲什麼會對區區一件金絲甲看得那麼重呢？」

李尋歡淡淡道：「我的原因，只怕和閣下一樣。」

青衣人瞪著他，道：「你莫非是爲了那天下第一的美人。」

李尋歡笑了笑，道：「也許。」

青衣人也笑了，道：「不錯，我也早就聽說過，你對佳人和美酒，是從來不肯拒絕的。」

李尋歡道：「只可惜閣下並非絕代之佳人。」

青衣人笑道：「你怎知我不是？」

「他」的笑聲忽然變了，變得銀鈴般嬌美。

笑聲中，他緩緩脫下了那雙暗青色的手套，露出了他的手來……

李尋歡從來也沒有見過如此美麗的手。

「小李風流」，他這一生中，也不知和多少位絕色美人有過幽期蜜會，他掌中沒有拿著飛刀和酒杯的時期，也不知握過多少雙春蔥般的柔荑。

美人的手，大多都是美麗的。

可是他卻發現無論多麼美的手，多多少少總有一些缺陷，有的是膚色稍黑，有的是指甲稍大，有的是指尖稍粗，有的是毛孔稍大……就連那使他魂牽夢縈，永生難忘的女人，那雙手也並非全無瑕疵的。

因爲她的個性太強，所以她的手也未免稍覺大了些。

但現在展示在他眼前的這雙手，卻是十全十美，毫無缺陷，就像是一塊精心塑磨成的羊脂美玉，沒有絲毫雜色，又那麼柔軟，增之一分則太肥，減之一分則太瘦，既不太長，也不太短。

就算最會挑剔的人，也絕對挑不出絲毫毛病來。

青衣人柔聲道：「你看我這雙手是不是比青魔手好看些呢？」

她的聲音也忽然變得那麼嬌美，就算用「出谷黃鶯」這四個字來形容，也嫌太侮辱了她。

李尋歡嘆了口氣，道：「你用這雙手殺人，也沒有人能抵抗的，又何必再用青魔手？」

青衣人嬌笑著，道：「現在我再和你談判交換，條件是不是已好了些？」

李尋歡道：「還不夠好。」

青衣人用她那雙毫無瑕疵的手一拉袖子，她的衣袖就斷落了下來，露出了一雙豐盈而不見肉，纖美而不見骨的手臂。

手，本來已絕美，再襯上這雙手臂，更令人目眩。

青衣人道：「現在呢？」

李尋歡道：「還不夠。」

青衣人哈哈笑道：「男人都貪心得很，尤其是有本事的男人，愈有本事，貪心愈大……」

她身子輕輕的扭動，說完了這句話，她身上已只剩下一縷輕紗製成的內衣，霧裡看花，最是銷魂。

李尋歡已將沒有毒的酒倒了一杯，舉杯笑道：「賞花不可無酒，請。」

青衣人道：「我知道你還是覺得不夠，是嗎？」

李尋歡笑道：「男人都貪心得很。」

青衣人銀鈴般笑著，褪下了鞋襪。

任何人脫鞋子的姿態都不會好看的，但她卻是例外，任何人的腳都難免有些粗糙，她也是例外。

她的腳踝是那麼纖美，她的腳更令人銷魂，若說世上有很多男人情願被這雙腳踩死也一定不會有人懷疑的。

接著，她又露出了她那雙修長的、筆直的腿。

在這一刹那間，李尋歡連呼吸都似乎已停止。

青衣人柔聲道：「現在還不夠麼？」

李尋歡將杯中酒一飲而盡，笑道：「我現在若說夠，我就是呆子了。」

沒有人能想像世上竟有如此完美的軀體，現在，她已將軀體毫無保留的展示在李尋歡眼前。

她的胸膛堅挺，雙腿緊併……

在這誘人的軀體後，卻有三具死屍，但這非但沒有減低她的誘惑，反而更平添了幾分殘酷的煽動力。

那實在可以令任何男人犯罪。

唯一的遺憾是，她還沒有將那青慘慘的面具除下來。

她只是用那雙誘人的眼睛望著李尋歡，輕輕喘息著道：「現在總該夠了吧。」

李尋歡望著她臉上的面具，微笑道：「已差不多了，只差一點。」

青衣人道：「你……你已經應該知足了。」

李尋歡道：「容易知足的男人，時常都會錯過很多好東西。」

青衣人的胸膛起伏著，那一雙嫣紅的蓓蕾驕傲的挺立在李尋歡眼前，似乎已在漸漸脹大……

她輕輕顫抖著道：「你何必一定要看我的臉，這麼樣，豈非反而能增加幾分幻想，幾分情趣。」

李尋歡道：「我知道有許多身材很好的女人，一張臉卻是醜八怪。」

青衣人道：「你看我像醜八怪麼？」

李尋歡道：「那倒說不定。」

青衣人嘆了口氣，道：「你真是個死心眼的人，但我勸你最好還是莫要看到我的臉。」

李尋歡道：「爲什麼？」

青衣人道：「我和你交換了那金絲甲後，立刻就會走的，以後只怕永遠再也不會相見，你給我金絲甲，我給你世上最大的快樂，這本是很公道的交易，誰也不吃虧，所以以後誰也不必記著誰。」

李尋歡道：「有理。」

青衣人道：「但你只要看到我的臉後，就永遠再也不能忘記我了，而我，卻是一定不會再跟你……跟你要好的，那麼你難免就要終日相思，豈非自尋煩惱。」

李尋歡笑了，道：「你倒對自己很有自信。」

青衣人人的纖手自胸膛上緩緩滑下去，帶著誘人的媚笑道：「我難道不該有自信？」

李尋歡悠然道：「也許我不肯和你做這交易呢？」

青衣人似乎怔了怔，道：「你不肯？」

她終於伸起手，將那面具褪了下來。

然後，她就靜靜的望著李尋歡，像是在說：「現在你還不肯麼？」

這張臉實在美麗得令人窒息，令人不敢逼視，再配上這樣的軀體，世上實在很少有人能抗拒。

就算是瞎子，也可以聞得到她身上散發出的那一縷縷甜香，也可以聽得到她那銷魂蕩魄的柔語。

那已是男人無法抗拒的了。

李尋歡不禁又嘆了口氣，道：「難怪伊哭那樣的人會將『青魔手』送給你，難怪游少莊主肯心甘情願的將他傳家之寶奉獻在你足下，我現在實已無法不信。」

這赤裸著的絕代美人只是微笑著，沒有說話。

因爲她知道自己用不著說話了。

她的眼睛會說話，她的媚笑會說話，她的手、她的胸膛、她的腿……她身上每分每寸都會說話。

她知道這已經足夠了，若有男人還不明白她的意思，那人一定是白癡。

她在等待著，也在邀請。

但李尋歡偏偏還沒有站起來，反而倒了杯酒，緩緩喝了下去，又倒了杯酒，才舉杯笑道：「我已經很久沒有這麼樣的眼福了，謝謝你。」

她咬著嘴唇，垂著頭道：「想不到像你這樣的男人，還要喝酒來壯膽。」

李尋歡笑道：「因爲我知道漂亮的女人也都很不容易滿足的。」

她「嚶嚀」一聲，蛇一般滑入了李尋歡的懷抱。

酒杯「噹」的跌在地上，碎了。

李尋歡的手沿著她光滑的背滑了下去，但另一隻手上卻仍握著那柄刀，短而鋒利的小刀！

少女的軀體扭動著，柔聲道：「男人在做這種事的時候，手裡不該還拿著刀的。」

李尋歡的聲音也很溫柔，道：「男人手裡拿著刀時，你就不該坐在他懷裡。」

少女媚笑道：「你……你難道還忍心殺我？」

李尋歡也笑了，道：「一個女孩子不可以如此自信，更不可以脫光了來勾引男人，她應該將衣服穿得緊緊的，等著男人去勾引她才是，否則男人就會覺得無趣的。」

他的手已抬起，刀鋒自她脖子上輕輕劃了過去，鮮血一點濺在她白玉般的胸膛上，就像是雪地上一朵朵鮮艷的梅花。

她已完全嚇呆了，柔軟的軀體已僵硬。

李尋歡微笑道：「你現在還有那麼大的自信，還認爲我不忍殺你嗎？」

刀鋒，仍然停留在她的脖子上。

她的嘴唇顫抖著，那裡還說得出話。

李尋歡嘆了口氣，道：「我希望你以後記住幾件事，第一，男人都不喜歡被動的，第二，你並沒有自己想像中那麼漂亮。」

少女緊咬著嘴唇，顫聲道：「我……我已經服了你了，求求你將刀拿開吧。」

李尋歡道：「我還想問你一件事。」

少女道：「你……你說……」

李尋歡道：「你想要的東西，有很多男人都會送給你，所以你絕不會貪圖錢財，你自己是個女人，自然也不會是爲了貪圖美色，那麼你究竟是爲了什麼，才不惜犧牲一切，一心想要得到這金絲甲呢？」

少女道：「我早已說過了，愈得不到的東西，我愈想要……」

李尋歡沉默了半晌，淡淡笑道：「我不將刀從你的脖子上拿開，你難道就不能將你的脖子從我的刀上拿開嗎？」

少女立刻從他懷中竄了出去，就像是一隻被主人弄疼了的貓。

李尋歡道：「天氣冷得很，不穿上衣服會著涼的。」

少女瞪著他，美麗的眼睛裡似已將冒出火來。

但過了半晌，她忽又笑了，嫣然道：「我早就知道，你還是不忍殺我的。」

李尋歡道：「哦？真的麼？」

他輕撫著手裡的刀鋒，悠然道：「我說完了這句話你若還不走，這柄刀就會插在你脖子裡，你信不信？」

少女沒有再說話了。

她咬著牙，攫起了衣服，貓一般竄了出去。

只聽她惡毒的罵聲遠遠傳來，道：「李尋歡你不是男人，根本就不是個人！根本就不中用，難怪你未過門的妻子會跟你最好的朋友跑了，我現在才知道是爲了什麼？」

大地積雪，雪光映照下，外面明亮得很，但這廚房卻幽黯得如同墳墓，令人再也不願停留片刻。

可是李尋歡卻仍然靜靜的坐在那裡，連姿勢都沒有變。

他目光中充滿了悲哀和痛苦，那少女所說的話，就像是一根根針，深深的刺入了他的心。

未來的妻子……最好的朋友……

五　風雪夜追人

李尋歡抓起酒壺，將剩下來的酒全都灌了下去，然後就不停的咳嗽，蒼白的臉上又現出淒艷的血紅色。他手撫著胸膛，淒然自語道：「嘯雲、詩音，我絕不怪你們，無論別人怎麼說，我都不會怪你們，因爲我知道你們並沒有錯，所有的錯，都是我一個人造成的。」

忽然間，木板門砰的一響！

一個人自門外爬了起來，他看來就像是個肉球似的，腹大如鼓，全身都擠著肥肉，全身都沾染著泥垢，頭髮和鬍子更亂得一塌糊塗，就像是已有許多年沒有洗過澡，遠遠就可以嗅到一陣陣酸臭氣。

他爬著滾了進來，因爲他兩條腿已被齊根斬斷。

李尋歡皺了皺眉，道：「朋友若是來要飯的，可真是選錯時候了。」

這人根本像是沒聽見，他雖然臃腫而殘廢，行動卻並不呆笨，雙手一按，身子一滾，已到了爐灶前。

李尋歡訝然道：「閣下難道也是爲了這金絲甲來的麼？」

這人兩隻手又一按，蝦蟆般跳上了爐灶，屍體還在這大鐵鍋裡，金絲甲也還在這屍體上。

李尋歡冷冷道：「在下手裡的刀並非殺不死人的，閣下若還不住手，這裡只怕就又多一個死人了。」

這人竟還是不理他，七手八腳，就將金絲甲剝了下來，看來那只不過是件金色的馬甲而已，也並沒有什麼神奇之處。

奇怪的是，李尋歡竟還是安坐不動，手裡的飛刀也未發出，只是瞪著這怪人，目中反而露出了驚懼之色。

只見這怪人兩隻手緊抱著金絲甲，仰首大笑道：「鷸蚌相爭，漁翁得利，想不到這寶貝竟到我手裡了！」

李尋歡冷冷道：「在下人還在這裡，刀還在手中，閣下說這話，只怕還太早了些。」

這怪人又蝦蟆般跳了下來，滾到李尋歡面前，望著李尋歡咧嘴一笑，露出了滿嘴發黃的牙齒。他格格的笑著道：「你的刀既然在手裡，爲什麼不殺我呢？小李飛刀，例不虛發，你飛刀一出，我這殘廢是萬萬躲不開的呀。」

李尋歡也咧嘴一笑，道：「我覺得你很可愛，所以不忍殺你。」

這怪人大笑了幾聲，道：「你若不願說，我就替你說吧。」

他大笑著接道：「別人都以爲你沒有中毒，但我卻知道你是中毒了，只不過你的確很沉得住氣，所以別人都上了你的當。」

李尋歡神色不動，道：「哦？」

這怪人道：「但你卻休想要我也上當，只因我知道下在酒中的毒是既無色，也無味的，你的鼻子就算比狗還靈，也休想聞得出。」

李尋歡望了他很久，才淡淡一笑，道：「閣下真的知道得這麼清楚？」

這怪人格格笑道：「我當然知道得很清楚，因為毒就是我下的！你中毒沒有，我也看得出，你可以騙過世上所有的人，但卻騙不過我！」

李尋歡的臉色雖還沒有變，但眼角的肌肉已在不停的跳動，過了很久，才長長嘆息了一聲，道：「一天還沒有過完，我遇見出人意外的事已有六七件了，看來我今天的運氣實在不錯。」

這怪人道：「閣下難道不想知道是死在什麼人手上的嗎？」

李尋歡道：「正想請教。」

這怪人道：「閣下博聞廣見，總該知道江湖中有七個最卑鄙無恥的人……」

李尋歡失聲道：「七妙人?!」

這怪人哈哈大笑道：「一點也不錯！這七妙人當真是男盜女娼，無恥之尤，別的武功他們學不好，但迷香下毒，偷雞摸狗，誘奸拐騙，這一類的功夫在江湖中卻可算是首屈一指，獨步天下的了！」

李尋歡張大了眼睛望著他，道：「閣下難道也是七妙人其中之一麼？」

這怪人道：「七妙人中又有個最卑鄙無恥的人，就叫做……」

李尋歡道：「妙郎君花蜂。」

這怪人笑道：「錯了一點，他的全名是『黑心妙郎君』，此人不學無術，連採花都不大敢，只會勾引良家婦女騙財騙色，但若論起下毒的功夫來，有時連那位五毒極樂童子都要遜他一籌。」

李尋歡道：「閣下對此人倒清楚得很。」

這怪人笑嘻嘻道：「我當然對他清楚得很，因為我就是他，他就是我。」

李尋歡長長吸了口氣，這才真的怔住了。

花蜂大笑道：「閣下很奇怪嗎？妙郎君怎會是個大肉球？」

李尋歡嘆道：「你閣下這樣的人若也能勾引良家婦女，那些女人只怕是瞎子。」

花蜂道：「你又錯了，我勾引的人非但不是瞎子，而且每個人眼睛都美得很，只不過一個人若被斬斷了腿關在地窖裡，每天只餵他吃一碗不加鹽的豬油拌飯，他本來就算是潘安，幾年後也要變成肉球了。」

李尋歡皺眉道：「這難道是『紫面二郎』夫婦下的毒手？」

花蜂沉吟了半晌，笑道：「他剛才講了個故事給你聽，現在我也講一個，只不過我這故事比他曲折、有趣多了。」

李尋歡道：「哦？」

花蜂道：「那年我運氣不好，鬼迷了眼，竟去勾引大鬍子的老婆，更倒楣的是，居然還弄出了個孩子來，所以她就非跟我跑不可了。」

李尋歡訝然道：「原來紫面二郎說的那人就是你，他就是替你背黑鍋的。」

花蜂道：「他只說錯了一點。」

李尋歡道：「哦？」

花蜂道：「我並沒有將她帶出來的珠寶拐走，就算我這麼想，也不行，因爲這女人比鬼還精，我根本就沒機會下手。」

他嘆了口氣，接著道：「可是那時大鬍子已發覺了此事，追蹤甚急，我這人膽子最小，就想找個人來替我背黑鍋，所以我就要小薔薇去勾引紫面二郎，她本來不肯，說他的臉不白，到後來才總算被我說動了。」

李尋歡道：「原來你兩人竟是串通好的。」

花蜂道：「那時我若索性將計就計，甩手一走，倒也沒事了，可是小薔薇從大鬍子那裡捲帶出的珠寶實在不少，我又捨不得，所以我就跟她約好，等到這件事稍爲平靜些的時候，我再來找她，將紫面二郎踢開。」

他又嘆了口氣，才接著道：「但我卻忘了天下沒有不變心的女人，她跟紫面二郎朝夕相處，居然動了真情，等我再來找她時，他們兩人竟一起動手，將我擊倒，又斬斷我兩條腿，讓我受了十幾年的活罪。」

李尋歡皺眉道：「她爲何不索性殺了你？」

花蜂苦笑道：「我若了解女人的心，也就不會變成這樣子了。」

這次他嘆氣嘆得更長，接著道：「以前我總以爲自己很了解女人，所以才會有這種報應，一個男人若以爲自己了解女人，他無論受什麼罪都是活該的。」

李尋歡也嘆息了一聲，道：「這故事的確比方才那故事有趣多了。」

花蜂道：「最有趣的一件事你還未聽到哩。」

李尋歡道：「哦！」

花蜂道：「你中了我的毒，非但用不了力，而且三個時辰之內，就非死不可，所以我現在絕不殺你，讓你坐在這裡慢慢享受等死的滋味。」

李尋歡淡淡道：「這倒用不著，等死的滋味，我也享受過許多次了。」

花蜂獰笑道：「但我卻可以保證這必定是最後一次！」

李尋歡笑了笑，道：「既是如此，閣下就請便吧，只不過……外面風雪交加，冰雪遍地，閣下這樣子，能走得遠麼？」

花蜂道：「這倒不勞閣下費心，沒有腿的人，也可以騎馬的，我已聽到外面的馬嘶，而且中氣很足，想必是幾匹好馬。」

他大笑著往外面爬了出去，還揮著手笑道：「再見再見。」

李尋歡也微笑道：「慢走慢走，恕在下不能遠送了，實在抱歉得很。」

外面馬嘶不絕，蹄聲漸漸遠去。

李尋歡靜靜的坐在那裡，望著桌子上的酒壺。

一壺酒已空了，另一壺還有酒。

李尋歡拿起酒壺嗅了嗅，又嚐了一口，喃喃道：「果然是無色無味，此君下毒的本事的確不錯。」

他又喝了一大口，閉起眼睛道：「這酒也的確不錯，喝一杯也是死，喝一壺也是死，我爲何不多喝些，也免得糟蹋了如此好酒。」

他竟真的將一壺毒酒全都喝了下去。又喃喃道：「李尋歡呀李尋歡，你早就該死的，死又何妨？但至少你總不能死在廚房裡，和這些人死在一起呀。」

於是他就掙扎著站起來，搖搖晃晃的走了出去。

雪地上蹄印交錯，直奔東南。

李尋歡選了一塊最乾淨的雪地，盤膝坐了下來，又自懷中摸出那個還沒有刻好的人像。

這人像已稍具輪廓了，一雙眼睛似乎正在凝注著李尋歡，眉梢眼角，似乎帶著淡淡的憂鬱。

李尋歡淒然一笑，道：「你何必看著我，我只不過是個不可救藥的浪子、酒鬼，你嫁給嘯雲是對的，錯的只是我。」

他用力去刻，想完成這人像。

可是他的手已不穩，已全無力氣，鋒利的刀竟連木頭都刻不動了。

天氣幽黯，穹蒼低垂，又在下雪。

李尋歡伏在雪地上不停的咳嗽，每一聲咳嗽都彷彿是在呼喚！

「詩音、詩音……」

詩音聽得到麼？

詩音絕不會聽到的，但卻有人聽到了。

虯髯大漢背負著李尋歡，在雪地上追蹤著蹄印狂奔。

「只有在兩個時辰內，找到一個雙腿被斬斷，就像肉球般的人，我也許還有一線生機。因為下毒的人必有解藥。」

這是李尋歡所能說出的最後一句話。

虯髯大漢幾乎將每一分潛力都使了出來，眼淚已在他眼眶下凝結成冰粒，寒風迎面颳來，就像是刀。

忽然間，寒風中傳來一聲慘叫。

虯髯大漢面色變了，微一遲疑，全力向慘呼傳來的方向奔了過去，他首先發現積雪的松林外倒著一匹馬。

他竄入雪林，整個人就忽然僵硬。

他總算找到妙郎君花蜂了，可是他找到的卻只是花蜂的屍體！

花蜂的人已變得像是個刺蝟，身上釘滿了各式各樣的暗器，有飛鏢、有袖箭、有銀針、五芒珠、毒蒺藜……

虯髯大漢面上也不禁露出傷感之色，這人的遭遇實在太慘，他被人鋸斷了兩條腿，又被人像豬一般囚禁了十餘年，到最後還被人當成個活靶子。

但想到這人一死，李尋歡只怕也要陪著他死，虯髯大漢的傷心立刻就變爲了悲憤，嘎聲道：「就是這人？」

他還抱著萬一的希望，希望死的這人並不是李尋歡要找的人，但李尋歡卻嘆息了一聲，道：「錯不了的。」

虯髯大漢咬了咬牙，脫下身上的皮襖，鋪在樹下，再扶著李尋歡坐了下來，勉強笑道：「解藥也許就在他身上，他一死反而省事了，我去找找看。」

李尋歡也勉強一笑，道：「小心些，暗器大多有毒，千萬莫要割破了手。」

他自己已命在頃俄，卻還是一心惦記著別人的安危。

虬髯大漢只覺胸中一陣熱血上湧，勉強嚥下了已快奪眶而出的熱淚，一步竄到花蜂的屍身前。

只見他蹲在那邊，匆忙的搜索著，但過了半晌，兩隻手就停頓了下來，卻久久無法站起。

李尋歡道：「沒有？」

虬髯大漢喉頭哽咽，已說不出話。

李尋歡淡淡一笑，道：「我早就知道我絕不會有這麼好的運氣，他被人囚禁了十餘年，身上怎麼會還帶著解藥呢？」

虬髯大漢握緊拳頭，打著自己的腦袋，喃喃道：「我若知道是誰殺了他，就有希望了，他的解藥也許就是被那人搜走的！」

李尋歡閉起眼睛，滿面俱是空虛落寞之色，道：「也許是的，也許不是……」

虬髯大漢道：「可是他中的這些暗器都是極常見的，江湖中人人都可能用這些器，五芒珠雖本是方外人用的，但近年來也已流俗。」

李尋歡道：「嗯。」

虬髯大漢道：「他身上中了這麼多暗器，顯然不是一個人下的手。」

李尋歡道：「嗯。」

他呼吸沉重，竟似已睡著了，對別人的安危，他雖然念念於懷，對自己的生死，他卻全未放在心裡。

虬髯大漢還在不停的敲打著自己的手，忽然跳了起來，大喜道：「我知道下手的人是誰了。」

李尋歡道：「哦？」

虯髯大漢奔到李尋歡面前，道：「下手的人只是一個人，這十三種暗器全是他一個人發出來的。」

李尋歡道：「哦？」

虯髯大漢道：「他中的這十三種暗器，無論任何一種都可以置他死命，但那人卻硬要將十三種暗器都釘在他身上才過癮，這種殘酷毒辣的瘋子，江湖中那裡還找得出第二個。」

李尋歡嘆了口氣，道：「不錯，只有一個，就是千手羅刹！妙郎君到頭來還是要死在女人手裡！」

虯髯大漢拍手道：「對了，除了千手羅刹外，別人也無法將十三種暗器同時發出來……」

他忽然頓住語聲，瞪著李尋歡，道：「你早就看出來了。」

李尋歡嘴角泛起一絲苦笑，道：「看出來又有什麼用呢？千手羅刹行蹤飄忽，早已不知走到那裡去了，我們反正是找不著的。」

虯髯大漢厲聲道：「我們無論如何也要找到她……」

李尋歡搖了搖頭，道：「不必找了，你只要找些酒給我喝，讓我陶然而死，我已經很感激你，我現在已很累……非常累，只想好好的休息休息。」

虯髯大漢撲地跪了下來，熱淚終於忍不住奪眶而出，嘎聲道：「少爺，我知道你已很累了，這些年來，你從來也沒有一天快樂過，悲傷和愁苦，的確比任何事都容易使人覺得勞累。」

他忽然緊緊握起李尋歡的肩頭，大聲道：「但少爺你絕不能死，你一定要振作起來，你若就這樣不明不白的死了，死後還要背負著浪子、酒鬼的惡名，老爺在九泉之下也不會瞑目的。」

李尋歡緊緊閉著眼睛，眼角的淚珠已凝成冰珠。

但他嘴角還是帶著微笑，道：「浪子、酒鬼，也沒有什麼不好，那總比那些僞君子、假道學好得多了，是嗎？」

虬髯大漢滿面熱淚，嘶聲道：「可是……可是少爺你本該是天下最有作爲的人，你的好處誰也比不上，你爲何定要如此自暴自棄，自傷自苦，爲了林詩音那女人，這值得嗎？」

李尋歡目中忽然射出了光芒，怒道：「住口！你竟然叫她的名字？」

虬髯大漢垂下了頭，黯然道：「是。」

李尋歡瞪了他半晌，又闔起眼睛，嘆道：「好，你要找，我們就去找吧，可是天地茫茫，我們剩下的時候已不多了，你要到那裡去找？」

虬髯大漢一躍而起，展顏道：「皇天不負苦心人，我們一定找得到的。」

他剛想背負起李尋歡，突然間，樹上有片積雪落了下來，掉在他身上，他隨手一拂，忽然發現這片積雪上竟凝結著血花！

積雪的枯枝上，竟還有個人。

一個死人！一個赤裸裸的死人！女人！

她被人塞在樹椏裡，全身已凍得僵硬，一枝短矛插入了她豐滿的胸膛，將她釘在樹上！

李尋歡他們只注意到雪地上花蜂的屍體，全沒有留意到她，虬髯大漢雙臂一振，蒼鷹般撲了上去，將她卸了下來。

只見她臉上已結著一層冰霜，看來就像是透明的，使人完全看不出她的年紀，只能看出她生前是個很美的女人。

李尋歡慘然一笑，道：「我們果然找到她了，這只怕也算皇天不負苦心人吧。」

虬髯大漢緊握著雙拳，恨恨道：「千手羅刹雖然毒辣，但這人殺了她後，爲何還要剝光她衣服……」

李尋歡嘆道：「這只怪她穿的衣服太値錢了。」

虬髯大漢眼睛一亮，道：「不錯，據說千手羅刹最重衣著，她身上穿的衣服，都是以金絲織成的，還綴著明珠、美玉。」

李尋歡苦笑道：「鹿角若無茸，羚羊若無角，也不會死於獵人之手了。」

虬髯大漢道：「但這人殺她，本是爲了金絲甲，他得到了金絲甲這麼樣的武林異寶，還不肯放過一件衣服，如此貪心的人，世上只怕也不會有第二個。」

李尋歡道：「不錯，只有一個……」

這次虬髯大漢卻搶著道：「棺材裡伸手，死要錢……」

李尋歡笑了笑，道：「你再拔起她身上這根短矛看看。」

這隻短矛製作極精，上面還鑲著塊翡翠。

李尋歡道：「施耀先視錢如命，殺了人後連衣服都要剝走，他會捨得將如此値錢的短矛留下麼？」

虬髯大漢皺眉道：「江湖中用如此華貴兵刃的人本就不多，這莫非是那敗家子『花花大少』潘小安留下來的？」

李尋歡道：「一點也不錯，這正是他們兩人一起動的手。」

虬髯大漢道：「這兩人一個愛財如命，一個揮金如土，完全是水火不同爐，又怎會湊在一起的呢？」

李尋歡笑道：「潘大少是有名的派頭奇大，衣、食、住、行，樣樣都要講究，施耀先跟著他走，不但白吃白喝，還可以跟著充充大爺，這種便宜事，施耀先怎會不做。」

虬髯大漢一拍巴掌，展顏道：「這就好辦了，在這麼冷的天氣裡，潘大少絕不肯騎在馬上挨凍，更不會走路了，他一定要坐車，只要坐車，我們就追得上！」

林外雪地上果然還可隱隱辨出車轍馬蹄。車輪之間，竟有八尺，他們乘的顯然是輛很寬敞的大車。

這種車子雖舒服，卻不會走得太快。

虬髯大漢精神一振，放足狂奔，這次他追蹤就容易多了，只需沿著大道而行，因爲八尺寬的大車絕對走不上僻道。

這時天色已暗了下來，道上全無人蹤。

虬髯大漢施開身法，奔行了頓飯功夫，他身上雖然背負著一個人，但步履仍極輕健，誰也想不到有如此輕功的人竟會爲人奴僕，而且，輕功如此高明的人，也絕不會是江湖的無名之輩。

又奔行了片刻，他忽然發現前面的路上積雪平整如鏡，最少已有兩三個時辰沒有人走過了。

那大車怎會忽然失蹤了呢？

虬髯大漢怔了半晌，又折了回去。這次他已走得慢些，而且分外留意，折回了半里路後，他就發現大車的車轍半途拐入了一條岔路。

方才他沒有留意這條岔路，因爲這路兩旁，古柏森森，還有石翁仲，顯然是通向一個富貴人家的陵墓。

他實在想不到大車會拐入這條墓道死路上來的。

這果然是條死路！

大車就停在巨大的石陵墓前，拉車的馬已不見了，三個穿著羊皮襖的大漢，也倒斃在雪地上。車廂裡斜斜躺著一個身穿重裘，面色慘白，年紀雖已有四十左右，但鬍子卻刮得乾乾淨淨的中年人。

只要看他手上戴著的那價值不菲的翡翠斑指，就知道此人必定就是「金玉堂」的敗家子潘大少。

他身旁還有兩個妙齡少女的屍身，也和潘大少一樣，都是被人以重手法點了死穴，車旁的三人卻是被掌力震傷內腑而死的！

這又是誰下的毒手？

虬髯大漢皺眉道：「莫非是施耀先……」

他話未說完，又發現陵墓石碑旁也倒斃了一個人的屍身，頭上光禿禿的全無寸髮，仰面倒臥在冰雪上，兩隻手卻還緊緊的抓著，像是臨死前還想抓緊一樣東西，卻什麼也沒抓住。

這正是施耀先，但卻再也無法自棺材裡伸出手來要錢了！

李尋歡忽然嘆道：「一個人狂嫖濫賭都沒關係，可千萬不能交錯朋友，否則就難免要和潘大少一樣，死了還不知是誰下的手。」

虬髯大漢道：「少爺你……你難道說他是被施耀先害死的？」

李尋歡道：「你看他面色如此安詳，顯然是正在美人懷中享福時，就糊裡糊塗被人點了死穴，這車裡只有他和施耀先，除了施耀先之外，還有誰能下手。」

虬髯大漢道：「可是……」

李尋歡道：「可是除了他之外，別的人面上都帶著驚駭之色，顯然到臨死還不相信施耀先會下這毒手的，尤其是這兩個女子，她們生前說不定還和施耀先有過纏綿，更不相信施耀先會殺她們。」

他嘆了口氣，搖著頭道：「此人重利輕紅顏，竟不懂紅顏實比黃金可愛得多。」

虬髯大漢道：「據說施耀先指上的功力在山西首屈一指，原本就有『一指追魂』的盛譽，這的確像是他下的手，可是……」

李尋歡忽又道：「施耀先將潘大少當冤家的吃了也不知有多久了，這次潘大少想要金絲甲，施耀先吃人嘴軟，也不能說不行，但金絲甲卻又實在誘人，施耀先心一黑，索性就一勞永逸，下了毒手。」

虬髯大漢的話頭已被打斷了兩次，這次他等了半晌，直等到李尋歡不再說話，他才說道：「可是施耀先現在也死了。」

李尋歡笑了笑，道：「殺人者人劈殺之，施耀先殺人的時候，說不定就有個愛管閒事的人正在這陵墓看著，也許施耀先發現他後，就想也將他殺了滅口，誰知殺人不成，反被人殺了！」

虯髯大漢皺眉道：「施耀先武功不弱，是誰殺了他呢？」

他走上陵墓前的石級，就發現施耀先身上也沒有什麼別的傷痕，只有咽喉上多了一個洞！

是用一柄並不鋒利的劍刺穿的洞！

李尋歡伏在虯髯大漢的肩頭，兩人凝注了半晌，一起長長吐出了口氣，嘴角竟似露出了笑容，齊聲道：「原來是他！」

虯髯大漢笑道：「飛少爺的劍比飛還快，這就難怪施耀先招架不住了。」

李尋歡閉上眼睛，微笑著道：「很好，很好，實在太好了，金絲甲到了他手上，還是物得其主，看來那梅花盜是快倒楣了。」

虯髯大漢道：「我們去找飛少爺，他一定不會走遠的。」

李尋歡笑道：「你去找他有什麼用？」

虯髯大漢道：「解藥……」

李尋歡道：「花蜂身上當真有解藥，真被千手羅刹搜去了又被施耀先劫走，那麼，現在就一定還在施耀先身上，阿飛他絕不會妄取別人東西的，他只帶走那金絲甲，只不過他認爲金絲甲應該是我的。」

虯髯大漢望了望那兩個少女戴著的珠翠，又望了望潘大少手上的巨大翡翠斑指，嘆道：「不錯，就算遍地都是金錢，飛少爺也不會妄取一文。」

李尋歡道：「所以，解藥若不在施耀先身上，我們找阿飛也沒有用。」

虯髯大漢手指顫抖著，開始去搜施耀先的身子，他實在很緊張，因爲這已是最後的一線希望！

虯髯大漢將屍體都搬了下來，扶著李尋歡坐入馬車。

車廂的板壁上，竟也有兩行用劍尖劃出來的字：

我為你復了仇，
我騎走了你的馬！

李尋歡笑道：「我本來還斷定可能是他，但現在卻可以斷定了，只有他才是連死人的便宜都不肯佔的。」

他微笑著又道：「這孩子實在可愛，只恨我……」

他並沒有說完這句話，但虯髯大漢已知道他本來是想說什麼的，想來解藥並不在施耀先身上。

他只恨此後再也見不到這可愛的少年了！

虯髯大漢似乎再也支持不住，已快倒下。

李尋歡微笑道：「你用不著爲我難受，死，並沒有你想像中那麼可怕，現在我除了身上沒力氣之外，心裡反而平靜得只想喝杯酒。」

六 醉鄉遇救星

虬髯大漢忽然跳起來，將身上的衣裳全都脫下來，鐵一般的胸膛迎著冰雪和寒風，將車軛背在身上。

他竟像是一匹馬似的將這大車拉著狂奔而去。

李尋歡並沒有阻止，因爲他知道他滿懷的悲痛需要發洩，但車門關起時，李尋歡也不禁流下了眼淚。

地上積雪已化爲堅冰，車輪在冰上滾動，虬髯大漢並不需要花很大力氣，馬車已疾馳如飛。半個時辰後，他們已到了牛家莊。

牛家莊是個很繁榮的小鎮，這時天色還未全黑，雪已住了，街道兩旁的店家都有人拿著掃把出來掃自己門前的積雪。

大家忽然看到一條精赤著上身的大漢，拉著輛馬車狂奔而來，當真吃了一驚，有的人拋下掃把就跑。

鎭上自然有酒舖，但飛馳的馬車到了酒舖前，驟然間停了下來，虬髯大漢霹靂般狂吼一聲，用力往後面一靠，只聽「砰」的一音，車廂已被撞破個大洞，他一雙腳仍收勢不住，卻已釘入雪地裡，地上的積雪，都被鏟得飛激而起！

小鎮上的人那裡見到過如此神力，都已駭呆了。

酒舖裡的客人看到這煞神般的大漢走了進來，也駭得溜走了一大半，虬髯大漢將三條板凳併在一起，又豎起張桌子靠在後面，再鋪上潘大少的狐裘，才將李尋歡抱了進來，讓他能坐得很舒服。

李尋歡面上已全無一絲血色，連嘴唇都已發青，無論誰都可以看出他身患重病，快要死的病人居然還來喝酒，這酒舖開了二十多年，卻還沒有見過這種客人，連掌櫃的帶伙計全都在發愣。

虬髯大漢一拍桌子，大吼道：「拿酒來，要最好的酒！摻了一分水就要你們腦袋。」

李尋歡望著他，良久良久，忽然一笑，道：「二十年來，你今天才算有幾分『鐵甲金剛』的豪氣！」

虬髯大漢身子一震，似乎被『鐵甲金剛』這名字震驚了，但他瞬即仰首大笑起來，道：「想不到少爺居然還記得這名字，我卻已忘懷了。」

李尋歡道：「你……你今天也破例喝杯酒吧。」

虬髯大漢道：「好，今天少爺你喝多少，我就喝多少！」

李尋歡也仰天大笑道：「能令你破戒喝酒，我也算不虛此生了！」

別人見到他們如此大笑，又都瞪大了眼睛偷偷來看，誰也想不通一個將死的病人還有什麼好開心的。

送來的酒雖非上品，但卻果然沒有摻水。

虬髯大漢舉杯道：「少爺，恕我放肆，我敬你一杯。」

李尋歡一飲而盡，但手已拿不穩酒杯，酒已濺了出來，他一面咳嗽著，一面去擦濺在身上的酒，一面邊笑著道：「我從未糟蹋過一滴酒，想不到今日也……」

他忽又大笑道：「這衣服陪了我多年，其實我也該請他喝一杯了，來來來，衣服兄，多承你爲我禦寒蔽體，我敬你一杯。」

虯髯大漢剛替他倒了一杯酒，他竟全都倒在自己衣服上。

掌櫃的和店伙面面相覷，暗道：「原來這人不但有病，還是個瘋子。」

兩人你一杯、我一杯的喝個不停，李尋歡要用兩隻手緊握著酒杯，才能勉強將一杯酒送進嘴裡。

虯髯大漢忽然一拍桌子，大呼道：「人生每多不平事，但願長醉不復醒，我好恨呀，好恨！」

李尋歡皺眉道：「今日你我應該開心才是，說什麼不平事，說什麼不復醒，人生得意須盡歡，莫使金樽空對月！」

虯髯大漢狂笑道：「好一個人生得意須盡歡，少爺，我再敬你一杯。」

悽厲的笑聲，震得隔壁一張桌上的酒都濺了出來，但笑聲未絕，他又已撲倒在桌上，痛哭失聲。

李尋歡面上也不禁露出黯然之色，唏噓道：「這二十年來，若非有你，我……我只怕已無法度過，我雖然知道你的苦心，還是覺得委屈了你，此後但願你能重振昔年的雄風，那麼我雖……」

虯髯大漢忽又跳起來，大笑道：「少爺你怎地也說起這些掃興的話來了，當浮一大白。」

他們忽哭忽笑，又哭又笑。

店掌櫃的和伙計又對望了一眼，暗道：「原來兩人都是瘋子。」

就在這時，忽見一個人踉踉蹌蹌的衝了進來，撲倒在櫃台上，嘎聲道：「酒，酒，快拿酒來。」

看他的神情，就像是若喝不到酒立刻就要渴死了。

掌櫃的皺起眉頭，暗道：「又來了一個瘋子。」

只見這人穿著件已洗得發白的藍袍，袖子上胸口上，卻又沾滿了油膩，一雙手的指甲裡也全是泥污，雖然戴著頂文士方巾，但頭髮卻亂草般露在外面，一張臉又黃又瘦，看來就像是個窮酸秀才。

伙計皺著眉爲他端了壺酒來。

這窮酸秀才也不用酒杯，如長鯨吸水般，對著壺嘴就將一壺酒喝下去大半，但忽又全都噴了出來，跳腳道：「這也能算酒麼？這簡直是醋，而且還是摻了水的醋……」

那店伙橫著眼道：「小店裡並非沒有好酒，只不過……」

窮酸秀才怒道：「你只當大爺沒有銀子買酒麼，喏，拿去！」

他隨手一拋，竟拋錠五十兩的官寶。

大多數妓女和店伙的臉色，一直都是隨著銀子的多少而改變的，這店伙也不例外，於是好酒立刻來了。

窮酸秀才還是來不及用酒杯，嘴對嘴的就將一壺酒全喝了下去，瞇著眼坐在那裡，就像是一口氣忽然喘不過來了，連動都不動，別人只道他酒喝得太急，忽然抽了筋，李尋歡卻知道他這只不過在那裡品味。

過了半晌，才見他將這口氣長長透了出來，眼睛也亮了，臉上也有了光采，喃喃地道：「酒雖然不好，但在這種地方，也只好馬虎些了。」

那店伙陪著笑，哈著腰道：「這罈酒小店已藏了十幾年，一直都捨不得拿出來。」

窮酸秀才忽然一拍桌子，大聲道：「難怪酒味太淡，原來藏得太久，快找一罈新釀的新酒兌下去，不多不少，只能兌三成，再弄幾碟小菜來下酒。」

店伙道：「不知你老要點些什麼菜？」

窮酸秀才道：「我老人家知道你們這種地方也弄不出什麼好東西來，宰一隻鳳雞，再找些嫩薑來炒鴨腸子，也就對付了，但薑一定要嫩，鳳雞的毛要去得乾淨。」

這人雖然又窮又酸，但吃喝起來卻一點也不含糊，李尋歡愈看愈覺得此人有趣，若在平時，少不得要和他萍水相交，痛飲一番，但此番他已隨時隨刻都可能倒下去，又何苦再連累別人。

那窮酸秀才更是旁若無人，酒到杯乾。

他眼睛除了酒之外，似乎再也瞧不見別的。

就在這時，突聽一陣急驟的馬蹄聲響，驟然停在門外，這窮酸秀才的臉色，竟也有些變了。

他站起來就想走，但望了望桌上的酒，又坐了下去，連喝了三杯，挾了塊鴨腸慢慢咀嚼，悠然道：「醉鄉路常至，他處不堪行……」

只聽一人大吼道：「好個酒鬼，你還想到那裡去？」

另一人道：「我早就知道只有在酒舖裡才找得到他。」

喝聲中，五六個人一起衝了進來，將窮酸秀才圍住。這幾人勁裝急服，佩刀掛劍，看來身手都不太弱。

一人瘦削頎長，手裡提著馬鞭，指著窮酸秀才的鼻子道：「得人錢財，與人消災，你拿了咱們的診金，不替咱們治病，卻逃出來喝酒了，這算什麼意思？」

窮酸秀才咧嘴一笑，道：「這意思各位難道還不懂麼？只不過是酒癮大發而已，梅二先生酒癮發作時，就算天塌下來也得先喝了酒再說，那有心情為別人治病。」

一個麻面大漢道：「趙老大，你聽見沒有，我早就知道這酒鬼不是個東西，只要銀子到手，立刻就六親不認了。」

頎長大漢怒道：「這酒鬼的毛病誰不知道，但老四的病卻非他不可，病急亂投醫，你難道還有什麼別的法子？」

李尋歡本當這些人是來尋仇的，聽了他們的話，才知道這位梅二先生原來是個江湖郎中，光拿銀子不治病的。

這些人來勢洶洶，大嚷大叫，他卻還是穩如泰山，坐在那裡左一杯、右一杯的喝了起來。

趙老大掌中馬鞭一揚，「刷」的將他面前酒壺捲飛了出去，厲聲道：「閒話少說，現在咱們既已找著了你，你就乖乖的跟咱們回去治病吧，祇要能將老四的病治好，包你有酒喝。」

那位梅二先生望著被摔得粉碎的酒壺，長長嘆了口氣，道：「你們既然知道梅二先生的脾氣，就該知道梅二先生生平有三不治。」

趙老大道：「那三不治？」

梅二先生道：「第一，診金不先付，不治，付少了一分，也不治。」

麻面大漢怒道：「咱們幾時少了你一分銀子？」

梅二先生道：「第二，禮貌不周，言語失敬的，不治。第三，強盜小偷，殺人越貨的，更是萬萬不治了。」

他又嘆了口氣，搖著頭道：「你們將這兩條全都犯了，還想梅二先生替你們治病，這豈非是在癡人說夢，緣木求魚。」

那幾條大漢脖子都氣粗了，怒吼道：「不治就要你的命。」

梅二先生道：「要命也不治！」

麻面大漢反手一掌，將他連人帶凳子都打得滾出七八尺開外，伏在地上，順著嘴角直流血。

李尋歡看他如此鎮定，本當他是位深藏不露的風塵異人，如今才知道他一張嘴雖硬，一雙手卻不硬。

趙老大嗖的拔出了腰刀，厲聲道：「你嘴裡若敢再說半個不字，大爺就先卸下你一條膀子再說。」

梅二先生捂著臉，道：「說不治就不治，梅二先生還會怕了你們這群毛賊麼？」

趙老大怒吼一聲，就想撲過去。

虯髯大漢忽然一拍桌子，厲聲喝道：「這裡是喝酒的地方，不喝酒的全給我滾出去！」

這一聲大喝就彷彿晴空中打下個霹靂，趙老大嚇了一跳，不由自主倒退半步，瞪著他道：「你是什麼東西，敢來管大爺的閒事。」

李尋歡微微一笑，道：「滾出去無趣，叫他們爬出去吧。」

虯髯大漢喝道：「少爺叫你們爬出去，聽見沒有？」

趙老大見到這兩人一個已病得有氣無力，一個已醉得眼睛發直，他膽子立刻又壯了，獰笑道：「你們既然不知趣，大爺就拿你們開刀也好！」

刀光一閃，他掌中刀竟向李尋歡直劈了下去。

虯髯大漢皺了皺眉，一伸手，就去架刀。

他竟似已醉糊塗了竟以自己的膀子去架鋒利的刀鋒，掌櫃的不禁驚呼出聲，以為這一刀劈下，他這條手臂就要血淋淋的被砍下來。

誰知一刀砍下後，手臂仍是好生生的文風未動，刀卻被震得脫手飛出，連趙老大的身子都被震得站不穩了，踉蹌後退，失聲驚呼道：「這小子身上竟有金鐘罩、鐵布衫的橫練功夫，咱們只怕是遇見鬼了！」

麻子的臉色也變了，陪笑道：「朋友高姓大名，請賜個萬兒，咱們不打不相識，日後也好交個朋友。」

虯髯大漢冷冷道：「憑你也配和我交朋友？滾！」

趙老大跳起來，吼道：「朋友莫要欺人太甚，需知咱們黃河七蛟也不是好惹的，若是……」

他話還未說完，那麻子忽然將他拉到一旁，悄悄說了幾句話，一面說，一面偷偷去瞧李尋歡酒杯旁的小刀。

趙老大臉上更全無絲毫血色，嘎聲道：「不會是他吧?!」

麻子悄悄道：「不是他是誰？半個月以前，我就聽龍神廟的老烏龜說他又已入關了，老烏龜多年前就見過他了，絕不會看錯的。」

趙老大道：「但這病鬼……」

麻子道：「此人吃喝嫖賭，樣樣精通，身體一向不好，可是他的刀……」

提到這柄刀，他連聲音都變了，顫聲道：「不防一萬，只防萬一，咱們什麼人不好惹，何況惹到他頭上去。」

趙老大苦笑道：「我若早知道他在這裡，就算拿把刀架在我脖子上，我都不進來的。」

他乾咳兩聲，陪著笑躬身道：「小人們有眼無珠，不認得你老人家，打擾了你老人家的酒興，小人們該死，這就滾出去了。」

李尋歡也不知聽見他說的話沒有，又開始喝酒，開始咳嗽，就好像什麼事都沒有發生過似的。

老虎般闖進來的大漢們，此刻已像狗似的夾著尾巴逃出去了，那位梅二先生這才慢吞吞的爬了進來，居然也不去向李尋歡他們道謝，一屁股坐到凳子上，又不停的拍著桌子，瞪著眼道：「酒，酒，快拿酒來。」

那店伙揉著眼睛，簡直不相信方才被人打得滿地亂爬的人就是他。

酒舖裡的人早已都溜光了，只剩下他們三個人，把酒一杯杯往嘴倒，酒喝得愈多，話反而愈少。

李尋歡望著窗外的天色，忽然笑道：「酒之一物，真奇妙，你愈不想喝醉的時候，醉得愈快，到了想喝醉的時候，反而醉不了。」

梅二先生忽也仰天打了個哈哈，道：「一醉解千愁，醉死勝封侯，只可惜有些人雖想醉死，老天卻偏偏不讓他死得如此舒服。」

虬髯大漢皺了皺眉，梅二先生竟搖搖晃晃的走了過來，直著眼望著李尋歡，悠然道：「閣下可知道自己還能活多久麼？」

李尋歡淡淡笑道：「活不長了。」

梅二先生道：「知道活不長了，還不快去準備後事，還要來喝酒？」

李尋歡道：「生死等閒事耳，怎可爲了這種事而耽誤喝酒？」

梅二先生附掌大笑道：「不錯不錯，生死事小，喝酒事大，閣下此言，實得我心。」

他忽又瞪起眼睛，瞪著李尋歡道：「閣下想必已知道我是誰了？」

李尋歡道：「還未識荊。」

梅二先生道：「你真的不認得我？」

虬髯大漢忍不住道：「不認得就不認得，嚕嗦什麼？」

梅二先生也不睬他，還是瞪著李尋歡道：「如此說來，你救我並非爲了要我爲你治病了。」

李尋歡笑道：「閣下若要喝酒，不妨來共飲幾杯，若要來治病，就請走遠些吧，莫要耽誤了我喝酒。」

梅二先生又瞬也不瞬的瞪了他很久，喃喃道：「好運氣呀好運氣，你遇見了我，當真是好運氣。」

李尋歡道：「在下既無診金可付，和強盜已差不多，閣下還是請回吧。」

誰知梅二先生卻搖頭道：「不行不行，別人的病我不治，你這病我卻非治不可，你若不要我治病，除非先殺了我。」

方才別人要殺他，他也不肯治病，此刻卻硬是非要替人治病不可，那店伙只恨不得趕快回家去蒙頭大睡三天，再也莫要見到這三個瘋子，只因老是再這麼樣折騰下去，他只怕也要被氣瘋了。

虯髯大漢卻已動容道：「你真能治得了他的病？」

梅二先生傲然道：「他這病除了梅二先生外，天下只怕誰也治不了。」

虯髯大漢跳起來一把揪著他衣襟，道：「你可知道他這是什麼病？」

梅二先生眼睛一瞪，道：「我不知道誰知道，你以爲花老六真能配得出那『寒雞散』麼？」

虯髯大漢失聲道：「寒雞散？他中的毒就是寒雞散？」

梅二先生傲然一笑，道：「除了梅家的『寒雞散』，世上還有什麼毒能毒得死李尋歡？」

虯髯大漢又驚又喜，道：「花蜂的『寒雞散』是你配的？」

梅二先生大笑道：「除了我『妙郎中』梅二先生外，還有誰能配得出寒雞散？看來你當真是孤陋寡聞，連這種事都不知道。」

虯髯大漢大喜道：「原來他就是『七妙人』中的『妙郎中』，原來毒藥就是他配的，能配自然能解，少爺你有救了。」

李尋歡苦笑道：「看來一個人想活固然艱苦，若要靜靜的死，也不容易。」

馬車又套上了馬，冒雪急馳。

但這次他們卻另外僱了個趕車的，虯髯大漢留在車廂中一來是爲了照顧李尋歡，再來也是爲了監視這妙郎中。

他顯然還是不放心，不住問道：「你自己既能解毒？爲何要去找別人？去找誰？去那裡？來得及麼？」

梅二先生皺著眉道：「我找的不是別人，是梅先生，我家老大，他就在附近，你放心，梅二先生肯接手的病人，就死不了的。」

虯髯大漢道：「為何要去找他？」

梅二先生道：「因為寒雞散的解藥在他那裡，這理由你滿意了麼？」

虯髯大漢這才閉上嘴不說話了。

梅二先生卻反過來問他了，道：「你練的是金鐘罩鐵布衫？還是十三太保橫練？」

虯髯大漢瞪了他一眼，還是答道：「鐵布衫。」

梅二先生搖著頭笑道：「想不到世上還有人肯練這種笨功夫，除了能唬唬那些毛賊外，簡直連一點用處也沒有。」

虯髯大漢冷冷道：「笨功夫總比沒功夫好。」

梅二先生居然也不生氣，還是搖著頭笑道：「據說練鐵布衫一定要童子功，這犧牲未免太大了些，是嗎？」

虯髯大漢道：「哼。」

梅二先生道：「據說近五十年來，只有一個人肯下苦功練這種笨功夫，據說此人叫『鐵甲金剛』鐵傳甲，但二十年前就被人一掌自捨身崖上震下去了，也不知死了沒有，也許並沒有死，還能坐著喝酒。」

虯髯大漢的嘴裡就像是咬牢了個雞爪，無論梅二先生怎麼說，怎麼問，他卻再也不肯開口了。

梅二先生也只好閉起眼睛，養起神來。

誰知過了半晌，虯髯大漢又開始問他了，道：「據說『七妙人』個個都是不大要臉的角色，但閣下看來卻不像。」

梅二先生閉著眼道：「拿了人家的診金，不替人家治病，這難道還要臉了。」

虯髯大漢笑道：「你若肯替那種人治病，才是真不要臉。拿錢和治病本來就是兩回事，那種人的錢正是不拿白不拿的。」

梅二先生也笑了，道：「想不到你這人倒並不太笨。」

虯髯大漢嘆道：「世人眼中的小人，固然未必全都是小人，世人眼中的君子，又有幾個是真君子呢？」

李尋歡斜倚在車座上，嘴角帶著淡淡的微笑，彷彿在聽他們說話，又彷彿早已神遊物外，一顆心早已不知飛到那裡去。

人間的污穢，似乎已全都被雪花洗淨，自車窗中望出去，天地一片銀白，能活著，畢竟還是件好事。

李尋歡心裡又出現了一條人影。

她穿著淺紫色的衣服，披著淺紫色的風氅，在一片銀白中看來，就像是一朵清麗的紫羅蘭。

他記得她最喜歡雪，下雪的時候，她常常拉著他到積雪的院子裡去，拋一團雪球在他身上，然後再嬌笑著逃走，叫他去追她。

他記得那天他帶龍嘯雲回去的時候，也在下著雪，她正坐在梅林畔的亭子裡，看梅花上的雪花。

他記得那亭子的欄杆是紅的，梅花也是紅的，但她坐在欄杆上，梅花和欄杆彷彿全都失去了顏色。

他當時沒有見到龍嘯雲的表情，但後來他卻可想像得到，龍嘯雲自然第一次看到她時，心神就已醉了。

現在，那庭園是否仍依舊？她是否還時常坐在小亭的欄杆上，數梅花上的雪花，雪花下的梅花？

李尋歡抬頭向梅二先生一笑，道：「車上有酒，我們喝一杯吧。」

雪，時落時停。

車馬在梅二先生的指揮下，轉入了一條山腳下的小道，走到一座小橋前，就通不過去了。

小橋上積雪如新，看不到人的足跡，只有一行黃犬的腳印，像一連串梅花似的灑在欄杆旁。

虯髯大漢扶著李尋歡走過小橋，就望在梅樹叢中，有三五石屋，紅花白屋，風物宛如圖畫。

梅林中隱隱有人聲傳來，走到近前，他們就見到一個峨服高冠的老人，正在指揮著兩個童子洗樹上的冰雪。

虯髯大漢悄聲道：「這就是梅大先生？」

梅二先生道：「除了這瘋子，還會有誰用水來洗冰雪。」

虯髯大漢也不禁失笑道：「他難道不知道洗過之後，雪還是要落在樹上，水也立刻就會結成冰的。」

梅二先生嘆了口氣，苦笑道：「他可以分辨出任何一幅畫的真僞，可以配出最厲害的毒藥和解藥，但這種最簡單的道理，他卻永遠也弄不懂的。」

他們說話的聲音傳入梅林，那高冠老人回頭看到了他們，就好像看到了討債鬼似的，立刻大驚失色，撩起了衣襟，就往裡面跑，一面還大呼著道：「快，快，快，快把廳裡的字畫全都藏起來，莫要又被這敗家子看到了，偷出去換黃湯喝。」

梅二先生笑道：「老大你只管放心，今天我已找到了酒東，只不過特地帶了兩個朋友來……」

他話未說完，梅大先生已用手矇起眼睛，道：「我不要看你的朋友，你的朋友連一個好人也沒有，只要看一眼，我至少就要倒三年的楣。」

梅二先生也跳了起來，大叫道：「好，你看不起我，我難道就不能交上個像樣的朋友麼？好好好，李探花，他既然不識抬舉，咱們就走吧！」

虯髯大漢正在著急地問：「解藥未得，怎麼能走呢？」

誰知梅大先生這次反而回頭走了過來，招手道：「慢走慢走，你說的可是一門七進士，父子三探花的小李探花麼？」

梅二先生冷冷道：「你難道還認得第二個李探花不成？」

梅大先生盯著李尋歡，道：「就是這位？」

李尋歡微笑道：「不敢，在下正是李尋歡。」

梅大先生上上下下望了他幾眼，忽然一把拉住他的手，大笑道：「慕名二十年，不想今日終於見到你了，李兄呀，李兄，你可真真是想煞小弟也！」

他前倨而後恭，忽然變得如此熱情，李尋歡反而怔住了。

梅大先生已一揖到地，道：「李郎休怪小弟方才失禮，只因我這兄弟實在太不成材，兩年前帶了個人回來，硬說是鑑定書畫的法家，要我將藏畫拿出來給他瞧瞧，誰知他們卻用兩卷白紙，換了我兩幅曹不興的精品跑了，害得我三個月睡不著覺。」

李尋歡失笑道：「梅大先生也休要怪他，酒癮發作時若無錢打酒，那滋味的確不好受。」

梅大先生笑道：「如此說來，李兄想必也是此道中人了。」

李尋歡笑道：「天子呼來不上船，自道臣是酒中仙。」

梅大先生笑道：「好好好，騎鶴，先莫洗梅花，快去將那兩罈已藏了二十年的竹葉青取出，請李探花品嚐品嚐。」

他含笑揖客，又道：「好花贈佳人，好酒待名士，在下這兩罈酒窖藏二十年，爲的就是要留著款待李兄這樣的大名士。」

梅二先生道：「這話倒不假，別的客人來，他莫說不肯以酒相待，簡直連壺醋都沒有，只不過，李兄此來，卻並非來喝酒的。」

梅大先生只瞧了李尋歡一眼，就笑道：「寒雞之毒，只不過是小事一件而已，李兄只管開懷暢飲，這件事在下自有安排的。」

草堂中自然精雅，窖藏二十年的竹葉青也極香洌。

酒過三巡，梅大先生忽然道：「據說大內所藏的『清明上河圖』亦爲膺品，真蹟卻在尊府，此話不知是真？是假？」

李尋歡這才知道他慇懃待客，其意在此，笑道：「這話倒也不假。」

梅大先生大喜道：「李兄若肯將之借來一觀，在下感激不盡。」

李尋歡道：「梅大先生既然有意，在下豈有不肯之理，只可惜，在下也是個敗家子，十年前便已將家財蕩盡，連這幅畫也早已送人了。」

梅大先生坐在那裡，連動都不會動了，看來就像是被人用棍子在頭上重重敲了一下，嘴裡不住喃喃道：「可惜，可惜，可惜……」

他一連說了幾聲可惜，忽然站起來，走了進去，大聲道：「騎鶴，快將剩下的酒再藏起來，李探花已喝夠了。」

梅二先生皺眉道：「沒有『清明上河圖』，就沒有酒喝了麼？」

梅大先生冷冷道：「我這酒本來就不是請人喝的。」

李尋歡非但不生氣，反而笑了，他覺得這人雖然又孤僻又小氣，但率性天真，至少不是個僞君子。

虬髯大漢卻已沉不住氣，跳起來大喝道：「沒有『清明上河圖』，連解藥也沒有了麼？」

這一聲大喝，震得屋頂都幾乎飛了起來。

梅大先生卻是面不改色，冷冷道：「連酒都沒有了，那有什麼解藥。」

虬髯大漢勃然大怒，似乎就想撲過去。

李尋歡卻攔住了他，淡淡道：「梅大先生與我們素不相識，本來就不是定要將解藥送給我們的，我已叨擾了人家的美酒，怎可再對主人無禮。」

虬髯大漢嘎聲道：「可是少爺你……你……」

李尋歡揮了揮手，長揖笑道：「恨未逢君有盡時，在下等就此別過。」

誰知梅大先生反而又走了回來，道：「你不要解藥了？」

李尋歡道：「物各有主，在下從來不願強求。」

梅大先生道：「你可知道若沒有解藥，你的命也沒有了麼？」

李尋歡微笑道：「生死有命，在下倒也從未放在心上。」

梅大先生瞪了他半晌，喃喃道：「不錯不錯，連『清明上河圖』都捨得送人，何況自己的性命？這樣的人倒也天下少有，天下少有……」

他忽又大聲道：「騎鶴，再把酒端出來。」

虬髯大漢又驚又喜，道：「解藥呢？」

梅大先生瞪了他一眼，冷冷道：「有了酒，還會沒有解藥。」

七　誤傷故人子

李尋歡喝了酒，解藥的藥力發動得更快，還不到六個時辰，李尋歡已覺得體力漸漸恢復了過來。

這時天剛破曉，虬髯大漢雖熬了一夜，但人逢喜事精神爽，只不過酒喝得太多了，頭有些痛。

梅二先生也用手捂住腦袋，喃喃道：「該死該死，天又亮了。」

虬髯大漢道：「天亮了有何不好？」

梅二先生嘆道：「我喝酒就怕天亮，若是天不亮，我一直喝下去都沒關係，但只要天一亮，就會立刻頭疼，連酒也喝不下去。」

李尋歡本在閉目養神，此刻笑了笑，道：「豈祇閣下，喝酒的人只怕都有這毛病。」

梅二先生道：「既是如此，趁著天還未大亮，趕快再喝兩杯吧。」

李尋歡笑道：「你我如此牛飲，大先生見了只怕要心疼的。」

梅二先生道：「所以他早已躲去睡覺了！樂得眼不見，心不煩。」

李尋歡喝了杯酒，又不停的咳嗽起來。

梅二先生凝注著他，忽然問道：「你這咳嗽的毛病，已有多久了？」

李尋歡道：「好像已有十年了吧。」

梅二先生皺眉道：「如此說來，你還是莫要喝酒的好，久咳必傷肺，再喝酒只怕……」

李尋歡笑道：「傷肺？我還有肺可傷麼？我的肺早已爛光了。」

他忽然頓住語聲，目中精光閃動，沉聲道：「此間只怕又有遠客。」

梅二先生動容道：「三更半夜裡來的絕不會是老大的客人，只怕又是來找我的。」

其實他直等到現在才聽到屋外傳來一陣沙沙的腳步聲，來的人似乎並不止一個，步履都很輕健。

只聽一人朗聲道：「不知這裡可是梅花草堂麼？」

過了半晌，就聽得梅大先生的語聲在前廳響起，道：「三更半夜的闖來，是小偷還是強盜？」

那人道：「在下等專程來訪，不但非偷非盜，而且還有一份薄禮奉上。」

梅大先生冷笑道：「三更半夜的來送禮，顯然更沒有存好心，各位還是回去吧。」

那人笑道：「既是如此，在下只好將這幅王摩詰的畫帶回去了。」

梅大先生失聲道：「王摩詰？」

語未說完，門已開了。

梅二先生皺眉道：「這幾人先摸透老大的脾氣，投其所好而來，必有所求，我們看看他們到底是那一路的人馬。」

他並沒有走出去，只將門推開一線，悄悄往外望。

只見來的一共有三個人，一人只有三十多歲，短小精悍，目光炯炯，手裡托著個長長的木匣子。

第二人面如重棗，長髯過腹，披著件紫緞團花大氅，顧盼之間，睥睨自雄，顯然是個慣於發號施令的人物。

第三人卻是個十來歲的小孩子，圓圓的臉，圓圓的眼睛，紅斗篷上鑲著白兔毛的邊，看來就像是個粉裝玉琢的紅孩兒。

除了他之外，其餘兩人眉目間都帶著憂鬱焦急之色。

那精悍漢子手托木匣，一進來就躬身笑道：「此畫乃是敝主人重金購來，已經名家鑑定，確是真蹟，請梅大先生過目。」

梅大先生的眼睛早已盯在匣子上了，嘴裡卻道：「無功不受祿，你們要的是什麼？」

那人笑道：「在下等只求梅大先生指點一條明路，找到梅二先生。」

梅大先生立刻鬆了口氣，展顏笑道：「這倒容易。」

他一把將匣子搶了過來，道：「老二，出來吧，有人來找你了。」

梅二先生嘆了口氣，搖頭道：「好小子，有了王摩詰，連兄弟都不要了。」

紫袍老人和精悍漢子見到梅二先生，都已喜動顏色，只有那紅孩兒卻直皺眉頭，瞅著梅二先生道：「這人看來髒兮兮的，真會治病麼？」

梅二先生嘻的一笑道：「大病治不了，小病死不了，馬馬虎虎還過得去。」

紫袍老人似乎也怕這孩子再亂說話，乾咳一聲，沉聲道：「我等久聞閣下回春之妙手，是以特來相請閣下隨我等一行，診金無論多少，我們都可先付的。」

梅二先生笑道：「原來你連我的脾氣都摸清楚了，但你不怕我跑了麼？」

紫袍老人沉著臉不說話，卻已無異在說：「你跑不了的！」

那短小漢子立刻陪笑道：「只要梅二先生肯去，除了應付的診金外，在下等還另有重酬。」

梅二先生道：「除了診金要先付之外，你可知道梅二先生還有三不治？強盜不治，小偷不治！」

那短小漢子笑道：「在下巴英，雖是無名小卒，但這位秦孝儀秦老爺子在江湖中的俠名，梅二先生多少總該有些耳聞吧。」

梅二先生道：「秦孝儀？可是鐵膽震八方秦孝儀？」

巴英道：「好說，正是他老人家。」

梅二先生點了點頭，道：「嗯，這人的名頭倒的確不小，好，過幾天你們再來吧，到時我若有空也許會跟你們去走這一趟。」

話未說完，那紅孩兒已跳了起來，大叫道：「這人好大的架子，我們跟他嚕嗦什麼，把他架回去不就完了?!」

巴英趕緊拉住了他，陪笑道：「若是病不急，過兩天本無妨，可是病人受的傷實在太重，莫說遲幾天，只怕連幾個時辰都遲不得的。」

梅二先生道：「你們的病人要緊，我這裡的病人難道就不要緊？」

巴英道：「梅二先生這裡也有位病人？」

梅二先生道：「不錯，不將他的病治好，我絕不能走的。」

巴英怔了怔，吶吶道：「但……但我們那邊病的是秦老爺子的大少爺，也是當今少林館座唯一的俗家弟子……」

梅二先生也跳了起來，道：「秦孝儀的兒子又怎樣？少林和尚的徒弟又怎樣，難道他的命就能比我這病人的命值錢麼？」

秦孝儀已是滿面怒容，卻說不出話。

那紅孩兒眼珠子一轉，忽然道：「你這病人若是死了呢？」

梅二先生冷笑道：「他死了自然用不著我再治，只可惜他死不了的。」

紅孩兒嘻的一笑，道：「那倒未必。」

他忽然一枝箭似的竄入了隔壁的屋子，身法之快。連屋裡的虬髯大漢都吃了一驚，巴英望了秦孝儀一眼，兩人居然都沒有阻攔。

紅孩兒竄到屋裡，眼睛就瞪在李尋歡身上，大聲道：「你就是那病人？」

李尋歡笑了笑，道：「小兄弟，你難道想我快些死麼？」

紅孩兒道：「一點也不錯，你死了，那髒鬼才肯去替秦大哥治病！」

他嘴裡說著話，袖中已飛出三根很小的袖箭，直取李尋歡的面目和咽喉，不但奇快奇準，而且勁道十足。

誰也想不到這看來十歲還不到的小孩子，竟是如此心黑手辣，若非李尋歡，換了別人只怕立刻就死在他的箭下。

但李尋歡只一伸手，這三枝箭便已到了他手裡，皺眉道：「小孩兒已如此狠毒，長大了那還得了。」

紅孩兒冷笑道：「你以爲自己有了兩手捉箭的功夫，就可來教訓我了麼！」

他身子凌空一翻，手裡已多了兩柄精光四射的短劍，不等這兩句話說完，已閃電般向李尋歡刺出了七招。

這孩子不但出招快、變招快，而且出手之狠毒，就算多年的老江湖也要自愧不如，每一招出手，都好像和對方有著什麼深仇大恨似的，恨不得一劍就將李尋歡刺出個大窟窿來。

李尋歡嘆道：「看來這孩子長大了又是個陰無極。」

虯髯大漢濃眉緊皺，道：「陰無極雖有『血劍』之名，卻還不肯妄殺無辜，但這孩子……」

紅孩兒冷笑道：「陰無極又算得了什麼？我七歲時已殺過人了，他呢？」

他見到李尋歡仍然坐在那裡，但他連變了七八種毒辣的劍招，仍無法傷得了別人，下手更毒、更狠。

李尋歡苦笑道：「不錯，陰無極年幼時，只怕也沒有他如此狠毒。」

虯髯大漢沉聲道：「此子長大，必是武林中一個大禍害，不如……」

李尋歡道：「我只是有些不忍。」

紅孩兒連攻一百招猶未得手，也知道今天遇見了難惹的人物，連眼睛都急紅了，咬著牙道：「你們可知道我父母是誰麼？只要你們敢傷我一根毫毛，他們不將你們亂刀分屍，大卸八塊才怪。」

李尋歡臉色一沉道：「如此說來，只准你殺人，別人卻不能傷你？」

紅孩兒道：「只要你有這麼大的膽子，殺了我也沒關係。」

李尋歡默然半晌，緩緩道：「我此刻還不願出手，只因你年紀還小，若有人嚴加管束，還可成器，趁我還未改變主意時，你快走吧。」

紅孩兒也知道自己是萬難得手的了，一招收劍，喘息著道：「你的武功真不錯，不知道你究竟是誰呀？我怎麼從來沒有見過你呢？」

李尋歡道：「你問清我的姓名，難道還想報仇麼？」

紅孩兒面上露出了天真的笑容，道：「你饒了我的命，我怎麼還會報仇呢？我只不過真佩服你，我一共刺出了一百零七劍，你卻連動都沒有動。」

李尋歡目光閃動，忽然一笑道：「你想不想學？」

紅孩兒大喜道：「你肯收我做徒弟麼？」

李尋歡笑道：「我若能替你父母管教管教你，你以後也許還有希望。」

紅孩兒不等他說完，已拜了下去，道：「師傅在上，請受徒兒一拜。」

這「拜」字剛出口，又是三道烏光自他背後急射而出，竟是巧手精製的「緊背低頭花裝弩」！

這孩子居然全身都是暗器。

李尋歡這次才真吃了一驚，若非身經百戰，反應奇迅，這一次只怕也要傷在這惡毒的童子手裡。

紅孩兒一擊不中，又揮手撲了過去，大罵道：「你算什麼東西？也配替我父母管教我，也配收我這個徒弟？」

虬髯大漢面籠寒霜，厲聲道：「此子天性惡毒，豺狼之心，留不得！」

李尋歡嘆了口氣，反手一掌揮了出去。

秦孝儀和巴英明明已知道紅孩兒在裡面要殺人，但兩人還是心安理得的站在那裡，文風不動。

梅大先生看那幅畫更已看得癡了，別的事他全不知道。

梅二先生目光閃動，道：「你們帶來的小孩子要殺人，你們也不管麼？」

巴英攤開雙手笑了笑，道：「老實話，這孩子的事誰也管不了。」

梅二先生冷笑道：「他若被人殺了，你們管不管？」

巴英笑而不答。

梅二先生道：「看你們如此放心，顯然是認為他的武功不錯，只有殺人，絕不會被人殺死的，是不是？」

巴英忍不住笑道：「老實說，這孩子的武功的確還過得去，有很多老江湖都已栽在他手上，何況他不但有個好爸爸，還有個好媽媽，別人吃了虧，也只有認了。」

梅二先生道：「他父母難道也不管麼？」

巴英道：「有這麼聰明的兒子，做父母的怎麼忍心管得太嚴呢？」

梅二先生道：「不錯，他父母看他殺了人，表面上說不定會罵兩句，心裡卻也許比誰都高興，可是他今天遇見我這病人，只怕就要倒楣了。」

巴英道：「哦？」

梅二先生道：「我這病人只要一伸手，他這條小命就算報銷了。」

巴英失笑道：「一伸手就能要他的命？這話我們有些不信，你那病人難道還能像李探花一樣，飛刀奪命，例不虛發麼？」

梅二先生淡淡一笑道：「老實話，我這病人正是李尋歡。」

這句話說出來，巴英的臉立刻慘白如紙，乾笑著道：「閣下你……何必開玩笑？」

梅二先生悠然道：「你若不信，為何不進去瞧瞧！」

巴英怔了半晌，忽然衝了進去，嘎聲大呼道：「李探花、李大俠，手下留情。」

梅二先生嘆了口氣，喃喃道：「這些自命俠義之輩的嘴臉原來也不過如此，只有自己兒子的命才值錢，別人的命卻比狗都不如，只許自己的兒子殺別人，卻不許別人殺他。」

秦孝儀威嚴沉重的臉上，忽然泛起一絲惡毒的微笑。

但他儘量將這種笑容壓制掩飾著，卻長嘆道：「李尋歡若真的殺了那孩子，他只怕就遺憾終生了。」

李尋歡一掌揮出，看來並沒有什麼奇詭的變化。

紅孩兒年紀雖小，與人交手時卻老到得出奇，眼看這一掌拍來，竟然不避不閃，他竟算定了對方這一招必是虛招，真正的殺手必然還在後面，所以他只是斜斜挑起了劍尖，如封似閉，也以虛招應對。

李尋歡這一掌無論有什麼變化，他劍勢都可隨之而變，李尋歡這一掌若是忽然變爲實招，他這一劍也可變爲實招，乘勢洞穿李尋歡的手腕。

他這一招用得當真厲害已極，部位、時間、力道、無一不拿捏得恰到好處，江湖中的劍手能使得出這種招式來的人真還不多，顯然這孩子非但得到了名家的指點，而且天生就是練武的好材料。

要知武功招式，雖可得自師傳，但臨敵時的應變和判斷，卻是誰也傳授不了，正是「運用之妙，存乎一心」。

只可惜他今日遇著的對手是李尋歡。

李尋歡這一掌並沒有任何變化，只不過他的出手實在太快了，快得令人根本無法思議。

紅孩兒所有的對策，竟全都用不上，等到他掌中劍再要去刺李尋歡手腕的時候，李尋歡的手掌已拍上了他胸膛。

但紅孩兒並沒有感覺到疼痛，他只是覺得一股暖流自對方的掌心傳遍了他全身，就宛如嚴寒之中喝下了一杯香醇的熱酒。

這時外面才傳入巴英焦急的呼聲。

「李大俠，手下留情！」

但等到巴英衝進來時，紅孩兒已倒在地上，又宛如大醉初醒，全身軟綿綿的再也使不出絲毫氣力。

巴英失色驚呼道：「雲少爺，你怎麼樣了？」

紅孩兒顯然也已覺出情況不妙，眼圈兒都紅了，嗄聲道：「我……我只怕已遭了這人的毒手，你快去叫爹爹來替我報仇。」

一句話未說完，終於放聲大哭起來。

巴英跺了跺腳，滿頭大汗如雨。

虬髯大漢冷冷道：「這孩子武功雖已被廢，但這條小命總算留下來了，只因我家少爺出手時忽又動了憐惜之意，若換了是我……哼！」

巴英似乎根本沒有聽到他在說什麼。

虬髯大漢厲聲道：「你若想復仇，只管出手吧！」

巴英也不說話，忽然向李尋歡撲地拜倒。

李尋歡反倒覺得有些意外了，皺眉道：「你是這孩子的什麼人？」

巴英道：「小人巴英，李探花雖不認得小人，小人卻認得李探花的。」

李尋歡淡淡道：「你認得我最好，他父母若想復仇，叫他們來找我就是，現在你趕快帶這孩子回去吧，若是調治得法，將來雖不能動武，行動總無妨的。」

紅孩兒「哇」的一聲又大哭起來，撲地喊道：「好狠的人，你竟敢廢了我，我不要活了……不要活了！」

虯髯大漢厲聲道：「這只不過是叫你以後莫要再隨意出手傷人而已，你也許反而可以因此活得長些，否則似你這般心黑手辣，遲早必遭橫禍無疑。」

只聽一人冷冷道：「既是如此，殺手無情的李探花，爲何至今還未遭橫死呢？」

虯髯大漢怒喝道：「什麼人？」

只見一個紫面長髯的老人，緩緩走了進來，道：「十年不見，李探花就不認得故人了麼？」

李尋歡目光閃動，皺著眉一笑，道：「原來是『鐵膽震八方』秦大俠，這就難怪這孩子敢隨意殺人了，有秦大俠撐腰，還有什麼人殺不得！」

秦孝儀冷笑道：「在下殺的人，只怕還不及李兄一半吧。」

李尋歡道：「秦大俠倒也不必太謙虛，只不過，在下若殺了人，便是冷酷毒辣，閣下殺了人，便是替天行道了！」

他微微一笑，接著道：「今日這孩子若殺了在下，日後傳說出去，必然不會說他是爲了要搶大夫而殺人的，必定要說他和秦大俠又爲江湖除了一害，是麼？」

秦孝儀縱然老練沉穩，此刻臉上也不覺有些發紅。

紅孩兒本已聽得發愣，此刻又放聲大哭道：「秦老伯，你老人家還不出手替我報仇麼？」

秦孝儀冷冷一笑，道：「若是別人傷了你，自然有人替你復仇，但李探花傷了你，你恐怕只有認命了。」

紅孩兒道：「為……為什麼？」

秦孝儀橫了李尋歡一眼，道：「你可知道傷你的人是誰麼？」

紅孩兒搖了搖頭，道：「我只知道他是個心黑手辣的惡徒！」

秦孝儀目中又露出一絲惡毒的笑意，緩緩道：「他就是名動八表的『天下第一刀』李尋歡，也就是你爹爹的生死八拜之交！」

這句話說出來，紅孩兒固然呆住了，李尋歡更吃了一驚，失聲道：「他是什麼人的兒子？」

巴英嘆了口氣，道：「這孩子就是龍嘯雲龍四爺的大公子，龍小雲！」

剎那之間，李尋歡宛如被巨雷轟頂，震散了魂魄！

他木然坐在那，一雙銳利的眼睛已變為死灰色，眼角的肌肉在不停的抽縮著，一滴滴冷汗沿著鼻窪流到嘴角。

虯髯大漢亦是面色慘變，汗出如漿。

只有他最了解龍嘯雲和林詩音夫妻間的關係，現在李尋歡竟傷了他們的愛子，其心情之沉痛可想而知。

巴英嘆道：「這真是想不到的事情，只因秦老爺子的大公子『玉面神拳』秦重，在捕捉『梅花盜』時，不幸受傷，雖仗著少林佛門聖藥『小還丹』暫時保全了性命，但仍是危在旦夕，大家都知道，『妙大夫』梅二先生乃天下救治外傷的第一把好手，尤其善於治療各種外門暗器，是以秦老爺子才輾轉打聽到梅二先生的消息，尋到這裡來，誰知雲少爺年輕性急，竟出了這種事。」

他一個人喃喃自語，也不知有沒有人在聽他的。

梅二先生此刻似也看出李尋歡的痛苦，先看了看紅孩兒的傷勢，又把了把他的脈息才站起來道：「我擔保這孩子非但性命無礙，而且一切都可與常人無異。」

巴英大喜道：「武功呢？」

梅二先生冷冷道：「爲何定要保全武功？難道他日後還想殺人麼？」

巴英怔了半晌，嘆道：「梅二先生有所不知，只因龍四爺只有這麼一位少爺，而且又是練武的奇才，所以龍四爺夫婦兩位都對他期望很高，希望他將來能光大門楣，若是知道他們的孩子已不能練武，龍四爺夫婦真不知該怎麼傷心了。」

梅二先生冷笑道：「這也只能怪他們管教不嚴，縱子行兇，怨不得別人！」

他們說的話，李尋歡根本連一個字都沒有聽見。

也不知怎地，在這種時候，他思潮竟又落入了回憶中，許多不該想的事，此刻他全都想了起來。

他記得那天是初七，他爲了一件很重要的事，所以沒有過完年就一定要趕著出門到口外去。

那天也在下著雪，林詩音特別爲他做了一桌很精緻的酒菜，在她自己的小院中陪他飲酒賞雪。

林詩音從小就是在他們家長大的，她的父親，是李尋歡父親的妻舅，兩位老人家沒有死的時候，早已說定親上加親了。

但李尋歡和林詩音並沒有像一些世俗的小兒女那樣因避諱而疏遠，他們不但是情人，也是很好的朋友。

雖然過了十年，李尋歡還是清清楚楚的記得那一天。

那天的梅花開得好美，她帶著三分醉意的笑靨卻比梅花更美，那天真是充滿了幸福和歡樂。

但是，不幸的事立刻就隨著來了。

他自口外回來時，他的仇家竟勾結了當時兇名最盛的「關外三兇」在邯鄲大道上向他夾擊。

他雖手刃了十九人，但最後卻也已重傷不支，眼見就要傷在大兇卜霸的一雙餵毒跨虎籃之下。

就在這時，龍嘯雲來了。

龍嘯雲以一柄銀槍活挑了卜霸，救了他的性命，又盡心治癒了他的傷勢，一路護送他回家。

從此，龍嘯雲不但是他的恩人，也成了他最好的朋友。

但是後來龍嘯雲卻病了，病得很重，一條鐵打般的漢子，不到半個月竟已變得面黃肌瘦，形銷骨立。

李尋歡問了很久，才知道他竟是爲了林詩音而病的，這條鐵錚錚的漢子爲情所困，竟已相思入骨。

他自然全不知道李尋歡和林詩音已訂了親，所以他求李尋歡將「表妹」許配給他，他答應李尋歡一定會好好照顧她。

李尋歡怎麼能答應他呢？

但他又怎麼能眼見著他的恩人相思而死。

而他更不能去求林詩音嫁給別人，林詩音也絕不會答應。

他滿心痛苦，滿懷矛盾，只有縱酒自遣，大醉了五日後，他終於下了決定，那真是個痛苦的決定。

他決定要讓林詩音自己離開他。

於是他就求林詩音去照顧龍嘯雲的病，他自己卻開始縱情聲色，花天酒地，甚至經月的不回家。

他要造成龍嘯雲和林詩音親近的機會。

林詩音流著淚勸他時，他卻大笑著拂袖而去，反而變本加厲，居然將京城的名妓小紅和小翠帶回家來了。

兩年後，林詩音終於心碎、失望。

她終於選擇了對她情深一往的龍嘯雲。

李尋歡的計劃終於成功了，但這成功卻又是多麼辛酸，多麼痛苦，他怎麼能再留在這裡看昔日的梅花？

於是他就將自己的家園全送給林詩音作嫁妝，一個人蕭然而去，他決心永遠也不再見她。

可是現在，他卻傷了他們的獨生子！

李尋歡獨自吞下了這杯苦酒，也嚥下了眼淚，緩緩站起來道：「龍四爺在那裡？我隨你們去見他！」

昔日的「李園」，如今雖已變成了「興雲莊」，但大門前那兩幅御筆親書的門聯卻仍在。

「一門七進士。
父子三探花。」
李尋歡見到這副對聯，就像是有人在他的胸口上重重踢了一腳，使得他再也無法舉步。
巴英早已抱著紅孩兒衝了進去，秦孝儀也拉著梅二先生大步而入，門口的家丁卻都帶著詫異的眼色望著李尋歡。
他們像是在奇怪，這陌生人站在門口發什麼呆？

八　往事不可追

但這本是李尋歡自己的家園，他從小就在這裡長大的，在這裡，他曾經度過一段最幸福的童年，得過最大的榮耀，可是，也就在這裡，他曾經親自將他父母和兄長的靈柩抬出去埋葬。

又誰能想到此刻他在這裡竟變成個陌生人了。

李尋歡淒然一笑，耳旁似乎響起了一陣淒涼的悲歌：「眼看他起高樓，眼看他宴賓客，眼看他樓垮了。」

他仔細咀嚼著這其中的滋味，體味著人生的離合，生命的悲歡，更是滿懷蕭索，泫然欲泣。

虯髯大漢也是神色黯然，悄聲道：「少爺，進去吧。」

李尋歡嘆了口氣，苦笑道：「既已來了，遲早總是要進去的，是麼？」

誰知他剛跨上石階！突聽一人大喝道：「你是什麼人？敢往龍四爺的門裡亂闖？」

一個穿著錦緞羊皮襖，卻敞著衣襟，手裡提著個鳥籠的大麻子從旁邊衝過來，攔住了李尋歡的去路。

李尋歡皺眉道：「閣下是……」

麻子手叉著腰，大聲道：「大爺就是這裡的管家，我的閨女就是這裡龍夫人的乾妹妹，你想怎麼樣？」

李尋歡道：「噢——既是如此，在下就在這裡等著就是。」

麻子冷笑道：「等著也不行，龍公館的大門口豈是閒雜人等可以隨意站著的？」

虯髯大漢怒容滿面，但也知道此時只有忍耐。

誰知那麻子竟又怒罵道：「叫你滾開，難道是找死嗎？」

李尋歡雖還忍得住，虯髯大漢卻忍耐不住了。

他正想過去給這個麻子教訓，門裡已有人高呼道：「尋歡，尋歡，真是你來了麼？」

一個相貌堂堂，錦衣華服，頷下留著微鬚的中年人已隨聲衝了出來，滿面俱是興奮激動之色，一見到李尋歡，就用力捏著他的脖子，嘎聲道：「不錯，真是你來了……真是你來了……」

話未說完，已是熱淚盈眶。

李尋歡又何嘗不是滿眶熱淚，道：「大哥……」

只喚了這一聲「大哥」，他已是語聲哽咽，說不出話來。

那麻子見到這光景，可真是駭呆了。

只聽龍嘯雲不住喃喃道：「兄弟，你真是想死我了，想死我了……」

他這句話翻來覆去也不知說了多少遍，忽又大笑道：「你我兄弟相見，本該高興才是，怎地卻眼淚巴巴的像個老太婆……」

他大笑著擁著李尋歡往裡走，還在大呼著道：「快去請夫人出來，大家全出來，來見見我的兄弟，你們可知道我這兄弟是誰麼？……哈哈，我說出來包你們都要嚇一跳。」

虯髯大漢望著他們，眼淚也快要流了出來，他心裡只覺酸酸的，也不知是悲痛？還是歡喜。

那麻子這才長長吐出口氣，摸著腦袋道：「我的媽呀，原來他就是李……李探花，連這棟房子聽說都是他送的，我卻不讓他進來，我……我真該死。」

那紅孩兒龍小雲正被十幾個人圍著，坐在大廳裡的太師椅上，他也明白了他父親和李尋歡的關係，嚇得連哭都不敢哭了。

但龍嘯雲剛擁著李尋歡走入大廳，本來站在龍小雲旁邊的兩條大漢忽然撲了出來，指著李尋歡的鼻子道：「傷了雲少爺的，就是你嗎？」

李尋歡道：「不錯！」

那大漢怒道：「好小子，你膽子真不小！」

兩人一左一右，竟向李尋歡夾擊而來！

李尋歡並沒有回手，但龍嘯雲忽然怒喝一聲，反手一掌，跟著飛起一腳，將兩人都打得滾了出去，怒道：「你們敢對他出手？你們的膽子才真不小，你們可知道他是誰嗎？」

那兩人再也想不到馬屁竟拍在馬腿上。

一人捂著臉吃吃道：「我們只不過是想替雲少爺……」

龍嘯雲厲聲道：「你們想怎樣，告訴你們，龍嘯雲的兒子就是李尋歡的兒子，李尋歡莫說只不過教訓了他一次，就算將這畜牲殺了，也是應該的！」

他放聲大喝道：「從今以後，誰也不許再提起這件事，若有誰敢再提起這件事，就是成心和我龍嘯雲過不去！」

李尋歡木然而立，心裡也不知是什麼滋味。

龍嘯雲若是痛罵他一場，甚至和他翻臉，他也許還會覺得好受，但龍嘯雲卻如此重義氣，他心裡只有更慚愧、更難受！黯然道：「大哥，我實在不知道……」

龍嘯雲用力一拍他肩頭，笑道：「兄弟，你怎地也變得這麼婆婆媽媽起來了？這畜牲被他母親慣得實在太不像話了，我本就不該傳他武功的。」

他大笑著呼道：「來來來，快擺酒上來，你們無論誰若能將我這兄弟灌醉，我馬上就送他五百兩銀子。」

大廳中的人本多是老江湖，光棍的眼睛那有不亮的，早已全部圍了過來，向李尋歡陪笑問好。

突聽內堂一人道：「快掀簾子，夫人出來了。」

站在門口的童子剛將門簾掀起，林詩音已衝了出來。

李尋歡終於又見到林詩音了。

林詩音也許並不能算是個真正完美無瑕的女人，但誰也不能否認她是個美人，她的臉色太蒼白，身子太單薄，她的眼睛雖明亮，也嫌太冷漠了些，可是她的風神，她的氣質，卻是無可比擬的。

無論在任何情況下，她都能使人感覺到她那種獨特的魅力，無論誰只要瞧過她一眼，就永遠無法忘記。

這張臉在李尋歡夢中已不知出現過幾千幾萬次了，每一次她都距離得那麼遙遠，不可企及的遙遠。

每一次李尋歡想去擁抱她時，都會忽然自這心碎的噩夢中驚醒，他只有躺在自己的冷汗裡，望著窗外黑沉沉的夜色顫抖，痛苦地等待著天亮，可是等到天亮的時候，他還是同樣痛苦，同樣寂寞。

現在，夢中人終於真實的在他眼前出現了，他甚至只要一伸手，就可以觸及她，他知道這不再是夢。

可是，他又怎麼能伸手呢？

他只希望這又是個夢，但真實永遠比夢殘酷得多，他連逃避都無法逃避，只有以微笑來掩飾住心裡的痛苦，勉強笑道：「大嫂，你好！」

大嫂！

魂牽夢縈的情人，竟已是「大嫂」，虯髯大漢扭轉了頭，不忍再看，因為只有他知道李尋歡這一聲「大嫂」喚得是多麼痛苦、多麼辛酸。

他不知道自己若在李尋歡這種情況中時，是否也能喚得出這一聲「大嫂」來，他不知道自己是否也有勇氣來承受如此深的痛苦。

他若不扭轉頭去望院中的積雪，只怕早已流下淚來。

而林詩音，卻彷彿根本沒有聽見這一聲呼喚。

她的心神彷彿已全貫注在她的兒子身上。

那孩子瞧見了母親，又放聲痛哭起來，他掙扎著撲入他母親的懷抱裡，嘶聲大哭著道：「我已經沒法再練武了，已變成了殘廢，我……我怎麼能再活得下去。」

林詩音緊緊摟住他，道：「是……是誰傷了你的。」

紅孩兒道：「就是他！」

林詩音目光隨著他手指望過去，終於望在李尋歡臉上。

她瞪著李尋歡就彷彿在瞪著個素不相識的陌生人，然後，她目光中就漸漸露出了一種怨恨之意，一字字道：「是你？真的是你傷了他？」

李尋歡只是茫然的點了點頭。

誰也不知道是什麼力量支持著他的，他居然還沒有倒下去。

林詩音瞪著他，咬著嘴唇道：「很好，很好，我早就知道你不會讓我快快樂樂的活著，你連我最後剩下的一點幸福都要剝奪，你……」

龍嘯雲乾咳一聲，打斷了她的話，大聲道：「你不能這樣對尋歡說話，這完全不能怪他，全是雲兒自己闖出來的禍，何況，當時他並不知道雲兒是我們的孩子。」

紅孩兒忽又大聲道：「他知道，他早就知道了，本來他根本就傷不了我，可是我聽說他是爸爸的朋友就住了手，誰知他反而趁機傷了我！」

虯髯大漢憤怒得全身血管都要爆裂，但李尋歡卻還是木然站在那裡，竟完全沒有爲自己辯護之意。

無論多麼大的痛苦，他都已承受過了，現在他難道還能和一個小孩子爭論得面紅耳赤麼？

龍嘯雲卻厲聲道：「畜牲，你還敢說謊？」

紅孩兒大哭著道：「我沒有說謊，媽，我真的沒有說謊！」

龍嘯雲大怒著想去將他拉過來，但林詩音已擋在他面前，嘎聲道：「你還想將他怎麼樣？」

龍嘯雲跺腳道：「這畜牲實在太可惡，我不如索性廢了他，也免得他再來現世！」

林詩音蒼白的臉上泛起了一陣憤怒的紅暈，厲聲道：「那麼你連我也一起殺了吧！」

她目光在李尋歡臉上一轉，冷笑著道：「反正你們都很有本事，要殺死個小孩子固然是易如反掌，再多殺個女人也沒什麼關係的。」

龍嘯雲仰天長嘯嘆了一聲，跌足道：「詩音，怎地你也會變得如此無理？」

林詩音根本不理他，已緊緊摟著她的兒子走入了內堂，她的腳步雖輕，但李尋歡的心都已被踩碎了。

龍嘯雲拍著他肩頭長嘆道：「尋歡你也莫要怪她，她本不是如此不講理的女人，可是一個女人若是做了母親，那麼她就會變得不講理起來了。」

李尋歡黯然道：「我知道，母親為了自己的兒子，無論做什麼事都是應該的。」

他勉強一笑，又道：「我雖然沒有做過別人的母親，至少總做過別人的兒子……」

借酒澆愁愁更愁，這句傳誦千古的詩句，其實並不是完全正確的，喝少量的酒，固然能令人更多愁善感，更容易想起一些傷心的事，但等到他真的喝醉了，他的思想和感覺就完全麻木。那麼，世上就沒有任何事能令他痛苦了。

李尋歡很了解這一點，他拚命想喝醉。

喝醉酒並不是件困難的事，但一個人傷心的事愈多，喝醉的次數愈多，愈需要喝醉的時候，反而卻偏偏很不容易喝醉。

夜已很深。

酒也消耗了不少，但李尋歡卻一點醉意也沒有。

他忽然發覺別的人也都沒有酒意，十幾個江湖客在一起喝酒，喝到夜深時居然還沒有一個人喝醉，這實在是件很不尋常的事。

夜色愈深，大家的臉色也就愈沉重。一個個都不時伸長脖子往外望，彷彿在等待著什麼人似的。突聽更鼓聲響，已是三更。

大家的臉色竟不約而同的變了，失聲道：「三更了，趙大爺怎地還沒有回來？」

李尋歡皺了皺眉道：「這位趙大爺又是何許人也？各位難道一定要等他回來才肯喝酒？」

一人陪笑道：「不瞞李探花，趙大爺若是不回來，這酒咱們實在喝不下去。」

另一人道：「趙大爺就是人稱『鐵面無私』趙正義趙老爺子，也就是我們龍四爺的結拜大哥，李探花難道還不知道麼？」

李尋歡舉杯大笑道：「十年不見，想不到大哥竟又結交了這許多名聲顯赫的好兄弟，且待小弟先敬大哥一杯。」

龍嘯雲臉上似乎紅了紅，勉強笑道：「我的兄弟，也就是你的兄弟，我也敬你一杯。」

李尋歡道：「那倒也不錯，想不到我竟也平空多出了幾位大哥來，卻不知這些大英雄們肯認我這不成才的兄弟？」

龍嘯雲哈哈大笑道：「他們歡喜還來不及哩，焉有不認之理。」

李尋歡道：「只……」

他本來也不知要說什麼，但話到嘴邊卻改口笑道：「趙大爺素來『鐵面無私』，據說終年也難見到他笑一次，他若一來，我只怕嚇得連酒都喝不下去了，想不到各位卻要等他來了才肯喝酒。」

龍嘯雲沉默了半晌，忽然斂去笑容，沉聲道：「梅花盜已重現江湖……」

李尋歡截口道：「這件事我倒已聽說過。」

龍嘯雲道：「但賢弟可知道這『梅花盜』此刻在那裡麼？」

李尋歡道：「據說此人行蹤飄忽……」

龍嘯雲也打斷了他的話，道：「不錯，此人的確行蹤飄忽，但我卻知道他目前必在保定城裡，而且說不定已在我們家附近。」

這句話說出來，大家都不約而同的縮了縮脖子，那盆燒得正旺的爐火，似已擋不住外面侵入的寒氣了。

李尋歡也不禁爲之動容，道：「莫非他已在此間現身了麼？」

龍嘯雲嘆：「不錯，秦孝儀秦三哥的大公子已在前天晚上傷在他手裡。」

李尋歡皺眉道：「他是在那裡下的手？」

龍嘯雲一字字道：「就在我們家後園，『冷香小築』前面的梅花林裡。」

李尋歡聳然道：「他還傷了什麼人？」

龍嘯雲道：「賢弟也許還不知道，此人每天晚上素來只傷一人，而且絕不會在三更之前出手！」

他勉強笑了笑，道：「他殺人的脾氣就好像有些人喝酒一樣，不但定時，而且定量。」

李尋歡也笑了笑，但笑容並沒有使他的神情看來輕鬆些，他沉吟了半晌，才沉聲問道：「昨天晚上呢？」

龍嘯雲道：「昨天晚上倒還很太平。」

李尋歡道：「如此說來，他的對象也許只是秦大少爺，此後也許不會來了。」

龍嘯雲搖了搖頭，道：「他遲早還是要來的。」

李尋歡揚眉道：「爲什麼？他難道和大哥有什麼過不去嗎？」

龍嘯雲又搖了搖頭，緩緩道：「他的對象既非秦重，也不是我。」

李尋歡失聲道：「是……是誰？」

龍嘯雲道：「他的對象是林……」

說到「林」字，李尋歡面色已變了，但龍嘯雲說的並不是「林詩音」，而是「林仙兒」。

李尋歡暗中鬆了口氣，道：「林仙兒？她又是何許人也？」

龍嘯雲大笑道：「兄弟，你若連林仙兒都不知道，只怕真的是老了，換了十幾年前，你對林仙兒這名字只怕比誰都清楚得多。」

李尋歡微笑道：「如此說來，她莫非也是位美人？」

龍嘯雲道：「她非但是位美人，而且是大家公認的武林第一美人，江湖中的風流俠少爲她神魂顛倒的，也不知有多少。」

他指點著身旁的一群人大笑道：「你以爲他們真是衝著我龍四的面子來的嗎？若不是林仙兒在這裡，我就算每天擺上整桌的燕翅席，他們也未必肯上門。」

大家的臉都紅了，其中兩個錦衣少年的臉紅得更厲害，龍嘯雲用力拍著他們的肩頭，又笑著道：

「你們的運氣總算還不錯，現在總算還有希望，我這兄弟若是年輕十年，那裡還有你們的份兒。」

李尋歡也大笑道：「大哥以爲我真的老了麼？我的人雖老了，心卻還未老哩。」

龍嘯雲目光閃動，忽又大笑道：「不錯不錯，一點也不錯，她裙下之臣雖然比螞蟻還多，但除了你之外，只怕誰也沒有希望。」

李尋歡苦笑道：「只可惜我已在酒缸裡泡了十年，手段已大不如前了。」

龍嘯雲緊緊握住了他的手，道：「賢弟有所不知，這位林姑娘非但美如天仙而且很有志氣，她什麼人都不願意嫁，卻揚言天下無論誰只要能除去『梅花盜』，就算是個又麻又跛的老頭子，也可以娶她做老婆。」

李尋歡道：「只怕就因爲這緣故，所以梅花盜也一心要除去她。」

龍嘯雲道：「正是如此，梅花盜前天晚上到『冷香小築』去，也正是爲了找她，想不到秦重恰巧在那裡，竟做了她的替死鬼。」

李尋歡目光閃動道：「秦大少爺也是她的裙下之臣麼？」

龍嘯雲苦笑道：「他本來倒還蠻有希望的，只可惜現在……」

李尋歡笑了笑，道：「冷香小築寂寞多年，如今有那位林姑娘住在那裡，想必已熱鬧了起來，三更半夜裡，居然還有多情公子在門外徘徊。」

龍嘯雲的臉又紅了紅，苦笑道：「冷香小築是兄弟你的故居，我本不該讓別人住進去的，可是……可是……」

李尋歡截口道：「那地方能得美人青睞，正是蓬蓽生輝，土木若有知，只怕也要樂不可支了，絕不會再讓我這癆病鬼再住進去隨地吐痰的。」

他目光炯炯，凝注著龍嘯雲，微笑著又道：「可是，這位林姑娘和大哥你又有什麼關係呢？」

龍嘯雲乾咳兩聲，道：「她是詩音在普陀上香時認得的，兩人一見投緣，就結爲姐妹，正好像兄弟你和我的情況一樣。」

李尋歡似乎怔了怔，道：「她的父親難道就是我方才在門外見到的那位大管家麼？」

龍嘯雲苦笑道：「你想不到吧？其實誰也想不到那種父親竟能生得出她那樣的女兒來，這就叫烏鴉窩裡出了個鳳凰。」

李尋歡道：「那位『鐵面無私』趙大爺難道是去約幫手來保護她？趙大爺如今難道也變得憐香惜玉起來了？」

龍嘯雲似乎並未聽出他話裡的譏誚之意，道：「趙老大除了要保護她之外，更想趁這機會除去『梅花盜』，何況，中原武林的世家巨族已出了筆爲數可觀的銀子來緝捕梅花盜，這筆銀子現在就存在我這裡，若有什麼失閃，這責任只怕誰也承擔不起。」

李尋歡聽到這裡，方爲之動容，失聲道：「大哥爲何要將這擔子背下來呢？」

龍嘯雲嘆了口氣，道：「既然有了擔子，就得有人來背，兄弟你說對不對？」

李尋歡沉默了半晌，喃喃道：「現在又是三更了，梅花大盜今天晚上會不會再來？」

他忽然長身而起，道：「趙大爺還未回來，各位的酒既然喝不下去，我還是趁這時候到四下去逛逛，也好去探望探望那些老友梅花。」

龍嘯雲皺眉道：「兄弟你想探望的只怕不是梅花，而是梅花盜吧！」

李尋歡笑而不答。

龍嘯雲皺眉道：「你定要去孤身涉險？」

李尋歡還是笑而不答。

龍嘯雲凝目望了他半晌，忽然大笑道：「好好好，我知道你若決定要做一件事，那是誰也攔不住的，何況，梅花盜知道李探花在這裡，只怕就不敢來了！」

後園中梅花仍無恙，彷彿比十年前開得更盛了，但園中的人呢？人縱然也有梅花那一身傲骨，卻又怎禁得起歲月的消磨？花謝了還會再開，但人呢？人的青春逝去後，還有誰能再追回？

李尋歡靜靜的站在那裡，凝望著遠處樓頭的一點燈火，十年前，這小樓本屬於他的，樓中的人本也屬於他的。

但現在，這一切也都隨著青春而去，是永遠再也無法追回的了，現在他所剩下的，只有相思，只有寂寞。

相思雖苦惱，但若不相思，他只怕已無法再活著。

踏過積雪的小橋，便是一片梅林。

梅林中也露出小樓一角，這正是李尋歡昔日讀書學劍的地方，這小樓與遠處那小樓遙遙相對，雪霽的時候，他只要推開窗戶，就可以瞧見對面小樓那多情人兒的多情眼波，也正在向他凝睇。

但現在……

「情到濃時情轉薄」，李尋歡長長嘆了口氣，抖落了身上的積雪，黯然走過了小橋，踏碎了橋上的積雪。

後園中寂無人影，也聽不到人聲，三更後正是梅花盜隨時都可能出現的時候，還有誰願意逗留在這裡？

李尋歡緩緩走向梅林中的冷香小築。

他倒並不是想去探望那位絕世的美人林仙兒，他知道在這種時候，林仙兒也絕不會還逗留在這裡的。

他只不過忍不住想去看看他昔日的故居，人在寂寞時，就會覺得往日的一切都是值得留戀的。

就在這時，靜寂的梅林中，忽然發出一聲輕笑。

李尋歡整個人立刻變了，就在這一剎那間，他懶散的身體裡已立刻充滿了力量，狡兔般向笑聲傳出的方向撲了過去。

他彷彿聽到一聲女子的驚呼，只不過呼聲很輕。

接著，他就看到一條白色的人影從後面逃走，卻另有一條黑色的人影迎面向他撲了過來。

這人的身形異常高大，來勢更快得驚人，人還在兩三丈外，已有一種凌厲的冷風直逼李尋歡的眉睫。

李尋歡立刻就發覺這人練的是一種極奇詭陰森的外門掌力，而掌力之強，已無疑是武林中的一流人物。

梅花盜！

難道這人就是梅花盜？

李尋歡並沒有硬接這一掌，不到萬不得已時，他從不肯浪費自己的真力和別人硬拚，因爲他覺得他的氣力比別人珍貴得多。

有一次「金剛手」鄧烈醉後硬逼著要和他對掌，但李尋歡卻再三拒絕，鄧烈就問他爲何不肯。

李尋歡的回答很妙，他說：「我又不是牛，爲何要跟你鬥牛？」

他覺得武功也是種藝術，縱不能妙滲化境，至少也要清淡自然，若和別人以蠻力相拚，那就簡直愚蠢得和牛差不多了。

但鄧烈是他的朋友，他可以拒絕，現在這人卻彷彿存心要將他立斃掌下，凌厲的掌力，已將他所有退路全都封死。

何況，兩人的身形都在往前撲，無論誰若想在這間不容髮的剎那間抽身閃避，縱能成功，也勢必要被對方搶得先機，那麼，等到對方第二掌擊出時，他再想閃避，就難如登天了！

李尋歡身形突然向後退了出去。

他身形的變化，竟似比魚在水中還要靈活。

黑衣人厲叱一聲，掌力又呼嘯著向他壓了下來。

李尋歡箭一般退了出去，身子幾乎已和地面平行，他的手似乎並沒有什麼動作，但飛刀已射出去。

刀光一閃，如黑夜中的流星！

黑衣人忽然狂吼一聲，沖天飛起，凌空轉了個身，「飛鳥投林」向梅林後如飛奔逃了出去。

李尋歡腳跟一點地，身子就站了起來，他像是很悠閒的站在那裡，居然並沒有追趕之意。

但那黑衣人還未衝出梅林，就已倒下！

李尋歡搖著頭，嘆了口氣，緩緩踱過去，雪地上已多了一連串鮮血，那黑衣人就倒在血痕的盡頭。

他雙手握著自己的咽喉，鮮血還不停的自指縫裡泌出，那柄發亮的小刀，已被拔了出來，就拋在他身旁。

李尋歡俯身拾起了他的刀，也看到了黑衣人那張已因痛苦而痙攣的臉，他失望的嘆息了一聲，喃喃道：「你既非梅花盜，何苦要逼我出手呢？」

那人咬著牙，喉嚨格格作響，卻說不出話來。

李尋歡道：「你雖不認得我，我卻認得你，你是伊哭的大徒弟，十年前我就見過你了，只要被我見過一面的人，我就不會忘記。」

那人掙扎著，嘶聲道：「我……我也認得你！」

李尋歡嘆道：「你既然認得我，爲什麼要殺我呢？難道是殺我滅口？但你就算是到這裡來和別人幽會的，也並不是什麼見不得人的事呀。」

那人喘息著，目光中充滿了怨毒之意，眼珠子都快凸了出來，他似乎還想掙扎著說話，但稍微一用力，鮮血又飛濺而出。

李尋歡搖了搖頭，喃喃道：「我知道你一定有什麼秘密不願被人知道，所以不分青紅皂白，就想將我殺了滅口，那時你只怕也未想到要殺的對象會是我。」

他又嘆了口氣道：「你要殺我，所以我才殺你，你選錯了對象，我也選錯人了……」

那人狂吼一聲，忽然又向李尋歡撲了過去。

但李尋歡只是靜靜的望著他，動也不動，眼看他的手掌已將觸及李尋歡的胸膛，就「噗」地跌了下去，永遠再也不會動了。

李尋歡還是靜靜的望著他，過了很久之後，才皺著眉道：「前天晚上是秦孝儀的兒子，今天晚上是伊哭的徒弟，看來這位林仙兒空閒的時候還真不多，眼光也不錯，約會的倒全都是名家的子弟，但那個少女不懷春？那個少男不多情？這又不是什麼犯法的事，他爲何要這麼怕人撞見呢？難道這其中還有什麼秘密？」

冷香小築中的燈光還在亮著，方才那淡白色的人影，正是往那邊逃走的，人影看來很苗條，會不會就是林仙兒？

李尋歡沉思著，緩緩踱過去。

他的眼睛在閃著光，似乎發現了一些很有趣的事。

風穿過梅林，積雪一片片落了下來。

忽然間，一片片積雪似乎被一種無形的勁氣震得粉末般四散飛揚，接著，寒光一閃，直到李尋歡的背脊。

這一劍非但來勢奇快，而且劍氣激盪，凌厲無比，縱然迎面刺來，也令人難以抵擋，何況是自背後偷襲。

李尋歡身著重裘，猶自覺得劍氣砭人肌骨。

這時劍尖的寒芒，已劃破了他的貂裘。

在這寂靜的寒夜，寂靜的梅林中，竟似隨時隨地都有人一心想將他置之於死地！他流亡十年，剛回到家。

這難道就是歡迎他回家的表示麼？

李尋歡若是向左閃避，右脅就難免被劍鋒洞穿，若是向右閃避，左脅就難免被洞穿，若是向前閃避，背脊的正中就要多個窟窿，因爲他無論如何閃避，都不可能比這一劍更快！

他身經百戰，卻從未遇見這麼快的劍！

但李尋歡的身子卻已在這刹那間，貼著劍鋒滑開，冰涼的劍鋒，貼著他肌膚時，他只覺全身汗毛都悚慄起來！

「哧」的，劍鋒刺入了李尋歡的貂裘。

他身經百戰，卻也從未有如此這般接近死亡。

對方一劍刺空，似乎覺得更吃驚，劍鋒一扭，橫劃過去，但李尋歡掌中的刀已急劃他手腕。

這一刀快得竟根本不容對方劍勢變化。

那人大驚之下，劍已撒手，凌空一個翻身，倒掠出去。

李尋歡的飛刀已到了指尖！

世上還有誰的身法，能快得過小李飛刀！

誰知就在這時，突聽一人大呼道：「兄弟！住手！」

這是龍嘯雲的聲音。

李尋歡怔了怔，龍嘯雲已衝入了梅林，那人也凌空翻落，卻是個面色慘白的錦衣少年。

龍嘯雲擋在他和李尋歡中間，跌足道：「你們兩位怎會交上手的？」

錦衣少年的眼睛在夜色中看來就像一隻貓頭鷹。

他瞪著李尋歡，冷冷道：「林外有個死人，我只當林中的必是梅花盜。」

李尋歡笑了笑道：「你為何未將那死人當做梅花盜呢？」

少年冷笑道：「梅花盜只怕還不會如此容易就栽在別人手上。」

李尋歡道：「梅花盜難道一定要等著死在閣下手上麼？只可惜……」

龍嘯雲大笑搶著道：「兩位都莫要說了，這全是誤會，幸虧我們及時趕來，否則兩虎相爭，若是傷了一人，可就真不妙了。」

李尋歡微微一笑，將掛在貂裘上的劍拔了下來，輕輕一彈，劍作龍吟，李尋歡微笑著道：「好劍！」

他雙手將劍送了過去，又道：「劍是名劍，人也必是名家，今日一會縱是誤會，但在下卻也覺得不勝榮寵之至，名家的劍，畢竟不是人人都可嘗得到的。」

少年蒼白的臉似也紅了紅，忽然搶過了劍，隨手一抖，只聽「嗆」的又是一聲龍吟，劍已折為兩段！

李尋歡嘆道：「如此好劍，豈不可惜。」

少年的眼睛始終瞪著李尋歡，厲聲道：「不用這柄劍，在下也可殺人的，這倒不勞閣下費心。」

李尋歡笑道：「早知如此，在下就用不著將這柄劍還給閣下了，拿這柄劍去換件衣服來擋擋寒，總也是好的。」

少年冷笑道：「這倒也用不著閣下擔心，在下莫說只劃破閣下一件貂裘，就算劃破了十件，也照賠不誤的。」

李尋歡道：「但在下這件貂裘，閣下只怕還找不出第二件來。」

少年道：「哦，閣下這件貂裘上難道還有什麼花樣不成？」

李尋歡正色道：「別的花樣倒也沒有什麼，只不過有雙眼睛。」

九　何處不相逢

少年聽了李尋歡的話，怔了怔，嘿嘿冷笑著道：「有趣有趣，閣下的確有趣得很，貂裘上居然還長著眼睛！」

李尋歡淡淡一笑道：「我這件貂裘上若是沒有長眼睛，又怎會看見閣下的寶劍，又怎會躲得過閣下自背後刺來的一劍呢？」

少年臉色立刻變了，一雙手已氣得發抖。

龍嘯雲乾咳兩聲，大笑道：「兩位都在說笑，『藏劍山莊』的少莊主，固然絕不會在乎區區一柄劍，但兄弟你又怎會在乎區區一襲貂裘呢？」

李尋歡動容道：「這位原來就是游少莊主！」

龍嘯雲笑道：「不錯，游兄不但是藏龍老人的公子，也是當代第一劍客『天山雪鷹子』前輩的唯一傳人，兩位正是一時之瑜亮，此後一定要多親近親近。」

游龍生的眼睛還在瞪著李尋歡，冷笑道：「親近倒不敢，只不過這位朋友高姓大名。」

龍嘯雲笑道：「游兄原來還不認得我這位兄弟，他姓李，叫李尋歡，放眼當今天下，只怕也唯有我這兄弟夠資格和游兄你交朋友了。」

李尋歡這名字說出來，游龍生臉色又變了，眼睛盯在李尋歡手裡那柄小刀上，久久都未移開。

李尋歡卻似根本未聽到他們在說什麼，目中又露出了異樣的光芒，嘴裡喃喃自語，彷彿在說：「果然又是位名家子弟！」突見一人衝了進來，厲聲道：「外面那人是誰殺死的？」

這人顴骨高聳，滿面威稜，花白的鬍子並不濃密，露出一張嘴角下垂的闊口，更顯得威嚴沉重，平時也帶著三分殺氣，正是江湖中人人都對他帶著幾分畏懼的「鐵面無私」趙正義趙大爺。

李尋歡笑了笑，道：「除了我還有誰？」

趙正義目光如刀，瞪著他，厲聲道：「是你，我早該想到是你，你無論走到那裡，都會帶來一片血腥氣。」

李尋歡道：「那人不該殺？」

趙正義道：「你可知道他是誰？」

李尋歡嘆道：「只可惜他不是梅花盜。」

趙正義怒道：「你既然知道他不是梅花盜，為何還要下毒手？」

李尋歡淡淡道：「我雖也不想殺他，但也不願被他殺了，無論如何，殺人總比被人殺好些。」

趙正義道：「他先要殺你？」

李尋歡道：「嗯。」

趙正義道：「平白無故，他為何要殺你？」

李尋歡道：「我也覺得很奇怪，正想問問他，只可惜他不理我。」

趙正義大怒道：「你為何不留下他的活口？」

李尋歡道：「我也很想留下他的活口，只可惜我手裡這柄刀一發出去，對方是活是死，就連我自己也無法控制了。」

趙正義跺了跺腳，道：「你既已出關，為何偏偏還要回來？」

李尋歡微笑道：「只因我對趙大爺想念得很，忍不住想回來瞧瞧。」

趙正義臉都氣黃了，指著龍嘯雲道：「好好好，這是你的好兄弟惹下來的禍，別人可管不著。」

龍嘯雲陪笑道：「有話好說，大哥何必發這麼大的脾氣。」

趙正義道：「還有什麼好說的！我們對付一個梅花盜，已經夠頭疼的了，如今再加上個『青魔』伊哭，誰還受得了。」

李尋歡冷笑道：「不錯，我殺了伊哭的愛徒丘獨，伊哭知道了一定會來尋仇，但他要找的也只不過是我一個人而已，趙大爺你又何必替我擔心呢？」

龍嘯雲忽然道：「丘獨三更半夜的到這裡來，顯然也沒有存著什麼好心，兄弟你殺他本就殺得不冤，他若被我撞見，我只怕也要殺死他的！」

趙正義不等他說完，氣得扭頭就走。

游龍生忽然一笑，道：「趙大爺畢竟老了，脾氣愈來愈大，膽子卻愈來愈小，其實伊哭來了又何妨，在下也正好見識見識名滿天下的探花飛刀！」

李尋歡淡淡道：「其實閣下若果有此心，就並不一定要等伊哭來了。」

游龍生臉色又變了變，像是想說什麼，但瞧了李尋歡掌中的刀一眼，終於什麼都沒有說，也掉首而去。

龍嘯雲想追出去，又站住，搖頭嘆道：「兄弟，你這又是何苦？就算你瞧不起他們，不願和他們交朋友，也不必得罪他們呀。」

李尋歡笑道：「他們反正早已認爲我是不可救藥了，得不得罪他們都一樣，倒不如索性將他們氣走，反而可以落得個眼前乾淨。」

龍嘯雲道：「朋友多一個總比少一個好的。」

李尋歡道：「但世上又有幾人能不負這『朋友』二字？像大哥你這樣的朋友，無論誰只要交到一個已足夠了。」

龍嘯雲大笑起來，用力拍著李尋歡的肩頭，道：「好，兄弟，只要能聽到你這句話，我就算將別的朋友全都得罪了，也是値得的。」

李尋歡心頭一陣激動，又不停的咳嗽起來。

龍嘯雲皺眉道：「這些年來，你的咳嗽……」

李尋歡像是不願聽到他提起這件事，立刻打斷了他的話，道：「大哥，我現在只想見一個人。」

龍嘯雲道：「誰？」

他濃眉軒動，不等李尋歡回答，又道：「是不是林仙兒？」

李尋歡笑了笑，道：「大哥真不愧爲我的知己。」

龍嘯雲展顏大笑道：「我早就知道你遲早忍不住要想見她的，李尋歡若連天下第一美人都不想見，那麼李尋歡就不是李尋歡了。」

李尋歡微笑著，似已默認。

可是他心裡在想著什麼呢？除了他自己之外，只怕誰也不知道。

龍嘯雲已拉著他往外走，笑著道：「但你若想到這裡來找她，卻找錯地方了，自從前天晚上的事發生之後，她晚上已不敢再留在冷香小築。」

李尋歡道：「哦。」

龍嘯雲道：「這兩天晚上，她一直陪著詩音在一起，你也正好順便去看看詩音……唉，她究竟是個女人，你就算去安慰安慰她又有何妨。」

他根本未留意李尋歡目中的痛苦之色，嘆了口氣，接著又道：「其實，她也不是不知道雲兒的可惡，絕不會真的怪你。」

李尋歡勉強一笑，道：「但我們既已來到這裡，不如還是到冷香小築去瞧瞧吧，說不定那林姑娘現在已回來了呢？」

龍嘯雲笑道：「也好，看來你今天晚上若見不到她，只怕連覺都睡不著了。」

李尋歡還是微笑著，也不分辯。

但他的眼睛卻在閃著光，似乎隱藏著什麼秘密。

冷香小築裡果然沒有人。

李尋歡一走進門，又一腳踏入十年前的回憶裡。

這屋子裡的一切竟都和十年前沒有絲毫變化，一桌一几，也依舊全都安放在十年前的位置，甚至連桌上的筆墨書籍，都沒有絲毫變動，若不是在雪夜，那窗前明月，屋角斜陽，想必也都依舊無恙。

李尋歡彷彿驟然又回到十年前，時光若倒退十年，他也許剛陪林詩音數過梅花，也許正想回來取一件狐裘為她披上，也許是回來將他們方自吟出的佳句記下，免得以後遺忘。

但現在李尋歡想去遺忘時，才知道那件事是永遠無法遺忘的，早知如此，那時他又何苦去用筆墨記下？

雪，又在落了。

雪花輕輕的灑在窗子上，宛如情人的細語。

李尋歡忍不住長長嘆了口氣，道：「十年了……也許已不止十年了，有時『時間』彷彿過得很慢，但等它真過去時，你才會發現它快得令你吃驚。」

龍嘯雲自然也有很多感慨，卻忽又笑道：「你還記不記得我第一天到這裡來的時候，那天好像也在下雪。」

李尋歡道：「我……我怎會忘記。」

龍嘯雲大笑道：「我記得那天我們兩人幾乎將你家的藏酒都喝光了，也是我唯一看到你喝醉的一次，但你卻硬是不肯承認喝醉，還要和我打賭，說你可以用正楷將杜工部的『秋興八首』寫出來，而且絕對一筆不苟。」

他忽然在桌上的筆筒裡抽出了一枝筆，又道：「我還記得你用的就是這枝筆。」

李尋歡的笑容雖然那麼苦澀，卻還是笑著道：「我也記得那次打賭還是我贏了。」

龍嘯雲笑道：「但你大概未想到，過了十多年後，這枝筆還會在這裡吧。」

李尋歡微笑不語，但心裡卻不禁泛起一陣淒涼之意：「筆雖然仍在，怎奈已換了主人……」

龍嘯雲道：「說來也奇怪，林仙兒好像早已算準你要回來似的，雖已住到這裡好多年了，但這裡的一草一木她都未動過……」

李尋歡淡淡道：「她本不必如此做的。」

龍嘯雲笑道：「我們並沒有要她這麼做，但她卻說……」

突聽一人喚道：「四爺……龍四爺！」

龍嘯雲推開窗子，皺眉道：「我在這裡，什麼事？」

那人喘息著道：「秦大少爺似乎不對了，所以秦老爺子請四爺快去看看。」

龍嘯雲臉色變了變，回頭道，「兄弟你……」

李尋歡道：「我……我還想在這裡看看，不知道可不可以。」

龍嘯雲笑道：「當然可以，這本是你的地方，就算林仙兒回來，也只有歡迎的。」

他匆匆走了出去，一走出門，笑容就瞧不見了。

李尋歡在一張寬大的、鋪著虎皮的紫檀木椅上坐了下來，這張椅子，只怕比他的年紀還要大些。

他記得自己很小的時候，總是喜歡爬到這張椅子上爲他的父親磨墨，他只希望能快些長高，能坐到椅子上，那時他心裡總有一種奇妙的想法，總是怕椅子也會和人一樣，也會漸漸長高。

終於有一天，他能坐到椅子上了，他也已知道椅子絕不長高，那時他又不禁暗暗爲這張椅子悲哀，覺得它很可憐。

但現在，他只希望自己能和這張椅子一樣，永不長大，也永遠沒有悲傷，只可惜現在椅子仍依舊，人都已老了。

「老了……老了……」

突聽一人輕輕笑道：「誰說你老了？」

人還在窗外，但笑聲已在屋子裡蕩漾起一陣溫暖之意，她的人雖還未進來，卻已將春天帶了進來，笑聲已如此，人自然更可想而知了。

李尋歡眼睛立刻亮了起來，但卻只是靜靜望著那扇門，既沒有站起，也並沒有說什麼。

林仙兒終於走了進來。

武林中人的眼睛並沒有瞎，她的確是人間的絕色，若有人曾用花來描述過她，那人實在是辱沒了她。

世上又有那種鮮花能及她如此動人？

她全身雖然沒有一處不令人銷魂，但最銷魂處還是她的眼睛，沒有男人能抗拒她這雙眼睛。

這是雙令人犯罪的眼睛。

她的態度卻是那麼親切，那麼大方，絕沒有絲毫要令人犯罪的意思，看來又彷彿世上最溫柔、最純潔的女孩子。

但無論她看來像什麼，都已無法改變李尋歡對她的印象了，因爲李尋歡這並不是第一次見到她。

就在那酒店的廚房裡，就在薔薇夫人的屍體旁，李尋歡早已領教過她的「溫柔」，她的「純潔」！

但李尋歡卻幾乎還是難以相信眼前這女子，就是那天一心要逼他交換「金絲甲」的神秘美人。

因爲現在她的神情和那天好像是兩個人，若不是李尋歡確信自己絕不會看錯，那麼他就簡直不能相信那天那毒辣、淫蕩，顯然已飽經滄桑的女子，就是眼前這笑得又天真、又甜蜜的小姑娘。

李尋歡長長嘆了口氣，閉上眼睛。

林仙兒眼波流動，柔聲道：「你爲什麼閉上眼睛，難道不願意見我麼？」

李尋歡笑了笑，道：「我只不過是在回想那天你脫光了衣服時的模樣。」

林仙兒的臉似乎紅了紅，幽幽嘆道：「我本來希望你認不出我的，可是我也知道這希望並不大。」

李尋歡道：「我若這麼快就將你忘記了，你豈非也會覺得很失望。」

林仙兒嫣然一笑，道：「可是你見到我並不吃驚，難道你早已想到我是誰了嗎？」

李尋歡道：「這也許是因爲武林中能被稱爲『美人』的人並不多吧！」

林仙兒笑道：「這也許是因爲你見到伊哭的徒弟，就想到了我那雙青魔手，見到了游龍生，就想到了我的魚藏劍，是嗎？」

李尋歡微微一笑，道：「我只奇怪，你既然知道我在這裡，怎麼還敢來見我？」

林仙兒嘆息著，咬著嘴唇道：「醜媳婦既然難免見公婆，躲著也沒有用的，所以，龍四哥一叫我來，我立刻就趕著來了。」

李尋歡道：「哦？是他要你來的？」

林仙兒又笑了，道：「你難道還不懂他的意思？他早就想爲我們拉攏了，這也許是因爲他覺得有些對不起你，搶了你的……」

說到這裡，李尋歡的臉驟然沉了下來，因爲他已知道她要說什麼了，但他的臉一沉，林仙兒也立刻停住了嘴。

她永遠不會說別人不愛聽的話。

李尋歡卻似還在等她說下去，過了半晌，才一字字道：「他並沒有對不起我，任何人都沒有對不起我，只有我對不起別人。」

林仙兒脈脈的凝注著他，道：「你對不起誰？」

李尋歡冷冷道：「我對不起的人太多了，連我自己都數不清。」

林仙兒柔聲道：「隨便你怎麼說，我都知道你絕不是這樣的人。」

李尋歡道：「你知道我是怎麼樣的人？」

林仙兒道：「我當然知道，我很小很小的時候，就聽說過你的事了，所以當我知道這就是你以前住的地方時，我興奮得簡直沒法子睡覺。」

她輕盈的轉了個身，道：「你看，這屋子裡所有的東西，是不是全都和你十年前離開這裡時一樣？就連你藏在書架裡的那瓶酒，我都沒有動過，你可知道這是爲了什麼？」

李尋歡只是冷冷的望著她。

林仙兒笑了笑，道：「你當然不會知道，但我卻可以告訴你，因爲只有這樣，我才能感覺到這是你住的地方，有時我甚至覺得你還在這屋子裡，坐在這椅子上，靜靜的看著我，輕輕的陪著我說話。」

她眼波漸漸朦朧，低語著道：「有時我半夜醒來，總覺得你彷彿就睡在我身旁，那床上、枕頭上，還留著你的氣息！」

李尋歡忽然一笑，道：「除了我之外，只怕還有別的人吧？」

林仙兒咬了咬嘴唇，道：「你以爲這屋子還有別人進來過？」

李尋歡淡淡道：「這地方已經屬於你，你讓誰進來都無妨。」

林仙兒道：「你以爲游龍生、丘獨這些人一定進來過，是嗎？」

她眼圈似已紅了，道：「告訴你，我從來也沒有讓他們走進過這道門，所以他們只有等在梅林中，我若肯讓他們進來，丘獨和秦重也許就不會死了。」

李尋歡皺眉道：「既是如此，你爲何不讓他們進來？」

林仙兒咬著嘴唇道：「只因爲這是你的地方，我要……要替你保留著，絕不能讓別的男人進來，破壞你留下來的……的……」

她似乎不知怎麼說了。

李尋歡微微一笑，替她接下去，道：「味道？」

林仙兒的臉紅了，垂首道：「我的意思，你明白了麼？」

李尋歡笑道：「但我卻直到現在才知道我身上是有味道的……是什麼味道？是香？還是臭？」

林仙兒的頭垂得更低，道：「我對你說了這些話，並不是爲了要你恥笑我的。」

李尋歡道：「你是爲了什麼？」

林仙兒道：「我的意思你還不知道？」

李尋歡又笑了，道：「如此說來，用不著別人拉攏，我也很有希望了。」

林仙兒道：「若不是我早已……早已對你……那天我怎麼會對你……」

雖然每句話她都只說了一半，但有時話只說一半，比全說出來還要有效得多，也有趣得多。

李尋歡悠然笑道：「原來你那天只是爲了喜歡我而那樣做的，我還當你是爲了金絲甲哩。」

林仙兒道：「我……我當然也是爲了金絲甲，但對象若不是你，我怎麼肯……怎麼肯……」

李尋歡笑道：「原來你那樣做是一舉兩得。」

林仙兒道：「你一定還在奇怪，我爲什麼那麼想要金絲甲？」

李尋歡道：「我實在有點奇怪？」

林仙兒道：「那只因我想親手殺死梅花盜！」

李尋歡道：「哦？」

林仙兒道：「你總該知道，無論誰殺死梅花盜，我都要嫁給他，這話雖是我自己說的，可是其中也有很多苦衷。」

李尋歡笑道：「你要親手殺死梅花盜難道是爲了要你自己嫁給你自己麼？」

林仙兒道：「我這樣做，只是爲了我不願嫁人，所以我若自己殺死梅花盜，就用不著嫁給別人了。」

她忽然抬頭凝注著李尋歡，幽幽道：「只因天下的男人，沒有一個是我看得上眼的。」

李尋歡目光也在凝注著她，道：「我呢？」

林仙兒紅著臉抿嘴一笑，道：「你自然是例外。」

李尋歡道：「爲什麼？」

林仙兒柔聲道：「因爲你和別的男人都不同，那些人就像狗一樣，無論我怎樣對他們，他們還是要死纏著我，只有你……」

李尋歡淡淡一笑，道：「那麼你爲何不將金絲甲留在我這裡，等我殺死了梅花盜，你再嫁給我，這樣豈非也一舉兩得麼？」

林仙兒似乎怔了怔，但瞬即嫣笑道：「這實在是好主意，我爲何沒有想起來？」

李尋歡目光閃動，微笑著道：「這麼好的主意，除了我之外，還有誰能想得出？」

林仙兒似乎聽不出他話中的譏誚之意，緊緊握住了他的手，道：「我知道梅花盜這兩天一定會來的，明天我就在這裡等著他。」

李尋歡道：「你要我明天也到這裡來，是麼？」

林仙兒道：「你以我爲餌，將他引來，反正金絲甲在你身上，你縱然制不住他，他無論如何也傷不了你的，你若制住了他……」

她又紅著臉垂下頭，那雙銷魂的眼睛仍在悄悄瞟著李尋歡，她嘴裡沒有說出來的話，已用眼睛說了出來。

李尋歡眼睛裡也在閃著光，笑道：「好，明夜我一定來，我若不來，就是呆子了！」

林仙兒悄悄縮回了手，但纖纖的指尖仍在李尋歡手背上輕輕的畫著圈圈，似乎要圈住李尋歡的心。

李尋歡忽又笑道：「你總算已學乖了。」

林仙兒紅著臉道：「我本來就很乖。」

李尋歡道：「你總算已學會讓男人來主動。」

林仙兒喘息忽然急促了，顫聲道：「但你……你現在不會的……是嗎？」

李尋歡凝注著她，目光仍是那麼冷靜，就像是一湖秋水，但嘴角卻已露出了並不冷靜的笑容，道：「你怎知道我不會？」

林仙兒吃吃的嬌笑起來，道：「因爲你是個君子，不是嗎？」

李尋歡淡淡笑道：「我平生只做過一次君子，那次我後悔了三天。」

林仙兒嬌笑著，似乎想逃走。

但李尋歡已一把拉住了她，笑道：「原來你不止學會了讓男人主動，還學會了逃。」

林仙兒「嚶嚀」一聲，喘息著道：「這全是你教我的，是你教我該如何勾引你，不是嗎？」

十　十八年舊怨

李尋歡嘆了口氣，道：「我教得太多，你也學得太快了。」

他忽然推開了她，拍了拍衣裳站起來，瞪著窗子道：「今天的戲已演完了，閣下若是還未看夠，明天請早吧。」

窗外傳來了「嗤」的一聲冷笑，一人道：「閣下的手段果然高明，但望閣下的飛刀也同樣高明才好！」

說到後面一句話，語聲已遠在十丈開外。

林仙兒變色道：「是游龍生。」

李尋歡悠然道：「你怕他吃醋？」

林仙兒目中露出了狠毒之意，冷笑道：「他憑什麼吃醋？……想不到這種自命不凡的世家子弟，也會做這種不要臉的事，以後我若再理他才怪。」

李尋歡微笑道：「你不怕他將魚藏劍要回去？」

林仙兒道：「我就算將魚藏劍丟在他面前，他也不敢撿的。」

李尋歡道：「哦！」

林仙兒抿嘴一笑，道：「我早就說過，這種人就像狗一樣天生的賤骨頭，你愈打他罵他，他愈要跟在你後面搖尾巴。」

李尋歡道：「有條狗跟在後面搖尾巴，也蠻有趣的。」

林仙兒拉住他的手，道：「你……你難道真是要走了！爲什麼不多坐坐？」

李尋歡笑道：「我若再坐下去，等到狗來咬我一口，那就無趣了。」

林仙兒道：「哼，他敢……」

話未說完，只聽游龍生遠遠道：「這邊的戲演完了，那邊又有戲開鑼，閣下不想去看看嗎？」

李尋歡失笑道：「你看，我早就知道他絕不會讓我再坐下去的。」

林仙兒恨恨道：「討厭鬼。」

她忽又一笑，拉著李尋歡的手道：「但我們還有明天，明天晚上莫忘了早些來。」

游龍生已走了，但李尋歡一出梅花林，就聽得遠處傳來了一陣叱吒怒罵聲，拳風激盪聲。

他已聽出其中有那虬髯大漢的聲音，立刻一撩衣襟，「燕子三抄水」，只三個起落，已趕了過去。

假山後也有三間明軒，這時軒前的雪地上正有兩人在惡鬥，兩人俱是拳風剛猛，震得四下積雪漫天飛起。

只聽虬髯大漢怒喝著道：「姓秦的，你自命俠義，其實卻一文也不值，你兒子傷重不治，和別人又有什麼關係，你怎能對他下毒手？」

和他動手的人，正是「鐵膽震八方」秦孝儀，此刻也怒吼著道：「你算什麼東西，也不問自己是什麼身分，居然敢來管老夫的閒事，老夫索性連你也一起廢了！」

龍嘯雲正在一旁跺著腳相勸，游龍生卻在負手旁觀。

李尋歡燕子般掠了過去，龍嘯雲立刻迎上來，跺腳道：「兄弟，你快勸勸他們吧，梅花盜還未現身，自己人卻先打起來了，這……這算什麼呢？」

游龍生冷笑道：「這就叫強將手下無弱兵，想不到李探花的門下奴也有這麼大的本事，果然是兇得很、兇得很……」

李尋歡淡淡道：「不錯，他的確兇得很，但別人若不惹他，他也絕不會兇的。」

他不讓游龍生再說話，就轉向龍嘯雲道：「這是怎麼回事？」

龍嘯雲嘆道：「就因為秦重傷重不治，所以秦三哥……」

李尋歡皺眉道：「他自己兒子傷重不治，難道就遷怒在梅二先生身上。」

龍嘯雲苦笑道：「他們父子情深，秦三哥自然難免悲痛，一時失手傷了梅二先生，但傷得也並不太重。」

李尋歡冷笑了笑，什麼話都不說了。

龍嘯雲道：「你勸勸他吧，我知道他只聽你一個人的話。」

李尋歡冷冷道：「我為何要勸他，他若不出手，我也要出手的。」

龍嘯雲怔了怔，也不知道該說什麼了。

只見那虬髯大漢拳風虎虎，拳拳都是奮不顧身的招式，招式雖未必精妙，那一股殺氣卻令人心驚。

秦孝儀竟似已被逼得透不過氣來。

游龍生冷笑著又道：「尊僕的這種招式，倒的確少見得很。」

李尋歡道：「哦？」

游龍生道：「他每招發出，好像都準備先挨別人一拳，這種拳法倒實在令人有些看不懂。」

李尋歡淡淡道：「其實這道理也簡單得很。」

游龍生道：「哦？」

李尋歡道：「只因別人打他一拳，他根本不在乎，他若打別人一拳，那人只怕就吃不消了。」

游龍生臉色變了變，還未說話，突聽一人怒吼道：「好個狗仗人勢的奴才，竟敢以下犯上，待老夫來教訓教訓你！」

吼聲中，趙正義已飛也似的趕來。

他正想向那虬髯大漢撲過去，突聽李尋歡冷冷道：「若有人想以二敵一，以多欺少，在下的飛刀只好出手了！」

趙正義身形立刻頓住，一拳再也不敢擊出，大怒道：「你帶來的奴才以下犯上，你非但不管教他，反而還來助長他的氣焰，你以爲江湖中已沒有公道了麼？」

李尋歡淡淡道：「什麼叫江湖公道？難道兩個打一個才算公道？」

趙正義厲聲道：「你要知道這不是比武較技，而是替你管教奴才！」

李尋歡道：「他一向用不著別人管教，但趙大爺若是也想和他過過招，不妨就將秦三爺換下來，自己上去動手。」

趙正義怒道：「他是什麼東西，也配和我動手！」

李尋歡悠然道：「他的確不是東西，他是人。」

他望著趙正義笑了笑，道：「趙大爺你難道是東西麼？」

趙正義臉上一陣青一陣黃，鼻子都似已氣歪了。

到了這種時候，龍嘯雲也不能不說話了，但就在這時，只聽「砰」的一震，兩拳相擊，秦孝儀的人已幾乎被震得飛了出去，踉蹌著跌倒在地。

趙正義和龍嘯雲雙雙搶過去扶起了他，虯髯大漢厲聲道：「還有誰想教訓我的，請出手吧。」

游龍生負手冷笑道：「看來今日主子非但教訓不了奴才，奴才反而要教訓主子了。」

只見秦孝儀喘息著在趙正義耳畔說了幾句話，趙正義忽然長身而起，目光灼灼，瞪著那虯髯大漢道：「想不到朋友你居然有一身江湖罕見的橫練功夫，連老夫都小看了你，更難怪三爺一時不察，要被你暗算了。」

虯髯大漢冷笑道：「你們若敗了，就是受人暗算，我若敗了，就是學藝不精，這道理我早已明白得很，你不說也罷。」

趙正義怒道：「姓鐵的，老夫念你是條漢子，有心保全你，你休想不知好歹。」

虯髯大漢臉色變了變，昂然道：「鐵某沒有趙大爺保全，也活到現在了，正覺得已活得有些不耐煩，趙大爺你有什麼手段，儘管使出來吧！」

趙正義瞪著他，眼睛裡似已冒出火來，冷笑道：「很好，很好……」

他一連說了五六句「很好」，扶起秦孝儀就走。

龍嘯雲搶先一步，陪笑道：「各位有話好說，又何必……」

秦孝儀仰天打了個哈哈，慘笑道：「我父子兩人俱已栽在這裡，還有什麼好說的！」

龍嘯雲後退一步，垂下了頭，不住擦汗，等他再抬起頭時，秦孝儀和趙正義已走得很遠了。

李尋歡長嘆道：「大哥，我一回來，就爲你惹了這麼多麻煩，我……我早知……」

龍嘯雲忽然大笑，道：「兄弟，別說這種話，咱們弟兄幾時怕過麻煩了。」

李尋歡勉強一笑，道：「可是，我也知道大哥你很爲難……」

龍嘯雲笑道：「兄弟，你用不著顧忌我，無論你怎麼做，我總是站在你這邊的。」

李尋歡胸中一陣熱血上湧，熱淚幾乎已將奪眶而出。

龍嘯雲瞧了那虯髯大漢一眼，似乎想說什麼，但臨時卻改口道：「天已快亮了，梅花盜今天晚上想必已不會再來，你們旅途勞頓，還是早些歇下來吧。」

李尋歡道：「是。」

龍嘯雲道：「我已叫人將『聽竹軒』替你打掃乾淨了，但你若還是想住在老地方，我可以請仙兒暫時搬去和詩音一塊兒住。」

李尋歡道：「用不著，『聽竹軒』就很好。」

龍嘯雲又瞧了那虯髯大漢一眼，但還是什麼話都沒有說，只不過面上已不禁露出了憂鬱之色，顯得心事重重。

風吹著竹葉，宛如浪濤。

夜半聽竹，縱然很快樂的人也會覺得淒涼蕭索，何況一別十餘年，返來時心事已成灰的李尋歡呢？

一燈如豆，燈光下看來，他眼角的皺紋似更深了。

虯髯大漢黯然危坐，正也是心事如潮，也不知過了多久，他忽然咬了咬牙，像是下了很大的決心，嘎聲道：「少爺，我恐怕已不得不走了。」

李尋歡動容道：「你要走？你也要走？」

虯髯大漢黯然道：「我身受少爺你們父子的大恩，本來已決心以這劫後的殘生來報答少爺的恩情，可是現在……」

靜夜中，遠處忽然傳來一聲馬嘶。

虯髯大漢淒然笑道：「趙正義他們顯然已看出了我的來歷，現在只怕已去通知我的仇家，我本已未將生死放在心上，倒也不怕他們，可是……」

李尋歡道：「可是你卻怕連累了我，是嗎？」

虯髯大漢嘆道：「我也知道少爺你不是怕被連累的人，可是十八年前的那段公案，其曲本在我，我怎麼能讓少爺你也陪著我一起受人恥罵？」

李尋歡默然半晌，長嘆道：「那是你一時的無心之失，這十八年來，你受的苦已足夠彌補了，他們也不能逼人太甚。」

虯髯大漢慘笑道：「少爺你雖然這麼想，但別人卻不會這麼想，江湖中的血債，一定要用血才能洗得清的！」

他不等李尋歡說話，接著又道：「何況，我還要去看看那位梅二先生，他負傷後一怒而去，是否能走得遠，還說不定，無論如何，他們是衝著我們才來的。」

李尋歡沉默了很久很久，才黯然問道：「你要到那裡去？」

虬髯大漢長嘆道：「現在我也不知道該到那裡去，可是……」

他忽然一笑，道：「可是我絕不會走得很遠的，每到風清月白的晚上，我說不定還會攜酒而來，找少爺你共謀一醉。」

李尋歡霍然長身而起，道：「一言為定？」

虬髯大漢道：「一言為定！」

兩人目光相對，都已不覺熱淚盈眶，於是兩人都扭過了頭——英雄們的別離，有時竟比小兒女的分離更令人斷腸，因為他們縱有滿懷別緒，只是誰也不願說出口來。

李尋歡只是淡淡道：「你要走，我也不攔你，但你總得讓我送你一程。」

長街如洗，積雪昨夜已被掃在道旁。

一塊塊粗糙的青石板，在曦微的晨光中看來；彷彿一塊塊青玉，遠處已有市聲傳來，大地已經甦醒。

但天色還是暗得很，看來今天還是不會有陽光。

這條街也靜得很，雖有遠處偶爾傳來的雞啼和李尋歡的咳嗽聲，卻還是打不開這令人窒息的靜寂。

虬髯大漢忽然停下了腳步，勉強笑著道：「送君千里，終有一別，少爺你……你還是回去吧。」

李尋歡又走出了幾步，才緩緩停下，望著長街盡頭一株孤獨的枯樹，癡癡的出了半天神，終於緩緩轉回身，道：「好，我回去，你……你多多保重。」

虯髯大漢點了點頭，嘎聲道：「少爺你自己也多多保重了。」

他不再去望李尋歡，低著頭自李尋歡身旁走過去，走出了十幾步，忽又停下，轉身道：「少爺你若是沒有別的事，還是在這裡多住些時候吧，無論如何，龍大爺的確是條好漢子、好朋友。」

李尋歡仰天嘆道：「得友能如龍嘯雲，夫復何恨！」

虯髯大漢道：「少爺若已決定住下，說不定我很快就會回來找少爺的。」

李尋歡笑了笑，道：「也許我會住下來的，反正我也沒有別的地方可去。」

他雖然在笑著，但笑得卻是那麼淒涼。

虯髯大漢驟然轉身，咬緊牙關大步衝了出去。

天色漸明，雪意也愈來愈濃了。

死灰色的穹蒼，沉重得似已將壓了下來，可是虯髯大漢的心情卻比這天色更灰黯，更沉重。

無論他是爲了什麼而逃的，總之他現在又要開始渡那無窮無盡的逃亡生活了，他已和李尋歡逃亡了十年，沒有人比他更清楚逃亡生活的痛苦，那就像一場噩夢，卻永遠沒有醒來的時候。

但在那十年中，至少還有李尋歡和他在一起，他還有個人可以照顧，他的心情至少還有寄託。

而現在，他卻已完全孤獨。

他若是個懦夫，也許反而不會逃，因爲他知道世上絕沒有任何事比這種孤獨的逃亡生活更痛苦。

甚至連死亡都沒有！

那種絕望的孤獨，實在能逼得人發瘋。

但他卻非逃不可，眼看李尋歡似乎又可以安定下來，他只有走，他無論忍受任何痛苦也不能連累了李尋歡。

現在，他本該靜下來仔細想一想今後的去向，但他卻不敢讓自己靜下來，他要往人最多的地方走。

他茫無目的地走著，也不知走了多遠，忽然發現已到了一個菜場裡，他自己也不禁覺得有些好笑。

他這一生中，也不知到過多少種地方，上至世家大族的私邸，下至販夫走卒住的大雜院，上至千金小姐的閨閣，下至花幾十枚大錢就可以住一夜的土嫖館，最冷的地方他到過可以把人鼻子都凍掉的黑龍江，最熱的地方他到過把雞蛋放在地上就可以烤熟的吐魯蕃。

他曾在泰山絕頂看過日出，也曾在無人的海灘上看過日落，他曾經被錢塘的飛潮打得全身濕透，也曾被大漠上的烈日曬得嘴唇乾裂，他甚至在荒山中和還未開化的蠻人一起吃過血淋淋的生肉。

可是到菜場來，這倒還是他平生第一次經歷。

在冬天的早上，世上只怕再也不會有比菜場人更多、更熱鬧的地方了，無論誰走到這裡都再也不會覺得孤獨寂寞。

這裡有抱著孩子的婦人，帶著枴杖的老嫗，滿身油膩的廚子，滿頭刨花油香氣的俏丫頭……

各式各樣不同的人，都提著菜籃在他身旁擠來擠去，和賣菜的村婦，賣肉的屠夫爲了一文錢爭得面紅耳赤。

空氣裡充滿了魚肉的腥氣，炸油條的油煙氣，大白菜的泥土氣，還有雞鴨身上發出的那種說不出的騷臭氣。

沒有到過菜場的人，永遠也不會想到這許多種氣味混合在一起時是什麼味道，無論誰到了這裡，用不著多久，鼻子就會麻木了。

但虯髯大漢的心情卻已開朗了許多，因爲，這些氣味、這些聲音，都是鮮明而生動的，充滿了生命的活力！

——世上也許有許多不想活的人，有人跳樓，有人上吊，有人割脖子，也有人吞耗子藥……

但卻絕沒有人會在菜場裡自殺的，是不是？

在這裡，虯髯大漢幾乎已將江湖中那些血腥的仇殺全都忘了，他正想花兩個銅板買個煙煎餅嚐嚐。

突聽前面一人直著嗓子吼道：「賣肉賣肉，賣新鮮的肉……」

這聲音剛響起來，就被一陣驚呼聲打斷了。

接著，前面的人都驚呼著向後面退了回來，大人們一個臉如死灰，孩子們更是哭得上氣接不了下氣。

後面的人紛紛在問道：「什麼事？什麼事這樣大驚小怪的？」

從前面逃回來的人喘息著道：「有個人在賣肉。」

後面的人笑了，道：「這裡至少有幾十個人在賣肉，有什麼好害怕的？」

前面的人喘息著氣道：「但這人賣的肉卻不同，他賣的是人肉！」

菜市裡顯然有人賣人肉，這實在連虬髯大漢都吃了一驚，只見四面的人愈擠愈多，大家心裡雖害怕，但還是想瞧個究竟——有許多女人到菜場去，本就並非完全是爲了買菜，也是爲了去和別人家的大姑娘小媳婦磕磕牙、聊聊天，交換交換彼此家裡的秘密，瞧瞧別人的熱鬧。

有這種怪事發生，誰還肯走呢？

虬髯大漢皺了皺眉，分開人叢走出去。

他臉上也立刻變了顏色，看來竟似比任何人都吃驚。

在菜場裡，肉案總是在比較乾淨的一角，那些手裡拿著刀的屠夫，臉上也總是帶著種高高在上的優越感。

因爲他們覺得只有自己賣的才是「真貨」，到這裡來的主顧總比那些只買青菜豆腐的人「高尙」些。

這種情況正好像「正工青衣」永遠瞧不起花旦，「紅倌人」永遠瞧不起土娼，卻忘了自己「出賣」的和別人並沒有什麼兩樣。

此刻那些平日趾高氣揚的屠夫們，也已都被駭得矮了半截，一個個都縮著脖子，直著眼睛，連大氣都不敢喘。

最大的一家肉案旁還懸著招牌，上面寫著：「黃牛口羊，現殺現賣。」

肉案後面站著個又高又大又胖的獨眼婦人，手裡拿著柄車輪般大小的剁骨刀，滿臉都是橫肉，一條刀疤自帶著黑眼罩的右眼角直劃到嘴角，不笑時看來也彷彿帶著三分詭秘的獰笑，看來活像是兇神下凡，那裡像是個女人。

肉案上擺著的既非黃牛，也非口羊，那是個人！

活生生的人！

這人身上的衣服已被剝光，露出了一身蒼白得可憐的皮膚，一條條肋骨，不停的發著抖，用兩條枯瘦的手臂抱著頭，縮著頸伏在肉案上，除了皮包著骨頭之外，簡直連一兩肉都沒有。

獨眼婦人左手扼住了他的脖子，右手高舉著剁骨刀，獨眼裡兇光閃閃，充滿了怨毒之意，也充滿了殺機。

虬髯大漢見到了她，就好像忽然見到了個活鬼似的，面上立刻變得慘無人色，一瞬間便已汗透重衣。

獨眼婦人見到了他，臉上的刀疤忽然變得血也似的赤紅，狠狠瞪了他幾眼，才獰笑著道：「大爺可是來買肉的麼？」

虬髯大漢似已呆住了，全未聽到她在說什麼。

獨眼婦人格格笑道：「貨賣識家，我早就知道這塊肥羊肉除了大爺你之外，別人絕不會買，所以我早就在這裡等著大爺你來了。」

虬髯大漢這才長長嘆出口氣，苦笑道：「多年不見，大嫂你何苦……」

獨眼婦人忽然「呸」的一聲，一口痰彈丸似的飛了出去，不偏不倚，正吐在虬髯大漢的臉上。

虬髯大漢既沒有閃避，也沒有伸手去擦，反而垂下了頭。

獨眼婦人已怒吼著道：「大嫂？誰是你這賣友求榮的畜牲的大嫂！你若敢再叫我一聲大嫂，我就先把你舌頭割下來。」

虯髯大漢臉上陣青陣白，竟不敢還嘴。

獨眼婦人冷笑著道：「你出賣了翁天傑，這些年來想必已大富大貴，發了大財的人，難道連幾斤肉都捨不得買嗎？」

她忽然一把揪起了肉案上那人的頭髮，獰笑道：「你若不買，我只好將他剁了餵狗！」

虯髯大漢抬頭瞧了一眼，失聲道：「梅二先生，是你？」

肉案上那人似已駭得完全痲木，只是直著眼發呆，口水不停的沿著嘴角往下流，那裡還說得出話來。

虯髯大漢見到他如此模樣，心裡也不禁爲之慘然，嗄聲道：「梅二先生，你怎地落到……」

獨眼婦人怒喝道：「廢話少說，我只問你是買？還是不買？」

虯髯大漢長長吸了口氣，苦笑道：「卻不知你要如何賣法？」

獨眼婦人道：「這就要看你買多少了，一斤有一斤的價錢，十斤有十斤的價錢。」

她手裡的剁骨刀忽然一揚，「刷」的砍下。

只聽「奪」的一聲，車輪般大的剁骨刀已沒入了桌子一半，只要再偏半寸，梅二先生的腦袋只怕就要搬家。

獨眼婦人瞪著眼一字字道：「你若要買一斤，就用你的一斤肉來換，我一刀下去，保險也是一斤，絕不會短了你一分一錢！」

虯髯大漢嗄聲道：「我若要買他整個人呢？」

獨眼婦人厲聲道：「你若要買他整個人，你就得跟著我走！」

虯髯大漢咬了咬牙，道：「好，我跟你走！」

獨眼婦人又瞪了他半晌，獰笑道：「你乖乖的跟著我走，就算你聰明，我找了你十七年八個月才將你找到，難道還會再讓你跑了麼？」

虯髯大漢仰天長嘆了一聲，道：「我既已被你找到，也就不打算再走了！」

山麓下的墳堆旁，有間小小的木屋，也不知是那家看墳人的住處，在這苦寒嚴冬中，連荒墳中的孤鬼只怕都已被冷得藏在棺材裡不敢出來，看墳的人自然更不知已躲到那裡去了。

屋簷下，掛著一條條冰柱，冷風自木隙中吹進去，冷得就像是刀，在這種天氣裡，實在誰也無法在這屋裡耽半個時辰。

但此刻，卻有個人已在這屋裡逗留了很久。

屋子裡有個破木桌，桌上擺著個黑黝黝的罈子。

這人就盤膝坐在地上，癡癡的望著這罈子在出神。

他穿著件破棉襖，戴著頂破毡帽，腰帶裡插著柄斧頭，屋角裡還擺著半擔柴，看來顯然是個樵夫。

但他黑黝黝的一張臉，顴骨高聳，濃眉闊口，眼睛更是閃閃生光，看來就一點也不像樵夫了。

這時他眼睛裡也充滿了悲憤怨恨之色，癡癡的也不知在想什麼，地上早已結了冰，他似也全不覺得冷。

過了半晌，木屋外忽然傳來一陣沙沙的腳步聲。

這樵夫的手立刻握住了斧柄，沉聲道：「誰？」

木屋外傳入了那獨眼婦人沙啞而淩厲的語聲，道：「是我！」

樵夫神情立刻緊張起來，嘎聲道：「人是不是在城裡？」

獨眼婦人道：「老烏龜的消息的確可靠，我已經將人帶回來了！」

樵夫聳然長身而起，拉開了門，獨眼婦人已帶著那虯髯大漢走了進來，兩人身上都落滿了雪花。外面又在下雪了。

樵夫狠狠的瞧著虯髯大漢，目中似已冒出火來。

虯髯大漢卻始終垂著頭，也不說話。

過了半晌，那樵夫忽然轉過身，「噗地」跪了下去，目中早已熱淚盈眶，久久無法站起。

忽然間，門外又有一陣腳步聲傳來。

獨眼婦人沉聲道：「什麼人？」

門外一個破鑼般的聲音道：「是老七和我。」

語聲中，已有兩個人推門走了進來。

這兩人一個是滿臉麻子的大漢，肩上擔著大擔的菜，另一人長長瘦瘦小小，卻是個賣臭豆干的。

這兩人方才也在菜場裡，一直不即不離的跟在虯髯大漢身後，但虯髯大漢滿腹心事，竟未留意到他們。

此刻兩人也都狠狠瞪了他一眼，賣白菜的麻子一把揪住他的衣襟，一粒粒麻子都在冒火，厲聲道：「姓鐵的，你還有什麼話說？」

膀。

獨眼婦人沉聲道：「放開他，有什麼話等人來齊之後再說也不遲。」

麻子咬了咬牙，終於放開手，向桌上那黑罈子恭恭敬敬叩了三個頭，目中也已不禁淚落如雨。

半個時辰之內，又陸續來了三個人，一個肩揹藥箱，手提虎撐，是個走江湖、賣野藥的郎中。另一個滿身油膩，挑著副擔子，前面是個酒罈，後面的小紗櫥裡裝著幾個粗碗，幾十隻鴨爪鴨膀。

還有一人卻是個測字賣卜的瞎子。

這三人見到那虯髯大漢，亦是滿面怒容，但也只是恭恭敬敬向桌上那黑罈子叩了三個頭，誰也沒有說話。

外面雪光反映，天色還很亮，屋子裡卻是黑黝黝的，充滿了一種陰森悽慘之意，這七人盤膝坐在地上，一個個都鐵青著臉，緊咬著牙，看來就像是一群鬼，剛從地獄中逃出來復仇的。

虯髯大漢亦是滿面悲慘之色，垂首無話。

獨眼婦人忽然道：「老五，你可知道老三能不能趕得到？」

那賣酒的胖子道：「一定能趕得到，我已經接到他的音訊了。」

獨眼婦人皺眉道：「既是如此，他爲何到現在還沒有來？」

那賣卜的瞎子長長嘆息了一聲，緩緩道：「我們已等了十七年，豈在乎再多等這一時半刻。」

獨眼婦人也長長嘆息了一聲，道：「十七年，十七年……」

她一連說了七八遍，愈說聲音愈悲慘。

這十七年日子顯然不是好過的，那其中也不知包含了多少辛酸？多少血淚？七個人的眼睛一起瞪住虬髯大漢，目中已將噴出火來。

那賣卜的瞎子又道：「這十七年來，我時時刻刻都在想重見鐵某人一面，只可惜現在……」

他蒼白的臉上肌肉一陣抽縮，嘎聲道：「他現在已變成什麼模樣？老四，你說給我聽聽好嗎？」

賣野藥的郎中咬了咬牙，道：「看起來他還是跟十七年前差不多，只不過鬍子長了些，人也胖了些。」

瞎子仰面一陣慘笑，道：「好，好……姓鐵的，你可知道我這十七年來，日日夜夜都在求老天保佑你身子康健，無病無痛，看來老天果然沒有叫我失望。」

獨眼婦人咬牙道：「他出賣了翁天傑，自然早已大富大貴，怎會像我們這樣過的是連豬狗都不如的日子……」

她指著那賣酒的道：「安樂公子張老五竟會挑著擔子在街上賣酒，易二哥已變成瞎子……這些事，你只怕都沒有想到吧。」

樵夫冷冷道：「這些全都是他的栽培，他怎會想不到！」

虬髯大漢緊緊閉著眼睛，不敢張開，他只怕一張開眼睛，熱淚就會忍不住要奪眶而出。

十七年……十七年……

這十七年來他所忍受的苦難，又有誰知道？

突聽屋子外一人大呼道：「大嫂……大嫂……我有好消息……」

十一　天外來救星

獨眼婦人聽有人在屋子外面呼叫，搶了出去，皺眉道：「什麼事如此大驚小怪的？」

那人道：「我方才見到『鐵面無私』趙正義，他說那姓鐵的就在……」

他一面說著話，一面已推門走了進來，說到這裡，忽然怔住，因爲他已發現他要找的人——就在屋子裡。

獨眼婦人格格笑道：「你想不到吧！」

那人長長吐出口氣，道：「趙正義說他在龍嘯雲家裡，想不到……」

他一把抓住那獨眼婦人的手，道：「大嫂，你們是怎會找到他的？」

獨眼婦人道：「這是『龍神廟』老烏龜來報的訊，說他已和李尋歡往這條路上走來了，我們一路追到這裡，本還礙著李尋歡，不便妄動，誰知他竟和李尋歡分了手。」

瞎子陰惻惻笑道：「這就叫天奪其魂，鬼蒙了他的眼睛！」

最後趕到的那人疾裝勁服，八個人中只有他還不改江湖豪客的打扮，身後斜背柄梨花大槍，比他的人還高出半截。

此刻他仰面嘆了口氣，喃喃道：「老天有眼，老天有眼，總算叫他落入我們『中原八義』的手裡，翁大哥的血海深仇，總算……」

他語聲哽咽，忽然撲倒在那黑罈子之前，放聲痛哭起來，另外七個人也一起跪下淚落沾襟。

過了很久，那江湖客一躍而起，瞪著虬髯大漢道：「鐵傳甲，你還認得我麼？」

鐵傳甲點了點頭黯然道：「你好……」

那江湖客厲聲道：「我當然很好，邊浩平生不做虧心事，也用不著躲躲藏藏的不敢見人，日子至少總比你過得開心些！」

麻子怒道：「三哥，你還跟他嚕嗦什麼？快開了他的胸膛，掏出他的心來祭大哥在天之靈，不就完了麼？」

邊浩沉著臉道：「老七，你這話就不對了，我們兄弟要殺人，總要殺得光明正大，不但要叫天下人無話可說，也要叫對方口服心服。」

瞎子悠然道：「不錯，我們既已等了十七年，又豈在乎多等一時半刻。」

他將這句話又說了一遍，別人也就不能再說什麼了。

獨眼婦人道：「那麼老三，你的意思還想怎麼樣呢？」

邊浩道：「我們不但要先將話問清楚，還要找個外人來主持公道，若是人人都說鐵某人該殺，那時再殺他也不遲。」

麻子跳了起來，大吼道：「還要問個鳥，我就不信還有人會說他做的事不該殺！」

瞎子冷冷道：「既然沒有人會說他不該殺，問問又有何妨？」

麻子咬了咬牙，嘎聲道：「你……你想找誰來主持公道？」

邊浩道：「我們找的人非但要絕對大公無私，而且還要和『中原八義』及鐵傳甲雙方都全無關係。」

獨眼婦人皺眉道：「你找的究竟是誰，快說吧。」

邊浩道：「第一位就是『鐵面無私』趙正義，此人可稱是……」

鐵傳甲忽然慘笑道：「你們用不著麻煩了，快殺了我就是！我自問昔年確有對不起翁天傑之處，如今死而無怨！」

獨眼婦人冷笑道：「聽他的口氣，好像對趙正義還有所不滿……」

瞎子淡淡道：「趙正義既然曾找過老三報告他的行蹤，自然和他有些過節，又怎會爲他主持公道？」

邊浩道：「縱然如此也無妨，除了趙正義之外，我還找了兩個人。」

瞎子道：「哦？」

邊浩道：「這兩人一個是在『大觀樓』說鐵板快書的老先生，可說此道第一名家，卻和江湖中人全無關係，另一個是初出江湖的少年……」

獨眼婦人道：「初出江湖的毛頭小伙子，懂得什麼？」

邊浩道：「此人雖然初出江湖，但性格剛強，一介不取，可說是條鐵錚錚的漢子，我和他相識雖才兩天，但確信他絕不是油滑的小人！」

獨眼婦人冷笑道：「相識方兩天，就能看得出他是不是好人了麼？看來你這麼喜歡亂交朋友的脾氣，竟到今天還未改。」

她忽然怒吼著道：「昔年若不是你將這姓鐵的帶回來，說他是好人，我們又怎會和他交朋友，翁天傑又怎會死在他手裡?!」

邊浩垂下了頭，也不敢說話了。

瞎子卻道：「無論如何，找幾個人來作公證，這主意總是不錯的，『中原八義』總不能胡亂殺人。」

他笑了笑，又道：「何必，老三既然已將人家請來了，我們總不能讓人家站在雪地裡喝西北風吧。」

獨眼婦人動容道：「人已經來了？」

邊浩苦笑道：「我本來是想將他們一起請到龍嘯雲那裡去，當著大家的面，將此事作一了斷的，不想大嫂已將鐵某找來了。」

獨眼婦人默然半晌，霍地拉開了門，大聲道：「三位既已來了，就請進來吧。」

鐵傳甲抱定主意，再也不肯睜開眼睛，此情此景，他實在不願再看那「鐵面無私」趙正義一眼。他已抱定主意什麼都不看，什麼都不說。

只聽腳步聲響，果然有兩個人走了進來。

第一人的腳步沉穩，下盤顯然很有功夫，「南拳北腿」，趙正義乃是北方豪傑，功夫大半都在兩條腿上。

第二人的腳步很重，卻很浮，走進來時，還在輕輕喘著氣，這人身上就算有武功，也好不到那裡去。

鐵傳甲並沒有聽到第三個人的腳步聲。

來的難道只有兩個人？

難道第三個人走路時居然連一點腳步聲都沒有？

那瞎子似乎站了起來，傳聲道：「爲了在下兄弟昔年的一點恩怨，無端勞動三位的大駕，已是不該，又害得三位在風雪中枯候多時，更是該死，但請三位恕罪。」

他說話的聲音永遠不急不徐，冷冷淡淡，誰也聽不出他說的是真心話？還是意存譏諷。

只聽得趙正義的聲音道：「我輩爲了江湖公道，兩脅插刀也在所不辭，易二先生何必客氣。」

這人只要一開口，就是冠冕堂皇的話，但這種話鐵傳甲早已聽膩了，簡直想作嘔。

又聽到一個很蒼老，卻又很清朗的聲音道：「老朽雖只不過是個說書的，但平日說的也是江湖俠士們風光霽月的行徑，心裡更久已仰慕得很，今日承蒙各位看得起，能到這裡來，是三生有幸。」

瞎子冷冷道：「只望閣下回去後，能將這件事的是非曲折，向天下人源源本本的說出來，我兄弟就得益匪淺了。」

那說書的陪笑道：「這一點老朽更是義不容辭，老朽必定會將今日所見，一點不漏的說出來，邊三爺找老朽來參與此事，也就是這意思。」

鐵傳甲這才知道邊浩找這人來的用意，他也不禁在暗中佩服邊浩辦事之周密，什麼事都想到了。

突聽獨眼婦人道：「不知這位朋友貴姓大名？能否見告？」

這句話顯然是對第三個人說的。

但第三個人並沒有開腔，邊浩卻道：「這位朋友素來不願別人知道他的姓名……」

瞎子冷冷道：「他的姓名和這件事並沒有關係，他不願說，我們也不必問，可是我們這些人的姓名，他卻不能不知道。」

邊浩立刻就道：「我們本有八兄弟，昔年承江湖抬愛，把我們叫做『中原八義』，其實這也不過是朋友的抬愛……」

瞎子忽又截口道：「這並不是朋友們的抬愛，我兄弟武功雖不出眾，貌更不驚人，但平生做的事，莫不以義氣爲先，絕沒有見不得人的。」

趙正義大聲道：「中原八義，義薄雲天，江湖中誰人不知，那個不曉。」

那說書的也拍手道：「中原八義，好響亮的名字，這位老先生想必就是大義士了。」

瞎子道：「我是老二，叫易明湖，昔日人稱『神目如電』，可是現在……」

他慘笑了幾聲，嘎聲道：「現在我的名字叫『有眼無珠』，你記住了吧。」

說書的陪笑道：「在下怎會忘記。」

賣野藥的郎中道：「我三哥『寶馬神槍』邊浩你已見過了，我行四，叫金風白。」

說書的道：「聽閣下的口音，好像是南陽府的人。」

金風白道：「正是。」

說書的道：「南陽府『一帖堂』金家藥舖是幾十年的老字號，老朽小時也曾吃過『一帖堂』的驅蟲散，不知閣下……」

金風白慘笑道：「連『萬牲園』的少東都已在賣鴨腳，還提什麼一帖堂呢？」

說書的失聲道：「萬牲園？莫非張老善人的公子也在這裡？」

金風白道：「嗯。」

說書的道：「是那一位？」

那賣酒的道：「就是我這賣鴨腳的。」

說書的長長吸了口氣，似乎不勝驚訝，又不勝感慨。

賣酒的道：「我叫張承勳，砍柴的樵夫是我六弟，他這把斧頭現在雖只劈劈柴，但以前卻能『立劈華山』……」

麻子搶著道：「我是老七，叫公孫雨，因為我的麻子比雨點還密。」

賣臭豆干的道：「我是老八，叫『赴湯踏火』西門烈，現在果然是一頭挑油湯，一頭挑烈火，賣的卻是臭豆腐干。」

說書的道：「不知大義士在那裡？」

公孫雨道：「我大哥『義薄雲天』翁天傑已被人害死，這是我大嫂……」

獨眼婦人道：「我的名字可不好聽，叫『女屠戶』翁大娘，但你還是好好記著。」

說書的陪笑道：「老朽雖已年老昏庸，但自信記性還不錯。」

翁大娘道：「我們要你將名字記住，並不是為了要靠你來揚名立傳，而是要借你的嘴，將我們的血海深仇說出來，讓江湖中人，也好知道其中真相。」

說書的道：「血海深仇？莫非翁大義士……」

公孫雨厲聲道：「這人叫『鐵甲金剛』鐵傳甲，害死我大哥的就是他！」

金風白道：「我兄弟八人情如手足，雖然每人都有自己的事，但每年中秋時都要到大哥的莊子裡去住上幾個月。」

張承勳道：「我兄弟八人本來已經夠熱鬧了，所以一向沒有再找別的朋友，那一年三哥卻帶了個人回來，還說這人是個好朋友。」

公孫雨恨恨道：「這人就是忘恩負義，賣友求榮的鐵傳甲！」

金風白道：「我大哥本就是個要朋友不要命的人，見到這姓鐵的看來還像是條漢子，也就拿他當自己朋友一般看待，誰知……他卻不是人，是個畜牲！」

張承勳道：「過完年後我們都散了，大哥卻硬要留他多住兩個月，誰知他竟在暗中勾結了我大哥的一些死對頭，半夜裡闖來行兇，殺了我大哥，燒了翁家莊，我大嫂雖然僥倖沒有死，但也受了重傷。」

翁大娘嘶聲道：「你們看見我臉上這刀疤沒有?這一刀幾乎將我腦袋砍成兩半，若不是他們以為我死了，我也難逃毒手！」

公孫雨吼道：「那時翁家莊的人全都死盡死絕，就沒有人知道是誰下的毒手了，你倒說，這人的心黑不黑?手辣不辣?」

金風白道：「我兄弟知道了這件事後，立刻拋下了一切，發誓要找到這廝為大哥報仇，今日總算皇天有眼……皇天有眼……」

翁大娘厲聲道：「現在我們已將這件事的始末說了出來，三位看這姓鐵的是該殺?還是不該殺?」

趙正義沉聲道：「此事若不假，縱然將鐵傳甲千刀萬剮，也不為過。」

公孫雨跳了起來，怒吼道：「此事當然是真的，一字不假，不信你們就問問他自己吧！」

鐵傳甲緊咬著牙關，嘎聲道：「我早已說過，的確愧對翁大哥，死而無怨。」

公孫雨大呼道：「你們聽見沒有……你們聽見沒有……這是他自己說的！」

趙正義厲聲道：「他自己既已招認，別人還有什麼好說的！」

那說書的嘆道：「老朽也講過三國，說過岳傳，但像這種心黑手辣，不忠不義的人，只怕連曹操和秦檜還望塵莫及。」

在說書的人心目中，秦檜和曹操之奸惡，本已是無人能及的了，雖然古往今來，世上比他們更奸惡的人還不知有多少。

翁大娘道：「既是如此，三位都認爲鐵傳甲是該殺的了！」

說書的道：「該殺！」

趙正義道：「何止該殺，簡直該將他亂刀分屍，以謝江湖！」

突聽一人道：「你口口聲聲不離『江湖』，難道你一個人就代表江湖麼？」

這聲音簡短而有力，每個字都像刀一樣，又冷，又快……

在這屋子裡，他至今才第一次說話，顯然他就是那走路像野獸一般，可以不發出絲毫聲音來的「第三個人」了！

鐵傳甲心裡一跳，忽然發現這聲音很熟悉。

他忍不住張開眼來，就發現坐在趙正義和一個青衫老者中間的，赫然就是那孤獨而冷漠的少年阿飛！

「飛少爺？你怎會到了這裡？」

鐵傳甲幾乎忍不住要驚呼出聲來，但他卻只是更用力的咬緊了牙關，沒有說出一個字。

趙正義卻已變色道：「朋友，你難道認為這種人不該殺麼？」

阿飛冷冷道：「我若認為他不該殺，你們就要將我也一起殺了，是不是？」

公孫雨大怒道：「放你媽的屁！」

阿飛道：「我媽放屁，你媽也放屁，人人都難免要放屁，這又有什麼好說的。」

公孫雨怔了怔，反而說不出話來了，他們真未見過這麼樣說話的人，卻不知阿飛初入紅塵，對這些罵人的話根本就不大懂。

易明湖緩緩道：「我們將朋友請來，就是為了要朋友你主持公道，只要你說出此人為何不該殺，而且說得有理，我們立刻放了他也無妨。」

趙正義厲聲道：「我看他只不過是無理取鬧而已，各位何必將他的話放在心上。」

阿飛望著他，緩緩道：「你說別人賣友求榮，你自己豈非也出賣過幾百個朋友，那天翁家莊殺人的，你豈非也是其中之一，只不過翁大娘沒有見到你！」

中原八義都吃了一驚，失聲道：「真有此事？」

阿飛道：「他要殺這姓鐵的，只不過是要殺人滅口而已！」

趙正義本來還在冷笑著假作不屑狀，此刻也不禁發急了，大怒道：「放你媽……」

他急怒之下，幾乎也要和公孫雨一樣罵起粗話來，但「屁」字到了嘴邊，忽然想起這句話罵出來並沒有效。

何況破口大罵也未免失了他堂堂「大俠」的身分，當下仰天打了個哈哈，冷笑著說道：「想不到你年紀輕輕，也學會了血口噴人，好在你這片面之詞，沒有人相信！」

阿飛道：「片面之詞？你們的片面之詞，爲何就要別人相信呢？」

趙正義道：「鐵某自己都已承認，你難道沒有聽見？」

阿飛道：「我聽見了！」

這四個字未說完，他腰畔的劍已抵住了趙正義的咽喉！

趙正義身經百戰，本不是容易對付的人，但這次也不知怎地，竟未看出這少年是如何拔的劍！

他只覺眼前一花，劍尖已到了自己咽喉，他既無法閃避，更連動都不敢動了，嘎聲道：「你……你想怎樣？」

阿飛道：「我只問你，那天到翁家莊去殺人，你是不是也有一份！」

趙正義怒道：「你……你瘋了。」

阿飛緩緩道：「你若再不承認，我就殺了你！」

這句話他說得平平淡淡，就好像是在說笑似的，但他那雙漆黑、深邃的眸子裡，卻閃動著一種令人不敢不信的光芒！

趙正義滿臉大汗黃豆般滾了下來，顫聲道：「我……我……」

阿飛道：「你這次回答最好小心些，千萬莫要說錯了一個字。」

阿飛腰帶上插著的那柄劍，人人都早已看見了，人人都覺得有些好笑，但現在，卻沒有人再覺得好笑了。

只見趙正義臉如死灰，幾乎快氣暈了過去，中原八義縱有相救之心，此時也不敢出手的。

在這麼一柄快劍之下，有誰能救得了人？何況他們也想等個水落石出，他們也不敢確定趙正義那天有沒有到「翁家莊」去殺人放火。

阿飛緩緩道：「我最後再問你一次，這是最後一次了！絕不會再有第二次……我問你，翁天傑是不是你害死的？」

趙正義望著他那雙漆黑得看不到底的眸子，只覺自己的骨髓都已冰冷，竟不由自主的顫聲道：「是……」

這「是」字自他嘴裡說出來，中原八義俱都聳然變色。

公孫雨第一個跳了起來，怒罵道：「你這狗娘養的，做了這種事，居然還有臉到這裡來充好人。」

阿飛忽然一笑，淡淡道：「各位不必生氣，翁天傑之死，和他並沒有絲毫關係。」

中原八義又都怔住了。

公孫雨道：「但……但他自己明明承認……」

阿飛道：「他只不過說明了一件事，那就是一個人在被逼時說出來的話，根本就算不得數的。」

趙正義臉色由白轉紅，中原八義的臉色都由紅轉白。紛紛怒喝道：「我們幾時逼過他？」

「你難道還認爲這是屈打成招麼？」

「他若有委屈！自己爲何不說出來？」

幾個人搶著說話，說的話反而聽不清了。

紛亂中，只聽易明湖緩緩道：「鐵傳甲你若認爲我兄弟冤枉了你，此刻正好向我兄弟解釋！」

這話聲雖緩慢，但一個字一個字說出來，竟將所有的怒喝聲全都壓了下去，此人雙目雖盲，但內力之深，原都遠在別人之上。

公孫雨一步竄到鐵傳甲面前，厲聲道：「不錯，你有話儘管說吧，絕不會有人塞住你的嘴。」

鐵傳甲緊咬著牙關，滿面俱是痛苦之色。

翁大娘道：「你若是無話可說，就表示自己招認了，咱們可沒有用刀逼著你。」

鐵傳甲長長嘆息了一聲，黯然道：「飛少爺，我實在無話可說，只好辜負你一番好意了。」

公孫雨跳了起來，瞪著阿飛道：「你聽見了麼，連他自己都無話可說，你還有什麼好說的？」

阿飛道：「無論他說不說話，我都不相信他會是賣友求榮的人。」

公孫雨怒吼道：「事實俱在，你不信也得信！」

翁大娘冷笑道：「他不信就算了，咱們何必一定要他相信？」

金風白道：「不錯，這件事根本和他沒有關係。」

阿飛道：「我既已來了，這件事就和我有關係了。」

公孫雨大怒道：「和你又他媽的有什麼鳥關係？」

阿飛道：「我若不信，就不許你們傷他。」

翁大娘怒道：「你算那棵蔥，敢來管咱們的閒事？」

那樵夫大吼道：「老子偏偏要傷了他，看你小子怎麼樣？」

這人說話最少，動手卻最快，話猶未了，一柄斧頭已向鐵傳甲當頭砍了下去，風聲虎虎，「立劈華山」。

他昔年號稱「立劈華山」，這一招乃是他的成名之作，力道自然非同小可，連易明湖的鬍子都被他斧上風聲帶得捲了起來，鐵傳甲木頭人般坐在那裡，縱有一身鐵布衫的功夫，眼見也要被這一斧劈成兩半。

要知「鐵布衫」的功夫雖然號稱「刀槍不入」，其實只不過能擋得住尋常刀劍之一擊而已，而且還要預知對方一刀砍在那裡，先將氣力凝聚，若是遇有真正高手，就算真是個鐵人也要被打扁，何況他究竟還是血肉之軀，這種功夫在江湖中已漸將絕跡，就因為練成了也沒有什麼太大的作用，所以根本沒有人肯練。否則就憑他已可制住那「梅花盜」，又何必再找金絲甲呢？

那說書的驚呼一聲，只道他立刻就要血濺五步。

誰知就在這時，突見劍光一閃，「噗」的一聲，好好的一把大斧竟然斷成兩截，斧頭「噹」的跌在鐵傳甲面前。

原來這一劍後發而先至，劍尖在斧柄上一點，木頭作的斧柄就斷了，那樵夫一斧已掄圓，此刻手上驟然脫力，但聞「喀喇，喀喇，喀喇」三聲響，肩頭、手肘、腕子，三處的關節一起脫了臼，身子往前一栽，不偏不倚往那柄劍的劍尖上栽了過去，竟生像要將脖子送去給別人割似的。

這變化雖快，但「中原八義」究竟都不是飯桶，每個人都瞧得清清楚楚，大家都不禁為之面色慘變，一聲驚呼尚未出口，只見阿飛手裡的劍一偏，手著劍脊托著了那樵夫的下巴。

那樵夫仰天一個筋斗摔出，人也疼得暈了過去。

方才阿飛一劍制住了趙正義，別人還當他是驟出不意，有些僥倖，現在第一劍使出，大家才真的被駭得發呆了。

「中原八義」闖蕩江湖，無論在什麼樣的高人強敵面前都沒有含糊過，但這少年的劍法，卻將他們全震住了。

他們幾乎不信世上有這麼快的劍！

劍尖離開趙正義咽喉時，趙正義的鐵拳本已向阿飛背後打了過去，但見到阿飛這一劍之威，他拳頭剛沾到阿飛的衣服就硬生生頓住——這少年武功實在太驚人，怎會將背後空門全賣給別人。

趙正義實在不敢想像自己這一拳擊下時會引出對方多麼厲害的後著，他這一拳實在不敢擊下！

阿飛卻已若無其事的拉起了鐵傳甲的手，道：「走吧，我們喝酒去。」

鐵傳甲竟身不由主的被他拉了起來。

公孫雨、金風白、邊浩三個人同時攔住了他們的去路。

金風白斷聲道：「朋友現在就想走了麼！只怕沒這麼容易吧？」

阿飛淡淡道：「你還要我怎麼樣？一定要我殺了你麼？」

金風白瞪著他的眼睛，也不知怎的，只覺身上有些發涼，他平生和人也不知拚過多少次命了，但這種現象還只不過是第二次發生，第一次是在他十四歲的時候，打獵時迷了路，半夜遇著一群餓狼。

他寧可再遇著那群餓狼，也不願對著這少年的劍鋒。

易明湖忽然長長嘆了口氣，道：「讓他走吧。」

翁大娘斷聲道：「怎麼能讓他走？我們這麼多的心血難道就算……」

易明湖冷冷道：「就算餵了狗吧。」

他臉色仍然是那麼陰森森、冷冷淡淡的，既不憤怒，也不激動，只是向阿飛拱了拱手，道：「閣下請吧，江湖中本來就是這麼回事，誰的刀快，誰就有理！」

阿飛道：「多承指教，這句話我一定不會忘記的。」

大家眼見他拉著鐵傳甲大步走了出去，有的咬牙切齒，有的連連跺腳，有的已忍不住熱淚盈眶。

翁大娘早已忍不住放聲痛哭起來，跺著腳道：「你怎麼能放走，怎麼能放他走。」

易明湖面上卻木無表情，緩緩道：「你要怎麼樣？難道真要他將我們全都殺了麼？」

邊浩黯然道：「二哥說的不錯，留得青山在，不怕沒柴燒，只要我們活著，總有復仇的機會。」

翁大娘忽然撲過去，揪住他的衣襟，嘶聲道：「你還有臉說話？這又是你帶回來的朋友，又是你……」

邊浩慘笑道：「不錯，他是我帶回來的，我好歹要對大嫂有個交代。」

只聽「嘶」的一聲，一片衣襟被扯了下來，他的人已轉身衝了出去，翁大娘怔了怔，失聲道：「老三，你先回來……」

但她追出去時，邊浩已走得連影子都瞧不見了。

易明湖嘆了口氣，喃喃道：「讓他走吧，但願他能將他那老友找來。」

金風白眼睛一亮，動容道：「二哥說的莫非是……」

易明湖道：「你既然知道是誰，何必再問！」

金風白的眼睛裡發出了光，喃喃道：「三哥若真能將那人找出來，這小子的劍再快也沒有用了。」

趙正義忽然笑了笑，道：「其實邊三俠根本用不著去找別人的。」

金風白道：「哦！」

趙正義沉聲道：「明後兩日，本有三位高人要到這裡來，那少年縱然有三頭六臂，我也要叫他三個腦袋都搬家！」

金風白道：「是那三位？」

趙正義緩緩道：「各位聽了那三位的名字，只怕要嚇一跳……」

十二 同是斷腸人

雖然是正午，天色卻陰沉得有如黃昏。

阿飛不急不徐地走著，就和鐵傳甲第一次看到他時完全一樣，看來是那麼孤獨，又那麼疲倦。

但鐵傳甲現在已知道，只要一遇到危險，這疲倦的少年立刻就會振作起來，變得鷹一般敏銳、矯健。

鐵傳甲走在他身畔，心裡也不知有多少話想說，卻又不知該如何說起，李尋歡也並不是個多話的人，和李尋歡在一起生活了十幾年，他已學會了用沉默來代替語言，他只說了兩個字：「多謝。」

但他立刻發現連這兩個字也是多餘的，因爲他知道阿飛也和李尋歡一樣，在他們這種人面前，你永遠不必說「謝」字。

道旁有個小小的六角亭，在春秋祭日，這裡想必是掃墓的人歇腳的地方，現在亭子裡卻只有積雪，阿飛走過去，忽然道：「你爲什麼不肯將心裡的冤屈說出來？」

鐵傳甲沉默了很久，長長嘆了口氣，道：「有些話我寧死也不能說的。」

阿飛道：「你是個好朋友，但你們卻弄錯了一件事。」

鐵傳甲道：「哦？」

阿飛道：「你們都以爲性命是自己的，每個人都有權死！」

鐵傳甲道：「這難道錯了？」

阿飛道：「當然錯了！」

他霍然轉過身，瞪著鐵傳甲，道：「一個人生下來，並不是爲了要死的！」

鐵傳甲道：「可是，一個人若是到了非死不可的時候……」

阿飛道：「就算到了非死不可的時候，也要奮鬥求生！」

他仰視著遼闊的穹蒼，緩緩接著道：「老天怕你渴，就給你水喝，怕你餓，就生出果實糧食讓你充飢，怕你冷，就生出棉麻讓你禦寒。」

他瞪著鐵傳甲，厲聲道：「老天爲你做的事可真不少，你爲老天做過什麼？」

鐵傳甲怔了怔垂首道：「什麼也沒有。」

阿飛道：「你的父母養育了你，所費的心血更大，你又爲他們做過什麼？」

鐵傳甲頭垂得更低。

阿飛道：「你只知道有些話是不能說的，若是說出來就對不起朋友，可是你若就這樣死了，又怎麼對得起你的父母，怎麼對得起老天？」

鐵傳甲緊握著雙拳，掌心已不禁沁出了冷汗。

這少年說的話雖簡單，其中卻包含著最高深的哲理，鐵傳甲忽然發現他有時雖顯得不大懂事，但思想之尖銳，頭腦之清楚，幾乎連李尋歡也比不上他，對一些世俗的小事，他也一點不通，因爲他根本不屑去注意那些事。

阿飛一字字道：「人生下來，就是爲了要活著，沒有人有權自己去送死！」

鐵傳甲滿頭大汗涔涔而落，垂首道：「我錯了，我錯了……」

他忽然像是下了很大的決心，抬起頭道：「我不願說出那件事其中的曲折，只因……」

阿飛打斷了他的話，道：「我信任你，你用不著向我解釋。」

鐵傳甲忍不住問道：「但你又怎能斷定我不是賣友求榮的人呢？」

阿飛淡淡道：「我不會看錯的。」

他眼睛閃著光，充滿了自信，接著又道：「這也許因爲我是在原野中長大的，在原野中長大的人，都會和野獸一樣，天生就有分辨善惡的本能。」

在李尋歡的感覺中，天下若還有件事比「不喝酒」更難受，那就是「和討厭的人在一起喝酒」。

他發現在「興雲莊」裡的人，實在一個比一個討厭，比起來游龍生還是其中最好的一個，因爲他至少不拍馬屁。

討厭的人若又拍馬屁，那簡直令人汗毛直豎。

李尋歡只有裝病。

龍嘯雲自然很了解他的脾氣，並沒有勉強他，於是李尋歡就一個人躺在床上，靜靜的等著天黑。

他知道今天晚上一定也會發生很多有趣的事。

風吹竹葉如輕濤拍岸。

屋頂上有個蜘蛛正開始結網，人豈非也和蜘蛛一樣？世上每個人都在結網，然後將自己網在中央。

李尋歡也有他的網，他這一生卻再也休想自網中逃出來，因爲這網本來就是他自己結的。

想起今天晚上和林仙兒的約會，他眼睛裡不禁閃出了光，但想起鐵傳甲，他目光又不禁黯淡下來。

天終於黑了。

李尋歡剛坐起，忽然聽到雪地上有一陣輕微的腳步聲向這邊走了過來，於是他立刻又躺下。

他剛躺下，腳步聲已到了窗外。

李尋歡忍耐著，沒有問他是誰，這人居然也不進來，顯然來的絕不是龍嘯雲，若是龍嘯雲就絕不會在窗外逡巡。

那麼來的是誰？

詩音？

李尋歡熱血一下子全都沖上了頭頂，全身都幾乎忍不住要發起抖來，但這時窗外已有人在輕輕咳嗽。

接著一人道：「李兄睡了麼？」

這是「藏劍山莊」游少莊主的聲音。

李尋歡長長鬆了口氣，也不知道是愉快？還是失望。

他拖著鞋子下床，拉開門，笑道：「稀客稀客，請進請進。」

游龍生走進來，坐下去，眼睛卻一直沒有向李尋歡瞧一眼，李尋歡燃起燈，發現他臉色在燈光下看來有些發青。

臉色發青的人，心裡絕不會有好意。

李尋歡目光閃動，笑問道：「喝茶？還是喝酒？」

游龍生道：「酒。」

李尋歡笑道：「好，我屋裡本就從來沒有喝茶的人。」

游龍生連喝了三杯，忽然瞪著李尋歡道：「你可知道我爲何要喝酒？」

李尋歡微笑道：「酒稱『釣詩鉤』，又稱『掃愁帚』，但游龍生既無愁可掃，想必也無詩可鉤，喝酒莫非是爲了壯膽麼？」

游龍生瞪著他，忽然仰面狂笑起來。

只聽「嗆啷」一聲，他已拔出了腰畔的劍。

劍光如一泓秋水。

游龍生驟然頓住笑聲，瞪著李尋歡道：「你可認得這柄劍？」

李尋歡用他纖長的手指，輕輕撫摸著劍背，喃喃道：「好劍！好劍！」

他似乎禁不得這逼人的劍氣，又不住咳嗽起來。

游龍生目光閃動，沉聲道：「李兄既然也是個愛劍的人，想必知道這柄劍雖然比不上『魚腸劍上古神兵』，但在武林中的名氣，卻絕不在魚腸劍之下。」

李尋歡閉起眼睛，悠然道：「專諸魚腸，武子奪情，人以劍名，劍因人傳，人劍輝映，氣沖斗牛。」

游龍生道：「不錯，這正是三百年前，一代劍豪狄武子的『奪情劍』！但有關這柄劍的掌故，李兄也許還不知道。」

李尋歡道：「請教！」

游龍生目光凝注著劍鋒，緩緩道：「狄武子愛劍成癡，孤傲絕世，直到中年時，才愛上了一位女士，兩人本來已有婚約，誰知這位姑娘卻在他們成親的前夕，和他的好友『神刀』彭瓊在暗中約會，狄武子傷心氣憤之下，就用『奪情劍』殺了彭瓊，從此以劍為伴，以劍為命，再也不談婚娶之事。」

他霍然抬起頭，凝注著李尋歡，道：「李兄也許會覺得這故事情節簡單，毫無曲折，聽來未免有些索然寡味，但這卻是真人實事，絕無半分虛假。」

李尋歡笑了笑，道：「我只覺得這位狄武子劍法雖高，人卻未免太小氣了些，豈不聞，朋友如手足，妻子如衣履，堂堂的男子漢，豈可為了兒女之情，就傷了朋友之義！」

游龍生冷笑道：「但我卻覺得這位狄武子前輩實在可稱是頂天立地的大英雄，也唯有這樣的英雄，用情才會如此之深，如此之專。」

李尋歡微笑道：「如此說來，閣下今夜莫非也想學學三百年前的狄武子麼？」

游龍生目中斗然射出了寒光，冷冷道：「這就要看李兄今夜是否要學三百年前的彭神刀了！」

李尋歡嘆了口氣，道：「月上梅梢，佳人有約，這風光是何等綺麗，閣下又何苦煮雞焚琴，大煞風景呢？」

游龍生厲聲道：「如此說來，閣下今夜是非去不可的了！」

李尋歡道：「若是讓林姑娘那樣的佳人空候月下，在下豈非成了風流罪人。」

游龍生蒼白的臉驟然脹得通紅，滿頭青筋都暴露了出來，劍鋒一轉，「哧」的自李尋歡脖子旁刺出去。

李尋歡卻仍然面帶著微笑，淡淡道：「以閣下這樣的劍法，要學狄武子只怕還嫌差了些。」

游龍生怒道：「就這樣的劍法，要殺你卻已是綽綽有餘的了！」

喝聲中他已又刺出了十餘劍！

只聽劍風破空之聲，又急又響，桌上的茶壺竟「拍」的被劍風震破了，壺裡的茶流到桌上，又流下了地。

這十餘劍實是一劍快過一劍，但李尋歡卻只是站在那裡，彷彿連動也沒有動，這十餘劍也不知怎地全都刺空了。

游龍生咬了咬牙，出劍更急。

他見到李尋歡雙手空空，是以想以急銳的劍法，逼得李尋歡無暇抽刀。

他畏懼的只不過是「小李飛刀」而已。

誰知李尋歡根本就沒有動刀的意思，等他後面這一輪急攻又全都刺空了之後，李尋歡忽然一笑道：「年紀輕輕，有這樣的劍法，在一般人說來已是很難得的了，但以你的家世和師承說來，若以這樣的劍法去闖蕩江湖，不出三五年，你父親和你師傅的招牌只怕就要砸在你手上了。」

在漫空劍影之中，他居然還能好整以暇的說話，游龍生又急又氣，怎奈劍鋒偏偏沾不到對方衣袂。

原來，劍剛要刺向李尋歡咽喉，便發現李尋歡身子在向左轉，他劍鋒當然立刻跟著改向左，誰知李尋歡身子根本未動，他劍勢再變，還是落空，所以他這數十劍雖然劍劍都是制人死命的殺手，但到了最後一刹那時，卻莫名其妙的全都變成了虛招。

游龍生咬緊牙關，一劍向李尋歡胸膛刺出，暗道：「這次無論你玩什麼花樣，我都不上你的當了！」

只見李尋歡左肩微動，身子似將右旋。

要知高手相爭，講究的就是觀人於微，「敵未動，我先動，敵將動，我已動」，游龍生乃名家之子，自然明白這道理，眼神之利，亦非常人能及。對方的動作無論多麼輕微，都絕對逃不過他眼裡。

但他也就因為這個緣故，所以才上了李尋歡的當，空自刺出數十劍虛招，所以這次他拿定主意，李尋歡無論怎麼樣動，他全都視而不見，這一劍絕不再中途變招，閃電的直刺李尋歡胸膛。

誰知這次李尋歡身子竟真的向右一轉，游龍生的劍便擦著李尋歡的胸膛刺了過去，又刺空了。

等他發覺招已用老，再想變招已來不及了，只聽「嗆」的一聲龍吟，李尋歡長而有力的手指在他劍脊上輕輕一彈！

游龍生只覺虎口一震，半邊身子都發了麻，掌中劍再也把持不住，龍吟之聲未絕，長劍已閃電般穿窗而出！穿入竹林，在夜色中一閃就瞧不見了。

李尋歡還是站在那裡，兩隻腳根本未曾移動過半步。

游龍生但覺全身熱血一下子全都沖上頭頂，一下子全都落了下去，直落到腳底，他全身都發起冷來。

李尋歡微笑著拍了拍他肩頭，淡淡道：「奪情劍非凡品，快去撿回來吧。」

游龍生跺了跺腳，轉身衝出，衝到門口，又停下腳步，顫聲道：「你……你若有種，就等我一年，一年後我誓復此仇。」

李尋歡道：「一年？一年只怕不夠。」

他緩緩接著道：「你天資不錯，劍法也不弱，只可惜心氣太浮，是以出劍雜而不純，急而不厲，而且太躁進求功，是以一旦遇著比你強的對手，你自己先就亂了，其實你若沉得住氣，今日也未必不能傷我。」

游龍生眼睛一亮，還未說話，李尋歡卻又已接著道：「但這『沉得住氣』四個字，說來不難，做來卻談何容易，所以你若想勝我，至少要先苦練七年練氣的功夫！」

游龍生面上陣青陣白，拳頭捏得格格直響。

李尋歡一笑道：「你去吧，只要我能再活七年，只管來找我復仇就是，七年並不算長，何況君子復仇，十年也不算晚。」

天地間又恢復了靜寂，竹濤仍帶著幽韻。

李尋歡望著窗外的夜色，靜靜的佇立了許久，嘆息著喃喃道：「少年人，你不必恨我，其實我這是救了你，你若再和林仙兒糾纏下去，這一生只怕就算完了。」

他拂了拂衣上的塵土，正要往外走。

他知道林仙兒現在必定已在等著他，而且必定已準備好了釣鉤，但他並沒有絲毫畏懼，反而覺得很有趣。

魚太大了，釣魚的人只怕反而要被釣。

李尋歡微笑著，喃喃道：「我倒想看看她釣鉤上的餌是什麼？」

游龍生臨走的時候，已沒有他平時那麼高傲，那麼冷漠，他忽然衝動了起來，向李尋歡嘶聲道：「你若真的喜歡林仙兒遲早會後悔的，她早已是我的人了，早已和我有了……有了……你何苦定要拾我的破靴子。」

但李尋歡卻只是淡淡笑道：「舊靴子穿起來，總比新靴子舒服合腳的。」

想起游龍生那時的表情，李尋歡就覺得又可憐，又可笑——但林仙兒真是他說的那種女孩子麼？男人追不到一個女人時，總喜歡往自己臉上貼金，說自己和那女人有了某種特別的交情，聊以洩憤，也聊以解嘲。

這是大多數男人都有的劣根性，實在很可憐，也很可笑。

李尋歡緩緩走出門，忽然發現有燈光穿林而來。

兩個青衣小鬟，提著兩盞青紗燈籠，正在悄悄的說，偷偷的笑，一瞧見李尋歡，就說也不說，笑也不笑了。

李尋歡反而微笑起來，道：「是林姑娘要你們來接我的？」

左面的青衣鬟年紀較大，身材較高，垂首作禮道：「是夫人叫我們來請李相公去……」

李尋歡失聲道：「夫人？」

他忽然緊張起來，追問道：「是那位夫人？」

青衣鬟忍不住抿嘴一笑，道：「我們莊主只有一位夫人。」

右面的青衣鬟搶著道：「夫人知道李相公受不了那些俗客的喧擾，是以特地在內堂準備了幾樣精緻的小菜，請李相公去小酌敘話。」

李尋歡木立在那裡，神思似已飛越過竹林，飛上了那小樓……

十年前，那小樓是他常去的地方，他記得那張鋪著大理石面的桌子上，總已擺好了幾樣他最愛吃的小菜。

他記得用蜜炙的雲腿必定是擺在淡青色的碟子裡，但盛醉雞和青萵苣的碟子，就一定要用瑪瑙色的。

桌子後有道門，在夏天門上掛的是湘妃竹簾，在冬天門上的簾子大多是她自己繡的，有時也用珠串。

簾子後面，就是她的閨房。

他記得她自簾子後走出來的時候，身上總帶著一種淡淡的梅香，就像是梅花的精靈，天上的仙子。

十年來，他從不敢再想這地方，他覺得自己若是想了，無論對她，對龍嘯雲，都是種不可寬諒的冒瀆。

李尋歡茫然走著，猛抬頭，又已到了小樓下。

小樓上的燈光很柔和，看來和十年前並沒有什麼兩樣，甚至連窗櫺上的積雪，也都和十年前同樣潔白可愛。

但十年畢竟已過去了。

這漫長的十年時光，無論誰也追不回來。

李尋歡踟躕著，實在沒有勇氣踏上這小樓。

在發生過昨天的那些事之後，他猜不透她今日為何要找他到這裡來，他實在有些不敢見她。

可是他又不能不上去。

無論她是為了什麼找他，他都沒有理由推卻。

大理石的桌面上，已擺好幾碟精緻的下酒菜，淡青色碟子裡的是蜜炙雲腿，琥珀色碟子裡的是白玉般的凍雞。

李尋歡剛踏上小樓，就驟然呆住。

漫長的十年，似已在這一刹那間忽然消逝，他似已又回到十年前，望著那靜垂著的珠簾，他的心忽然急遽的跳了起來，跳得就像是個正墜入初戀的少年——十年前的溫柔、十年前的舊夢……

李尋歡不敢再想下去，再想下去他非但對不住龍嘯雲，也對不住自己，他幾乎忍不住要轉身逃走。

但這時珠簾內已傳出她的聲音，道：「請坐。」

這聲音仍和十年前同樣柔美，但卻顯得那麼生疏，那麼冷漠，若不是桌上的那幾樣菜，他實難相信簾中人就是他十年前的舊友。

他只有坐下來，道：「多謝。」

珠簾掀起，一個人走了出來。

李尋歡連呼吸都幾乎停止，但走出來的卻是那孩子，他身上仍穿著鮮紅的衣服，臉色卻蒼白如紙。

她仍留在簾後，只是沉聲道：「莫要忘記娘方才對你說的話，快去向李大叔敬酒。」

紅孩兒道：「是。」

他恭恭敬敬的斟著酒，垂著頭道：「千錯萬錯，都是侄兒的錯，但求李大叔莫要記在心上，李大叔對我們龍家恩重如山，就算殺了侄兒，也是應該的。」

李尋歡的心似已絞住了，也不知該說什麼，就算他明知自己絕沒有做錯，此刻望著這孩子蒼白的臉，心裡仍不禁有種犯罪的感覺。

「詩音，詩音，你找我來，難道就是爲了要如此折磨我。」

這種酒他怎麼喝得下去，可是他又怎能不喝？

這已不是酒，只是生命的苦杯，他活著，他就得接受。

紅孩兒道：「侄兒以後雖已不能練武，但男子漢總也不能終生托庇在父母膝下，但求李大叔念在昔日之情，傳授給侄兒一樣防身之道，也免得侄兒日後受人欺負。」

李尋歡暗中嘆了口氣，手伸出來，指尖已挾著柄小刀。

林詩音已在簾後道：「李大叔從未將飛刀傳人，有了這柄刀，你就有了護身符，還不快多謝李大叔。」

紅孩兒果然拜倒在地，道：「多謝李大叔。」

李尋歡笑了笑，暗中卻嘆息忖道：「母親的愛子之心，實是無微不至，但兒子對母親又如何呢？……」

沉悶，悶得令人痛苦。

青衣鬟已帶著那孩子走了，但林詩音猶在簾後，卻還是不讓李尋歡走。

她爲何要將他留在這裡？

李尋歡本不是個拘謹的人，但在這裡，他忽然發覺自己已變得像個呆子般手足失措。

愛情，實在是最奇妙的，「它」有時能令最愚笨的人變得極聰明，有時卻能令最聰明的人變成呆子。

夜已深了。

林仙兒是不是還在等著他？

林詩音忽然道：「你有事？」

李尋歡道：「沒……沒有。」

林詩音默然半晌，緩緩道：「你一定見過了仙兒？」

李尋歡道：「見過一兩次。」

林詩音道：「她是個很可憐的女孩子，身世很悲苦，你若已見過她的父親，就可以想見她的不幸了。」

「嗯。」

林詩音道：「有一年我到捨身崖去許願，見到她正準備捨身跳崖，我就救了她……你可知道她是爲了什麼而不惜跳崖捨身麼？」

李尋歡道：「不知道。」

林詩音道：「她是爲了她父親的病。」

她輕輕嘆息了一聲，道：「那樣的父親，竟會有這樣的女兒，實在令人難以相信，我不但可憐她，也很佩服她。」

李尋歡也只有嘆了口氣，無話可說。

林詩音道：「她不但聰明美麗，而且極有上進的心，她知道自己的出身太低，所以無論做什麼事都分外努力，總怕別人瞧不起她。」

李尋歡笑了笑，道：「如今只怕再也不會有人瞧不起她了。」

林詩音道：「這也是她自己奮鬥得來的，只不過她年紀畢竟太輕，心腸又太軟，我總是怕她會上別人的當。」

李尋歡苦笑忖道：「她不要別人上她的當，已經謝天謝地了。」

林詩音道：「我只希望她日後能找個很好的歸宿，莫要糊裡糊塗的被人欺騙，傷心痛苦一輩子。」

李尋歡沉默了半晌，緩緩道：「你爲什麼要對我說這些話？」

林詩音也沉默了半晌，緩緩道：「我爲什麼要對你說，你難道不明白？」

李尋歡又沉默了半晌，忽然大笑道：「我明白了，我明白了……」

他的確明白了。

林詩音將他留在這裡，原來就是不願他去赴林仙兒的約會，這約會的事，自然是游龍生告訴她的。

林詩音緩緩道：「無論如何，我們總是多年的朋友，我想求你一件事。」

李尋歡的心在發疼，卻微笑道：「你要我莫要去找林仙兒？」

林詩音道：「不錯。」

李尋歡長長吸了口氣，道：「你……你以爲我看上了她？」

林詩音道：「我不管你對她怎樣，只要你答應我的要求。」

李尋歡將面前的酒一飲而盡，喃喃道：「不錯，我是無藥可救的浪子，我若去找她，就是害了她……」

十三　無妄之災

林詩音道：「你答應了我？」

李尋歡咬了咬牙，道：「你難道不知道我一向都很喜歡害人麼？」

忽然間，一隻手伸出來，緊緊拉著珠簾。

這隻手是如此纖柔，如此美麗，卻因握得太緊，白玉般的手背上就現出了一條條淡青色的筋絡。

珠簾斷了，珠子落在地上，彷彿一串琴音。

李尋歡望著這隻手，緩緩站起來，緩緩道：「告辭了。」

林詩音的手握得更緊，顫聲道：「你既已走了，為什麼又要回來？我們本來生活得很平靜，你……你為什麼又要來擾亂我們？」

李尋歡的嘴緊閉著，但嘴角的肌肉卻在不停的抽搐……

林詩音忽然自簾後嘎聲道：「你害了我的孩子還不夠？還要去害她？」

她的臉是那麼蒼白，那麼美麗。

她眼波中充滿了激動，又充滿了痛苦。

她從來也沒有在任何人面前如此失常過。

這一切，難道只不過是為了林仙兒？

李尋歡沒有回頭。

他不敢回頭，不敢看她。

他知道他此時若是看了她一眼，恐怕就會發生一些令彼此都要痛苦終生的事，這令他連想都不敢去想……

他很快的走下樓，卻緩緩道：「其實你根本用不著求我的，因爲我根本就沒有看上過她！」

林詩音望著他的背影，身子忽然軟軟的倒在地上。

水池已結了凍，朱欄小橋橫跨在水上。

在夏日，這裡滿塘荷香，香沁人心，但此時此刻，這裡卻只有刺骨的寒風，無邊的寂寞。

李尋歡癡癡的坐在小橋的石階上，癡癡的望著結了冰的荷塘，他的心，也正和這荷塘一樣。

「我既已走了，爲什麼還要回來？……爲什麼還要回來？……」

更鼓聲響，又是三更了。

遠遠望去，可以看到冷香小築中的燈光。

林仙兒還在等著他？

他明知林仙兒今夜要他去，一定有她的用意，他明知自己去了後，一定會發生許多極驚人、有趣的事。

但他還是坐在這裡，遠遠望著那昏黃的燈光。

石階上的積雪，寒透了他的心。

他又不停的咳嗽起來。

忽然間，冷香小築那邊似有人影一閃，向黑暗中掠了出去。

李尋歡立刻也飛身而起。

他身形之快，無可形容，但等他趕到冷香小築那邊去的時候，方才的人影早已瞧不見了，似乎已被無邊的黑暗吞沒。

李尋歡遲疑著：「難道我看錯了！」

雪光反映，他忽然發覺屋頂的積雪上赫然有個不完整的足印。

但只有這一個足印，他還是無法判斷此人掠去的方向。

李尋歡掠下屋頂，窗內燈光仍亮。

他彈了彈窗子，輕喚道：「林姑娘。」

屋子裡沒有應聲。

李尋歡又喚了兩聲，還是聽不到回應，他皺了皺眉，驟然推開窗戶，只見屋子裡的小桌上，也擺著幾樣菜，爐上還溫著一壺酒。

酒香溫暖了整個屋子，桌上居然也是蜜炙的火腿，白玉般的凍雞，可是林仙兒卻已不在屋裡。

李尋歡一掠入窗，忽然又發現五隻酒杯，連底都嵌入桌面裡，驟然望去，赫然就像是一朵梅花！

梅花盜！

林仙兒難道已落入梅花盜手裡？

李尋歡手按在桌上，力透掌心，五隻酒杯就彈了起來！

只見五隻酒杯俱都完整如新，桌上卻已多了五個洞！

這桌子雖非石桌，但要將五隻瓷杯嵌入桌面，這份內力之驚人，就連李尋歡都知道自己辦不到！

梅花盜的武功果然可怕。

李尋歡手裡拿著酒杯，掌心已不覺沁出了冷汗。

就在這時，突聽「哧」的一聲，桌上的燭光，首先被打滅，接著，急風滿屋，也不知有多少暗器，從四面八方向李尋歡打了過來。風聲尖銳，出手的顯然都是高手，若是換別人只怕在一霎眼裡就要被打成個刺蝟！

但普天之下的暗器，又有那一樣能比得上「小李飛刀」！

李尋歡身子一轉，兩隻手已接著了十七八件暗器，人已跟著飛身而起，沒有被他接住的暗器，就全都自他足底打過。

屋子外這時才響起了呼喝叱吒聲！

「梅花盜，你已逃不了，快出來送死吧！」

「就算你有通天的本事，我們今日也叫你死無葬身之地！」

「老實告訴你，洛陽府的田七爺今天已趕來了，還有『摩雲手』公孫大俠，再加上趙大爺、龍四爺……」

紛亂中，突聽一人厲聲道：「莫要亂，先靜下來！」

這人雖只說了七個字，但聲如洪鐘，七個字說出之後，四下立刻再也聽不到別人的語聲。

李尋歡搖了搖頭，苦笑暗道：「果然是田七到了。」

只聽這人又道：「朋友既已到了這裡，爲何不肯出來相見？」

李尋歡輕輕咳嗽了兩聲，粗著喉嚨道：「各位既已到了這裡，爲何不肯進來相見？」
屋外又起了一陣驚動，紛紛道：「這小子是想誘我們入屋。」
又有人道：「敵暗我明，咱們可千萬不能上他的當！」
這時又有一人的語聲響起，將別人的聲音全都壓了下去。
這聲音清亮高吭，朗聲道：「梅花盜本來就是只會在暗中偷雞摸狗之輩，那裡敢見人。」
請將不如激將，大家立刻也紛紛罵道：「偷雞摸狗，縮頭烏龜，不敢見人，如何如何……」
李尋歡又好氣，又好笑，大聲道：「不錯，梅花盜確是有些鬼鬼祟祟，但和我又有何關係？」
那清朗的語聲道：「你不是梅花盜是誰？」
另一人道：「公孫大俠還問他幹什麼，趙大爺絕不會看錯的，此人必是梅花盜無疑。」
李尋歡忽然放聲大笑起來，道：「趙正義，我早就知道這都是你玩的花樣！」
笑聲中，他身形已燕子般掠出窗戶，窗外群豪有的人呼喝著向前撲，有的人驚叫著往後退。
龍嘯雲大呼道：「各位莫動手，這是我的兄弟，李尋歡！」
李尋歡身形一轉，已找到了趙正義，掠到他面前，微笑道：「趙大爺你高明的眼力，若非在下手腳還算靈便，此刻已做了梅花盜的替死鬼了，那死得才叫冤枉。」
趙正義臉色鐵青，冷冷道：「三更半夜，一個人鬼鬼祟祟的躲在這裡，我不將他看成梅花盜卻將他看成誰？我怎知閣下的病忽然好了，又偷偷溜到這裡來。」
李尋歡淡淡道：「我用不著偷偷溜到這裡來，無論那裡，我都可光明正大的走來走去，何況，趙大爺又怎知不是此間的主人約我來的？」

趙正義冷笑道：「我倒不知道閣下和林姑娘有這份交情，只不過，誰都知道林姑娘今夜是絕不會到這裡來的。」

李尋歡道：「哦？」

趙正義冷冷道：「林姑娘爲了躲避梅花盜，今天下午已搬出了『冷香小築』。」

李尋歡道：「縱然如此，閣下先問清楚了再下毒手也不遲。」

趙正義道：「對付梅花盜這種人，只有先下手爲強，等問清楚再出手，就已遲了。」

他句句話都說得合情合理，無懈可擊。

李尋歡大笑道：「好個先下手爲強！如此說來，李某今日若死在趙大爺手上，也只能算我活該，一點也怨不得趙大爺。」

龍嘯雲乾咳兩聲，陪笑道：「黑夜之間，無論誰都會偶然看錯的，何況……」

趙正義忽又冷冷道：「何況，也許我並沒有看錯呢？」李尋歡道：「沒有看錯？難道趙大爺認爲李某就是梅花盜？」

趙正義冷笑道：「那也難說得很，大家只知道梅花盜輕功很高，出手很快，至於他究竟是姓張，還是姓李？就誰也不知道了。」

李尋歡悠然道：「不錯，李某輕功既不低，出手也不慢，梅花盜重現江湖，也正是李某再度入關的時候，李尋歡若不是梅花盜，那才是怪事一件。」

他笑了笑，瞪著趙正義緩緩道：「但趙大爺既然認定了李某就是梅花盜，此刻爲何還不出手？」

趙正義道：「早些出手，遲些出手都無妨，有田七爺和摩雲兄在這裡，今日你還想走得了麼？」

龍嘯雲臉色這才變了，強笑道：「大家只不過是在開玩笑，千萬不可認真，龍嘯雲敢以身世性命擔保，李尋歡絕不是梅花盜！」

趙正義沉著臉道：「這種事自然萬萬開不得玩笑的，你和他已有十年不見，怎能保證他？」

龍嘯雲脹紅了臉，道：「可是……可是我深知他的爲人……」

一人忽然冷笑道：「知人知面不知心，這句話龍四爺總該聽說過吧。」

這人瘦如竹竿，面色蠟黃，看來彷彿是個病夫，但說起話來卻是語聲清朗，正是以「摩雲十四式」名震天下的「摩雲手」公孫摩雲。

他背後一人始終面帶著笑容，背負著雙手，看來又彷彿是個養尊處優的富家翁，此刻忽然哈哈一笑，道：「不錯，我田七和李探花也是數十年的交情了，但現在既然發生了這種事，我也只好將交情擱在一邊。」

李尋歡淡淡道：「我朋友雖不少，但像田七爺這麼有身分的朋友我卻一個也沒有，田七爺也用不著跟我攀交情。」

田七臉色一沉，目中立刻現出了殺機。

江湖中人人都知道田七爺翻臉無情，臉上一瞧不見笑容，立刻就要出手殺人，誰知此番他非但沒有出手，而且連話都不說了。

只見公孫摩雲、趙正義、田七，三個人將李尋歡圍在中間，三個人俱是臉色鐵青，咬牙切齒。

但三人卻只是瞪著李尋歡手裡的刀，看來誰也沒有搶先出手之意。

李尋歡連眼角也不瞧他們一眼，悠然道：「我知道三位此刻都恨不得立刻將我置之於死地，只因殺了我這梅花盜之後，非但立刻榮華富貴，美人在抱，而且還可換得個流芳百世的美名。」

趙正義板著臉道：「黃金美人，等閒事耳，我們殺你，只不過是爲了要替江湖除害而已。」

李尋歡大笑道：「好光明呀，好堂皇，果然不愧爲鐵面無私，俠義無雙！」

他輕撫著手裡的刀鋒，徐徐道：「但閣下爲何還不出手呢？」

趙正義的目光隨著他的手轉來轉去，也不開口了。

李尋歡道：「哦，我知道了，田七爺『一條棍棒壓天下，三顆鐵膽鎮乾坤』，趙大爺想必是在等著田七爺出手，田七爺自然也是義不容辭的了，是麼？」

田七雙手背負在身後，似乎根本沒有聽到他的話。

李尋歡道：「田七爺難道也在等著公孫先生出手？嗯，不錯，公孫先生『摩雲十四式』矢矯變化，海內無雙，自然是應該讓公孫先生先出手的。」

公孫摩雲就好像忽然變成了個聾子，連動都不動。

李尋歡仰天大笑道：「這倒怪了，三位都想將我殺之而後快，卻又都不肯出手，莫非三位都不願搶先爭功，在互相客氣？」

公孫摩雲等三人倒也真沉得住氣，李尋歡無論如何笑罵，這三人居然還是充耳不聞。

其實三人心裡早已都恨不得將李尋歡踢死，但「小李神刀，例不虛發」，李尋歡只要一刀在手，有誰敢先動？

他們三人不動，別人自然更不敢動了。

龍嘯雲忽然笑道：「兄弟，你到現在難道還看不出他們三位只不過是在跟你開玩笑？走走走，我們還是喝杯酒去擋擋寒氣吧。」

他大笑著走過去，攬住了李尋歡的肩頭。

李尋歡面色驟變，失聲道：「大哥你……」

他想推開龍嘯雲，卻已遲了！

就在這時，只聽「呼」的一聲，田七的手已自背後抽出一條四尺二寸長的金絲夾籐軟棍，已毒蛇般抽在李尋歡腿上。

李尋歡掌中空有獨步天下，見者喪膽的「小李神刀」，但身子已被龍嘯雲熱情的手臂攬住，這飛刀那裡還能發得出去。

但聞「拍」的一聲，他兩條腿已疼得跪了下去，公孫摩雲出手如風，已點了他背後七處大穴。

趙正義跟著飛起一腿，將他踢得滾出兩丈外。

龍嘯雲跳了起來，大吼道：「你們怎能如此出手？快放了他！」

他狂吼著向李尋歡撲了過去。

趙正義冷冷道：「縱虎容易擒虎難，放不得的。」

田七道：「龍四爺，得罪了！」

公孫摩雲已橫身擋住了龍嘯雲的去路，龍嘯雲雙拳齊出，但田七的金絲夾籐軟棍已兜住了他的腿。

軟棍一抖，龍嘯雲那裡還站得住腳，趙正義不等他身子再拿樁站穩，已在他軟脅上點了一穴。

龍嘯雲撲地跪倒，哽聲道：「趙大哥，你……你怎能如此……」

趙正義沉著臉道：「你我雖然義結金蘭，但江湖道義卻遠重於兄弟之情，但願你也能明白這道理，莫要再爲這武林敗類自討苦吃了。」

龍嘯雲道：「但他絕不是梅花盜，絕不是！」

趙正義叱道：「你還要多嘴？你怎能證明他不是梅花盜？」

田七面上又露出了他那和藹的微笑，道：「連他自己都承認了，龍四爺又何苦再爲他辯白？」

公孫摩雲道：「龍四爺，你是有家室、有身分、有地位的人，若是被這種淫棍拖累，豈非太不値得了麼？」

龍嘯雲嘶聲道：「只要你們先放了他，無論多大的罪，龍嘯雲都寧願替他承當。」

趙正義厲聲道：「你願爲他承當？可是你的妻子呢？你的兒女呢？你難道也忍心眼看他們被你連累？」

龍嘯雲驟然一震，全身都發起抖來。

只見李尋歡雙腿彎曲，撲在雪地上，正在不停的咳嗽，已咳得上氣不接下氣，掌中卻仍緊緊握著那柄飛刀，就像是一個已將被溺死的人，手裡還緊緊握著一根蘆葦，全不知道這根蘆葦根本救不了他！

飛刀雖仍在手，怎奈已是永遠再也發不出去的了！

這一身傲骨，一生寂寞的英雄，難道竟要落得個這樣的下場！

龍嘯雲目中不禁流下淚來，顫聲道：「兄弟，全是我害了你，我對不起你，對不起你……」

黎明前的一段時候，永遠是最黑暗的。就連大廳裡輝煌的燈光，也都衝不破這無邊無際的黑暗。

一群人聚在廳外的石階上，正竊竊私議！

「田七爺果然了不起，你看他那一棍出手有多快，就算龍四爺不在那裡擋著，我看李尋歡也躲不開。」

「何況旁邊還有公孫大俠和趙大爺呢。」

「不錯，難怪別人說趙大爺的兩條腿可值萬兩黃金，你瞧他踢出去的那一腿，要多漂亮就有多漂亮。」

「常言道，南拳北腿，咱們北方的豪傑，腿法本就高強。」

「但公孫大爺的掌法又何嘗弱了，若非他及時出手，李尋歡就算挨了一棍子，也未必會倒下去。」

「田七爺，趙大爺，再加上公孫大俠，嘿，李尋歡今日撞著他們三位，真是倒了楣了。」

「話雖是這麼說，但若非龍四爺……」

「龍四爺又怎樣？他對李尋歡還不夠義氣嗎？」

「龍四爺可真是義氣干雲，李尋歡能交到他這種朋友，真是運氣！」

龍嘯雲坐在大廳裡的紅木椅上，聽到了這些話，心裡就好像在被針刺著一樣，滿頭汗出如雨。

只見李尋歡伏在地上，又不停的咳嗽起來。

龍嘯雲忍不住流淚道：「兄弟，全是我該死，你交到我這朋友，實在是……是你的不幸，你……你這一生全是被我拖累的。」

李尋歡努力忍住咳嗽，勉強笑道：「大哥，我只想要你明白一件事，若讓我這一生重頭再活一次，我還是會毫不考慮就交你這朋友的。」

龍嘯雲但覺一陣熱血上湧，竟放聲大哭道：「可是……若非我阻住了你出手，你又怎會……怎會……」

李尋歡柔聲道：「我知道大哥你無論做什麼，都是爲了我好，我只有感激。」

龍嘯雲道：「但你爲什麼不告訴他們，你不是梅花盜！你爲什麼……爲什麼要……」

李尋歡笑了笑道：「生死等閒事耳，我這一生本已活夠了，生有何歡？死有何懼？爲什麼還要在這些匹夫小人面前卑躬曲膝！」

田七一直含笑望著他們，此刻忽然撫掌笑道：「罵得好，罵得好！」

公孫摩雲冷笑道：「他明白今日無論說什麼，我們都不會放過他，也只好學那潑婦罵街，臨死也落得個嘴上爽快了！」

李尋歡淡淡道：「不錯，事已至此，我但求一死而已，但此刻李某掌中已無飛刀，各位爲何還是不肯出手呢？」

公孫摩雲那張枯瘦蠟黃的臉居然也不禁紅了紅。

趙正義卻仍是臉色鐵青，沉聲道：「我們若是此刻就殺了你，江湖中難免會有你這樣的不肖之徒，要說我們是假公濟私，我們要殺你，也要殺得公公道道。」

李尋歡嘆了口氣，道：「趙正義，我真佩服你，你雖然滿肚子男盜女娼，但說起話來卻是句句仁義道德，而且居然一點也不臉紅。」

田七笑道：「好，姓李的，算你有膽子，你若想快點死，我倒有個法子。」

李尋歡嘆道：「我本來也想罵你幾句，只不過卻怕罵髒了我的嘴。」

田七聽而不聞，還是微笑道：「你若肯寫張悔罪書，招供你的罪行，我們現在就讓你舒舒服服的一死，你也算求仁得仁，死得不冤了。」

李尋歡想也不想，立刻道：「好，我說，你寫……」

龍嘯雲失聲道：「兄弟，你招不得！」

李尋歡也不理他，接著道：「我的罪孽實是四曲難數，罄筆難書，我假冒僞善，內心奸詐，夾私陷構，挑撥離間，趁人不備，偷施暗算，不仁不義，卑鄙無恥的事我幾乎全都做盡了，但卻還是大模大樣的自命不凡！」

只聽「拍」的一聲，趙正義已反手一掌，摑在他臉上！

龍嘯雲大吼道：「士可殺不可辱，你們不能如此折磨他！」

李尋歡卻還是微笑道：「無妨，他打我一巴掌，我只當被瘋狗咬了一口而已。」

趙正義怒吼道：「姓李的，你聽著，就算我還不願殺你，但我卻有本事讓你求生不得，求死不能，你信不信？」

李尋歡縱聲大笑道：「我若怕了你們這些卑鄙無恥，假仁假義的小人，我也枉爲男子漢了！你們有什麼手段，只管使出來吧！」

趙正義喝道：「好！」

他一反手，已甩脫了剛穿起來的長衫。

龍嘯雲坐在椅上，全身直抖，顫聲道：「兄弟，原諒我，你是英雄，但我……我卻是個懦夫，我……」

李尋歡微笑道：「這怨不得大哥你，我若也有妻有子，也會和大哥同樣做法的。」

這時趙正義的鐵掌早已捏住了他的軟骨酸筋，那痛苦簡直非人所能忍受，李尋歡雖已疼得流汗，但還是神色不變，含笑而言。

站在大廳外的那些人有的已忍不住扭過頭去，江湖豪傑講究的就是「有種」，李尋歡這麼有種的人卻實在少見。

就在這時，突聽大廳外有人道：「林姑娘，你是從那裡回來的？……這位是誰？」

只見林仙兒衣衫零亂，雲鬢不整，匆匆的從外面走了進來。

她身旁還跟著個少年，在如此嚴寒的天氣裡，他身上只穿著件很單薄的衣衫，但背脊卻仍挺得筆直，彷彿世上絕沒有任何事能令他彎腰！

他的臉就像是用花崗石雕成的，倔強、冷漠、堅定，卻又帶著種令人難以抗拒的奇異魅力。

他身上竟背著個死屍！

阿飛！

阿飛怎會忽然來了？

李尋歡心裡一陣激動，也不知是驚是喜？但他立刻扭轉頭，因爲他不願被阿飛看到他如此模樣。

他不願阿飛爲他冒險出手。

阿飛還是看到他了。

他冷漠堅定的臉，立刻變得激動起來，大步衝了過去，趙正義並沒有阻攔他，因爲趙正義也已領教過這少年的劍法。

但公孫摩雲卻不知道，已閃身擋住了他的去路，厲聲道：「你是誰？想幹什麼？」

阿飛道：「你是誰？你想幹什麼？」

公孫摩雲怒道：「我想教訓教訓你！」

喝聲中，他已出了手。

沒有人攔住他，這並不奇怪，因爲趙正義就唯恐他們打不起來，田七也想借別人的手，來看看這少年的武功深淺，林仙兒呢？她只是吃驚的望著李尋歡，根本沒有注意到別人，至於龍嘯雲，他似已無心再管別人的閒事了。

奇怪的是，阿飛居然也沒有閃避。

只聽「砰」的一聲，公孫摩雲的拳頭已打在阿飛胸膛上，阿飛連動都沒有動，公孫摩雲自己卻疼得彎下腰去。

阿飛再也不瞧他一眼，自他身旁走過，走到李尋歡面前，道：「他是你的朋友？」

李尋歡微笑道：「你看我會不會有這種朋友。」

這時公孫摩雲又怒吼著撲了上來，一掌拍向阿飛的背心，阿飛突然轉身，只聽又是「砰」的一聲。

公孫摩雲的身子突然飛了出去。

群豪面上全都變了顏色，誰也想不到名動江湖的「摩雲手」在這少年面前，竟變得像是個稻草人般不堪一擊！

只有田七卻大笑道：「朋友好快的出手，當真是長江後浪推前浪，江湖英雄出少年。」

他抱拳一揖，笑道：「在下田七，不知閣下高姓大名，可願和田七交個朋友？」

阿飛道：「我沒有名字，也不願交你這種朋友。」

別人的面色又變了，田七卻仍是滿面笑容，道：「少年人倒真是快人快語，只可惜交的朋友卻選錯了。」

阿飛道：「哦！」

田七指著李尋歡道：「他是你的朋友？」

阿飛道：「是。」

田七道：「你可知道他是誰？」

阿飛道：「知道。」

田七笑了笑，道：「你也知道他就是梅花盜？」

阿飛動容道：「梅花盜？」

田七道：「這件事說來的確令人難以相信，只不過事實俱在，誰也無法否認。」

阿飛瞪著他，銳利的目光就像是要刺入他心裡。

田七只覺得身上有些涼颼颼的，勉強笑道：「閣下若不信，不妨問問他自己……」

阿飛冷冷道：「我不必問他，他絕不是梅花盜！」

田七道：「爲什麼？」

阿飛忽然將脅下挾著的死屍放了下來，道：「因爲這才是梅花盜！」

群豪又一驚，忍不住都逡巡著圍了過來。

只見這死屍又乾又瘦，臉上刀疤縱橫，也看不出他本來是何面貌，身上穿的是件緊身黑衣，連肋骨都凸了出來。

他緊咬著牙齒，竟是死也不肯放鬆，身上也瞧不見什麼傷痕，只有咽喉已被刺穿了個窟窿。

田七又笑了，大笑道：「你說這死人才是真正的梅花盜！」

阿飛道：「不錯。」

田七笑道：「你畢竟太年輕，以爲別人也和你同樣容易上當，若是大家都去弄個死人回來，就說他是梅花盜，那豈非天下大亂了麼？」

阿飛腮旁的肌肉一陣顫動，道：「我從來不騙人，也從來不會上當！」

田七沉下了臉，道：「那麼，你怎能證明這死人是梅花盜？」

阿飛道：「你看看他的嘴！」

田七又大笑起來，道：「我爲何要看他的嘴，難道他的嘴還會動還會說話？」別的人也跟著笑了起來，他們雖未必覺得很好笑，但田七爺既然笑得如此開心，他們又怎能不笑。

林仙兒忽然奔過來，大聲道：「我知道他說的不錯，這死人的確就是梅花盜。」

田七道：「哦？難道是這死人自己告訴你的？」

林仙兒道：「不錯，的確是他自己告訴我的！」

她不讓別人笑出來，搶著又道：「秦重死的時候，我已看出他是中了一種很惡毒的暗器，但秦重躲不開這種暗器猶有可說，爲何連吳問天那樣的高人也躲不開這種暗器呢？我一直想不通這道理，因爲這就是梅花盜的秘密。」

田七目光閃動，道：「你現在難道已想通了麼？」

林仙兒道：「不錯，梅花盜的秘密就在他嘴裡。」

她忽然抽出了柄小刀，用刀撬開了這死人的嘴。

這死人的嘴裡，竟咬著根漆黑的鋼管。

林仙兒道：「只因他跟別人說話的時候，暗器忽然自他嘴裡射出來，所以別人根本沒有警覺，也就無法閃避！」

田七道：「他嘴裡咬著暗器鋼筒，又怎能再和別人說話？」

林仙兒道：「這就是他秘密中的秘密！」

她眼波四下一轉，緩緩接著道：「他並不用嘴說話，卻用肚子來說話，他的嘴是用來殺人的！」

這句話聽來雖很荒唐可笑，但像田七這樣的老江湖，卻反而一點也不覺得好笑了，因爲老江湖都知道世上的確有種神秘的「腹語」術，據說是傳自波斯天竺一帶，本來只不過是江湖賣藝者的小技，聲音聽來也有些滑稽，但武功高手再加以真氣控制，說出來的聲音自然就不大相同了。

林仙兒道：「田七爺在和人動手之前，眼睛會瞧在什麼地方呢？」

田七道：「自然是瞧住對方身上。」

林仙兒道：「身上什麼地方？」

田七沉吟著道：「他的肩頭，和他的手！」

林仙兒笑了笑，道：「這就對了，高手相爭，誰也不會瞪在對方的嘴，只有兩條狗打架時，才會瞪住對方的嘴，因爲人不像狗，絕不會用嘴咬人。」

別的人又跟著笑了，像林仙兒這樣的美人說出來的話，他們若是覺得不好笑，豈非顯得自己不懂風趣。

誰知林仙兒卻已沉下了臉，嘆道：「但梅花盜卻偏偏是用嘴來殺人的，就因爲誰也想不到世上會有這種事，所以才會被他暗算……愈是高手，愈容易被他暗算，因爲高手對敵，眼睛絕不會瞧到對方肩頭以上。」

田七道：「這秘密你怎會知道的？」

林仙兒道：「我也是等他暗器發出之後才知道……」

田七微笑道：「那麼，這位少年朋友難道是狗，一直在瞪著他的嘴麼？」

十四 有口難言

林仙兒嫣然道：「田七爺難道未看出他身上穿了金絲甲？」

田七眼睛一亮，撫掌道：「不錯，這就難怪摩雲兄方才打人反而自己手痛了。」

林仙兒道：「今天我本來不準備到冷香小築去的，但到了晚上，我忽然想起忘了拿件東西，但我再也想不到，一回到冷香小築，梅花盜就出現了。」

她美麗的面靨上露出了恐懼之色，道：「嚴格說來，那時我並沒有看到他，只覺得有個人忽然到了我身後，我想轉身，他已點住了我的穴道。」

田七道：「如此說來，這人的輕功也不錯！」

林仙兒嘆了口氣，道：「他身法簡直和鬼魅一樣，我糊裡糊塗的就被他挾在脅下，騰雲駕霧般被他挾了出去，那時我已想到他就是梅花盜，就問他想將我怎樣？爲何不殺我？」

田七道：「他怎麼說？」

林仙兒咬著嘴唇，道：「他什麼話也沒有說，只是陰森森的笑。」

田七目光閃動，道：「原來他並沒有告訴你他就是梅花盜。」

林仙兒道：「他用不著告訴我，那時我只想早些死了算了，但全身偏偏連一點力氣都沒有，就在那時候，我突然見到人影一閃已出現在我們面前。」

田七道：「來的人想必就是這位少年朋友了？」

林仙兒道：「不錯，就是他。」

她瞟了阿飛一眼，目中充滿了溫柔感激之色，道：「他來得實在太快了，梅花盜似也吃了一驚，立刻將我拋在地上，我就聽到他說：『你是不是梅花盜？』又聽到梅花盜說：『是又怎樣？不是又怎樣？你反正已是快死的人了』……」

「他的話還未說完，就忽然有一蓬烏星自他嘴裡射了出來，我又是吃驚、又是害怕，眼見著烏光全都射在這……這位公子身上，我只當他也要和別人一樣，死在梅花盜手裡了，誰知他竟連一點事都沒有……」

「接著，我就見到劍光一閃，梅花盜就倒了下去，那一劍出手之快，我實在沒法子形容得出。」

她說到這裡，每個人都不禁瞪大了眼睛去瞧阿飛腰帶上的那柄劍，誰也不相信這麼樣的一柄劍能殺得死人；能殺得死梅花盜！

田七背負著雙手，也在凝視著這柄劍。

他嘴角忽又露出了微笑，道：「如此說來，閣下莫非早已等在那裡了？」

阿飛道：「不錯。」

田七微笑道：「閣下一見到他，就飛身過去擋住了他，就問他是不是梅花盜？」

阿飛道：「不錯。」

田七微笑道：「難道閣下總是守候在暗中，一見到夜行人，就過去問他是不是梅花盜？」

阿飛道：「我還沒那麼大功夫。」

田七微笑道：「閣下若是偶爾有功夫時，偶爾見了個夜行人，會如何問他？」

阿飛道：「我爲何要問他？他是誰與我何關？」

田七忽然一拍巴掌，笑道：「這就對了，閣下縱然要問，也只會問他是誰？譬如說，閣下方才問公孫摩雲時，也只問：『你是誰？』並沒有問：『你是不是梅花盜？』……」

阿飛道：「我明知他不是梅花盜，爲何還要問他？」

田七忽然沉下臉，指著地上的死人道：「那麼，閣下爲何要如此問這人呢？難道閣下早已知道他就是梅花盜？閣下既已知道他就是梅花盜，爲何還要問？」

阿飛道：「只因已有人告訴我，梅花盜這兩天必定會在那附近出現。」

田七眼睛瞅著李尋歡，緩緩道：「是誰告訴你的？是梅花盜自己？還是梅花盜的朋友？」

他似乎明知阿飛絕不會回答這句話，事實上，他只要問出這句話，目的便已達到，也根本不需要別人回答。

大家聽了這話，眼睛不約而同在阿飛和李尋歡身上一轉，心裡已都認定這只不過是李尋歡和他串通好的圈套，無論阿飛再說什麼，也不會有人再相信地上這人真是「梅花盜」了。

只見田七忽然轉身走到一個錦衣少年面前，厲聲道：「你是不是梅花盜？」

那少年吃了一驚，吶吶道：「我……我怎會是他……」

話未說完，田七忽然出手點住了他的穴道，喃喃道：「好傢伙，又有個梅花盜被我捉住了。」

他轉過頭來一笑，悠然道：「各位只怕也想不到捉拿梅花盜竟如此容易吧。」

群豪又不禁放聲大笑起來，紛紛互道：「你是不是梅花盜？」

「我看你才是梅花盜！」

「梅花盜怎地愈來愈多了？」

「抓梅花盜既然如此容易，我爲何不抓一個來玩玩？」

阿飛鐵青著臉，手已緩緩觸及劍柄。

李尋歡忽然嘆了口氣，道：「兄弟，你還是走吧！」

阿飛目光閃動道：「走？」

李尋歡微笑道：「有田七爺和趙大爺這樣的大俠在這裡，怎肯將梅花盜讓給你這初出茅廬的少年人殺死？你無論再說什麼，都沒有用的。」

阿飛的手緊握著劍柄，冷冷道：「我也不想再跟這種人說話了，可是我的劍……」

李尋歡道：「你就算將他們都殺了也沒有用，還是沒有人會承認你殺了梅花盜，這道理你難道還不明白麼？」

阿飛發亮的眼睛漸漸變成灰色，緩緩道：「不錯，我明白了，我明白了……」

李尋歡笑了笑道：「你若想成名，最好先明白這道理，否則你就會像我一樣，遲早還是要變成梅花盜。」

阿飛道：「你的意思是說，我若成名，最好先學會聽話，是麼？」

李尋歡笑道：「一點也不錯，只要你肯將出鋒頭的事都讓給這些大俠們，這些大俠們就會認爲你『少年老成』，是個『可造之才』，再過個十年二十年，等到這些大俠們都進了棺材，就會輪到你成名了。」

阿飛沉默了半晌，忽然笑了笑。

這笑容看來是那麼瀟灑，卻又是那麼寂寞。

他微笑著道：「如此看來，我只怕是永遠也不會成名的了。」

李尋歡道：「那倒也未嘗不是好事。」

看到阿飛的微笑，李尋歡的笑容就更開朗了，他們笑得就像是正在說著世上最有趣的事。

大家正在奇怪，不知道這兩人有什麼毛病，誰知忽然間阿飛已到了李尋歡身旁，挽起李尋歡的手，道：「成名也罷，不成名也罷，你我今日相見，好歹總得喝杯酒去。」

李尋歡笑道：「喝酒，我從來也沒有推辭過的，只不過今日……」

田七微笑著道：「今日他只怕是不能奉陪的了。」

阿飛臉色一沉，冷冷道：「誰說的？」

田七微笑著揮了揮手，大廳外就立刻有兩個大漢撲了進來，一人板肋虬髯、手提鋼刀，厲聲道：「是田七爺說的，田七爺說的話，就是命令！」

另一人較高較瘦，喝道：「誰若敢違抗田七爺的命令，誰就得死！」

這兩人雖然一直垂手站在廳外，宛如奴僕，但此刻身形展動開來，竟是彪悍矯健，在江湖中已可算是一流身手。

喝聲中，兩柄鋼刀已化為兩道飛虹，帶著凌厲的刀風，一左一右、一上一下，閃電般向阿飛劈了過去。

阿飛冷冷的瞧著他們出手，彷彿連動都沒有動，但忽然間，寒光一閃，再一閃，接著就是兩聲驚呼，兩道刀光忽然沖天飛起，「奪」的，同時釘入大廳的橫樑上，兩個大漢左手緊握著右腕，面上已疼得變了顏色，過了半晌，一絲鮮血自掌縫間沁出，滴了下來。

再看阿飛的劍，仍在腰帶上，誰也沒有看清他是否拔出過這柄劍，但卻都已看清劍尖上凝結著的一點鮮血。

好快的劍！

田七面上的笑容也凝結住了。

阿飛淡淡道：「田七爺的話是命令，只可惜我的劍卻聽不懂任何人的命令，它只會殺人！」

兩條大漢倒退幾步，鬆開左手，只見右腕一點血痕，竟都不偏不倚，恰在兩條筋絡的中間，只要劍鋒再偏半分，兩人的筋脈便斷，這條手臂也就算廢了，這少年一劍出手，不但快得嚇人，也準得嚇人。

兩人面上都不禁露出驚懼之色，又倒退了幾步，忽然轉身奪門而出，利劍雖不會說話，但卻比世上任何人的命令都有效。

阿飛又挽起李尋歡的手，道：「走吧，喝酒去，我不信還有人敢來攔我們。」

李尋歡還未說話，龍嘯雲忽然嘎聲道：「你要他走，爲何還不解他的穴道？」

阿飛嘴角的肌肉彷彿跳了跳，在這剎那之間，李尋歡的心也跳了跳，忽然想起了那天的事——

那天，阿飛爲他擒住了洪漢民，留在孫逵的廚房裡，還將洪漢民反綁在椅子上。

那天，李尋歡就已在奇怪，阿飛爲何不索性點住這人的穴道？現在他心念一閃，頓時恍然！

這快劍無雙的少年，竟不會點穴！

李尋歡的心沉了下去，但面上卻不動聲色，微笑著道：「今天我請不起你喝酒。」

阿飛沉默了半晌，才一字一字道：「我請你。」

李尋歡道：「不是我自己買來的酒，我也絕不喝的。」

阿飛凝注著他，冷漠的目光中忽然露出一絲痛苦之色。

他也知道李尋歡這是不願他冒險。

因為他既不能解開李尋歡的穴道，就只有將李尋歡背出去，他若將李尋歡背在身上，就未必能衝得出去了。

田七目光閃動，在他們臉上搜索著，忽然微笑道：「李尋歡是條好漢，絕不肯連累別人的，小兄弟，你還是自己走吧。」

李尋歡知道這老狐狸已看出了阿飛的弱點，立刻也微笑道：「你用不著激他，他絕不會上你當的，何況，就算他將我背在身上，你們也未必是他的對手。」

他接著又道：「何況，你們也知道我根本不會走的，今天我若走了，你們這些大俠豈非更咬定了我是梅花盜？」

他這話自然是說給阿飛聽的。

阿飛又沉默了半晌，緩緩道：「他們說你是梅花盜，你就是梅花盜了麼？」

李尋歡笑道：「有些人說的話，和放屁也相差無幾。」

阿飛道：「既然是放屁，你又何必再管他們說什麼？」

他突然一俯身，將李尋歡背在背上，也就在這時，田七負著的雙手忽然伸出，只見棍影點點，一出手就點向阿飛前胸十一處大穴，只要被他竹籐棍碰著一點，阿飛就再也休想出手了！

阿飛並沒有拔劍！

他也和李尋歡一樣，一劍刺出，絕不空回。

但此刻他的劍卻已沒有傷人的把握。

趙正義一直鐵青著臉不言不動，此刻忽然厲喝道：「對梅花盜用不著講江湖道義，各位還不出手！」

大家望著阿飛在田七的棍影中閃動，還在猶疑著，田七的籐棍點穴雖是江湖一絕，也未能制住這少年。

趙正義道：「殺死梅花盜，可是天大的光采，這機會各位何必錯過？」

這句話剛說完，已有七八件兵刃一起向阿飛背後的李尋歡劈了下去，林仙兒衝過去拉住龍嘯雲的手，道：「四哥，你爲何不攔住他們？」

龍嘯雲黯然道：「你難道未看出我也被人點了穴道。」

就在這時，只聽一連串慘呼聲響起，三個人踉蹌倒退。

阿飛的劍終於已出手！

他的劍此刻雖無把握能傷田七，但別人要來送死，他就不客氣了，只見鮮血隨著劍光飛激出去，李尋歡的貂裘上已染上了血花。

所有的兵刃立刻又全不見了，只有田七的一條籐棒仍毒蛇般纏住他們，每一招都不離阿飛的要穴。

他這條籐棍比阿飛的劍長得多，阿飛若要照顧身後的李尋歡，就無法欺身而入，既無法欺身而入，就只有招架閃避，只有挨打。

林仙兒忽然長長嘆了口氣，道：「畢竟是趙大爺俠義無雙，絕不肯以多為勝！」

趙正義目光一閃，冷冷道：「只不過老夫已說過，對梅花盜這種人講江湖道義也無用！」

他一步躥到廳側，自兵器架上抄了柄長槍，隨手一抖，就抖起了斗大的槍花，直刺李尋歡背脊。

「鐵面無私」趙正義在武林中能享大名，倒也並非全是沽名釣譽，這柄長槍一施展開來，確有攝人之處。

槍乃百兵之祖，棍乃百兵之王，何況一寸長，一寸強，阿飛以一柄短劍，周旋在這兩樣至強至霸的兵刃間，已是吃虧不少，何況他身後還背著一個人，更何況他根本不知道對方點的是自己何處穴道。

田七以己之長，擊人之短，本已佔盡先機，但也不知怎地，那最後一擊，總是差了一些，總是無法將對方擊倒。

數十招過後，他忽然發覺這少年雖未還手，但步法之神妙，卻是自己前所未見，自己每招部位力量明明都拿得恰到好處，明明已可點住對方的穴道，但這少年腳步也不知怎麼一滑，自己這一招就落空了。

田七雖然見多識廣，卻也看不透這步法的來歷，當下暗忖道：「這少年的來頭必定不小，我又何苦多結冤家。」

一念至此，立刻微笑道：「小兄弟，我看你還是放下他吧，否則他未連累你，你反倒連累他了。」

林仙兒道：「不錯，你還是放下他的好，我可以保證田七爺非但絕沒有傷你之心，也絕不會殺了他的。」

她語聲既溫柔，又誠懇，充滿了關切焦急之意。

阿飛咬了咬牙道：「你們既然要我放下他，自己爲何不住手？」

田七一棍點出，人已退後七尺，趙正義槍已刺出，收勢不及，突然掉轉槍尖，向地上刺了下去。只聽「錚」的一聲，火星四濺，槍尖折斷，飛了出去。

阿飛連看都沒有看他一眼，將李尋歡扶到椅子上坐下，只是李尋歡胸膛起伏，蒼白的臉上又泛起一種淒艷的紅色，顯然一直在強忍著，沒有咳出來，只因他生怕咳嗽會影響阿飛的出手。

阿飛只覺胸中熱血上湧，咬了咬牙，緩緩道：「我錯了，我只顧自己逞強，卻忘了你。」

李尋歡笑了笑，道：「無論你是對是錯，我都同樣感激你。」

他一開口說話，就不停的咳嗽起來。

阿飛凝注著他，過了半晌，緩緩轉過身，面對著趙正義，道：「我只後悔一件事，上次我爲何不殺了你！」

他嘴裡說著話，劍已刺了出去。

這一劍之快，簡直不可思議，趙正義那裡還能閃避得開，眼見就要血濺當地，誰知就在這時，突聽大廳外有人口宣佛號，「阿彌陀佛」這四個字只說了一個字時，已有一股勁風帶著串黑影打了進來。

說到第二個字時，勁風和黑影已將要擊上阿飛的後背，阿飛劍勢明明已用老，但在這刻不容緩的剎那間，突然回劍轉身。

只聽「嗆」的一響，劍尖挑起了黑影，竟是串佛珠。

直到這時「阿彌陀佛」這短短四個字才說完，佛珠已被劍尖挑飛，但劍尖猶在「嗡嗡」作響，震動不絕！

這小小一串佛珠，竟似有千鈞之力！

劍仍在震動，阿飛的人卻如花崗石般動也不動。

天已亮了。

曦微的晨光中，只見五個芒鞋、白襪的灰袍僧人自大廳外緩緩走了進來，當先一人鬚眉俱已蒼白，在晨光中看來宛如銀絲，但臉仍是紅中透白，一雙眼睛更是目光炯炯，顧盼生威。

他雙手合什，那串佛珠不知怎地又回到他手上，兩隻手合在一起，厚如門板，顯然已將佛家掌力練至爐火純青。

趙正義驚魂初定，見到這白眉僧人，立刻躬身道：「不知大師法駕光臨，有失遠迎，多請恕罪。」

白眉僧人只笑了笑，目光就盯在阿飛臉上，沉聲道：「這位檀越好快的劍。」

阿飛道：「我的劍若不快，只怕就要大師來超渡亡魂了。」

白眉僧人道：「老僧不願檀越多造殺孽，是以才出手，須知檀越的劍雖快，卻仍快不過我佛如來的法眼。」

阿飛道：「大師的佛珠難道就能快得過如來的法眼嗎?我若死在大師的佛珠下，豈非也要多一重殺孽！」

趙正義厲聲道：「好大膽，在少林護法大師面前，你也敢如此無禮？」

白眉僧人笑了笑，道：「無妨，少年的口舌本就利於刀劍，老僧倒還能承受得起。」

林仙兒忽然笑道：「心眉大師既然並不怪罪，你還不快走？」

趙正義冷冷道：「他方才不走，此刻想走只怕太遲了！」

阿飛道：「哦，你難道還攔得住我？」

他嘴唇說著話，已大步走了出去。

趙正義面色又變了，道：「大師……」

田七搶著笑道：「心眉大師素來慈悲為懷，怎會難為這種無知少年，讓他走吧。」

趙正義嘆了口氣，喃喃道：「讓他走容易，再要他來，只怕就很難了。」

心眉大師目光閃動，沉聲道：「敝派掌門師兄接到自法陀寺轉去的飛鴿傳書，知道本門俗家弟子秦重負了重傷，立刻就令老僧兼程趕來。」

趙正義嘆了一聲，瞪著李尋歡，道：「只可惜大師還是來遲了一步。」

天已很亮了，街道上行人已不少，阿飛走在昨夜的積雪中，他的步履雖輕快，心情卻無比沉重。

突聽一人喚道：「等一等……等一等……」

這聲音又清脆、又嬌美，阿飛不用回頭，已知是誰來了。

只因街道上的人都已張大了眼睛，癡癡的望著他身後，正在走路的都停下了腳，正在說話的也忘了自己在說什麼。

阿飛沒有回頭，但也不由自主停下了腳步。

只聽一陣輕微的喘息聲到了他身後，一陣醉人的香氣，也已飄入他心頭，他也不能不回頭了。

林仙兒猶在喘息著，美麗的面靨上帶著淡淡的一抹暈紅，天畔雖已有朝霞初露，但朝霞也已失卻了顏色。

阿飛的眼睛卻仍冷漠得如同地上積雪。

林仙兒垂下了頭，紅著臉道：「我……我是來向你道歉的，我……」

阿飛道：「你根本沒有什麼好道歉的。」

林仙兒咬著嘴角，輕輕跺腳道：「但那些人實在太無聊，也太無禮。」

阿飛道：「那也與你無關。」

林仙兒道：「可是你救了我，我怎麼能……」

阿飛道：「我救了你，卻沒有救他們，我救你，也並不是爲了要你替他們來道歉的。」

林仙兒的臉更紅了，她就像是撞到了一面石牆，每句話還沒有說，就被冷冰冰的撞了回去。

阿飛道：「你還要說什麼？」

林仙兒實在也不知該說什麼了，她這一輩子從來也沒有見過這樣的人，她總認爲就算是冰山，在她面前也會融化。

阿飛道：「再見。」

他扭頭就走，但剛走了兩步，林仙兒突又喚道：「等一等，我還有話說。」

阿飛這次根本連頭都不回了。

林仙兒冷冷道：「我……我想問你，在什麼地方可以找得到你。」

阿飛道：「你不必找我。」

林仙兒眼皮轉動，道：「那麼，李尋歡有什麼不測，我該去告訴誰呢？」

阿飛驟然回過頭，道：「你知不知道西門外的沈家祠堂。」

林仙兒嫣然道：「你莫忘了，我在這城裡已住五、六年。」

阿飛道：「我就住在那祠堂裡，日落之前，我絕不離開。」

林仙兒：「日落之後呢？」

阿飛默然半晌，仰面望天，緩緩道：「你莫忘了，李尋歡是我的朋友，我的朋友並不多，像他這樣的朋友更找不出第二個，他若死了，這世界就無趣極了。」

林仙兒嘆了口氣，幽幽道：「我早就知道今夜你還會回來救他的，可是你要知道，無論多好的朋友，也沒有自己的性命重要。」

阿飛霍然低下頭，瞪著她，一字字道：「我只希望你以後永遠莫要說這種話，這次我只當沒有聽到！」

十五　情深意重

下了多天的雪，今天總算有了陽光。

但陽光並沒有照進這間屋子，李尋歡也並不失望，因爲他已知道，世上本就有許多地方是永遠見不到陽光的。

何況，對於「失望」，他也久已習慣了。

他全不知道田七、趙正義這些人要對他怎麼樣，他甚至連想都懶得去想，現在，田七他們已將少林寺的僧人帶去見秦孝儀父子了，卻將他囚禁在這陰濕的柴房裡，龍嘯雲居然也並沒有替他說什麼。

但李尋歡也沒有怪他。

龍嘯雲也有他的苦衷，何況他已根本無能爲力。

現在，李尋歡只希望阿飛永遠莫要再來救他，因爲他已發現阿飛劍雖快，但武功卻有許多奇怪的弱點，和人交手的經驗更差，遇著田七、心眉大師這樣的強敵，他若不能一劍得手，也許就永遠無法得手！

只要再過三年，阿飛就能把他武功的弱點全彌補過來，到那時他也許就能無敵於天下。

所以他必須再多活兩三年。

地上很潮濕，一陣陣寒氣砭入肌骨，李尋歡又不停的咳嗽起來，他只希望能有杯酒喝。

可是，此刻連喝杯酒竟都已變成不可企求的奢望，若是換了別人，只怕難免要忍不住痛哭一場。

但李尋歡卻笑了，他覺得世事的變化的確很有趣。

這地方本是屬於他的，所有一切本都屬於他的，而現在他卻被人當做賊，被人像條狗似的鎖在柴房裡，這種事有誰能想得到？

門忽然開了。

難道趙正義連一刻都等不得，現在就想要他的命？

但李尋歡立刻就知道來的人不是趙正義——他聞到了一股酒香，接著，就看到一隻手拿著杯酒自門縫裡伸了進來。

這隻手很小，手腕上露出一截紅色的衣袖。

李尋歡道：「小雲，是你？」

酒杯縮了回去，紅孩兒就笑嘻嘻的走了進來，用兩隻手捧著酒杯，放在鼻子下嗅著，笑道：「我知道你現在一定很想喝酒，是嗎？」

李尋歡笑了，道：「你知道我想喝酒，所以才替我送酒來的？」

紅孩兒點了點頭，將酒杯送到李尋歡面前，李尋歡剛想張開嘴，他卻忽又將酒杯縮了回去，笑道：「你能猜得出這是什麼酒，我才給你喝。」

李尋歡閉上眼睛，長長吸了口氣，笑道：「這是陳年的竹葉青，是我最喜歡喝的酒，我若連這種酒的味道都嗅不出，只怕就真的該死了。」

紅孩兒笑道：「難怪別人都說小李探花對女人和酒都是專家，這話真是一點都不錯，但你若真想喝這杯酒，還得回答我一句話。」

李尋歡道：「什麼話？」

紅孩兒臉上孩子氣的笑容忽然變得很陰沉。

他瞪著李尋歡道：「我問你，你和我母親究竟是什麼關係？她是不是很喜歡你？」

李尋歡的臉色立刻也變了，皺眉道：「這也是你應該問的話麼？」

紅孩兒道：「我爲什麼不該問，母親的事，兒子當然有權知道。」

李尋歡怒道：「你難道不明白你母親全心全意的愛著你，你怎敢懷疑她？」

紅孩兒冷笑道：「你休想瞞我？什麼事都瞞不住我的。」

他咬著牙，又道：「她一聽到你的事，就關上房門，一個人躲著偷偷的哭，我快死的時候她都沒有哭得這麼傷心，我問你，這是爲了什麼？」

李尋歡的心已絞住了，他整個人都似已變成了一團泥，正在被人用力踐踏著，過了很久，他才沉重的嘆了口氣，道：「我告訴你，你可以懷疑任何人，但絕不能懷疑你的母親，她絕沒有絲毫能被人懷疑之處，現在你快帶著你的酒走吧。」

紅孩兒瞪著他，道：「這杯酒我是帶來給你的，怎麼能帶走？」

他忽然將這杯酒全都潑在李尋歡臉上。

李尋歡動都沒有動，甚至也沒有看他一眼，反而柔聲道：「你還是個孩子，我不怪你……」

紅孩兒冷笑道：「我就算不是孩子，你又能對我怎麼樣？」

他忽然拔出一柄刀，在李尋歡眼前揚了揚大聲道：「你看清了麼？這是你的刀，她說我有了你的刀，就等於有了護身符，但現在你還能保護我麼？你根本連自己都無法保護自己了。」

李尋歡嘆了口氣，道：「不錯，刀，本來是傷害人的，並不是保護人的。」

紅孩兒臉色發白，嘶聲道：「你害得我終身殘廢，現在我也要讓你和我受同樣的罪，你……」

突聽門外一人道：「小雲？是你在裡面嗎？」

這聲音溫柔而動聽，但李尋歡和紅孩兒一聽到這聲音，臉色立刻又變了，紅孩兒趕緊藏起了刀，面上突然又露出了那種孩子氣的笑容，道：「娘，是我在這裡，我帶了杯酒來給李大叔喝，娘在外面一叫，嚇了我一跳，害得我把酒都潑在李大叔身上了。」

他說著話時，林詩音已出現在門口，她一雙美麗的眼睛果然已有些發紅，充滿了悲痛，也帶著些憤怒。

但等到紅孩兒依偎過去時，她目光立刻變得柔和起來，道：「李大叔現在不想喝酒，你現在卻該躺在床上的，去吧。」

紅孩兒道：「李大叔一定受了別人冤枉，我們為何不救他？」

林詩音輕叱道：「小孩子不許亂說話，快去睡。」

紅孩兒回頭向李尋歡一笑，道：「李大叔，我走了，明天我再替你送酒來。」

李尋歡望著他臉上孩子氣的笑容，手心已不覺沁出了冷汗。

只聽林詩音幽幽的嘆息了一聲，道：「我本來只擔心這孩子會對你懷恨在心，現在……現在我才放心了，他有時雖然會做錯事，但卻並不是個壞孩子。」

李尋歡只有苦笑。

聽到她充滿了母愛的聲音，他還能說什麼？他早已知道「愛」本就是盲目的，尤其是母愛。

林詩音也沒有看他，又過了很久，才緩緩道：「你本來至少還是個很守信的人，現在爲何變了？」

李尋歡只覺喉頭似已被塞住，什麼話都說不出。

林詩音道：「你已答應過我絕不去找仙兒，但他們卻是在仙兒的屋子裡找到你的。」

李尋歡笑了——他自己也不知道自己怎麼還能笑得出來，但他的確笑了，他望著自己的腳尖笑道：「我記得這間屋子是十多年前才蓋起來的，是不是？」

林詩音皺了皺眉，道：「嗯。」

李尋歡道：「但現在這屋子卻已很舊了，屋角已有了裂縫，窗戶也破爛了……可見十年的時光的確不短，在十年中屋子都會變破爛，何況人呢？」

林詩音緊握著雙手，顫道：「你……你現在難道已變成了個騙子？」

李尋歡道：「我本來就是個騙子，只不過現在騙人的經驗更豐富了些而已。」

林詩音咬著嘴唇，霍然扭轉身，衝了出去。

李尋歡還在笑著，他的目的總算已達到。

他就是要傷害她，要她快走，爲了不讓別人被自己連累，他只有狠下心，來傷害這些關心他的人。

因爲這些人也正是他最關心的。

當他傷害他們的時候，也等於在傷害自己，他雖然還在笑著，但他的心卻已碎裂……

他緊閉著眼睛，不讓眼淚流出來，等他再張開眼睛時，他就發現林詩音不知何時已回到屋子裡，正在凝注著他。

李尋歡道：「你……你為何還不走？」

林詩音道：「我只想問清楚，你……你究竟是不是梅花盜？」

李尋歡忽然大笑起來，道：「我是梅花盜？……你問我是不是梅花盜？……」

林詩音顫聲道：「我雖然絕不信你是梅花盜，但還是要親耳聽到你自己說……」

李尋歡大笑道：「你既然絕不信，為何還要問？我既然是騙子，你問了又有何用？我能騙你一次，就能騙你一百次、一千次！」

林詩音的臉色愈來愈蒼白，身子也在發抖。

過了很久，她忽然跺了跺腳，道：「我放你走，不管你是不是梅花盜，我都放你走，只求你這次走了後，莫要再回來了，永遠莫要再回來了！」

李尋歡嘎聲道：「住手！你怎麼能做這種事？你以為我會像條狗似的落荒而逃？你將我看成什麼人了？」

林詩音根本不理他，扳過他身子，就要解他的穴道。

就在這時，突聽一人厲聲道：「詩音，你想做什麼？」

這是龍嘯雲的聲音。

林詩音霍然轉身，瞪著站在門口的龍嘯雲，一字字道：「我想做什麼，你難道不知道？」

龍嘯雲臉色變了變，道：「可是……」

林詩音道：「可是什麼？這件事本來應該你來做的！你難道忘了他對我們的恩情？你難道忘了以前的事？你難道能眼看他被人殺死？」

她身子抖得更厲害，嘶聲道：「你既然不敢做這件事，只有我來做，你難道還想來攔住我？」

龍嘯雲緊握著雙拳，忽然用拳頭重重的搥打著胸膛，道：「我是不敢，我是沒膽子，我是懦夫！但你爲何不想想，我們怎能做這件事！我們救了他之後，別人會放過我們麼？」

林詩音望著他，就好像從來也沒有見過這個人似的，她緩緩往後退，緩緩道：「你變了，你也變了……你以前不是這種人的！……」

龍嘯雲黯然道：「不錯，我也許變了，因爲我現在已有了妻子、孩子，我無論做什麼，都要先替她們著想，我不忍讓她們爲了我而……」

他話未說完，林詩音已失聲痛哭起來——世上絕沒有任何話能比「孩子」這兩字更能令慈母動心的了。

龍嘯雲忽然跪倒在李尋歡面前，流淚道：「兄弟，我對不起你，只求你能原諒我……」

李尋歡道：「原諒你？我根本不明白你們在說什麼？我早已告訴過你，這根本不關你們的事，我若要走，自己也有法子走的，用不著你們來救我。」

他還是在望著自己的腳尖，因爲他已實在不能再看他們一眼，他生怕自己會忍不住流下淚來。

龍嘯雲道：「兄弟，你受的委屈，我全都知道，但我可以保證，他們絕不會害死你的，你只要見到心湖大師，就會沒事了。」

李尋歡皺眉道：「心湖大師？他們難道要將我送到少林寺去？」

龍嘯雲道：「不錯，秦重雖是心湖大師的愛徒，心湖大師也絕不會胡亂冤枉好人的，何況，百曉生前輩此刻也在少林寺，他一定會爲你主持公道。」

李尋歡沒有說話，因爲他看到田七了。

田七正在望著他微笑。

就在田七出現的那一瞬間，林詩音已恢復了鎮靜，向田七微微頷首，緩緩走了出去。

晚風刺骨，她走了兩步，忽然道：「雲兒，你出來。」

紅孩兒閃縮著自屋角後溜了出來，陪著笑道：「娘，我睡不著，所以……所以……」

林詩音道：「所以你就將他們全都找到這裡來了？是不是？」

紅孩兒笑著奔過來，忽然發現他母親的臉色幾乎就和黎明前的寒夜一樣陰沉，他停下腳步，頭也垂了下來。

林詩音靜靜的望著他，這是她親生的兒子；這是她的性命；她的骨血，她剛擦乾的眼睛又不禁流下了兩滴眼淚。

過了很久，她才黯然嘆息了一聲，仰面向天、喃喃道：「爲什麼仇恨總是比恩情難以忘卻……」

要忘記別人的恩情彷彿很容易，但若要忘記別人的仇恨就太困難了，所以這世上的愁苦總是多於歡樂。

鐵傳甲緊握著雙拳，在祠堂中來來回回的走著，也不知走過多少遍了，火堆已將熄，但誰也沒有去添柴木。

阿飛只是靜靜的坐在那裡，動也不動。

鐵傳甲恨恨道：「我早已想到就算你殺死了梅花盜，那些『大俠』們也絕不會承認的，一群野狗若是看到了肥肉，怎肯再讓給別人。」

阿飛道：「你勸過我，我還是要去，只因我非去不可！」

鐵傳甲嘆道：「幸好你去了，否則你只怕永遠也不會了解這些大俠們的真面目。」

他忽然轉過身，凝視著阿飛道：「你真的沒有見到我們家的少爺麼？」

阿飛道：「沒有。」

鐵傳甲望著將熄的火堆，呆呆的出了會神，喃喃道：「不知他現在怎麼樣了……」

阿飛道：「他永遠用不著別人爲他擔心的。」

鐵傳甲展顏笑道：「不錯，那些『大俠』們雖然將他看成肉中刺、眼中釘，但卻絕沒有一個人敢動他一根手指的。」

阿飛道；「嗯。」

鐵傳甲又兜了兩個圈子，望著門外的曙色，道：「天已亮了，我要動身了。」

阿飛道：「好。」

鐵傳甲道：「你要是見到我家少爺，就說，鐵傳甲若能將恩仇算清，一定還會回來找他的。」

阿飛道：「好。」

鐵傳甲望著他瘦削的臉，抱拳道：「那麼……就此別過。」

他目中雖有依戀之意，但卻頭也不回的走了出去。

阿飛還是沒有動，甚至沒有抬頭看一眼，但是他那雙冷酷明亮的眸子裡，卻彷彿泛起了一陣潮濕的霧。

能將恩情看得比仇恨還重的人，這世上又有幾個？

阿飛閉起眼睛，彷彿睡著了，眼角卻已沁出了一滴淚珠，看來就像是凝結在花崗石上的一滴冷露。

他沒有對鐵傳甲說出李尋歡的遭遇，只因他不願見鐵傳甲去爲李尋歡拚命，他要自己去爲李尋歡拚命！

爲了朋友的義氣，一條命又能值幾何。

祠堂的寒意愈來愈重，火也熄了，石板上似已結了霜，阿飛就坐在結霜的石板上。

他穿的衣衫雖單薄，心裡卻燃著一把火。

永恆不滅的火！

就因爲有些人心裡燃著這種火，所以世界才沒有陷於黑暗，熱血的男兒也不會永遠寂寞。

也不知過了多久，朝陽將一個人的影子輕輕的送了進來，長長的黑影蓋上了阿飛的臉。

阿飛並沒有張開眼睛，只是問道：「是你？有消息了麼？」

這少年竟有著比野獸更靈敏的觸覺，門外來的果然是林仙兒，她美麗的臉上似已因興奮而發紅，微微喘著道：「是好消息。」

「好消息？」

阿飛幾乎已不能相信，這世上還有好消息。

林仙兒道：「他雖然暫時還不能脫身，但至少已沒有危險了。」

阿飛道：「哦？」

林仙兒道：「因爲田七他們也只得依從心眉大師的主意，決定將他送到少林寺去，少林派的掌門大師心湖和尚素來很正直，而且聽說平江百曉生也在那裡，這兩人若還不能洗刷他的冤名，就沒有別人能了。」

阿飛道：「百曉生？百曉生是什麼人？」

林仙兒笑了笑，道：「這人乃是世上第一位智者，無所不知，無所不曉，而且據說只有他能分得出梅花盜的真假。」

阿飛沉默了半晌，忽然張開眼來，瞪著林仙兒道：「你可知道世上最討厭的是那種人麼？」

林仙兒似也不敢接觸他銳利的目光，眼波流轉，笑道：「莫非是趙正義那樣的僞君子？」

阿飛道：「僞君子雖可恨，萬事通卻更討厭。」

林仙兒道：「萬事通？你說的莫非是百曉生。」

阿飛道：「不錯，這種人自作聰明；自命不凡，自以爲什麼事都知道，憑他們的一句話就能決定別人的命運，其實他們真正懂得的事又有多少？」

林仙兒道：「但別人都說……」

阿飛冷笑道：「就因爲別人都說他無所不知，到後來他也只有自己騙自己，硬裝成無所不知了。」

「你……你不信任他？」

阿飛道：「我寧可信任一個什麼都不知道的人。」

林仙兒嫣然一笑，道：「你說話真有意思，若能時常跟你說話，我一定也會變得聰明些的。」

一個人若想別人對他有好感，最好的法子就是先讓別人知道他很喜歡自己——這法子林仙兒也不知用過多少次了。

但這次她並沒有用成功，因爲阿飛似乎根本沒有聽她在說什麼，他站起來走到門口，望著門外的積雪沉思了很久，才沉聲問道：「他們準備什麼時候動身？」

林仙兒道：「明天早上。」

阿飛道：「爲什麼要等到明天？」

林仙兒道：「因爲今天晚上他們要設宴爲心眉大師洗塵。」

阿飛霍然回首，閃閃發光的眼睛瞪著她，道：「除此之外就沒有別的原因了麼？」

林仙兒道：「爲什麼一定還要有別的原因？」

阿飛道：「心眉絕不會只爲了吃頓飯就耽誤一天的。」

林仙兒眼珠一轉，道：「他雖然並不是爲了吃這頓飯而留下來的，但卻非留下來吃這頓飯不可，因爲今天的晚筵上還有一位特別的客人。」

阿飛道：「誰？」

林仙兒道：「鐵笛先生。」

阿飛道：「鐵笛先生？這是什麼人？」

林仙兒張大了眼睛，彷彿很吃驚，道：「你連鐵笛先生都不知道？」

阿飛道：「我爲什麼一定要知道他？」

林仙兒嘆了口氣，道：「因爲這位鐵笛先生就算不是今日江湖中最負盛名的人，也差不多了。」

阿飛道：「哦？」

林仙兒道：「據說此人武功之高，已不在武林七大宗派的掌門之下。」

阿飛冷冷道：「成名的武林高手，我倒也見過不少。」

林仙兒道：「但這人卻不同，他絕不是徒負虛名之輩，非但武功精絕，而且鐵笛中還暗藏一十三口攝魂釘，專打人身穴道，乃是當今武林中的第一位點穴名家！」

她一面說著話，一面留意阿飛面上的神色。

但阿飛這次又令她失望了。

他臉上根本沒有露出絲毫驚懼之色，反而笑了笑，道：「原來他們找這鐵笛先生來就是對付我的。」

林仙兒垂下眼簾，道：「心眉大師做事一向很謹慎，他怕……。」

阿飛道：「他怕我去救李尋歡所以就找鐵笛先生來做保鏢。」

林仙兒道：「縱然他們不找，鐵笛先生也非來不可。」

阿飛道：「爲什麼？」

林仙兒道：「因爲鐵笛先生的愛妾『如意』已死在梅花盜手上。」

阿飛的眼睛更深沉，凝視著腰帶上的劍柄，緩緩道：「他什麼時候到？」

林仙兒道：「他說他要趕來吃晚飯的。」

阿飛道：「那麼，他們也許吃過晚飯就動身了。」

林仙兒想了想，道：「也許……」

阿飛道：「也許他們根本永遠不會動身了。」

林仙兒道：「永遠不會動身？爲什麼？」

阿飛一字字道：「我的妻子若死在一個人身上，我絕不會讓他活著到少林寺去的。」

林仙兒動容道：「你是怕鐵笛先生一來了就對李尋歡下毒手？」

阿飛道：「嗯。」

林仙兒怔半晌，長長吐出口氣，道：「不錯，這也有可能，鐵笛先生從來不買別人帳的，他若要出手，心眉大師也未必能攔得住他。」

阿飛道：「你的話已說完，可以走了。」

林仙兒道：「可是……你難道想在鐵笛先生趕來之前，先去將李尋歡救出來？」

阿飛道：「我怎麼想都與你無關，請。」

林仙兒道：「可是……可是就憑你一人之力，是絕對救不了他的！」

她不讓阿飛說話，搶著又道：「我知道你的武功很高，但田七、趙正義也都不弱，心眉大師更是當今少林的第二把高手，內功早已爐火純青……」

阿飛冷冷的望著她，什麼話也沒有說。

林仙兒喘了口氣，道：「興雲莊此刻可說是高手雲集，你若想在白天去下手救人，實在是……實在是……」

阿飛突然道：「實在是發瘋，是不是？」

林仙兒垂下了頭，不敢接觸他的眼睛。

阿飛卻笑了又笑，道：「每個人偶爾都會發一次瘋的，有時這並不是壞事。」

林仙兒垂著頭，弄著衣角，過了半晌，她眼睛裡忽然發出了光，道：「我明白你的意思了。」

阿飛道：「哦？」

林仙兒道：「就因爲別人都想不到你敢在白天去下手，所以防範一定不嚴密，何況，他們昨天晚上都忙了一夜，說不定都會睡個午覺……」

阿飛淡淡道：「你的話已說得太多了。」

林仙兒嫣然道：「好，我閉上嘴就是，但你……你還是應該小心些，萬一出了什麼事，莫忘記興雲莊裡還有個欠你一條命的人。」

冷天的暮色總是來得特別早，剛過午時沒多久，天色就已漸漸黯淡了下來，但燃燈又還嫌太早了一些。

對大多數人來說，這段時候正是一天中最寧靜的時候。

阿飛在興雲莊對面的屋脊後已足足等了一個時辰。

他伏在那裡，就像一隻專候在鼠穴外的貓，由頭到腳，絕沒有絲毫動彈，只有一雙銳利的眼睛始終在閃閃的發著光。

風刮在身上，冷得像是刀。

但他卻一點也不在乎，他十歲的時候，爲了要捕殺一隻狐狸，就曾動也不動的在雪地上等了兩個時辰。

那次，他忍耐是爲了挨餓，捉不到那隻狐狸，他就可能挨餓！一個人爲了自己要活著而忍受痛苦，並不太困難。

一個人若爲了要讓別人活著而忍受痛苦，就不是件容易事了，這件事通常很少有人能辨得到。

興雲莊的大門也就和往日一樣，並沒有關上，但門口卻冷清清的，非但瞧不見車馬，也很少有人走動。

阿飛卻還是不肯放鬆，在荒野中的生活，已使他養成了野獸般的警覺，無論任何一次出擊之前，都要等很久、看很久。

他知道等得愈久，看得愈多，就愈不會發生錯誤——他也知道無論多麼小的錯誤，都可能是致命的錯誤。

這時已有一個人大搖大擺的自興雲莊裡走了出來，雖然隔了很遠，阿飛卻也看清這人是個麻子。

他自然想不到這麻子就是林仙兒的父親，他只看出這麻子一定是興雲莊裡一個有頭有臉的傭人。

因爲普通的小傭人，絕不會像這樣趾高氣揚的——若不是傭人，也不會如此趾高氣揚了。

瓶子裡沒有醋，固然不會響，若是裝滿了醋，也搖不響的，只有半瓶子醋才會晃盪晃盪。

這位林大總管肚子裡醋裝的雖不多，酒裝的卻不少。

他大搖大擺的走著，正想到小茶館裡去吹牛，誰知剛走到街角，就忽然發現一柄劍已指著他的咽喉。

阿飛並不願對這種人用劍，但用劍說話，卻比用舌頭有效得多，他更不願對這種人多費唇舌，冷冷道：「我問一句，你答一句，你答不出，我就殺你，答錯了我也殺你，明白了麼？」

林麻子想點頭，卻怕劍刺傷下巴，想說話，卻說不出，肚子裡的酒已變成冷汗流得滿頭。

阿飛道：「我問你，李尋歡是不是還在莊子裡？」

林麻子道：「是……」

他嘴唇動了好幾次，才說出這個字來。

阿飛道：「在那裡？」

林麻子道：「柴……柴房。」

阿飛道：「帶我去！」

林麻子大駭道：「我……我怎麼帶你去……我沒……我沒法子……」

阿飛道：「你一定能想得出法子來的。」

他忽然反手一劍，只聽「哧哧」的一聲，劍鋒已刺入牆裡。

阿飛的眼睛早已透入林麻子血管裡，冷冷道：「你一定能想出法子的，是不是？」

林麻子牙齒打戰，道：「是……是……」

阿飛道：「好，轉過身，一直走回去，莫忘了我就在你身後。」

林麻子轉過身，走了兩步，忽又一顫聲道：「衣服……小人身上這件破皮襖……大爺你穿上……」

阿飛身上穿的只是一套用硝過的小薄羊皮做成的衣服，這種衣服實在太引人注目，林麻子要他穿上自己的皮襖，的確是個好主意——世上有很多好主意，本都是在劍鋒逼著下想出來的。

而林總管顯然並不是第一次帶朋友回來，所以這次阿飛跟在他身後，門口的家丁也並沒有特別留意。

柴房離廚房不遠，廚房卻離主房很遠，因爲「君子遠庖廚」，這興雲莊昔日的主人正是位真正的君子。

林麻子從小路走到柴房，並沒有遇見什麼人，就算遇見人，別人也以爲他是到廚房去拿下酒菜的。

阿飛倒也未想到這件事成功得如此容易。

只見孤零零的一個小院子裡，有間孤零零的小屋子，破舊的小門外卻加了柄很堅固的大鎖。

林麻子道：「李……李大爺就被鎖在這屋裡，大爺你……」

阿飛瞪著他，冷冷道：「我想你也不敢騙我。」

林麻子陪笑道：「小人怎敢說謊，小人怎敢拿自己的腦袋開玩笑。」

阿飛道：「很好。」

這兩個字說完，他已反手一擊，將這麻子擊暈在地上，一步躥過去，一腳踢開了門。

十六 假仁假義

門外並沒有人看守，這也許是因爲任何人都想不到阿飛敢在白天來救人的，也許是因爲大家都想趁機睡個午覺。

這間柴房只有個很小的窗子，就像是天生的牢房一樣，陰森森而黑暗，堆得像是小山般的柴木下，蜷伏著一個人，也不知是已暈迷，還是已睡著。

一見到他身上那件貂裘，阿飛胸中的熱血就沸騰了起來，連他自己也不明白自己怎會對這人生出如此深厚的友情。

他一步躥過去，嘎聲道：「你……」

就在這時，貂裘下忽然飛起了道劍光！

劍光如電，急削阿飛雙足！

這變化實在太出人意料之外，這一劍也實在很快！

幸好阿飛手上還握著劍，他的劍更快，快得簡直不可思議，那人的劍雖已先刺出，阿飛的劍後發卻先至。

只聽「嗆」的一聲，阿飛的劍尖竟點在對方的劍脊上！

那人驟然覺得手腕一裂，掌中劍已被敲落。

但這人也是少見的高手，臨危不亂！身子一翻，已滾出丈外，這時才露出臉來，居然是游龍生去而復返。

阿飛不認得他，也沒有看他一眼，一劍出手，身子已往後退，他退得雖快，怎奈卻已遲了。門外已有一條籐棍，一柄金刀封住了退路。

阿飛剛頓住身形，只聽「嘩啦啦」一聲大震，小山般堆起來的柴木全都崩落，現出了十幾個人來。

這十幾個人俱都疾裝勁服，手持帑匣，對準了阿飛，這種諸葛弩在近距離內威力之強，無可比擬。

無論是什麼人，無論有多大的本事，若在一間柴房裡被十幾口諸葛弩圍住，再想脫身，只怕就比登天還難了！

田七微笑道：「閣下還有什麼話說？」

阿飛嘆了口氣，緩緩坐了下去，道：「請動手。」

田七仰面大笑道：「好，閣下倒不愧是個痛快的人，田某就索性成全了你吧！」

他揮了揮手，弩箭便已如急雨般射出。

就在這剎那間，阿飛突然就地一滾，左手趁勢抄起了方自游龍生掌中跌落的奪情劍。

劍光飛舞，化做光圈，弩箭竟被四下震飛，光圈已滾珠一般滾到門口，趙正義怒吼一聲，紫金刀「立劈華山」，急砍而下。

誰知他一刀尚未砍下，光圈中突又飛出一道劍光。

這一劍之快，快如閃電。

趙正義大驚變招，已來不及了，「哧」的，劍已刺入了他的咽喉，鮮血濺出，如旗花火箭。

田七倒退半步，反手一棍抽下。

但這時光圈又已化做一道飛虹，向門外躥了出去。

田七要想追，突又駐足，只見趙正義手掩住咽喉，喉嚨裡格格作響，居然還沒有斷氣。

阿飛奪路為先，傷人還在其次，是以這一劍竟刺偏了兩寸，恰巧自趙正義氣管與食道間穿出，並沒有傷著他的要害。

再看阿飛已掠到小院門外，反手一擲，奪情劍標槍般飛向田七，田七剛想追出，又縮了回去。長劍「奪」的釘入了對面牆壁。

游龍生到這時才長長嘆了口氣，道：「這少年好快的身手！」

田七微微一笑，道：「他的運氣不錯。」

游龍生道：「運氣？」

田七道：「少莊主方才難道未瞧見他身上已挨了兩箭麼？」

游龍生道：「不錯，我已看出他左手舞劍，劍光中仍有破綻，必定擋不住七爺屬下的神弩，奇怪的是，他居然沒有受傷。」

田七道：「這只因他身上穿了金絲甲，我千算萬算，竟忘了這一著，否則他縱有天大的本事，今日也休想能活著走出這間柴屋。」

游龍生出神的望著插在牆上的劍，沉重的嘆息了一聲，道：「他今天不該來的。」

田七笑道：「勝負兵家常事，少莊主又何必懊惱，何況，那廝縱然闖過了我們這一關，第二關他還能闖得過去麼？」

阿飛剛掠出門，突聽一聲「阿彌陀佛」，清朗的佛號聲竟似自四面八方同時響了起來。

接著，他就被五個灰袍、芒鞋、白襪的少林僧人團團圍住。

這五人俱是雙手合什，神情莊穆，行動時腳下如行雲流水，一停下來就立刻重如山嶽。

當先一人白眉長髯，不怒自威，左手上纏著一串古銅色的佛珠，正是少林的護法大師心眉。

阿飛目光四掃，居然神色不變，只是淡淡道：「出家人原來也會埋伏。」

心眉大師沉聲道：「老僧並無傷人之心，檀越何必逞口舌之利，需知利在口舌，損在心頭，不能傷人，徒傷自己。」

他緩緩道來說得似乎很平和，但傳入阿飛耳中後，每個字都變得有如洪鐘巨鼓，震得他耳朵「嗡嗡」作響。

阿飛道：「和尚的口舌之利，似乎也不在我之下吧！」

他嘴裡說著話，人已斜斜衝出。

他知道自己若是凌空躍起，下盤便難免空門大露，心眉的佛珠掃來，他兩條腿就算廢了。

是以他只有乘機自旁邊兩人之間的空隙中衝出。

誰知他身子剛動，少林僧人們也忽然如行雲流水般轉動起來，五個人圍著阿飛轉動不休。

阿飛腳步停下，少林僧人的腳步也立刻停下來。

心眉大師道：「出家人不願殺生，檀越你掌中有劍，腳下有足，只要能衝出老僧這小小的羅漢門，老僧便心悅誠服，恭送如儀。」

阿飛長長呼吸了一次，身子卻動也不動。

他已看出這些少林僧人們非但功夫深厚，而且身形之配合，更是天衣無縫，簡直滴水不漏。

阿飛八九歲的時候，就看到一隻仙鶴被一條大蟒蛇困住，那仙鶴之喙雖利，但卻始終不敢出擊。

他本來覺得很奇怪，後來才知道仙鶴最知蛇性，因爲這蟒蛇盤成蛇陣後，首尾相應，如雷擊電閃，牠鋼啄若是向蛇首直啄下，雙腿就難免被蛇尾捲住，牠若啄向蛇尾，便難免被蛇首所傷。

所以這仙鶴一直站著不動，等到蟒蛇不耐，忍不住先出擊時，仙鶴的鋼啄有如閃電般啄住了蟒蛇的七寸。

阿飛在旁邊樹上看了一夜，這才明白「首尾相應」固然是行兵的要訣，但若能做到「以靜制動、以逸待勞」這八字，便能穩操勝券了。

這道理他始終未曾忘記。

是以少林僧人不動，阿飛也絕不動。

心眉大師自己似有些沉不住氣了，道：「檀越難道想束手就縛？」

阿飛道：「不想。」

他的回答素來很乾脆，絕不肯浪費一個字。

心眉大師道：「既不願就縛，爲何不走？」

阿飛道：「你不殺我，我也不能殺你，就衝不出去。」

心眉大師淡淡一笑，道：「檀越若能殺得了老僧，老僧死而無怨。」

阿飛道：「好。」

他居然動了！一動就快如閃電。

但見劍光一閃，直刺心眉大師的咽喉。

少林僧人身形也立刻動了，八隻鐵掌一起向阿飛拍下！

誰知阿飛劍方刺出，腳下忽然一變，誰也看不出他腳步是怎樣變的，只覺他身子竟忽然變了個方向。

那一劍本來明明是向心眉刺出的，此刻忽然變了方向，另四人就像是要將自己的手掌送去讓他的劍割下。

心眉大師沉聲道：「好！」

「好」字出口，他衣袖已捲起一股勁，「少林鐵袖」，利於刀刃，這一著正是攻向阿飛必救之處。

四個少林僧人雖遇險著，但自己根本不必出手解救，這也就是「少林羅漢陣」威力之所在。

誰知就在這剎那間，阿飛的劍方向竟又變了。

別人的劍變招，只不過是出手部位改變而已，但他的劍一變，卻連整個方向都改變了。

本是刺向東的一劍，忽然就變成刺向西。

其實他的劍根本未變，變的只是他的腳步，變化之快，簡直令人不相信世上會有這麼樣一雙腿。

只聽「哧」的一聲，心眉大師衣袖已被擊中。

接著，劍光忽然化做一溜青虹，人與劍似已結為一體，青虹劃過，人已隨著劍衝了出去。

他行險僥倖，居然得手，但卻忘了背後空門已露出。

只聽心眉大師沉聲道：「檀越慢走，老僧相送。」

阿飛只覺背後一股大力撞來，好像被鐵鎚打在他的背脊上般，他身上雖有金絲甲，但也被打得胸一熱。

他的人就像斷線紙鳶般飛了出去。

一個鬍渣子發青的少林僧人道：「追！」

心眉大師道：「不必。」

少年僧人道：「他已逃不遠了，師叔為何要放他逃走。」

心眉大師道：「他既已逃不了，為何還要追？」

那少年僧人想了想，面露微笑，垂首道：「師叔說得是。」

心眉大師邊望著阿飛逃走的方向，緩緩道：「出家人慈悲為懷，能不傷人，還是不傷人的好。」

田七一直在遠遠瞧著，此刻「哧」的一笑，喃喃道：「好個出家人慈悲為懷，若有別人替他殺人，他自己就不肯動手了。」

阿飛借著掌力飛起，也借著飛起之勢來消解掌力。

少林護法的掌力果然是雄渾沉厚，不同凡響，阿飛直掠過兩重屋脊，才勉強站起來。

等他再次掠起時，才發現自己的內力已受了傷，但這點傷他相信自己還能禁得起。

刻苦的鍛鍊，艱難的歲月，已使他變成了個不容易倒下去的人，他的身子幾乎就像是鐵打的。

暮色漸深，四面看不到人蹤，但每株樹上、每重屋脊後、每個角落裡都可能有敵人潛伏著。

阿飛若能逃出去，已是萬幸——在少林護法和四大高手的圍攻之下，天下本就很少有人能衝出來的。

只是阿飛並不想逃走。

一件事若還沒有成功，他絕不肯半途放棄。

田七他們將李尋歡藏到什麼地方呢？

阿飛的目光鷹一般四下搜索著，狸貓般掠下屋脊，竄入後園，一個人在屋脊上的目標太大，後園中卻多的是藏身之地。

突然間，他聽到有人在笑。

笑聲並不高，卻距離很近，彷彿就在他身旁發出來的，他一轉頭，才發現笑的人竟距離他很遠。

數丈外有座小亭，這人就坐在亭子裡，倚著欄杆看書，看得很出神，似乎根本沒有留意到別的事。

他穿著件很破舊的綿袍子，一張臉很瘦、很黃，鬍子很稀疏，看來就像是個營養不良的老學究。

但老學究若在數丈外發笑，別人絕不會以為笑聲就發自身旁的，只有內功絕頂的高手，才能將笑聲傳得這麼遠。

阿飛停下腳，靜靜的望著他。

這老學究似乎沒有看到阿飛，用手指醮了點口水，將書翻過了一頁，又津津有味的看了下去。

阿飛一步步向後退，退了十步，霍然轉身。

一轉身他就已到了三丈外，再也不回頭，急掠而出，三兩個起落，已竄入了梅林。

梅花開得正盛，一陣陣梅香沁心。

阿飛長長吸了口氣，將喉頭一點血腥味壓了下去。

他已發現自己傷勢比想像中重得多，方才一動真氣，胸中便似有鮮血要湧出，只怕已難和人交手了。

但就在這時，突聽一陣笛聲響起。

笛聲悠揚而清冽，梅花上的積雪被笛聲所摧，一片片飄落下來，一片片落在阿飛身上。

雪花飄飛間，可以看到一個人正倚在數丈外一株梅樹下吹笛，身上穿著件破舊的綿袍，赫然就是方才看書的老學究。

笛聲漸漸自高亢轉爲低迷，曲折婉轉，蕩人幽思。

阿飛這次不再走了，凝視著他，一字字道：「鐵笛先生？」

笛聲驟頓。

鐵笛先生抬起頭，一雙眼睛忽然變得寒星般閃閃生光，就在刹那間，這萎靡的老人似已年輕了十歲。

他盯著阿飛看了很久，忽然道：「你受了傷？」

阿飛也有些意外：「這人好厲害的眼力。」

鐵笛先生道：「傷在背後？」

阿飛道：「你已看出，何必再問？」

鐵笛先生道：「是心眉和尚下的手？」

阿飛道：「哼。」

鐵笛先生笑了笑，搖著頭道：「少林護法原來也不過如此。」

阿飛道：「不過怎樣？」

鐵笛先生淡淡道：「以他的身分，本不該在背後出手傷人，既已傷了你，便不該還讓你能活著走到我面前。」

他忽又一笑，喃喃道：「老和尚這難道是想借刀殺人麼？」

阿飛道：「我告訴你三件事，第一，若不在背後出手，他根本出不了手，第二，他縱然出手也殺不死我，第三，你更殺不死我！」

鐵笛先生縱聲大笑道：「少年人好大的口氣。」

他的笑聲一發即收，厲聲道：「你既已受傷，我本不願出手，但你的口氣太大，我不能不教訓你。」

阿飛似已覺得話說得太多，連一個字都不願再說。

鐵笛先生道：「念在你已受傷，我讓你三招。」

阿飛望著他，忽然笑了。

他微笑著將劍插回腰帶上，扭頭就走。

鐵笛先生縱聲長笑，飛身而起，綿袍的衣襟在空中展開，蒼鷹般落到阿飛面前，叱道：「既已見到了我，你還想走？」

阿飛連看都沒有看他一眼，冷冷道：「我不走，你就得死！」

鐵笛先生大笑道：「是我死？還是你死？」

阿飛道：「沒有人能讓我三招。」

鐵笛先生道：「我若讓你三招，就非死不可？」

阿飛道：「是。」

鐵笛先生道：「你爲何不試試？」

阿飛不再說話，轉過目光，盯著他。

鐵笛先生驟然覺得有股寒意自心底升起。

他享受盛名並非僥倖，而是經過大大小小無數次血戰得來的，每次血戰中，他都會面對一雙眼。各式各樣的眼睛，有的眼睛裡充滿了怨毒兇惡，也有的眼睛裡充滿畏懼和乞憐之意。

但他從未見過這樣的眼睛。

這雙眼睛裡幾乎完全沒有任何感情，這少年的眼珠子也像是用石頭塑成的，這雙眼睛瞪著你時，就好像一尊神像在神案上漠然俯視著蒼生。

鐵笛先生竟不由自主後退了半步。

就在這時，阿飛的劍已出手。

一劍刺出，絕不空回。

這是阿飛的信條，沒有絕對把握時，他的劍絕不出手！

鐵笛先生的身子突又凌空掠起衝上梅梢，只聽「嘩啦啦」一片聲響，雪花、梅花飛滿天。

白雪和紅梅在半空中交織成一幅綺麗的圖案，往下面望上去，只見鐵笛先生的身子在白雲紅梅中飄飄飛舞。

阿飛根本沒有抬頭，劍已收起。

鐵梅先生已輕飄飄落了下來，他落得那麼慢，看來就像一個紙紮的人，他身子還在空中，雪地上已多了一串鮮血。

阿飛凝視著地上的血，緩緩道：「沒有人能讓我三招，一招都不能！」

鐵笛先生倚著梅樹，喘息著，他的臉蒼白，咽喉之下，胸口之上，血跡淋漓。

他那隻名震天下的鐵笛根本沒有機會出手！

阿飛道：「但你沒有死，也因爲你讓我三招，你沒有失信。」

他忽又笑了笑道：「你至少比心眉強得多。」

心眉說絕不傷人，只要他衝出羅漢陣，但後來還是傷了他，這教訓他發誓永遠也不忘記。

鐵笛先生喘息著，忽然道：「還有兩招。」

阿飛道：「還有兩招？」

鐵笛先生咬牙忍受著痛苦，勉強笑道：「我讓你三招，你只出手一招。」

阿飛再次轉過身來凝視著他，凝視了很久很久，道：「好！」

他輕輕出手，在鐵笛先生面前擊了兩掌，道：「現在三招都已……」

就在這時，只聽「叮」的一聲輕響，十餘點寒星暴雨般自鐵笛先生手上的鐵笛中飛射而出！

阿飛凌空一個翻身，掠出三丈，等到落下來時，人已站不住了，兩條腿一軟撲地坐下。

鐵笛先生蒼白的臉上泛起一陣興奮的紅光，喘息著道：「今天我已學會了一件事，絕不讓任何人三招，你也該學會一件事……若要出手，就一定要令對方倒下，否則你就絕不要出手！」

阿飛咬著牙，瞧著釘在他腿上的一點寒星，一字字道：「這件事我一定忘不了的！」

鐵笛先生道：「好，你走吧。」

阿飛還未說話，已聽得一陣腳步聲響起。

有人在呼喚著道：「前輩，鐵老前輩，你得手了麼？」

鐵笛先生道：「快走，我已無力殺你，也不願你死在別人手上！」

阿飛就地一滾，滾出兩丈。

他的腿雖已不能走，他的手卻同樣有力。

但他也知道自己是走不遠的，這一片白銀般的雪地，就是他致命的對頭，他已無力消滅自己在雪地上留下來的痕跡。

田七他們遲早都會追上來的。

何況他此刻喉頭又已感覺到一陣陣血腥氣，他雖然在勉強忍耐著，但這口血遲早還是難免要吐出來。

用不著別人來追，他自己已支持不了多久，他只想見李尋歡最後一面，告訴李尋歡他已盡了力。

就在這時，已有一條人影向他撲了過來。

屋子裡只燃著一支燭。

燭光映著李尋歡蒼白而帶著病態嫣紅的臉，他不停的咳嗽著，咳得幾乎喘不過氣來。

龍嘯雲默默的望著他，等他咳完了，才遞過一杯酒去，遞到他嘴邊，慢慢的倒入他的嘴裡。

喝完了這杯酒，李尋歡就笑了，道：「大哥，你看我一滴酒都沒有漏出來吧，我就算被人懸空倒著吊起來，但若有人餵我喝酒，我也絕不會漏出來的。」

龍嘯雲想笑，卻沒有笑出來，黯然道：「你爲什麼不讓我解開你的穴道？」

李尋歡笑道：「我是個禁不起誘惑的人，你若解開我的穴道，我說不定就想跑了。」

龍嘯雲道：「現在……現在他們都不在這裡，你若……」

李尋歡打斷了他的話，道：「大哥，你到現在還不明白我的意思麼？」

龍嘯雲嘆道：「我明白，可是……」

李尋歡笑了笑，道：「我知道你又想說那句話了，但你實在並沒有什麼對不起我的地方，你將我從柴房搬到這裡來，又有酒喝，這已不愧我們兄弟一場了。」

十七 原形畢露

龍嘯雲聽了李尋歡的話，垂下了頭，沉默了很久，黯然道：「明天……明天你就要走了，我……」

李尋歡道：「你千萬莫要再來送我，我從來不喜歡送人，也不願別人來送我，我看到別人送行時那種如喪考妣的模樣就覺得噁心。」

他又笑了笑道：「何況我這次去的地方又不遠，說不定三五天就會回來。」

龍嘯雲也打起了精神，展顏笑道：「不錯，你回來我一定接你，那時我們再好好醉一場。」

突聽一人幽幽道：「你們明知這一去永遠也不會回來了，又何必還要自己騙自己。」

林詩音緩緩走了過來，美麗的面容似又憔悴了許多。

李尋歡目中立刻露出了痛苦之色，卻還是笑著道：「我為何不會回來？你們都是我最好的朋友，我……」

林詩音沒有讓他說完這句話，冷冷道：「誰是你的好朋友，這裡根本沒有你的朋友。」

她忽然指著龍嘯雲，道：「你以為他是你的朋友麼？他若是你的朋友，就該立刻讓你走。」

龍嘯雲道：「可是他……」

林詩音道：「他不走，是怕連累了你，但你為何不放他？走不走是他的事，放不放卻是你的事。」

她沒有聽龍嘯雲答覆，就頭也不回的衝了出去。

龍嘯雲霍然長身而起，嘎聲道：「她說的對，無論你走不走，我都該放了你的。」

李尋歡忽然大笑起來。

龍嘯雲楞了楞道：「你……你笑什麼？」

李尋歡叫道：「你幾時學會聽女人的話了？我交的是龍嘯雲，是條好漢子，可不是怕老婆的可憐蟲。」

龍嘯雲緊握著雙拳，熱淚已不禁奪眶而出，顫聲道：「兄弟，你……對我太好了，我並不是不懂你的苦心，可是……可是卻叫我這一生如何報答你？」

李尋歡道：「我正有件事想求你。」

龍嘯雲一把抓住他肩頭，道：「什麼事？你只管說，快說。」

李尋歡道：「昨天來的那少年阿飛，大哥你總該還記得他吧。」

龍嘯雲道：「當然記得。」

李尋歡道：「他若有了什麼危險，大哥你一定要助他一臂之力。」

龍嘯雲的手緩緩鬆開，仰面長嘆道：「到了這種時候，你還只記著他，你難道從來不肯爲自己想想？」

李尋歡道：「我只問你答不答應？」

龍嘯雲道：「我當然答應，只不過，也許我再也見不著他了。」

李尋歡失色道：「爲什麼，他難道已……」

龍嘯雲勉強一笑，道：「你昨天看到他走的，他怎麼還會再來？」

李尋歡嘆了口氣，道：「我也希望他莫要再來，只不過他一定會再來的。」

龍嘯雲道：「他若會來救你，爲何直到現在還沒有來？」

他長長嘆了一聲，道：「兄弟，你對別人雖然義重如山，但別人對你卻未必一樣。」

李尋歡笑了笑，道：「他對我怎樣是他的事，但我還是要求大哥，以後無論在什麼地方遇見他，都莫要忘了他是我的朋友。」

龍嘯雲道：「好，你的朋友，就是我的朋友。」

突然外面有人喚道：「龍四爺……龍四爺。」

龍嘯雲站起來，又坐下去，道：「兄弟，你……」

李尋歡笑道：「我的酒已喝夠了，大哥你只管去吧，只不過千萬要記著，明天早上千萬莫要再來送我。」

龍嘯雲緩緩走到門口，但一走出門，他的腳立刻就快了，只見田七站在園子裡的樹影下，向他招手。

他快步趕了過去，壓低聲音道：「得手了麼？」

田七道：「沒有。」

龍嘯雲變色道：「沒有？你們十幾人，再加上心眉大師和鐵笛先生，難道竟對付不了一個小伙子？」

田七苦笑道：「這小伙子可實在太厲害了，簡直有些可怕，趙老大被他傷了不說，連鐵笛先生都已傷在他劍下。」

龍嘯雲連連跺腳，道：「我早知道這小子不好惹，你偏說鐵笛先生一定可以對付他。」

田七道：「他雖然逃走，卻還是中了心眉大師一掌。」

龍嘯雲道：「既是如此，他一定逃不了的，你們為何不追？」

田七道：「少林寺的人已追下去了，我特地趕來通知你一聲。」

龍嘯雲道：「我去看看，你去叫人到這裡來守著。」

樹的後面，有座假山。

他們兩人剛走，假山後就幽靈般出現了條人影，她美麗的眼睛裡充滿了驚訝和懷疑，也充滿了悲哀和憤恨。

她整個人都在顫抖著淚流滿面。

自己的丈夫竟是個出賣朋友的賊。

林詩音的心都碎了，她輕輕啜泣著，然後，像是下了很大的決心，大步向李尋歡那屋子走過去。

但就在這時，已有陣急驟的腳步聲傳了過來，林詩音身子一閃，立刻又退入假山後的陰影裡。

田七已帶著七八條勁裝急服的大漢趕過來了，沉聲道：「守住門，莫要讓任何人進去，否則格殺勿論。」

的。

他自己顯然也急著想去追捕阿飛，話未說完，已縱身掠出，大漢們立刻張弓搭箭，守住了門窗。

林詩音緊緊咬著嘴唇，已咬得出血。

她只恨自己以前爲何總是輕視武功，不肯下苦功去學武，她總認爲世上有很多事不是武力可解決的。

現在她才知道有很多事的確非用武力解決不可。

她想不出如何走入那間屋子。

突聽一陣輕微的喘息聲，一條人影走了過來，他腳步雖然有些不穩，但還是走得很快。

林詩音認得這人就是今天才趕到的鐵笛先生。

只聽鐵笛先生厲聲道：「姓李的是不是在這間屋子裡。」

大漢們面面相覷，道：「我們不大清楚。」

鐵笛先生道：「好，閃開，我進去瞧瞧。」

大漢道：「田七爺的吩咐，無論誰都不能進去。」

鐵笛先生怒道：「田七？田七是什麼東西，你們可認得我是誰？」

那大漢眼睛盯著他身上的血跡，道：「無論誰也不能進去。」

鐵笛先生道：「很好。」

他的手忽然抬了抬，「叮」的寒星暴射而出。

李尋歡閉著眼睛，似已睡著了。

忽然間，他聽到一聲慘呼，呼聲並不響，而且很短促。

李尋歡知道只有被一種很尖銳的暗器釘入咽喉時，才會連慘呼都發不出來，這種情況他當然已看得很多。

他皺了皺眉：「難道又有人來救我了麼？」

接著，他就看到一個手提著鐵笛的青袍人大步走了進來，臉上雖已全無血色，卻滿含著殺機。

李尋歡目光停留在他手裡的鐵笛上，道：「鐵笛先生？」

鐵笛先生盯著他的臉，道：「你被人點了穴道？」

李尋歡笑了笑，道：「你看到我面前有酒都沒有喝的時候，一定是動也不能動了。」

鐵笛先生道：「你既然已全無抵抗之力，我本不該殺你的，可是我卻非殺你不可。」

李尋歡道：「哦？」

鐵笛先生瞪著他，道：「你不問我為何要殺你。」

李尋歡又笑了笑，道：「我若問了反而難免要生氣，要向你解釋，你一定還是不信；還是要殺我，我又何必多費口舌。」

鐵笛先生楞了楞，大聲道：「不錯，無論你說什麼，我都要殺你的……」

他面上泛起一陣激動痛苦之色，嘎聲道：「如意，你死得雖慘，但我總算為你報仇了！」

鐵笛又已抬起。

李尋歡嘆了口氣，喃喃道：「如意，你見到我時一定會大吃一驚的，因為你既不認得我，我也不認得你……」

忽然間，林詩音衝了進來，大聲道：「等一等，我有話說。」

鐵笛先生一驚回頭，道：「夫人，是你？你最好莫要攔住我，誰也攔不住我的。」

林詩音臉色發青，道：「我並不想攔你，但這是我的家，要殺人至少總得讓我先動手。」

鐵笛先生皺眉道：「你也要殺他？為什麼？」

林詩音道：「我要殺他的理由比你更大，你只不過是為妻子報仇，我卻是為兒子報仇，我……我只有一個兒子。」

她言下之意，自然是說：「你卻不止一個妻子。」

鐵笛先生沉默了很久，道：「好，我等你先出手之後再出手。」

他自信他的鐵笛銀釘快如閃電，縱然後發，也可先至，誰知林詩音走過他面前，忽然反手一掌，向他胸膛擊出。

林詩音雖然武功不高，但畢竟不是弱不禁風的弱女子。這一掌她已用了全力，鐵笛先生猝不及防，竟被打得撞到牆上。

要知他傷勢本已難支，全憑暗器傷人，此刻身子一震，傷口迸裂，鮮血又飛濺而出，人也暈了過去。

林詩音心頭一陣激動，幾乎也倒了下去。

李尋歡知道她一生中簡直連隻螞蟻都未踩死過！此刻見到她居然出手傷人，心裡也不知是疼是喜，卻硬下心腸冷冷道：「你又跑來幹什麼？」

林詩音深深的呼吸了幾次，身子才停止發抖，道：「我來放你走。」

李尋歡嘆了口氣，道：「我難道還沒有說清楚麼？我不走，絕不走。」

林詩音道：「我知道你是爲了龍嘯雲而不肯走，但你知不知道他……他……」

她又顫抖了起來，而且抖得比剛才更厲害，她用力捏緊雙拳，指甲都已刺入肉裡，用盡了全身力氣，掙扎著道：「他已出賣了你，他本來就和那些人串通一氣的……」

說完了這句話，她已全身脫力，若非倚著桌子，就已倒了下去，她以爲李尋歡聽了這話，必定也難免要吃一驚。

誰知李尋歡的神色卻沒有絲毫變化，甚至連眼角的肌肉都沒有跳動，反而笑了笑，淡淡道：「你只怕是誤會了他，他怎會出賣我？」

林詩音用力抓著桌子，桌子上的杯盞「叮噹」直響。

她嘶聲道：「我親眼看到的，親耳聽到的。」

李尋歡道：「你看錯了，也聽錯了。」

林詩音道：「你……你到現在還不相信？」

李尋歡柔聲道：「這兩天你太累，難免會弄錯很多事，還是去好好睡一覺吧，到了明天，你就會知道你的丈夫是個很可靠的男人。」

林詩音望著他，失神的張大了眼睛，看了很久很久，忽然倒在桌子上，放聲大哭起來。

李尋歡閉起眼睛，似乎已不忍再看她，嘎聲道：「你爲什麼……」

話未說完，忽然噴出了一口鮮血。

林詩音也控制不住自己，十幾年來一直壓制著的情感，此刻就像是山洪般全都爆發了出來。

她踉蹌撲向李尋歡，道：「你不走，我就死在你面前。」

李尋歡咬緊了牙關，一字字道：「你是死是活，對我又有何關？」

林詩音霍然抬頭，瞪著他，嘎聲道：「你……你……你……」

她每說一個「你」字，就後退一步。

忽然間，她發覺她已倒在一個人的身上。

龍嘯雲的臉色沉重如鐵。

他緊緊的攬住了林詩音的柔肩，像是生怕自己一鬆手，林詩音便要從他身旁消失，而且永不復返。

林詩音看到他的手，神情忽然鎮定了下來，冷冷道：「拿開你的手，請你以後永遠也莫要再碰我。」

龍嘯雲的臉忽然起了一陣痙攣，就像是給人抽了一鞭子。

他的手終於緩緩鬆開，凝視著林詩音，道：「你已全部知道了？」

林詩音冷冷道：「世上絕沒有能永遠瞞得過人的事。」

龍嘯雲道：「你……你已全部告訴了他。」

李尋歡忽然笑了笑，道：「其實用不著她告訴我，我也早就知道了。」

龍嘯雲似乎一直不敢面對他，此刻才霍然抬頭，道：「你知道？」

李尋歡道：「嗯。」

龍嘯雲道：「你什麼時候知道的？」

李尋歡嘆了口氣，道：「就在你拉住我的手，讓田七點中我穴道的時候，只不過——我雖然知道，卻並不怪你。」

龍嘯雲顫聲道：「你……你既然知道，爲何不說出來？」

李尋歡淡淡一笑，道：「我爲何要說？」

林詩音凝注著他，身子忽又顫抖起來，道：「你不走，是不是爲了我？」

李尋歡皺眉道：「爲了你？」

林詩音道：「你怕我知道了會傷心，你不願將我們這家拆散，因爲我們這家本就是你……你……」

她話未說完，已又淚流滿面。

李尋歡忽然大笑起來，大笑道：「女人爲什麼總是這樣自我陶醉，我不說，只不過因爲說了也無用，我不走，只因爲明白他不會讓我走的。」

他不停的笑，不停的咳嗽，目中有熱淚奪眶而出，也不知是笑出了眼淚還是咳出了眼淚？

林詩音淒然道：「現在無論你怎麼說都沒關係了，我反正已知道……」

李尋歡驟然頓住笑聲，厲聲道：「你知道，你知道什麼，你可知道龍嘯雲這樣做是爲了誰，你可知道他就是怕我來將你們的家拆散，所以這樣做的！只因爲他將這個家看得比什麼都重，更將你看得比什麼都重……」

林詩音望著他，忽也斷聲笑了起來，道：「他害了你，你還要替他說話，很好，你的確很夠朋友，但你知不知道我也是人……你對不對得起我？」

說到後來，誰也分不清她究竟是笑、還是哭？

李尋歡又劇烈的咳嗽起來，咳出了血。

龍嘯雲瞪著他，嘎聲道：「你說得不錯，我的確是爲了這個家，爲了我的兒子，我們本來活得好好的，你一來就全都變了！」

他瘋狂般大吼道：「我本來是這家的主人，但你一來，我就覺得好像只不過是在這裡作客，我本來有好兒子，但你來，就叫他變得半死不活。」

李尋歡黯然嘆道：「你說得不錯，我……我的確是不該來的。」

龍嘯雲忽又緊緊握住了林詩音，嘎聲道：「但最主要的，我還是爲了你，我將所有的一切全部還給他也沒關係，但我卻不能失去你……」

他話未說完，也已淚流滿面。

林詩音閉著眼睛，眼角的淚珠如珍珠般落下，道：「你若還有一分爲我著想，就不該這樣做。」

龍嘯雲道：「我也知道不該這樣做，但我卻實在害怕。」

林詩音道：「你怕什麼？」

龍嘯雲道：「我怕你離開我，因爲你雖然不說，我也知道你……你並沒有忘記他，我只怕你又回到他那裡去。」

林詩音忽又跳起來，大聲道：「拿開你的手！你不但手髒、心更髒，你將我看成什麼樣的人了？你將他看成什麼樣的人！」

她撲倒地上，放聲痛哭道：「你難道已忘了我……我畢竟是你的妻了！」

龍嘯雲站在那裡，似乎已變成了個木頭人，唯有眼淚還是在不停的流。

李尋歡看著他們，黯然自語道：「這是誰的錯……這究竟是誰的錯？……」

阿飛只覺得身子軟綿綿的，彷彿躺在雲堆裡，空氣裡飄盪著一種若有若無，如蘭如馨的香氣。

他醒了過來，卻宛如還在夢裡。

他簡直不願醒來，因爲他這一生，從來也沒有到過如此軟溫馨香的地方，他甚至連這樣的夢都沒有做過。

在他夢裡，也永遠只有冰雪、荒原、虎狼或一連串無窮無盡的災禍、折磨、苦難……

只聽一人說道：「你醒過來了麼？」

這聲音是如此溫柔、如此關切。

阿飛張開眼，就看到了一張絕美的臉，臉上帶著世上最溫柔、最可愛的笑容，眼波裡帶著最深厚的情意。

這張臉溫柔美麗得幾乎就像是他的母親。

他記得在小時候生病的時候，他的母親也是這樣坐在他身邊，也是這樣溫柔的看守著。

但這已是許久許久以前的事了，久遠得連他自己都已幾乎忘記……

阿飛掙扎著要跳下床，嘎聲道：「這是什麼地方？」

他身子剛坐起，又倒下。

林仙兒溫柔的替他拉起了被，柔聲道：「你莫要管這是什麼地方，就將這裡當做你自己的家吧。」

阿飛道：「我的家？」

他從來也不了解「家」這個字代表的是什麼意思？

他從來沒有家。

林仙兒嫣然道：「我想你的家一定很溫暖，因爲你有那麼樣一個好母親，她一定很溫柔，很美麗，也很愛你。」

阿飛沉默著，也不知過了多久，才緩緩道：「我沒有家，也沒有母親。」

林仙兒楞了楞，道：「可是……可是你昏迷的時候卻一直呼喚著她。」

阿飛沒有動，面上也沒有表情，道：「我七歲的時候，她就過世了！」

他臉上雖沒有表情，眼睛卻已濕潤。

林仙兒垂下頭，道：「對不起，我……我不該提起了你的傷心事。」

又沉默了半晌，阿飛道：「是你救了我？」

林仙兒道：「那時你已昏了過去，所以我就暫時將你搬到這裡來，但你只管安心養傷，絕沒有人敢闖到這裡來的。」

阿飛道：「我母親臨死的時候，再三吩咐我，叫我永遠莫要受別人的恩惠，這句話我永遠也沒有忘記，可是現在……」

他岩石般的臉忽然激動起來，嘎聲道：「現在我卻欠了你一條命！」

林仙兒柔聲道：「你什麼也不欠我，莫忘了，我這條命也是你救回來的。」

阿飛長長嘆息了一聲，喃喃道：「你爲何要救我？爲何要救我？」

林仙兒含情脈脈的望著他，情不自禁伸出手，輕撫著他的臉，柔聲道：「你現在什麼也不要想，以後……以後你就會知道我……我爲什麼要這樣對你。」

她的手柔若無骨、溫如美玉。

她美麗的臉上已泛起了一陣朝霞般的紅暈。

阿飛閉上了眼睛。

他的心本來也堅如岩石，但此刻，也不知怎地，竟連心底最深處都震動了起來！宛如一湖靜水，忽然起了無數的漣漪。

他從來也未想到，自己竟也會有這種感情。

但他卻只是閉上了眼睛，道：「現在是什麼時候了？」

林仙兒道：「還不到三更。」

阿飛又掙扎著要坐起來。

林仙兒道：「你……你想到那裡去！」

阿飛咬緊牙關，道：「我絕不能讓他們將李尋歡帶走。」

林仙兒道：「但他已經走了。」

阿飛「噗」的倒在床上，汗如雨下道：「你說現在還沒有到三更？」

林仙兒道：「現在是還沒有到三更，但李尋歡昨天凌晨已走了。」

阿飛失聲道：「昨天凌晨？我難道已昏睡了一天一夜？」

林仙兒用一條淡紅的絲巾輕輕擦拭他額頭上的汗，道：「你傷得很重，除了你之外，只怕沒有別人能挨得住的，所以你現在一定要乖乖的聽話，好好的養傷。」

阿飛道：「但是李……」

林仙兒輕輕掩住了他的嘴，道：「我不許你再提他，因爲他的處境遠不如你危險，就算你要救他，也得等你養好了傷再說。」

她將他扶正在枕上，道：「你放心，心眉大師既然說要將他帶到少林寺去，那麼他這一路上就絕不會再有什麼危險的。」

李尋歡斜倚在車廂裡，瞧著對面的心眉大師和田七，似乎瞧得很有趣，忽然忍不住笑了。

田七瞪著他道：「你覺得我們很滑稽？」

李尋歡悠然道：「我只是覺得很有趣。」

田七道：「有趣？」

李尋歡打了個呵欠，閉上眼，似乎要睡著了。

田七一把揪住了他，道：「我那點有趣？」

李尋歡淡淡道：「抱歉，我說的不是你，世上雖然有很多人都很有趣，但你卻是例外，你實在無趣極了。」

田七臉色變了，瞪了他半晌，終於緩緩鬆開手。

心眉大師一直都好像沒有在聽他們說話，此刻卻忍不住道：「你覺得老僧很有趣？」

他這輩子還沒有遇見過一個說他有趣的人。

李尋歡又打了個呵欠，懶洋洋笑道：「我覺得你有趣，只因我還未見過一個坐車的和尚，我總認為出家人既不能騎馬也不能坐車的。」

心眉大師居然也笑了笑，道：「和尚也是人，不但要坐車，還要吃飯。」

李尋歡道：「你既然已坐在車上，為何不坐得舒服些，我看你這樣坐著，總忍不住以為你長了痔瘡。」

心眉大師臉色也沉了下去，道：「你難道想我塞住你的嘴？」

李尋歡道：「你若要塞我的嘴，我建議你用酒瓶，最好是裝滿了酒的酒瓶。」

心眉大師望了田七一眼，田七的手緩緩伸到李尋歡的啞穴上，悠然笑道：「我這隻手一按，你知道就會怎麼樣？」

李尋歡笑了笑，道：「你這隻手若一按，就聽不到很多有趣的話了。」

田七道：「那麼就算我……」

剛說到這裡，他的手還未按下去，突聽健馬一聲驚嘶，趕車的連聲怒叱，馬車驟然停了下來。

車馬奔行甚急，此刻驟然停住，車子裡的人都不禁從坐位上彈了起來，腦袋幾乎撞在車頂上。

田七怒道：「什麼事？難道你們……」

他的頭探出車窗，嘴就閉上了，臉色也變了！

積雪的道路旁直挺挺的站著一個人，右手拉了馬轡頭，健馬長嘶跳躍，他的手卻如鐵鑄的，動也不動！

十八 一日數驚

那人身上穿著件青布袍，大袖飄飄，這件長袍無論穿在誰身上都會嫌太長，但穿在他身上，布還蓋不到他的膝蓋。

他本就已長得嚇人，頭上卻偏偏還戴著頂奇形怪狀的高帽子，驟然望去，就像是一棵枯樹。

一隻手就能力挽奔馬，這分力量實在大得可怕，但更可怕的卻是他的眼睛，那簡直不像是人的眼睛。

他的眼睛竟是青色的，眼球是青色的、眼白也是青色，一閃一閃的發著光，就像是星火。

田七的頭剛伸出去，又縮了回來，嘴唇已有些發白。

心眉大師道：「外面有人？」

田七道：「嗯。」

心眉大師的眉皺了皺，道：「什麼人？」

田七道：「伊哭！」

李尋歡笑了，道：「原來是找我的。」

心眉大師道：「青魔手也是你的朋友？」

李尋歡笑道：「只可惜這朋友也像我別的朋友一樣，只想要我的腦袋。」

心眉大師面色凝重，緩緩推開門走過去，合什道：「伊檀越？」

青魔手碧森森的目光，上下一掃，冷冷道：「是心湖？還是心眉？」

心眉大師道：「老僧心眉。」

伊哭道：「車上的人是誰？」

心眉大師道：「出家人不打誑語，車上除了田七爺外還有一位李檀越。」

伊哭道：「好，你將李尋歡交出來，我放你走。」

心眉大師道：「老僧將李某帶回少林，也是爲了要懲戒於他，檀越與我等同仇敵愾，便不該爲難相阻。」

伊哭道：「你將李尋歡放出來，我放你走。」

他說來說去還是那句話，別人無論說什麼，他全都充耳不聞，碧森森的一張臉更好像是死人的臉，一點表情都沒有。

心眉大師道：「老僧若不答應，又要如何？」

伊哭道：「那就先殺你，再殺李尋歡！」

他左臂一直是垂著的，大袖飄飄，蓋住了他的手。

此刻他的手忽然伸了出手，但見青光一閃，迎面向心眉大師抓了過來，正是江湖上聞名喪膽的青魔手！

心眉大師一聲怒叱，身後已有四條灰影撲了過來，心眉閃過了這一著，四個灰衣僧人已將伊哭圍住。

伊哭厲聲笑道：「好，我早就想見識見識少林寺的羅漢陣了！」

淒厲的笑聲中，突有一縷青煙射出，「波」的一響，一縷青煙化作了滿天青霧。

心眉大師變色道：「快閉氣！」

他只顧警告門下弟子，卻忘了自己，這「快」字正是個開口音，「快」字說出，他已覺得一股腥氣流入了嘴裡。

少林僧人看到他面色慘變，也都大驚失色。

只見心眉大師凌空一個翻身，掠出三丈，立刻盤膝坐地，要以數十年保命交修的真炁，將這股毒氣逼出來。

少林僧人身形閃動，一排擋在他身前，到了這時，他們只有先顧全心眉再做打算，將李尋歡暫拋一邊不顧。

伊哭卻連看也不再看他們一眼，一步竄到車門前。

李尋歡仍斜坐在那裡，田七卻已不見了。

伊哭瞪著李尋歡一字字道：「丘獨是你殺的？」

李尋歡道：「嗯。」

伊哭道：「好，丘獨一命換李尋歡一命，也算死得不冤了！」

青魔手又已揚起——

阿飛望著屋頂，已有很久很久沒有說話了。

林仙兒柔聲道：「你在想什麼？」
阿飛道：「你說他路上絕不會有危險？」
林仙兒笑道：「絕不會，有心眉大師和田七保護他，誰敢碰他一根手指？」
他輕撫著阿飛的頭髮，道：「你要相信我，就放心睡吧，我就在這裡，絕不會走的。」
阿飛凝視著她，她眼波是那麼溫柔、那麼真摯。
阿飛的眼簾終於緩緩闔起。

伊哭瞪著李尋歡，獰笑道：「你還有什麼話說？」
李尋歡望著他青光閃閃的青魔手，緩緩道：「只有一句話。」
伊哭道：「什麼話？你說？」
李尋歡嘆了口氣，道：「你何必來送死？」
他的手忽然揮出！
刀光一閃，伊哭已凌空側翻了出去。
雪地上已多了滴鮮血！
再看伊哭的身影已遠在數丈外，嘶聲道：「李尋歡，你記著，我……」
說到這裡，他聲音突然停頓。
寒風如刀，天地肅殺，雪地上變得死一般靜寂。
然後突有一陣掌聲響起，田七自車廂後鑽了出來，拍手笑道：「好，好，好，小李飛刀，果然刀無虛發，名不虛傳。」

李尋歡默然半晌，淡淡道：「你若肯將我的穴道全解開，他就跑不了。」

田七笑道：「我若將你的穴道全都解開，你就要跑了。」

他拍了拍李尋歡的肩，又笑道：「你只有一雙手能動，一柄刀可發，卻還是能令伊哭負傷而逃，像你這種人，我對你怎能不特別小心，分外留意。」

這時少林僧人已將心眉大師扶了過來。

心眉大師臉色蠟黃，一上車就喘著氣道：「快，快走。」

等到車馬啓行，心眉長長嘆了口氣，道：「好歹毒的青魔手。」

田七笑道：「更歹毒的卻是小李飛刀。」

心眉大師望向李尋歡，道：「閣下居然肯出手相救，倒出了老僧意料之外。」

李尋歡笑了笑道：「我救的不是你而是我自己，你用不著意外，也用不著謝我。」

田七道：「我只問他是情願和我們到少林寺去，還是情願落在伊哭手裡，然後又解開了他雙臂的穴道給了他一柄飛刀。」

他微微一笑，道：「我想這就已足夠了。」

心眉大師默然了半晌，喃喃道：「小李神刀……唉，好快的刀！」

心眉大師的反應雖不夠快，但內力卻的確深沉，天黑時就已將毒氣驅出，臉色又恢復了紅潤。

然後他們就找了家清靜的客棧歇下，晚飯的時候也已到了——和尚不但要吃飯，還要睡覺。

田七將李尋歡扶到椅上，微笑道：「我解開你一隻手的穴道，是讓你拿筷子，不是讓你亂動的，我沒有塞住你的嘴，是讓你吃飯，不是讓你亂說話的，你明白了麼？」

李尋歡嘆了口氣，道：「吃飯時沒有酒，就像是沒有加鹽的菜，淡而無味，無趣極了。」

田七道：「有飯給你吃已不錯了，我看你就馬虎些吧。」

少林寺果然是門規森嚴，這些少林僧人們吃飯時非但不說話，而且一點聲音都沒有，桌子上雖只有幾樣蔬菜，但他們本就粗菜淡飯慣了，再加上連日奔疲，腹中飢餓，所以都吃得很多。

只有心眉大師內傷初癒，喝了碗用糖拌的稀粥，便不再舉箸，田七早已叫了幾樣精緻的菜，準備一個人慢慢享用，此刻他留著肚子。

李尋歡挾了筷紅燒豆腐，剛挾到嘴旁，忽又放下，變色道：「這菜吃不得。」

田七悠然道：「探花爺若吃不慣這些粗菜，看來就只有挨餓了。」

李尋歡沉聲道：「菜中有毒！」

田七大笑道：「不讓你喝酒，你的花樣果然來了，我就知道你……」

他笑聲驟然頓住，就像是忽然被人扼住了喉嚨。

只因他發現那四個少林僧人的臉已變成死灰色，但他們卻似毫無感覺，仍然低著頭在吃飯。

心眉大師也已悚然失色，嘎聲道：「快以丹田之氣護住心脈。」

那些少林僧人居然還不知道是怎麼回事，陪笑道：「師叔是在吩咐我們？」

心眉大師急著道：「自然是吩咐你們，你們中了毒難道連一點都感覺不出？」

少林僧人道：「中了毒？誰中了毒？……」

四人對望了一眼，同時叫了起來：「你的臉怎的……」

一句話未說完，四個人已同時倒了下去，等心眉大師再看他們，四張臉都已變了形狀，眼鼻五官都已抽搐到一起。

他們中的毒非但無色無味，而且中毒的人竟會無絲毫感覺，等到他們發覺時，便立刻無救了！

田七忍不住機伶伶打了個寒噤，嗄聲道：「這是什麼毒?怎地如此厲害?」

心眉大師雖然修為深厚，此刻也不禁怒急攻心，一步竄了出去，提小雞般提了個店伙進來，厲聲道：「你們在菜裡下了什麼毒?」

那店伙瞧見地上的四個死人，早已嚇得連骨頭都酥了，牙齒「格格」的打戰，那裡還說得出話來?

李尋歡嘆了口氣，喃喃道：「笨蛋，若是我下的毒，我早就跑了，還在這裡瞧什麼熱鬧?」

心眉大師一掌方待拍下，突又頓住，撩起衣衫，箭步竄出——他聽李尋歡這麼一說，也想到這店伙絕不會是下毒的人了。

田七跟著竄了出去，剛竄出門又掠回來將李尋歡挾起，冷冷道：「就算我們全都被毒死，你也跑不了的，我無論如何都會要你陪著我，我活你也活，我死你也得死。」

李尋歡笑了笑，道：「想不到你對我倒真是深情款款，只可惜你不是個絕色的美人，我對男人又偏偏全無興趣。」

吃飯的時候已過了，廚房已空閒下來，大師傅炒了兩樣菜，二師傅弄來一壺酒，兩人正蹺著腿在那裡享受著這一天中最愉快的一個時辰，他們活著，也就因爲每天還有這樣的一個時辰。

心眉大師雖是急怒交加，一見到他們，卻呆住了。

這兩人的臉竟也已赫然變成死灰色！

大師傅已有了兩分酒意，笑著招呼道：「大師莫非也想來偷著喝兩盅麼？歡迎歡迎……」

話未說完，人已仰天跌倒在爐灶上，灶上的鐵鍋碰倒了油瓶，油都流在鐵鍋裡，閃閃的發著油光。

發光的油裡竟有條火紅的蜈蚣！

毒，原來下在油裡。

大師傅用這油炒菜給少林僧人吃過後，又用這油炒菜給自己吃，所以也不明不白的送了命。

毒總算找出來了，但下毒的人是誰呢？

李尋歡望著油鍋裡的蜈蚣，長嘆道：「我早就知道他遲早總會來的。」

田七厲聲道：「誰？你知道下毒的人是誰？」

李尋歡道：「世上的毒大致可分兩種，一種是草木之毒，一種是蛇蟲之毒，能自草木中提煉毒藥的人較多，能提取蛇蟲之毒的人較少，能以蛇蟲之毒殺人於無形的，普天之下，也只不過僅有一兩人而已。」

田七失聲道：「你……你說的難道是苗疆『極樂峒』的五毒童子？」

李尋歡嘆道：「我也希望來的不是他。」

田七道：「他怎會到中原來了？他來幹什麼？」

李尋歡道：「來找我。」

田七道：「找你？他是你的……」

他也知道李尋歡絕不會有這種朋友的，話說到一半，就改口道：「看來你的朋友並不多，仇人卻不少。」

李尋歡淡淡道：「仇人倒無妨多多益善，朋友只要一兩個便已足夠，因為有時朋友比仇人還要可怕得多。」

心眉大師忽然道：「菜中有毒，你是怎麼看出來的？」

李尋歡道：「我也不知道是怎麼看出來的，反正我看出來了。」

他笑了笑，道：「這就好像我押牌九一樣，我若覺得那一門要贏，那門就有贏無輸，別人若問我怎麼知道的，我也回答不出。」

心眉大師凝視了他半晌，緩緩道：「這一路上他吃什麼，我們就吃什麼。」

還有兩天的路程就到嵩山了，這兩天卻必定是最長的兩天，因為江湖中人人都知道，極樂峒主若是已決心要下手殺一個人，那就非殺死不可，世上絕沒有任何事能令他半途撒手。

心眉大師將他師侄們的屍身交給附近一個寺院後，就匆匆上路，一路上誰也不願再提起吃喝兩字。

但他們可以不吃不喝，趕車的卻不願陪他們挨餓，正午時就找了個小鎮，自己一個人去吃喝起來。

心眉大師和田七卻只有留在車裡，若為了碗牛肉麵和幾個饃饃就去冒中毒之險，豈非太不值得。

過了半晌，只見趕車的用衣襟兜了幾個饃饃，一面啃，一面走了過來，似乎啃得津津有味。

田七盯著他的臉，很注意的看了很久，忽然道：「這饃饃幾枚錢一個？」

趕車的笑道：「便宜得很，味道也不錯，大爺要不要嚐嚐？」

田七道：「好，你分給我們幾個，晚上我請你喝酒。」

趕車的立刻就將饃饃全都從車窗裡遞了進來，又等了半晌，車馬已啓行，趕車的並沒有什麼異狀。

田七才笑道：「這饃饃裡總不會有毒了吧，大師請用。」

心眉大師沉吟著，緩緩道：「李檀樾請。」

李尋歡笑了道：「想不到兩位居然也客氣起來了。」

他用左手拿了個饃饃，因為他只有左手能動，只見他剛拿起饃饃，突又放下，嘆息著道：「這饃饃也吃不得。」

田七皺眉道：「但趕車的吃了卻沒有事。」

李尋歡道：「他吃得我們卻吃不得。」

田七道：「為什麼？」

李尋歡道：「因為五毒童子想毒死的並不是他。」

田七冷笑道：「你是想害我們挨餓？」

李尋歡道：「你若不信，為何不試試？」

田七瞪了他半晌，忽然吩咐停車，將趕車的叫了下來，分了半個饃饃給他，看著他吃下去。

趕車的三口兩口就將饃饃咽下，果然連一點中毒的跡象都沒有，田七用眼角瞟著李尋歡，冷笑道：「你還敢說這饃饃吃不得？」

李尋歡道：「還是吃不得。」

他懶洋洋的打了個呵欠，竟似睡著了。

田七恨恨道：「我偏要吃給你看。」

他嘴裡雖這麼說，卻畢竟還是不敢冒險，只見一條野狗正在車窗前夾著尾巴亂叫，似也餓瘋了。

田七眼珠子一轉，將半個饃饃拋給狗吃，這條狗卻對饃饃沒什麼興趣，只咬了一口，就沒精打采的走開。

誰知牠還沒有走多遠，忽然狂吠一聲，跳了起來，倒在地上一陣抽搐，就動也不動了。

田七和心眉大師這才真的吃了一驚。

李尋歡嘆了口氣，喃喃道：「我說的不錯吧，只可惜毒死的是條狗，不是你。」

田七一向以喜怒不形於色自傲，此刻面上也不禁變了顏色，惡狠狠的瞪著那趕車的，厲聲道：「這是怎麼回事？」

趕車的身子發抖，顫聲道：「小人不知道，饃饃是小人方才在那麵店裡買的。」

田七一把揪住他，獰笑道：「狗都被毒死了，爲何沒毒死你？莫非是你下的毒？」

趕車的牙齒打戰，也嚇得說不出話了。

李尋歡淡淡道：「你逼他沒有用，因爲他的確不知道。」

田七道：「他不知道誰知道？」

李尋歡道：「我知道。」

田七楞了楞，道：「你知道？你知道這是怎麼回事？」

李尋歡道：「饃饃裡有毒，麵湯裡卻有解藥。」

田七楞了楞半晌，恨恨道：「早知如此，我們先前為何不吃麵？」

李尋歡道：「你若吃麵，毒就在麵裡了。」

極樂峒主下毒的本事的確防不勝防，遇著這種對手，除了緊緊閉著嘴之外，還有什麼別的法子？

心眉大師沉聲道：「好在只有一兩天就到了，我們拚著兩日不吃不喝又何妨？」

田七嘆道：「縱然不吃不喝，也未必有用。」

心眉大師道：「哦？」

田七道：「他也許就要等到我們餓得無力時再出手。」

心眉大師默然無語。

田七目光閃動，忽又道：「我有個主意。」

心眉大師道：「什麼主意？」

田七壓低語聲，沉聲道：「他要毒死的人既非大師，亦非在下……」

他瞟了李尋歡一言，住口不語。

心眉大師沉下了臉，道：「老僧既已答應將此人帶回少林，就萬萬不能讓他在半途而死！」

田七沒有再說什麼，但只要一看到李尋歡，目中就充滿殺機，心裡似乎已打定了主意——

「和尚不但要吃飯睡覺，也要方便的。」

誰知心眉大師似也窺破了他的心意，無論幹什麼，無論到那裡去，都絕不讓李尋歡落在自己視線之外。

田七雖然又急又恨，卻也無計可施。

車行甚急，黃昏時又到了個小鎮，這次趕車的也不敢再說要吃要喝了，車馬走上長街時，突有一陣陣油煎餅的香氣撲鼻而來，對一個已有十幾個時辰水米未沾的人說來，這香氣之美，實是無法形容。

只見街角果然有油煎餅的攤子，生意好得很，居然有不少人在排隊等著，買到手的立刻就用大蔥蘸甜麵醬就著熱餅站在攤子旁吃，有的已吃完了正在用袖子抹嘴，一個人也沒有被毒死。

田七忍不住道：「這餅吃不得麼？」

李尋歡道：「別人都吃得，唯有我們吃不得，就算一萬個人吃了這油煎餅都沒有事，但我們一吃，就要被毒死！」

這話若在前兩天說，田七自然絕不相信，但此刻他只要一想到那極樂峒主下毒手段之神奇難測，就不禁毛骨悚然，就算吃了這油煎餅立刻就能成佛登仙，他也是萬萬不敢再嘗試的了。

突聽一個孩子哭嚷著道：「我要吃餅……娘，我要吃餅。」

只見兩個七八歲的小孩子站在餅攤旁，一面跳、一面叫，餅攤旁的雜貨店裡就有個滿身油膩的肥胖婦人走了出來，一人給了他們一耳光，拎起他們的耳朵往雜貨舖裡拖，嘴裡還罵罵咧咧的道：「死不了的小囚囊，有麵餑餑給你們吃，已經是你們的造化了，還想吃油煎餅？等你那死鬼老子發了財再吃油煎餅吧。」

那孩子哭著道：「發了財我就不吃油煎餅了，我就要吃蛋炒飯。」

李尋歡聽得暗暗嘆息。

這世上貧富之不均，實在令人嘆息。在這兩個小小孩子的心目中，連蛋炒飯都已是了不得的享受了。

街道很窄，再加上餅攤前人又多又擠，是以他們的車馬走了半天還未走過去，這時那兩個孩子已捧著個粗茶碗走了出來，坐在道旁，眼巴巴的望著別人手裡的油煎餅，還在淌眼淚。

田七望著他們碗裡的麵餑餑，忽然跳下車，拋了錠銀子在餅攤上，將剛出鍋的十幾個油餅拿了就走。

後面等的人雖然生氣，但瞧見他這種氣派，也不敢多說話了，只有在嘴裡暗罵：「直娘賊。」

田七將一疊油煎餅都捧到那兩個孩子面前，笑道：「小弟弟，我請你吃餅，你請我吃麵餑餑，好嗎？」

那兩個孩子瞪大了眼睛，似乎不敢相信世上有這種好人。

田七道：「我再給你們一吊錢買糖吃。」

那兩個孩子發了半天楞，將手裡的碗往田七手上一遞，一個拿餅，一個拿錢，站起來轉身就跑。

心眉大師目中已不覺露出一絲笑意，看到田七已捧著兩碗餑餑走上車來，心眉大師忍不住一笑，道：「檀越果然是足智多謀，老僧佩服。」

田七笑道：「在下倒不是好吃，但晚上既然還要趕路，就非得吃飽了才有精神，否則半路若又有變，體力不支，怎闖得過去？」

心眉大師道：「正是如此。」

田七將一碗餑餑送了過去，道：「大師請。」

心眉大師道：「多謝。」

這碗餑餑雖然煮得少油無鹽，又黃又黑，但在他們說來，卻已無異是山珍海味、龍肝鳳髓。因爲誰都可以確定這餑餑裡必定是沒有毒的。

田七眼角瞟著李尋歡，笑道：「這碗餑餑你說吃不吃得？」

李尋歡還未說話，又咳嗽起來。

田七大笑道：「極樂童子若能先算準那孩子要吃油煎餅，又能算準我會用油餅換他的麵，能先在裡面下了毒，那麼我就算被毒死也心甘情願。」

他大笑著將一碗餑餑都吃了下去！

心眉大師也認爲極樂童子縱有非凡的手段，但畢竟不是神仙，至少總不能事事未卜先知！

十九 百口莫辯

心眉大師吃著田七由小孩手上換來的那碗餑餑，他也吃得很放心，只不過出家人一向講究細嚼慢咽，田七一碗全都下了肚，他才吃了兩口。

這時車馬已駛出小鎮，趕車的只希望快將這些瘟神送到地頭，好吃一頓，是以將馬打得飛快。

田七笑道：「照這樣走法，天亮以前，就可以趕到嵩山了。」

心眉大師面上也露出一絲寬慰之色，道：「這兩天山下必有本門弟子接應，只要能……」

他語聲突然停頓，身子竟顫抖起來，連手裡端著的一碗麵餑餑都拿不穩了，麵湯潑出，沾污了僧衣。

田七變色道：「大師你……你莫非也……」

突聽「波」的一聲，麵碗被心眉大師揑碎。

田七大駭道：「這碗麵餑餑裡難道也有毒？」

心眉大師長長嘆息了一聲，黯然無語。

田七一把揪住李尋歡的衣襟，嗄聲道：「你看看我的臉，我的臉是不是也……」

他也驟然頓住語聲，因爲這句話已用不著再問了。

李尋歡嘆了口氣道：「我雖然一向都很討厭你，卻也不願看著你死。」

田七面如死灰，全身發抖，恨恨的瞪著李尋歡，眼珠子都快凸了出來，過了半晌，忽然獰笑道：「你不願看著我死，我卻要看著你死！我早就該殺了你的！」

李尋歡道：「你現在殺我不嫌太遲了麼？」

田七咬牙道：「不錯，我現在要殺你的確已遲了，但也還不太遲。」

他的手已扼住了李尋歡的脖子。

阿飛已站了起來。

他臉色還是很難看，但身子卻已能站得筆直。

林仙兒脈脈含情的望著他，眼波中充滿了愛慕之意，嫣然道：「你這人真是鐵打的，我本來以爲你最少要過三、四天才能起床，誰知你不到半天就已下了地。」

阿飛在屋子裡緩緩走了兩圈，忽然道：「你看他能不能平安到達少林寺？」

林仙兒嘟著嘴，道：「你真是三句不離本行，說來說去只知道他、他，你爲什麼不說說我，不說說你，你自己。」

阿飛靜靜的望著她，緩緩道：「你看他能不能平安到達少林寺？」

無論林仙兒說什麼，他還是只有這一句話。

林仙兒「噗哧」一笑，道：「你呀！我拿你這人真是沒法子。」她溫柔的拉著阿飛坐下，柔聲道：「但你只管放心，他現在說不定已坐在心湖大師的方丈室喝茶了，少林寺的茶一向很有名。」

阿飛神色終於緩和了些，居然也笑了笑，道：「據我所知，他就算被人扼住，也絕不肯喝茶的。」

李尋歡已喘不過氣來。

田七自己的面色也愈來愈可怕，幾乎也已喘不過氣來。但他一雙青筋暴露的手卻死也不肯放鬆。

李尋歡只覺眼前漸漸發黑，田七的一張臉似已漸漸變得很遙遠，他知道「死」已距離他漸漸近了。

在這生死頃俄之間，他本來以爲會想起很多事，因爲他聽說一個人臨死前總會忽然想起很多事來的。

可是他卻什麼也沒有想起，既不覺得悲哀，也不覺恐懼，反而覺得很好笑，幾乎忍不住要笑了出來。

因爲他從來也未想到居然會和田七同時嚥下最後一口氣，縱然在黃泉路上，田七也不是個好伴侶。

只聽田七斷聲道：「李尋歡，你好長的氣，你爲何還不死？」

李尋歡本來想說：「我還在等著你先死哩！」

可是現在他非但說不出話，連氣都透不出來了，只覺田七的語聲似也變得很遙遠，就彷彿是自地獄邊緣傳來的。

他已無力掙扎，已漸漸暈過去。

突然間，他隱隱約約聽到一聲驚呼，呼聲似也很遙遠，但聽來又彷彿是田七發出來的。

接著，他就覺得胸口頓時開朗，眼前漸漸明亮。

於是他又看到了田七。

田七已倒在對面的車座上，頭歪到一邊，軟軟的垂了下來，只有一雙死魚般的眼睛似乎仍在狠狠的瞪著李尋歡。

再看心眉大師正在喘息著，顯然剛用過力。

李尋歡望著他，過了很久，才嘆息著道：「是你救了我？」

心眉大師沒有回答這句話，卻拍開了他的穴道，嘎聲道：「趁五毒童子還沒有來，你快逃命去吧。」

李尋歡非但沒有走，甚至連動都沒有動，沉沉道：「你爲何要救我？你已知道我不是梅花盜？」

心眉大師嘆道：「出家人臨死前不願多造冤孽，無論你是否梅花盜，都快走吧，等五毒童子一來，你再想逃就遲了。」

李尋歡凝注著他已發黑的臉，輕輕嘆息了一聲，道：「多謝你的好意，只可惜我什麼都會，就是不會逃命。」

心眉大師著急道：「現在不是你逞英雄的時候，你體力未恢復，也萬萬不是五毒童子的對手，只要他一來，你就……」

突聽拉車的馬一聲嘶，趕車的一聲慘呼，車子斜斜衝了出去，「轟」的撞上了道旁的枯樹。

心眉大師撞在車壁上，嘶聲道：「你爲何還不去？難道還想救我？」

李尋歡淡淡道：「你能救我，我爲何不能救你？」

心眉大師道：「可是——可是我已離死不遠，遲早總是一死。」

李尋歡道：「你現在還沒有死，是麼？」

他不再說話，卻自田七懷中搜出了一柄刀。

一柄很輕、很薄的小刀。

一柄小李飛刀！

李尋歡嘴角似乎露出了一絲微笑。

車廂已傾倒，車輪猶在不停的滾動著，發出一陣陣單調而醜惡的聲音，在這荒涼的黑夜裡聽來分外令人不愉快。

李尋歡喃喃道：「這車軸早就該加油了……」

此時此刻，他居然還會想起車軸該不該加油的問題，心眉大師愈來愈覺得這人奇怪得不可思議。

他活了六十多歲，從未見過第二個這樣的人。

這時李尋歡已扶著他出了車廂，刺骨的寒風猛然吹上了他們的臉，那感覺就好像刀割一樣。

心眉大師嘆道：「你本不必這樣做的，你……你還是快走吧。」

李尋歡卻倚著車廂坐了下來，天上無星無月，大地一片沉寂，寒風吹著枯樹，宛如鬼魅在迎風起舞。

心眉大師用盡目力，也瞧不見一個人的影子。

只聽李尋歡朗聲道：「極樂峒主，你來了麼？」

寒風呼嘯，卻聽不見人聲。

李尋歡道：「你既不來，我就要走了。」

他忽然將心眉半拖半抱的拉了起來。

心眉大師道：「你……你想到那裡去？」

李尋歡道：「自然是少林寺。」

心眉大師失聲道：「少林寺？」

李尋歡道：「我們這一路拚命的趕，豈非就是為了要趕到少林寺麼？」

心眉大師道：「但……但現在你已不必去了。」

李尋歡道：「現在我更非去不可。」

心眉大師道：「為什麼？」

李尋歡道：「因為只有少林寺或許還有救你的解藥。」

心眉大師道：「你……你為何要救我？我本是你的敵人。」

李尋歡道：「我救你，就因為你畢竟還是個人。」

心眉大師默然半晌，長嘆道：「若是真的能趕到少林，我一定會設法證明你的無辜，現在我已可斷定你絕非梅花盜了。」

李尋歡只笑了笑，什麼也沒說。

心眉大師黯然道：「只可惜你若帶著我，就永遠也無法趕到少林寺的，五毒童子現在雖然還未現身，但他絕不會放過你。」

李尋歡輕輕的咳嗽。

心眉大師道：「以你的輕功，一個人走也許還有希望，又何必要我來拖累你？只要你有此心意，老僧已是死而無憾的了。」

突聽一人吃吃笑道：「道貌岸然的少林和尙，居然會和狂嫖亂飲的風流探花交上朋友了，這倒真是天下奇聞。」

笑聲忽遠忽近，也不知究竟是往那裡傳來的。

心眉大師的身子驟然僵硬了起來，道：「極樂峒主？」

那聲音格格笑道：「我煮的麵餑餑味道還不錯麼？」

李尋歡微笑道：「閣下既然想要我這風流探花的命，爲何又不敢現身呢？」

極樂峒主道：「我用不著現身，也可要你的命。」

李尋歡道：「哦？」

極樂峒主笑道：「到今夜爲止，死在我手上的人已有三百九十三個，非但從來沒有一人見到過我，根本連我的影子都看不到。」

李尋歡笑道：「我也早已聽說閣下是個侏儒，醜得不敢見人，想不到江湖傳說竟是真的。」

那忽遠忽近，飄飄渺渺的笑聲忽然停頓。

過了半晌，才聽到極樂峒主的聲音道：「我若讓你在天亮之前就死了，算我對不起你。」

李尋歡大笑道：「我在天亮前自然不會死的，閣下卻難說得很了。」

他笑聲還未停頓，突聽一陣奇異的吹竹聲響起。

雪地上忽然出現了無數條蠕蠕而動的黑影，有大有小，有長有短，黑暗中也看不出究竟是些什麼，只能嗅到陣陣撲鼻的腥氣。

心眉大師駭然道：「五毒一出，人化枯骨，你此時不走，更待何時？」

李尋歡像是根本沒聽到他說什麼，朗聲笑道：「據說極樂峒中的毒物成千上萬，我怎地只不過看到幾條小毛蟲而已，難道其他的已全都死光了麼？」

吹竹之聲更急，雪地上的黑影已將李尋歡和心眉圍住，有幾條已漸漸爬到他們的腳旁。

心眉大師幾乎已忍不住要嘔吐出來。

這時才聽得極樂峒主格格笑道：「我這『極樂蟲』乃七種神物交配而成，非血肉不飽，等到兩位連皮帶骨都已進了牠們的肚子，你就不會嫌牠小了。」

他話未說完，突見刀光一閃！

小李飛刀已發出！

心眉大師幾乎忍不住要失聲驚呼出來。

他也知道李尋歡手裡的飛刀乃是他們唯一的希望，現在李尋歡卻連對方的影子都未看到，飛刀便已出手。

這一刀不中，他們便要化爲枯骨。

這是李尋歡的孤注一擲，卻拿他自己的生命作賭注。

這一注贏的機會實在不大。

心眉大師再也想不到李尋歡竟會如此冒失。

但就在這時，刀光一閃而沒，沒入黑暗中，黑暗中卻響起了一陣短促但卻刺耳的慘呼！

接著，一個人自黑暗中衝了出來。

他身形矮小如幼童，身上穿著條短裙，露出一雙腿，雖在如此嚴寒中，也一點不覺得冷。

他的頭也很小，眼睛卻亮如明燈。

此刻這雙眼睛裡彷彿充滿了驚懼與怨毒，狠狠的瞪著李尋歡，像是想說什麼，但喉嚨裡只是「格格」的發響，一個字也說不出。

心眉大師赫然發現小李飛刀正刺在他的咽喉上——小李飛刀，果然是例不虛發！

極樂峒主只覺一口氣憋在喉嚨裡，實在忍不住，反手拔出了飛刀，一拔出飛刀，這口氣就吐了出來。

鮮血也隨之飛濺而出。

極樂峒主狂吼道：「好毒的刀。」

這時雪地上的毒蟲，已有的爬上了李尋歡的腿。但李尋歡卻連動都不動，心眉大師也不敢動。

他只覺身子發軟，幾乎已站不住了。

小李飛刀雖霸絕天下，但他們還是免不了要餵飽毒蟲。

誰知極樂峒主一聲狂吼，鮮血剛濺出，數十百條毒蛇突然箭一般竄了回去，一條條全都釘在極樂峒主的咽喉上。

只聽「沙沙」之聲不絕於耳，極樂童子已化為一堆枯骨，但毒蟲飽食了他的血肉後！也軟癱在地，不能動了。

他以毒成名，終於也以身殉毒！

這景象實在令人慘不忍睹。

心眉大師瞑目合什，暗誦佛號，過了很久，才長長嘆息了一聲，張開眼來，望著李尋歡嘆道：「檀越不但飛刀天下無雙，定力也當真是天下無雙。」

李尋歡笑了笑，道：「不敢當，我只不過早已算準這些吃人的毒蟲一嗅到血腥氣就會走的，其實我心裡也害怕得很。」

心眉大師道：「檀越你也會害怕？」

李尋歡笑道：「除了死人外，世上那有不會害怕的人？」

心眉大師長嘆道：「臨危而不亂，雖懼而不餒，檀越之定力，老僧當真是心服口服，五體投地了。」

他語聲漸漸微弱，終於也倒了下去。

天已亮了。

李尋歡坐在昏迷不醒的心眉大師身旁，似已睡著。

他將極樂童子和那些「極樂蟲」都埋了起來，走了一個多時辰，才在小鎮上僱了這輛騾車。騾車顛沛得很厲害，但他還是睡得很香，因爲他已精疲力竭，喝了兩碗豆汁後，世上就再也沒有什麼事能令他的眼睛不閉上。

也不知過了多久，騾車突然停下。

李尋歡幾乎立刻就張開眼來，掀起車篷後的大棉布簾子，寒風撲面，他頓覺精神一爽。

只聽車夫道：「嵩山已到了，騾車上不了山，大爺你只好自己走吧。」

這趕車的被李尋歡從熱被窩裡拉起來；又被老婆逼著接這趟生意，正是滿肚子不高興。再加上腳力錢也都被他老婆「先下手爲強」了，若不是車上有個和尚，他只怕半路就停了車。

嵩山附近數十縣，對出家人都尊敬得很。

李尋歡抱著心眉下了車，忽然塞了錠銀子在趕車的手裡，笑道：「這是給你留做私房錢打酒喝的，我知道娶了老婆的男人若沒有幾個私房錢，那日子真是難過得很。」

趕車的喜出望外，還未來得及道謝，李尋歡已走了；睡覺固然是非睡不可，時間也萬萬耽誤不得。

冰雪封山，香客絕跡。

李尋歡展開身法，覓路登山。

山麓下有個小小的廟宇，幾個灰袍、芒鞋、白襪的少林僧人正在前殿中烤火取暖，還有兩人躲在門後的避風處瞭望。

瞧見有人以輕功登山，這兩人立刻迎了出來！

一人道：「檀越是那裡來的?是不是……」

另一人見到李尋歡身後背著的是個和尚，立刻搶著道：「檀越背的可是少林弟子?」

李尋歡腳步放緩，到了這兩人面前，突然一掠三丈，從他們頭頂上飛掠了過去，腳尖沾地，再次掠起。

在這積雪的山道上，他竟還能施展「蜻蜓三抄水」的絕頂輕功，少林僧人縱然眼高於頂，也不禁爲之聳然動容。

等廟裡的僧人追出來時，李尋歡早已去得遠了。

嵩山本是他舊遊之地，他未走正道，卻自後面的小路登山，饒是如此，但走了一個多時辰才能看到少林寺恢宏的殿宇。

自菩提達摩於梁武帝時東渡中土，二十八傳至神僧迦葉，少林代出才人，久已爲中原武林之宗主。

遠遠望去，只見重簷積雪，高聳入雲，殿宇相連，也不知有幾多重，氣象之宏大，可稱天下第一。

李尋歡自山後入寺，只見雪地上無數林立著大大小小的舍利塔，他知道這正是少林寺的聖地「塔林」，也就是少林歷代祖師的埋骨處，這些大師們生前名傳八表，死後又何曾多佔了一尺地。

無論誰到了這裡，都不禁會油然生出一種摒絕紅塵、置身方外之念，又何況久已厭倦名利的李尋歡。

他忍不住又咳嗽起來。

突聽一人沉聲道：「擅闖少林禁地，檀越也未免太目中無人了吧？」

李尋歡朗聲道：「心眉大師負傷，在下專程護送回來療治，但求貴派方丈大師賜見。」

驚呼聲中，少林僧人紛紛現身，合什道：「多謝檀越，不知高姓大名？」

李尋歡嘆了口氣，緩緩道：「在下李尋歡。」

庭院寂寂，雪在竹葉上溶化。

竹林深處，是間精雅的禪舍，從撐開的窗子裡望進去，可以看到有兩個人正在下棋。

右面的是位像貌清癯的老和尙，他的神情是那麼沉靜，就像是已和這靜寂的天地融爲一體。

左面的是位枯瘦矮小的老人，目光炯炯、隆鼻如鷹，使人全忘了他身材的短小，只能感覺到一種無比的權威和魄力。

普天之下，能和少林掌門心湖大師對坐下棋的人，除了這位「百曉生」之外，只怕已寥寥無幾。

這兩人下棋時，天下只怕也沒有什麼事能令他們中止，但聽到「李尋歡」這名字，兩人竟都不由自主長身而起。

心湖大師道：「此人現在那裡？」

躡著腳進來通報的少林弟子躬身道：「就在二師叔的禪房外。」

心湖大師道：「你二師叔怎樣了？」

那少林僧人道：「二師叔傷得彷彿不輕，四師叔和七師叔正在探視他老人家的傷勢。」

李尋歡負手站在簷下，遙望著大殿上雄偉的屋脊，寒風中隱隱有梵唱之聲傳來，天地間充滿了古老而莊嚴的神秘。

他已感覺到有人走過來，但他並沒有轉頭去瞧，在這莊嚴而神秘的天地中，他已不覺神遊物外。

心湖大師和百曉生走到他身外十步處就停下，心湖大師雖然久聞「小李探花」的名聲，但直到此刻才見著他。

他似乎想不到這懶散而瀟灑，瀟灑卻沉著，充滿了詩人氣質的落拓客，就是名滿天下的浪子遊俠。

他仔細的觀察著他，絕不肯錯過任何一處地方，尤其不肯錯過他那雙瘦削、纖長的手。

這雙手究竟有什麼魔力？

爲何一柄凡鐵鑄成的刀，到了這雙手裡就變得那麼神奇？

百曉生十年前就見過他的，只覺得這十年來他似乎並沒有什麼改變，又似乎已改變了許多。

也許他的人並沒有什麼改變，改變的只是他的心，他似乎變得更懶散，更沉著，也更寂寞。

無論和多少人在一起，他都是孤獨的。

百曉生終於笑了笑，道：「探花郎別來無恙？」

李尋歡也笑了笑，道：「想不到先生居然還認得在下。」

心湖大師合什道：「卻不知探花郎認得老僧否？」

李尋歡長揖道：「大師德高望重，天下奉爲泰山北斗，在下江湖末學，常恨無緣得識，今日得見法駕，何幸如之？」

心湖大師道：「探花郎不必太謙，敝師弟承蒙檀越護送回寺，老僧先在此謝過。」

李尋歡道：「不敢。」

心湖大師再次合什，道：「待老僧探過敝師弟的傷勢，再來陪檀越敘話。」

李尋歡道：「請。」

等心湖走進屋子，百曉生忽又一笑，道：「出家人的涵養功夫果然非我等能及，若換了是我，對閣下只怕就不會如此多禮了。」

李尋歡道：「哦？」

百曉生道：「若有人傷了你的師弟和愛徒，你會對他如此客氣？」

李尋歡道：「閣下難道認爲心眉大師是被我所傷的？」

百曉生背負著雙手，仰面望天，悠然道：「除了小李探花外，還有誰能傷得了他？」

李尋歡道：「若是我傷了他，爲何還要護送他回寺？」

百曉生道：「這才正是閣下的聰明過人之處。」

李尋歡道：「哦？」

百曉生道：「無論誰傷了少林護法，此後只怕都要永無寧日，少林南北兩支的三千弟子，是絕不會放過他的，這力量誰也不敢忽視。」

李尋歡道：「說的是。」

百曉生道：「但閣下既已將心眉師兄護送回來，別人非但不會再懷疑他是傷在你手下的，也不會再懷疑你是梅花盜，你傷了他之後，還要少林弟子感激於你，這手段實在高明已極，連我都不禁佩服得很。」

李尋歡又笑了，仰面笑道：「百曉生果然是無所不知、無所不曉，難怪江湖中所有的大幫大派都要交你這朋友了，和你交朋友的好處實在不少。」

百曉生居然神色不變，道：「我說的只不過是公道話而已。」

李尋歡道：「只可惜閣下卻忘了一件事，心眉大師還沒有死，他自己總知道自己是被誰所傷的，到那時閣下豈非要將自己說出來的話吞回去了麼?」

百曉生嘆息了一聲,道:「若是我猜的不錯,心眉師兄還能說話的機會只怕已不多了。」

突聽心湖大師厲聲道:「敝師弟若非傷在你的手下,是傷在誰的手下?」

他不知何時已走了出來,面上已籠起一陣寒霜。

李尋歡道:「大師難道看不出他是中了誰的毒?」

心湖大師沒有回答這句話,卻回頭喚道:「七師弟。」

江湖中人人都知道少林乃武林正宗,講究的是心法內功,自不以暗器和下毒爲能事,只有首座七弟子中排名最末的心鑑大師乃是半路出家,帶藝投師的,未入山林前,人稱「七巧書生」,卻是位使毒的大行家。

只見這心鑑大師面色蠟黃,終年都彷彿帶著病容,但一雙眼睛卻是凜凜有威,閃電般在李尋歡面前一掃,沈聲道:「二師兄中的毒乃是苗疆極樂峒主精煉成的『五毒水晶』,此物無色無味,透明如水晶,中毒的人若得不到解藥,全身肌膚也會漸漸變得透明如水晶,五臟六腑都歷歷可數,到了那時,便已毒發無救。」

李尋歡道:「大師果然高明……」

心鑑大師冷冷道:「貧僧只知道二師兄中的乃是『五毒水晶』,但下毒的人是誰,貧僧卻不知道。」

百曉生道:「說的好,毒是死的,下毒的人卻是活的……」

心鑑大師道:「極樂峒主雖然行事惡毒,但人不犯他,他也絕不犯人,本門與他素無糾葛,他爲何要不遠千里而來暗算二師兄？」

李尋歡嘆了口氣，道：「這只因他的對象並非心眉大師，而是我。」

百曉生道：「這話更妙了，他要害的人是你，你卻好好的站在這裡，他並沒有加害心眉師兄之意，心眉師兄反而中了毒。」

他盯著李尋歡，一字字道：「你若還能說得出這是什麼道理，我就佩服你。」

李尋歡沉默了很久忽又笑了，道：「我說不出，只因我無論說什麼，你們都不會相信。」

百曉生道：「閣下說的話確實很難令人相信。」

李尋歡道：「我雖說不出，但還是有人能說得出的。」

心湖大師道：「誰？」

李尋歡道：「心眉大師，爲何不等他醒來之後再問他。」

心湖大師凝視著他，目光冷得像刀。

心鑑大師的臉上也籠著層寒霜，一字字道：「二師兄永遠也不會醒過來了！」

廿 人心難測

冷風如刀，積雪的屋脊上突有一群寒鴉驚起，接著，屋脊後就響起了一陣清亮卻淒涼的鐘聲。

連鐘聲都似乎在哀悼著他們護法大師的圓寂。

李尋歡彷彿第一次感覺風中的寒意，終於忍不住劇烈的咳嗽起來，心裡也不知是憤怒還是難受？

等他咳完了，就發現數十個灰衣僧人一個接著一個自小院的門外走了出來，每個人臉上卻像是凝結著一層寒冰。

每個人的眼睛都盯著他，嘴都閉得緊緊的，鐘聲也不知何時停頓，所有的聲音都似已在寒氣中凝結，只有腳踏在雪地上，「沙沙」作響。

等到這腳步聲也停止了，李尋歡全身都彷彿已被凍結在一層又一層比鉛還沉重的寒冰裡。

這古老而森嚴的天地，驟然充滿了殺機。

心湖大師沉聲道：「你還有何話說？」

李尋歡沉默了很久，長長嘆息了一聲，道：「沒有了。」

說出來也無用的話，不說也罷。

百曉生道：「你本不該來的。」

李尋歡又沉默了很久，忽然一笑，道：「也許我的確不該來的，但時光若能倒轉，我只怕還是會這樣做。」

他淡淡接著道：「我平生雖然殺人無數，卻從未見死不救。」

心湖大師怒道：「到了此時，你還是想狡辯？」

李尋歡道：「出家人講的是四大皆空，不可妄動嗔念，久聞大師修爲功深，怎地和在下一樣沉不住氣。」

百曉生道：「久聞探花郎學識淵源，怎地卻忘了連我佛如來也難免要作獅子吼。」

李尋歡道：「既是如此，各位請吼吧。」

心鑑大師厲聲叱道：「到了此時，你還要逞口舌之利，可見全無悔改之心，看來今日貧僧少不得要破破殺戒了。」

李尋歡笑了笑，道：「你儘管破吧，好在殺人的和尚並不止你一個人！」

心鑑大師怒道：「我殺人並非爲了復仇，而是降魔！」

他身形方待作勢撲起，突見刀光一閃，李尋歡掌中不知何時已多了柄寒光閃閃的刀，小李飛刀！

只聽李尋歡冷冷道：「我勸你還是莫要降魔的好，因爲你絕不是我的對手！」

心鑑大師就像是忽然被釘子釘在地上，再也動彈不得，因爲他知道只要一動，小李飛刀就要貫穿他的咽喉！

心湖大師厲聲道：「你難道還想作困獸之鬥？」

李尋歡嘆了口氣，道：「日子雖不好過，我卻還未到死的時候。」

百曉生道：「小李飛刀縱然例不虛發，但又有幾柄飛刀？能殺得了幾人？」

李尋歡笑了笑，什麼話也沒有說。

因爲他知道在這種時候不說話比說任何話都可怕得多。

心湖大師目光一直盯著李尋歡的手，忽然道：「好，且待老衲來領教領教你的神刀！」他袍衣一展，大步走出。

但百曉生卻拉住了他，沉聲道：「大師你千萬不可出手！」

心湖大師皺眉道：「爲什麼？」

百曉生嘆了口氣，道：「天下誰也沒有把握能避開他這出手一刀！」

心湖大師道：「沒有人能避得開？」

百曉生道：「沒有！一個也沒有！」

心湖大師長長呼出口氣，瞑目道：「我不入地獄！誰入地獄。」

心鑑大師也趕了過來嘎聲道：「師兄你──你一身繫佛門安危，怎能輕身涉險。」

李尋歡道：「不錯，你們都不必來冒險的，反正少林門下有三千弟子，只要你們一聲號令，會替你們送死的人自然不少。」

心湖大師臉上變了變顏色，厲聲道：「未得本座許諾，本門弟子誰也不許妄動，否則以門規處治，絕不寬貸，……知道了麼？」

少林僧人一起垂下了頭。

李尋歡微笑道：「我早就知道你絕不肯眼見門下弟子送死的，少林寺畢竟和江湖中那些玩命的幫會不同，否則我這激將法怎用得上？」

百曉生冷冷道：「少林師兄們縱然犯不上和你這種人拚命，但，你難道還走得了麼？」
李尋歡笑了笑，道：「誰說我想走了？」
百曉生道：「你……你不想走？」
李尋歡道：「是非未明、黑白未分，怎可一走了之！」
百曉生道：「你難道能令極樂洞主到這裡來自認是害死心眉師兄的兇手？」
李尋歡道：「不能，只因他已死了！」
百曉生道：「是你殺了他？」
李尋歡淡淡道：「他也是人，所以他沒有躲過我出手一刀！」
心湖大師忽然道：「你若能尋出他的屍身，至少也可證明你並非完全說謊。」
李尋歡只覺心裡有些發苦，苦笑道：「縱然尋得他的屍骨，也沒有人能認得出他是誰了。」
百曉生冷笑道：「既是如此，天下還有誰能證明你是無辜的？」
李尋歡道：「到目前爲止，我還未想出一個人來。」
百曉生道：「那麼現在你想怎樣？」
李尋歡默然半晌，忽又笑了笑，道：「現在我只想喝杯酒。」
阿飛坐的姿勢很不好看，他從來也不會像李尋歡那樣，舒舒服服的坐在一張椅子裡。
他這一生中幾乎很少有機會能坐上一張真的椅子。
屋子裡燃著爐火，很溫和，他反而覺得很不習慣，林仙兒蜷伏在火爐旁，面靨被爐火烤得紅紅這兩天，她似乎連眼睛都沒有闔過，現在阿飛的傷勢似奇蹟般痊癒了，她才放心的睡著的。

她睡著時彷彿比醒時更美，長長的睫毛覆蓋在眼簾上，渾圓的胸膛溫柔的起伏著，面頰紅得像桃花。

阿飛靜靜的望著她，似已癡了。

屋子裡只有她均勻的呼吸聲、爐火的燃燒聲，外面的雪已在溶化，天地間充滿了溫暖和恬靜。

阿飛的目中卻漸漸露出了一絲痛苦之色。

他忽然站了起來，悄悄穿起了靴子。

美麗的事物往往就如同曇花，一現即逝，誰若想勉強保留它，換來的往往只有痛苦和不幸。

阿飛輕輕嘆息了一聲，在屋角的桌上尋回了他的劍，牆上掛著一幅字，是李尋歡的手筆，其中有一句是：「此情可待成追憶！」

兩天前，阿飛還絕不會了解這句詩的意思，可是現在他卻已知道，只有回憶才是真正永恆的。

只有回憶中的甜蜜，才能永遠保持。

阿飛輕輕將劍插入了腰帶。

突聽林仙兒道：「你……你要做什麼？」

她忽然驚醒了，美麗的眼睛吃驚的望著阿飛。

阿飛卻不敢回頭看她，咬了咬牙，道：「我要走了！」

林仙兒失聲道：「走？」

她站起來，衝到阿飛面前，顫聲道：「你連說都不說一聲，就要悄悄的走了？」

阿飛道：「既然要走，又何必說。」

林仙兒身子似乎忽然軟了，倒退幾步，倒在椅子上，望著阿飛，兩滴淚珠已滾了下來。

阿飛突然覺得心裡一陣絞痛，他從來未嘗過這種既不是愁，也不是苦；既不是甜，也不是酸的滋味。

這難道就是情的滋味？

阿飛道：「你……你救了我，我遲早會報答你的……」

林仙兒忽然笑了起來，道：「好，你快報答我吧，我救你，就爲的是要你報答我。」

她在笑，可是她的眼淚卻流得更多。

阿飛黯然道：「我也知道你的心意，但我不能不去找李尋歡……」

林仙兒道：「你怎知我不願去找他，你爲何不帶我走？」

阿飛道：「我……我不願連累你。」

林仙兒流淚，道：「連累你？你以爲你走了後，我就會很幸福麼！」

阿飛想說話，但嘴唇卻有些發抖。

他從未想到自己的嘴唇也會發抖。

林仙兒忽然撲過來抱住了他，緊緊抱住了他，像是要用全部生命抱住他，顫聲道：「帶我走，帶我走吧，你若不帶我走，我就死在你面前。」

這世上能在美麗的女人面前說「不」字的男人已不多，女人若是說要死的時候，能拒絕她的男人只怕就連一個都沒有了。

夜很靜。

阿飛走出屋子，就看到一片積雪的梅花。

原來這裡就是「冷香小築」，奇怪的是，這兩天興雲莊已鬧得天翻地覆，卻沒有一個人到這裡來的。

他們若要搜捕阿飛，為何未搜到這裡。

他們為何如此信任林仙兒？

林仙兒緊緊拉著阿飛的手，道：「我要去跟我姐姐說一句才能走。」

阿飛道：「你去吧。」

林仙兒咬著嘴唇一笑，道：「我不放心留你一個人在這裡，我要跟你一起走。」

阿飛道：「可是你的姐姐！」

林仙兒道：「你放心，她也是李尋歡的好朋友。」

她拉著阿飛穿過梅林，奔過小橋，園中靜無人聲，燈火也很寥落，阿飛竟似再也無力拋脫她的手。

小樓上還有一點孤燈，卻襯得這小樓更孤零蕭索。

小樓上黃幔低垂，人卻未睡。

林詩音正守著孤燈，癡癡的也不知在想什麼。

林仙兒拉著阿飛悄悄走上來，輕輕喚道：「大姐……大姐你為何還沒有睡？」

林詩音還是癡癡的坐著，連頭都沒有抬起。

林仙兒道：「大姐，我……我是來向你告別的，我要走了，可是……可是我絕不會忘了大姐對我的恩情，我很快就會回來看你的！」

林詩音似乎聽不懂她在說什麼，過了很久，才慢慢點了點頭，道：「你走吧，走了最好，這裡本已沒有什麼可留戀之處。」

林仙兒道：「姐夫呢？」

林詩音似又過了很久才聽懂她的話，喃喃道：「姐夫？……誰的姐夫？」

林仙兒道：「自……自然是我的姐夫。」

林詩音道：「你的姐夫我不知道……我不知道……我不知道……」

林仙兒似乎呆住了，呆了半晌，才勉強一笑，道：「我們現在要由近路趕到少林去！……」

林詩音突然跳了起來大聲道：「你走吧，快走，快走……一個字都莫要說了，快走！快走！」

她揮著雙手，將林仙兒和阿飛全部都趕了下去，又緩緩坐回燈畔，眼淚已流下了面頰。

低垂著的黃幔外緩緩走出一個人，竟是龍嘯雲。

他瞪著林詩音，嘴角泛起了一絲獰笑，冷冷道：「他們就算到了少林也沒有用的，普天之下，已經沒有任何人能救得了李尋歡了……」

阿飛吃得雖多，並不快，每一口食物進了嘴，他都要經過仔細的咀嚼後再嚥下去。

但他又並不是像李尋歡那樣在慢慢品嘗著食物的滋味，他只是想將食物的養份儘量吸收，讓每一口食物都能在他體內發揮最大的力量。

長久的艱苦生活，已使他養成了一種習慣，也使他知道食物的可貴，在荒野中，每餐飯都可能是最後的一餐。

他吃了一餐飯後，永遠不知道第二餐飯在什麼時候才能吃得到嘴，所以每一口食物他都絕不能浪費。

這客棧並不大，他們不停的走了一天之後，才在這裡歇下，此刻飯舖都已打烊，他們只有在屋子裡吃飯。

林仙兒托著腮，脈脈含情的望著他。

她從未見過一個對食物如此尊敬的人，因為只有知道飢餓可怕的人，才懂得對食物尊敬。

阿飛將盤子裡最後一根肉絲和碗裡最後一粒米都吃乾淨了之後，才放下筷子，發出了一聲滿足的嘆息。

林仙兒嫣然笑道：「吃飽了？」

阿飛道：「太飽了！」

林仙兒笑道：「看你吃飯真有趣，你一餐吃的東西，我三天都吃不完。」

阿飛也笑了，道：「但我可以三天不吃飯，你能不能？」

他笑的時候，是眼睛先笑，然後笑意就緩緩自眼睛裡擴散，最後到達他的嘴，就彷彿冰雪緩緩在溶化。

物。

林仙兒看著他的笑容，似也癡了。

過了很久，她忽然問道：「你忘了一件事。」

阿飛道：「哦？」

林仙兒道：「你的金絲甲還在我這裡。」

她解開包袱，取出了金絲甲，在燈光下看來，這人人垂涎的武林重寶，的確是輝煌燦爛，不可方物。

林仙兒道：「爲了看你的傷勢，我只有替你脫下來，一直忘了還給你。」

阿飛看也沒看一眼，道：「你留著吧！」

林仙兒目中露出歡喜之色，但卻搖頭道：「這是你所得來的東西，你以後也許還會需要它的，怎麼能隨隨便便就送給別人？」

阿飛凝視著她，聲音忽然變得很溫柔，道：「我沒有送給別人，也不會送給別人，我只是送給你。」

林仙兒癡癡的望著他，目光中充滿了感激和欣喜，兩人就這樣無言的互相凝視著，也不知過了多久。

然後林仙兒忽然「嚶嚀」一聲，撲入了他懷裡。

室外的風聲呼嘯，桌上的燭火在跳動，她的胴體是那麼柔軟，那麼溫暖，在不停的輕輕顫抖。

阿飛的心已劇烈的跳動了起來。

他一生中從未領略過，如此溫柔也如此銷魂的滋味。

他也是男人，而且正年輕。

雖然沒有人教過他，但這種事永遠不要別人教的，他緩緩垂下頭，他的嘴唇覆上了她的嘴唇。

她的柔唇如火。

在這一刹那間，天地間所有其他的一切都已變得毫無意義，世間萬物似乎都已焚化，時間似也停頓。

她顫抖著，發出一陣陣呻吟般的喘息。

她顫動的身子引導著他的手。

她的肌膚細緻、光滑、火一般發燙。

她的髮髻已凌亂，長裙已撩起，整個人都似在受著煎熬，她兩條修長的、瑩白的腿已糾纏在一起。

阿飛整個人都似乎已將爆裂。

在朦朧的燈光下，她瑩白光滑的腿上已起了一粒粒寒慄，腿雖然是蜷曲著，纖巧的腳背卻已挺直。

世上只怕再也不會有一種比這更誘人的景象。

她緊緊摟著他的脖子，滾燙的呼吸噴在他耳垂，咬得他靈魂都已崩潰。

汗珠一粒粒流過他的臉，他緊張得直抖——這是他第一次，埋葬了二十年的情慾將在這一瞬間爆發。

他們不知何時已滾到床上。

阿飛本是個最能控制自己的人，但現在卻再也控制不住了，到了這種時候，還有誰家少年能忍得住？

他解開了她的衣服。

她已完全赤裸！

他壓上了她的胸膛，已能感覺到她堅挺的乳房在他胸膛上磨擦，他像是已變成了一隻野獸。

但就在這時，林仙兒忽然推開了他，重重的推開了他，驟然不意，竟被推倒在床下。

他呆住了。

只聽林仙兒顫聲道：「我們不能這樣做……不能這樣做……」

她蜷曲在床上，緊緊抱著棉被，流淚道：「我雖然也忍不住，可是我們現在若……若不能忍耐，以後一定會後悔的……以後你一定會將我看成一個淫蕩的女人。」

阿飛沒有說話，過了很久，才緩緩站起來。

他已完全冷卻。

林仙兒忽也滾到地上，抱住了他的腿，流淚道：「求求你，原諒我，我……我這樣做只是爲了我們以後的日子，我們以後的日子還很長，是麼？」

阿飛咬著嘴唇，終於輕輕嘆了口氣，道：「你這樣做是對的，這是我的錯，我怎會怪你。」

林仙兒道：「我知道你……你現在一定很難受，你現在若一定要，我……我也可以給你，反正我遲早總是你的。」

阿飛撫著她的頭髮，柔聲道：「你可以忍，我為什麼不能忍，我們以後的日子還長著哩！」

林仙兒偷偷的笑了。

因為她知道驕傲而倔強的少年，終於完全被她征服，此後必將永遠臣服在她的腳下。

阿飛抱起了她，輕輕將她放在床上，替她蓋起了被，在他心目中，她已是純潔與美的化身。

她已成為他的神祇。

阿飛已走了。

林仙兒躺在床上，還在偷偷的笑。

能征服一個男人，的確是件很令人愉快的事。

突然間，窗子開了，冷風吹入。

林仙兒坐了起來道：「什麼人？」

她問過這句話，就立刻看到一張臉，臉上發著慘綠色的青光，在夜色中看來就像鬼魅。

夜深人靜，忽然有這樣一個人在窗外出現，就算是膽子很大的男人，只怕也要被嚇得魂不附體。

但林仙兒又躺了下去，既沒有驚呼，也沒有被嚇昏，只是靜靜的瞧著這個人，臉上甚至連一絲驚懼之色都沒有。

這人也在瞧著她，一雙眼睛就像是兩點鬼火。

林仙兒反而笑了，悠然道：「你既然來了，為何不進來？」

話剛說完，這人已到了她床前。

他身材高得可怕，臉很長，脖子也很長，脖子上卻纏著一層白布，使得他全身都僵硬起來，像個僵屍。

但他的動作卻靈活、輕巧，誰也看不出他是如何掠入窗戶的，林仙兒瞧著他的脖子道：「你受了傷？」

這人瞪著眼，卻閉著嘴。

林仙兒道：「是李尋歡傷了你？」

這人臉色變了變，厲聲道：「你怎麼知道？」

林仙兒嘆了口氣，道：「我本來以爲你能殺死他的，誰知反而被他傷了。」

這人臉上的青氣更盛，道：「你怎知我要殺他？」

林仙兒道：「因爲他殺了丘獨，丘獨卻是你的私生子？」

她淡淡一笑，接著道：「你一定又在奇怪我怎會知道這件事的，其實這道理簡單得很，『青魔』伊哭從來不收徒弟，丘獨卻不但傳得了你的武功心法，還得到你一隻青魔手。」

伊哭鬼火般的眼睛盯著她，過了半晌，才一字字道：「我也認得你。」

林仙兒嫣然道：「哦，那可真是榮幸得很。」

伊哭道：「丘獨死的時候，青魔手已經不見了。」

林仙兒道：「的確不見了。」

伊哭道：「他將青魔手送給了你？」

林仙兒道：「好像是的。」

伊哭怒道：「他若未將青魔手送給你，又怎會死在李尋歡手下？」

林仙兒道：「你並未將青魔手送給我，卻也傷在李尋歡手下了，是麼？」

伊哭咬著牙，突然一把揪住了她的頭髮。

林仙兒非但還是不害怕，反而笑得更甜了，柔聲道：「就算他爲我而死，也是他自己心甘情願的，因爲他認爲很值得。」

燭火在她臉上閃動著，她的笑靨就像是薔薇正在開放。

伊哭盯著她的臉，嘴角露出一絲獰笑，道：「我倒要看看你是否值得？」

他突然將她身上的棉被掀了起來。

她赤裸的身子蜷曲著，就像是一隻白玉。

伊哭的喉結上下滾動著，喉嚨似已發乾。

林仙兒媚笑道：「你看我値得麼？」

伊哭將她的頭髮纏在手上，愈纏愈緊，彷彿要將她頭髮全部拔下來，林仙兒雖已疼出了眼淚，但水汪汪的眼睛裡卻露出了一種興奮的渴求之色，瞇著眼瞧著伊哭，呻吟著喘息道：「你爲什麼只敢抓我的頭髮？難道我身上有刺？」

這樣的眼神、這樣的話，有那個男人能受得了？

伊哭突然反手一掌摑在她臉上，接著，就緊緊抓住了她的肩頭，用力擰著她的身子……

林仙兒身子突然顫抖了起來，卻不是痛苦的顫抖，而是興奮的顫抖，她的臉又變得滾燙。

伊哭一拳打在她小肚上，嘎聲道：「賤貨，原來你喜歡挨打。」

林仙兒被打得全身都縮成一團，呻吟著：「你打，你再打，你打死我吧……」

她的聲音裡竟也沒有痛苦之意，卻充滿了渴望。

伊哭道：「你不怕我？」

林仙兒顫聲道：「我爲什麼要怕你？你雖然醜得可怕，但卻還是男人。」

伊哭一把將她整個都拎了起來，重重摜在地上，再拎起她的頭髮，林仙兒反而緊緊的抱住了他，喘著氣道：「我不怕你，我喜歡你，漂亮的男人已見得太多了，我就喜歡醜的男人。你……你還等什麼？」

伊哭沒有再等。

任何男人都不會再等了。

廿一 以友為榮

屋子裡只剩下喘息聲。

伊哭正站在床邊穿衣裳，他俯視著床上的林仙兒，面上帶著那種唯有征服者才有的驕傲和滿足。

過了很久，林仙兒忽然望著他嫣然一笑，道：「現在你總該知道我是不是值得的？」

伊哭道：「我真該殺了你的，否則還不知有多少人要死在你手上。」

林仙兒道：「你本是來殺我的。」

伊哭道：「哼。」

林仙兒媚笑道：「你下得了手？」

伊哭又盯了她半晌，忽然問道：「跟你一起來的那小伙子是誰？」

林仙兒笑道：「你爲什麼要問他，是吃醋？還是害怕？」

伊哭冷冷笑著，拒絕回答。

林仙兒眼波流動，道：「他是個乖孩子，不像你這麼壞，早就遠遠找了間屋子去睡覺了，他若在附近能聽到聲音的地方，怎會讓你如此欺負我。」

伊哭冷笑道：「他聽不到，是他的運氣。」

林仙兒道：「哦？你難道還想殺了他？」

伊哭道：「哼。」

林仙兒笑道：「你殺不了他的，他的武功很高，而且是李尋歡的朋友，我也很喜歡他。」

伊哭面色立刻變了。

林仙兒眼珠一轉，又笑道：「他就住在前面那排屋子最後一間，你敢去找他麼？」

話未說完，伊哭已竄了出去。

林仙兒道：「小心些呀，你的咽喉上若再挨一劍，那就糟了。」

她吃吃的笑著，鑽進了被窩，開心得就像是一個剛偷了糖吃，卻沒有被大人發覺的孩子。

比征服一個男人更愉快的事，那就是在同一天晚上征服兩個男人，再讓他們去互相殘殺。

「他們究竟誰強些呢？」

想到伊哭的青魔手將阿飛頭顱擊破時的情況，她眼睛就發了光，想到阿飛的劍劃入伊哭咽喉時的情況，她全身都興奮得發抖。

想著想著，她居然睡著了，睡著了還是在笑，笑得很甜，因為無論誰殺死誰，她都很愉快。

今天晚上，她已很滿足了。

床很柔軟，被單也很乾淨，但阿飛卻偏偏睡不著，他從未失眠，從不知道失眠的滋味竟如此可怕。

以前他只要累了，就算躺在雪地上都睡得著的，今天他雖然很累，但翻來覆去，總是想著林仙兒。

想起了林仙兒，他心裡就覺得甜絲絲的，卻又有些自責自愧，覺得自己實在冒犯了她。

他發誓今後一定要對她更尊敬，因爲她不但美麗，而且可愛；不但可愛，而且又純潔、又高貴。能遇到這樣的女孩子，他覺得自己實在很幸運。

也不知過了多久，他終於迷迷糊糊的睡著了，但突然間，他也不知爲什麼，竟從床上跳了起來。

大多數野獸一嗅到警兆時就會突然驚醒。

他剛將劍插入腰帶，窗子已開了。

他看到一雙比鬼還可怕的眼睛正在瞪著他。

伊哭道：「你和林仙兒一起來的？」

阿飛道：「是。」

伊哭道：「好，你出來。」

窗外就是牆，牆和窗中間，只有條三尺多寬的空隙，阿飛和伊哭就面對面的站在那裡。

阿飛沒有說話，他不喜歡說話，從來不肯先開口。

伊哭道：「我要殺你。」

他也不喜歡說話，只說了四個字。

阿飛又沉默了很久，才淡淡道：「今天我卻不願殺人，你走吧。」

伊哭道：「今天我也不想殺人，只想殺你。」

阿飛道：「哦？」

伊哭道：「你不該和林仙兒一起來的。」

阿飛目中突然射出了刀一般銳利的光，道：「你若再叫她的名字，我只得殺你了。」

伊哭獰笑道：「爲什麼？」

阿飛道：「因爲你不配。」

伊哭格格的笑了起來，道：「我不但要叫她的名字，還要跟她睡覺，你又能怎樣！」

阿飛的臉突然燃燒了起來。

他原是個很冷靜的人，從來也沒有如此憤怒過。

他的手已因憤怒而發抖。

一隻發抖的手是拿不穩劍的，但他卻已忘了，怒火已燒光了他的理智，他狂怒之下，劍已劃出。

青魔手也已揮出！

只聽「叮」的一聲，劍已折斷。

伊哭狂笑道：「這樣的武功，也配和我動手，林仙兒還說你武功不錯。」

狂笑聲中，青魔手已攻出了十餘招。

這件兵器的確有它不可思議的威力，它看來很笨重，其實卻很靈巧，使出的招式更是怪異絕倫！

阿飛幾乎已連招架都無法招架了，他手上已只剩下四寸長的一截斷劍，只能以變化迅速的步法勉強閃避。

伊哭獰笑道：「你若肯老老實實的回答我兩句話，我就饒了你。」

阿飛咬著牙，鼻子上已沁出了汗珠。

伊哭道：「我問你，林仙兒是不是常常陪人睡覺的，她和你睡過覺沒有？」

阿飛狂吼一聲，手中利劍又刺出。

又是「叮」的一聲，連這半截利劍都已被毒魔手震得飛了出去，他的人也已被震得跌倒。

伊哭的青魔手已雷電般擊下，阿飛連站起來的機會都沒有，只有在地上打滾，避開幾招，已顯得力拙。

青魔手的壓力實在太大，大得可怕。

伊哭獰笑道：「說呀，說出我問你的話，我就饒你不死。」

阿飛道：「好，我說！」

伊哭的大笑聲剛發出，出手稍慢，突有劍光一閃。

伊哭平生從未見過如此快的劍光。等他看到這劍光時，劍已刺入了他的咽喉，他喉嚨裡「格格」作響，面上充滿了驚懼和懷疑不信之色。

他臨死還不知道這一劍是那裡來的？

他死也不相信這少年能刺得出如此快的一劍！

阿飛用兩根手指挾著方才被震斷的半截劍尖，將劍尖一寸寸的自伊哭的咽喉裡拔出來。

伊哭面上每一根肌肉都起了痙攣。

阿飛的目光如寒冰，瞪著他一字字道：「誰侮辱她，誰就得死。」

伊哭的喉嚨裡還在「格格」的響，連眉毛和眼睛都扭曲起來，因爲他想笑，這笑容卻太可怕。

他想笑，還想告訴阿飛：「你遲早也要死在她手上的。」

只可惜他這句話永遠都說不出來了。

林仙兒一醒，就看到窗紙有個人影，在窗外走來走去，她知道這人一定是阿飛，雖想進來，卻不敢吵醒她。

若是伊哭就不會在窗外了。

林仙兒看著窗上的人影，心裡覺得很愉快。

伊哭雖然是一個很奇特的男人，而且很有名，這種男人對她來說，自然也很新奇，很夠刺激。

但阿飛卻無疑更有趣得多。

她愉快的躺在床上，讓阿飛在窗外又等了很久，才輕喚道：「外面是小飛嗎？」

「小飛」，這名字是多麼親切。

阿飛的人影停在窗口，道：「是我。」

林仙兒道：「你爲何不進來？」

阿飛輕輕一推，門就開了，皺眉道：「你沒有栓門？」

林仙兒咬著嘴唇笑了笑，道：「我忘了……我什麼都忘了。」

阿飛忽然趕到床前，盯著她的臉，她的臉有些發青，也有些發腫，阿飛的臉色也變了，急急道：「你……你出了事？」

林仙兒嫣然道：「我若沒有睡好，臉就會腫的……昨天晚上我一直翻來覆去的睡不著……」

她的臉似又紅了，「嚶嚀」一聲，用被蓋住了頭，嬌笑道：「你爲什麼這樣盯著人家看？我就是睡不著嘛，你……你……你又想到什麼地方去了？」

阿飛又癡了，他的心已溶化。

林仙兒道：「你呢？你睡得好麼？」

阿飛道：「我也沒有睡好，有條瘋狗一直在我窗子外亂叫。」

林仙兒眨了眨眼睛，道：「瘋狗？」

阿飛道：「嘿，我已宰了牠，將牠拋在河裡了。」

突聽外面傳入了一陣「叮叮噹噹」的敲打聲，阿飛將窗子支開一些，就看到店伙正在院子裡敲著水壺，大聲道：「各位客官們，你們可想知道江湖中最轟動的消息，武林中最近發生的大事麼？那麼就請到飯廳，由南邊來的孫老先生準午時開講，保證既新鮮又緊張，各位還可以一邊吃著飯喝著酒。」

阿飛放下窗子，搖了搖頭。

林仙兒道：「你不想去聽？」

阿飛道：「不想。」

林仙兒眼珠子一轉，嫣然道：「我倒想去聽聽，何況，我們總是要吃飯的。」

阿飛笑了笑，道：「看來這伙計拉生意的法子倒真用對了。」

林仙兒掀開棉被，想坐起來，突又「嚶嚀」一聲，縮了回去，紅著臉，咬著嘴唇，垂頭道：「你壞死了……還不快把衣服拿給我。」

阿飛的臉也紅了，一顆心「砰砰」的跳個不停。

林仙兒吃吃笑道：「轉過去，可不准偷看。」

阿飛面對著牆壁，心似已將跳出腔子。

飯廳裡已快坐滿了，江湖中的事永遠充滿了刺激，無論誰都想聽聽的，每個人心裡多少總有些積鬱。

聽著這些江湖豪傑、武林奇俠的故事，不知不覺就會將自己和故事中的人物溶為一體，心頭的積鬱也就在不知不覺中發洩了。

靠窗的桌子上，坐著個穿著藍布長衫的老者，白髮蒼蒼，正閉著眼睛在那裡抽著旱煙。

他身旁邊有個很年輕的大姑娘，梳著兩條大辮子，一雙大眼睛又黑又亮，眼波一轉，就彷彿可以勾去男人的魂魄。

阿飛和林仙兒一走進來，每個人的眼睛都發了直，這位辮子姑娘的大眼睛正不停的在他們身上轉。

林仙兒也在盯著這大姑娘，忽然抿嘴一笑，悄悄道：「你看她那雙眼睛，我倒真得小心點，莫讓她把你勾了去。」

他們剛要了幾樣菜和兩張餅，那藍衫老人就咳嗽了幾聲，將旱煙袋在桌子上一敲，道：「紅兒，時候到了麼？」

辮子姑娘道：「是時候了。」

老人這才張開眼來，他的人雖然又老又乾，但一雙眼睛卻很年輕，目光一轉，每個人都覺得他眼睛正在瞪著自己。

林仙兒悄悄笑道：「看來這位孫老先生倒不像是跑江湖、騙飯吃的混混。」

意。

她說話的聲音雖很輕，但這孫先生似乎還是聽到了，目光在她臉上一掃，嘴角彷彿露出一絲笑

那辮子姑娘已捧了碗茶過來，老人掀起茶碗蓋子，吹著碗裡的茶葉，啜了幾口茶，忽然道：「梅花盜無惡不作，探花郎仗義疏財。」

他目光又一掃，道：「各位可知道我說的這兩人是誰麼？」

辮子姑娘自然知道他並不是真的在問人家，只不過要找個人將話頭接下去而已，當下將兩條大辮子甩了甩，搖頭道：「這兩人是誰呀？好像沒有聽說過。」

孫老先生笑了笑道：「那你就真是孤陋寡聞了，提起這兩人，當真是大大有名，『梅花盜』數十年，只出現過兩次，但兩河綠林道中，千百條好漢所做的案子，加起來也沒有他一個人多。」

辮子姑娘吐了吐舌頭，憨笑著道：「好厲害……但那位探花郎又是誰呢？」

孫老先生道：「此人乃是位世家公子，歷代纓鼎，可說是顯赫已極，三代中就中過七次進士，只可惜沒中過狀元，到了李探花這一代，膝下的兩位少爺更是天資絕頂，才氣縱橫，他老人家將希望全都寄託在這兩位公子身上，只望他們能中個狀元，來彌補自己的缺陷……」

辮子姑娘笑道：「探花就已經不錯了，為何一定要中狀元呢？」

孫老先生道：「誰知大李公子一考，又是個探花，父子兩人都鬱鬱不歡，只望小李公子能爭氣，誰知命不由人，這位小李公子雖然驚才絕艷，但一考之下，也是個探花，老探花失望之下，沒過兩年就去世了，接著，大李探花也得了不治之症，這位小李探花心灰意冷，索性辭去了官職，在家裡疏財結客，他的慷慨與豪爽，就算孟嘗復生、信陵再世，只怕也比不上他。」

他一口氣說到這裡，又啜了幾口茶。

阿飛早已聽得血脈賁張，興奮已極，有人在誇讚李尋歡，他聽了真比誇獎自己還要高興。

只聽孫老先生接著又道：「這位探花郎不但才高八斗，而且還是位文武全才，幼年就經異人傳授了他一身驚世駭俗的絕頂功夫。」

辮子姑娘道：「爺爺今天要說的，就是他們兩人的故事麼？」

孫老先生道：「不錯。」

辮子姑娘拍手笑道：「那一定好聽極了，只不過……只不過堂堂的探花郎，又怎會和聲名狼藉的梅花盜牽涉到一起了呢？」

孫老先生道：「這其中自有道理。」

辮子姑娘道：「什麼道理？」

孫老先生道：「只因梅花盜就是探花郎，探花郎就是梅花盜。」

阿飛只覺一陣怒氣上湧，忍不住就要發作，辮子姑娘卻已搖頭道：「這位李探花既然不惜散盡萬金家財，想必是個視金錢如糞土的人，又怎會忽然變成了打家劫舍、貪財好色的梅花盜？我不信。」

孫老先生道：「莫說你不信，我也不信，所以特地去打聽了很久。」

辮子姑娘笑道：「若論打聽消息，誰也沒有你老人家拿手，其中的詳情，你老人家想必一定打聽出來了。」

孫老先生也笑了笑，道：「自然打聽出來了，這其中的詳情，實在是曲折複雜、詭譎離奇，而且緊刺激，精采絕倫……」

說到這裡他忽然停住，又閉上眼睛打起瞌睡來。

辮子姑娘似乎很著急，連連道：「你老人家怎麼不說了呀？」

孫老先生抽了口旱煙，又將煙慢慢的往鼻孔裡噴出來。

辮子姑娘撇嘴，道：「剛說到好聽的地方，就不說了，豈非是吊人的胃口。」

她忽然一拍巴掌，笑道：「我明白了，你老人家原來是想喝酒。」

這下子不但她明白了，別人也都明白了，紛紛笑著掏腰包、摸銀子，那店伙早已拿著個盤子在旁邊等著收錢了。

孫老先生這才打了哈欠，接著說下去道：「事情開始，是發生在興雲莊。」

辮子姑娘道：「興雲莊？那莫不是龍嘯雲龍四爺住的地方麼？聽說那裡氣象恢宏、宅第連雲，庭園林木之勝，更冠於兩河，是個好地方。」

孫老先生道：「不錯，但這好地方卻本是李尋歡送給他的，只因這兩人乃是生死八拜之交，而且龍夫人還是李探花的姑表至親……」

這祖孫兩人一搭一檔，居然將前些天在興雲莊發生的事情說得八九不離十，說到李尋歡如何誤傷龍小雲，如何中伏被擒，大家都不禁扼腕嘆息，說到林仙兒如何半夜被劫，少年阿飛的劍如何快，如何出手救了她時，孫老先生一雙炯炯有光的眼睛，也不知是有意？還是無意的，竟一直望著阿飛和林仙兒，辮子姑娘的一雙大眼睛，也不住往他們這邊瞟。

阿飛面上雖不動聲色，心裡卻在暗暗思疑：「他莫非早已知道我們是誰？這故事莫非就是說給我們聽的？」

只聽辮子姑娘道：「如此說來，梅花盜莫非已死在那位……『飛劍客』手上麼？」

孫老先生道：「但趙大爺、田七爺，卻認爲他殺的不是梅花盜，李尋歡才是真的梅花盜。」

辮子姑娘道：「那麼究竟誰才是真的梅花盜呢？」

孫老先生嘆道：「誰也沒有見過真的梅花盜，誰也不知道那個是真？那個是假，但趙大爺、田大爺身分不同，一言九鼎，他們老說李尋歡是梅花盜，那別人也只好說李尋歡是梅花盜了，於是心眉大師就要將他押回少林寺。」

他又抽了口煙，徐徐接著道：「誰知到少林寺時，卻變成是李探花將心眉大師送回去的了。」

這句話說出來，連林仙兒都吃了一驚，阿飛更是大感意外，兩人都猜不出路上發生了什麼事？

幸好辮子姑娘已替他們問了出來。

孫老先生道：「原來押送他的心眉大師、田七和四位少林弟子都在半路上遭了苗疆極樂峒主的毒手，心眉大師中毒後才釋放了李尋歡，李尋歡見他中毒已深，只有少林寺中還可能有解藥，是以就將他護送回去。」

辮子姑娘一挑大拇指，讚道：「這位李探花可真是位大英雄、大豪傑，若是換了別人，在這種情況下早已不顧而去了，怎肯救他。」

孫老先生道：「話雖不錯，只可惜少林僧人們非但不感激他，還要殺他。」

辮子姑娘訝然道：「爲什麼？」

孫老先生笑道：「因爲這些話都是李探花自己說出來的，少林僧人們對他說的話，連一個字都不相信。」

辮子姑娘道：「可是……可是那心眉大師總該爲他證實才是。」

孫老先生長笑道：「只可惜心眉大師一回到少林後，就已圓寂了，除了心眉大師外，世上再也沒有第二個人知道這件事的真相。」

說到這裡，四座都不禁發出了嘆息之聲。

阿飛的胸膛更似已將爆裂，忍不住問道：「那位李探花莫非已遭了少林寺的毒手？」

孫老先生瞟了他一眼，目中似有笑意，緩緩道：「少林寺雖然領袖武林，門下弟子更無一不是絕頂高手，但若想殺死李探花，卻亦非易事。」

辮子姑娘也瞟了阿飛一眼，道：「但雙拳難對四手，好漢架不住人多，李探花就算天下無敵，又怎能擋得住少林寺的八百弟子？」

孫老先生道：「少林寺縱有八百弟子，無數好手，卻又有誰敢搶先出手？又有誰敢去接小李探花的第一刀？」

辮子姑娘聽得眉飛色舞，拍手道：「不錯，小李神刀，例不虛發，少林寺縱有八百弟子，也一定傷不了他的，他現在只怕早已走了。」

孫老先生道：「他也沒有走。」

辮子姑娘似乎楞了楞，道：「爲什麼？」

孫老先生笑道：「少林弟子雖然無法傷他，但他也無法殺出少林弟子的包圍，此刻是非未明，真象未白，他也不能走。」

辮子姑娘道：「他既不能走，也不能打，那怎麼辦呢？」

孫老先生道：「他身在八百弟子的包圍之中，飛刀若一出手，就必死無疑，只因少林弟子怕的就是他手中之刀，而他的飛刀再強，卻也殺不盡八百弟子。」

辮子姑娘道：「但這樣耗下去也不行呀！一個人總有支持不住的時候。」

這也正是阿飛心裡焦慮之處，他自己若是置身在李尋歡同樣的情況中，實不知該如何是好。

只聽孫老先生道：「當時他們說話之處就在心眉大師圓寂的禪房外，雙方說僵了，李探花就乘機衝入了那禪房中。」

辮子姑娘失聲道：「這麼一來，他豈非自己將自己困死了？」

孫老先生道：「少林弟子正也因爲未想到他不向外面衝，反而自入絕路，所以才會被他衝入禪房去，後悔已來不及了。」

辮子姑娘道：「後悔？李尋歡既已自入絕路，他們爲何還要後悔？」

孫老先生接道：「禪房中不但有心眉大師的遺蛻，還有一部少林寺內珍藏的經典，他們投鼠忌器，更不敢衝進去動手了。」

辮子姑娘道：「但他們老在外面將這禪房圍住，用不了幾天，小李探花豈非就要被餓死，渴死了！」

孫老先生道：「少林弟子想必也是打這個主意，怎奈他們的五師叔心樹還留在那禪房，而且又被李探花制住，他們難道能將他們的五師叔也一起餓死麼？」

辮子姑娘道：「當然不能。」

孫老先生道：「所以他們只有將食物和水送進去，心樹餓不死，李探花自然也餓不死了。」

辮子姑娘拍手笑道：「少林寺號稱武林聖地，數百年來，誰也不敢妄越雷池一步，但李探花單槍匹馬一個人，就將少林寺鬧得人仰馬翻，少林八百弟子非但拿他無可奈何，還得每天請他吃喝，還生怕送去的東西不中他的意……」

她吃吃笑道：「這位李探花可真是位了不起的人物，這故事真好聽極了。」

聽到這裡，阿飛已是熱血沸騰，不能自主，只恨不得能跳起來告訴別人：「李尋歡是我的朋友、好朋友……」

無論誰有了李尋歡這種朋友，都值得驕傲的。

但那孫老先生卻又長長嘆息了一聲，道：「不錯，李探花的確是位了不起的英雄豪傑，可惜這位大英雄遲早還是免不了要埋骨少林寺的。」

辮子姑娘道：「爲什麼？」

孫老先生有意無意間又瞟了阿飛一眼，道：「除非有人能證明李尋歡不是梅花盜，能證明心眉大師的確是被五毒童子所害，否則少林弟子就絕不會放他走！」

辮子姑娘道：「有誰能爲他證明呢？」

孫老先生默然半晌，長嘆道：「普天之下，只怕連一個人都沒有！」

廿二　梅花又現

午飯的時候已過，故事也說完了，人已漸漸散去，走的時候，大家都在紛紛議論，甚至在為李尋歡惋惜。

雖然離戌時還早，但天色已漸漸陰暗下來，飯堂中只剩下兩桌人——孫老先生還在那裡啜著酒，抽著旱煙，他的孫女在一旁低著頭吃麵，她吃麵的法子很有趣，先將麵條細捲在筷子上，再送進嘴裡。

林仙兒含情脈脈的凝視著阿飛，阿飛卻在沉思，他們桌上的飯菜都幾乎沒有動過，上面已結了一層白白的油，就像是水。

也不知過了多久，那辮子姑娘突然放下筷子，道：「爺爺，你老人家看那李探花是不是被冤枉的？」

孫老先生吁出口氣，道：「我就算知道他是冤枉的，又有什麼用？」

辮子姑娘道：「但他的朋友呢？難道也沒有一個人肯去救他？」

孫老先生嘆息了一聲，道：「他若被困在別的地方，也許還有人會去救他，但他被困在少林寺，天下只怕沒有一個人能救得了他……」

辮子姑娘道：「那麼……那麼這樣一位大英雄，難道就要被活活困死不成？」

孫老先生沉默了很久，緩緩道：「法子倒是有一個，只不過希望很渺茫而已。」

聽了這句話，阿飛的眼睛突然亮了。

辮子姑娘已問道：「什麼法子？」

孫老先生的目光又往阿飛那邊一掃，緩緩道：「除非那真的梅花盜還沒有死，又忽然出現了，自然就可證明李尋歡並不是梅花盜，他若非梅花盜，自然也就沒有害死心眉大師的理由了。」

辮子姑娘嘆了口氣道：「這希望實在渺茫得很，那真的梅花盜就算沒有死，也一定早就躲起來了，好教李尋歡做他的替死鬼。」

孫老先生忽然將旱煙袋在桌上一敲，道：「你的麵吃光了麼？」

辮子姑娘道：「我本來餓得很，可是聽了這件事，再也吃不下了。」

孫老先生道：「吃不下就走吧，反正我們就算在這裡坐一輩子，也救不了李探花的。」

辮子姑娘走到門口，忽又回頭瞟了阿飛一眼，嘴裡似乎在說：「你若一直坐在這裡，又怎能救得了他？」

林仙兒目送著他們走出了門，才冷笑一聲，道：「你看這一老一少兩個人是什麼來路？」

阿飛漫應道：「什麼來路？」

林仙兒道：「這老頭子目中神光充足，顯然內功不弱，那小姑娘腳步輕靈、動作靈快，輕功也絕不會在我之下。」

阿飛道：「哦！」

林仙兒道：「依我看，這兩人絕不會是走江湖、說書的，必定另有圖謀。」

阿飛道：「什麼圖謀？」

林仙兒道：「他故意將這件事說給你聽，說不定就是要你去送死。」

阿飛道：「送死？」

林仙兒嘆息了一聲，幽幽道：「你既知道李尋歡被困在少林，自然就會不顧一切趕去救他，但你一個人去怎會是少林寺八百弟子的對手？」

阿飛沉默著，沒有開口。

林仙兒道：「何況，他們說的也許全都是假話，爲的就是要你去上當。」

她握住了阿飛的手，柔聲道：「就算他們說的不假，李尋歡現在也不會有什麼危險，你若去了，反而會令他分心，少林弟子若是以你來要脅他，他也一定會不顧一切出來救你的，那麼你非但不是去救他，反而是去害他了。」

阿飛沉默了很久，長嘆道：「不錯，你考慮得的確比我周到。」

林仙兒道：「你答應我絕不去少林寺冒險？」

阿飛道：「好！」

他居然答應得如此痛快，林仙兒反而有些懷疑了。

兩人默默的走回屋子，大家都是心事重重，林仙兒剛倒了杯茶，想去送給他，突聽阿飛道：「我既然不去少林寺了，你還是回去吧。」

林仙兒道：「你呢？」

阿飛道：「我……我想到別處去走走。」

林仙兒的手忽然一顫，將一杯茶全灑在身上，失聲道：「你莫非想去假冒梅花盜？」

阿飛抬起頭，凝視著她，良久良久，才長長嘆息了一聲道：「是。」

林仙兒咬著嘴唇道：「你已打定了主意？」

阿飛道：「是！」

這兩個「是」字說得截釘斷鐵，絕無挽回的餘地。

林仙兒幽幽道：「那麼……你為什麼還要叫我回去？」

阿飛道：「這是我自己的事。」

林仙兒垂下頭道：「你的事，就是我的事。」

阿飛道：「但李尋歡並不是你的朋友。」

林仙兒道：「你的朋友，就是我的朋友。」

阿飛面上露出了感激之色，卻說不出話來。

林仙兒道：「你對朋友既然如此夠義氣，我為什麼就不能呢？我雖然沒有什麼用，可是，兩個人在一齊，遇到事至少總可以商量商量，總比一個人好。」

阿飛忽然握住她的手，雖然還是說不出話來，但他的眼睛、他的表情，已替他說出來了。

這無聲的言語，比有聲的更動人得多。

林仙兒嫣然一笑，忽又皺眉道：「你若要假冒梅花盜，就得先找幾個對象下手才是。」

阿飛道：「嗯。」

林兒仙道：「我們總不能去找無辜的人，是嗎？」

阿飛道：「我要找的對象，自然是那些為富不仁的惡霸、坐地分贓的強盜。」

林仙兒眼珠子一轉，道：「我聽說，附近就有這麼樣的一個人。」

阿飛道：「誰？」

林仙兒道：「此人早年是個綠林巨盜，五十歲以後才金盆洗手，但暗中還是做些不清不白的事。」

阿飛道：「你可道他的名字？」

林仙兒想了想道：「聽說他本來是叫張勝奇，現在卻叫張員外，張大善人了。」

阿飛皺眉道：「大善人？」

林仙兒笑了笑，道：「他搶了十萬兩銀子，就用一百兩去修橋鋪路，晚上殺了一百個人，白天卻來施粥贈藥……一個強盜若是想做善人，比任何人都容易多了。」

張勝奇躺在貴妃榻上，若有所思的望著面前一盆熊熊的爐火，慢慢的啜著一碗用文火燉成的燕窩粥。

外面又下雪了，屋子裡卻溫暖如春，屋角的一盆水仙花開得正好，一隻胖胖的小花貓正躺在花架下打瞌睡。

張勝奇伸了個懶腰，喃喃道：「今年春天來得好早……」

今天他曾經冒著風雪走了幾里路，去替一個被騾子踢傷的佃戶看病，現在他雖然覺得很疲倦，心情卻好得很，剛做過好事的人心情總不會壞的，何況，就在他去爲人看病的時候，他的三姨太又替他養了個胖寶寶。

瑞雪兆豐年，明年的收成也一定不錯。

張勝奇拿起小丫頭捧過來的水煙袋，「咕嚕咕嚕」吸了幾口，水煙的滋味也不錯，他心裡滿意極了。

他閉起眼睛，剛想小睡片刻，養養精神，突聽那小丫頭一聲驚呼，「噹」的燕窩碗摔得粉碎。

他大驚之下，張開眼睛，一個黑衣人已幽靈般忽然出現在他眼前，誰也不知道他是從那裡來的。

張勝奇雖洗手多年，武功卻沒有擱下，厲聲道：「好個不開眼的小賊，竟敢來太歲頭上動土！」

喝聲中，他已抄起花架，向這黑衣人當頭摔下！

但就在這時，突見寒光一閃。

張勝奇根本沒有看出對方是如何出手的，甚至沒有看清對方手裡拿著的兵刃是何模樣。

他只覺心口突然一涼，已多了五點血花！

梅花盜又出現了！

茶館裡，酒樓上，很多人都在竊竊私議。

難道殺死張勝奇的才是真的梅花盜？

他下一個對象會是誰？

有財有勢的人，晚上又睡不著覺了。

黃昏，古剎中傳出了一聲清悅悠揚的鐘聲，嚴肅而冷淡的少林僧人，一個個垂首走入了莊嚴的佛殿。

他們的腳步似乎比平時還要輕，只因這些天以來，少林寺中每個人的心情都分外沉重。

了。

但梵唱之聲還是和往昔一樣，近山的人家，聽得這鐘聲梵唱，就知道少林弟子晚課的時候又到

嵩山之險，寒意更重，滿山冰雪中，正有一個人急行上山，正是少林門下的俗家弟子「南陽大俠蕭靜」。

他和駐守後山的同門師兄弟們匆匆說了幾句話，就逕入後院，方丈室內靜寂無聲，只有一縷香煙淡淡的自窗戶中飄出來，嫋娜四散。

蕭靜的腳步也很輕，落地無聲，但他剛踏入後院，方丈室內就響起了心湖大師沉重的語聲，道：「什麼人？」

蕭靜在門外遠遠停下，躬身道：「弟子蕭靜，特來有要事稟報。」

方丈室中只有三個人，心湖、心鑑和百曉生。

他們的臉色都很難看，顯見得心情很不好。

蕭靜不敢多說廢話，一走進去，立刻躬身道：「江湖上傳說梅花盜又出現了！」

心鑑、百曉生同時變色道：「梅花盜？」

蕭靜道：「三天之前，久已洗手歸隱的獨行盜張勝奇忽然被殺，家裡的珍寶也被洗劫一空，致命的傷痕是五點血跡，狀如梅花。」

心鑑、百曉生對望一眼，臉上已全無血色。

心湖大師沉默著，就彷彿大雄寶殿中的佛像，但他那隻捏著佛珠的手，似乎已有些顫抖。

也不知過了多久，他才長嘆了一聲，道：「梅花盜既然又再出現，李尋歡說的那番話也許就不是

假的，也許是我們冤枉了他。」

百曉生望著心鑑，沒有開口。

心鑑緩緩踱到窗口，望著窗外的積雪，緩緩道：「也許這反而更證明了李尋歡就是梅花盜！」

心湖大師道：「此話怎講？」

心鑑道：「我若是梅花盜，知道已有人做了我的替死鬼，一定會暫時避避鋒頭，否則豈非反而等於救了李尋歡？」

百曉生這才點頭道：「不錯，梅花盜此番出現，無異是在為李尋歡洗刷冤名，我若是梅花盜，也萬萬不會做這事的。」

心湖大師沉吟著，緩緩道：「那麼，你們的意見是——」

心鑑道：「殺張勝奇的人，一定是李尋歡的同黨，他假冒梅花盜之名出手，為的就是要幫李尋歡脫罪。」

百曉生道：「李尋歡若真的不是梅花盜，他的同黨也就不必這麼做了。」

心湖大師也站了起來，在方丈室中踱了幾個圈子，忽然駐足道：「今日在菩提院當值的是誰？」

心鑑道：「是二師兄座下的一茵和一塵。」

心湖大師道：「傳他們進來。」

他負手站在牆角，望著銅爐中升起的香煙，似已出神，聽到一茵和一塵走進來的腳步聲，他也沒有回頭，只是問道：「五師叔的晚膳你們已送去了麼？」

一茵道：「送去了，可是……可是……」

心湖大師道：「可是怎樣？」

一茵垂首道：「弟子們按照前兩天的規矩，還是將膳食放在門口，份量也和昨天的一樣，比平時膳食加了一倍，還有一盆清水。」

一塵接著道：「食盤是弟子親自放到門口的，因爲弟子想趁機看看屋子裡的動靜，誰知弟子剛走到門口，就聽得李尋歡叫我快走，弟子也不敢停留，走出幾步後，就瞧見李尋歡的手自門縫裡伸出來，將食盤取去，誰知……誰知過了半晌，他又將一盤膳食全都抛了出來。」

心湖大師道：「爲什麼？」

一塵吶吶道：「他嫌菜不好，又沒有酒，所以不肯吃。」

心湖大師霍然回過頭，滿面俱是怒容，厲聲道：「他當這是什麼地方？飯館嗎？」

一茵和一塵剃度已有十餘年，還從來沒有見到他們的掌門人動過真怒，兩人齊低下了頭，不敢抬起。

過了很久，心湖大師的臉色才漸漸平息，又轉過頭去，望著爐香沉默了很久，緩緩道：「他說要吃什麼？」

一茵道：「他……他……他居然寫了張菜單，自裡面抛出來，叫弟子們照著菜單子做，還說只要做錯一樣，他就原封退回。」

他臉色也說不出有多尷尬，顯見他當時聽了李尋歡這番話、看到那張菜單時，必定哭笑不得。

心湖大師道：「將他的菜單拿來瞧瞧。」

只見一張素箋上，寫著好一筆「靈飛經」，寫的是：

「紅燜冬筍，
漢羅齋，
髮菜花菇，
翡翠菜心，
筍尖冬菇豆腐羹。」

四菜一湯之外，他居然還要三斤上好的竹葉青，堂堂的少林寺，好像真被他當成京城的素菜館子了。

無論誰看了這張菜單都免不了要哭笑不得，勃然大怒，誰知心湖大師卻只是淡淡地道：「你們就照這張單子做給他吧。」

心鑑搶先一步，嗄聲道：「師兄你……你怎能……」

心湖大師揮手打斷了他的話，黯然道：「李尋歡若不肯吃，五師弟豈非也要陪著他挨餓，他身子一向單薄，近年來更是一直纏綿病榻，我們豈能讓他再受難折磨？」

心鑑垂下了頭，道：「可是……可是我們這樣做，那李尋歡豈非更得意了麼？」

心湖大師目光閃動，一字字道：「我心中已有了打算，就讓他多得意兩天又有何妨？」

阿飛仰臥在床上，以手爲枕呆呆的望著屋頂。

幾乎已有兩個時辰，他就這樣躺著，就這樣瞧著，動也沒有動，他整個人似乎都已變成了一塊石頭。

「不動」，也是特別的本事，那一定要有超人的忍耐力，也許有很多人能不停的動兩個時辰，但在兩個時辰中能完全不動的人，世上只怕還沒有幾個，在荒野中這種本事尤其有用，也曾經不止一次救過阿飛的命。

荒野中生活的艱苦，的確不是生活在紅塵中的人所能想像的，他有時接連幾天都找不到食物，也找不到水。

他只有等待，只有忍耐，只有「不動」。

因爲「不動」可以節省體力，有了體力才有食物，他才能活下去，和大自然的奮鬥是永無休止的。

有幾次甚至連最機警狡猾的野兔都認爲他只不過是塊石頭，那時他已餓得連跳躍的力氣都沒有了，若不是這隻野兔自己投入了他掌握中，他只怕已餓死，連狐狸都捕捉不到的時候，野兔居然會自投羅網，這在荒野中簡直是神話，若有人能說給野兔聽，連牠們自己都不會相信。

還有一次接連半個月的暴風雪，那時他還只有十歲，又餓了兩天，卻在這時候遇到了一頭熊。

他已全無抵抗之力，幸好熊是不吃死人的，他就躺下來裝死，誰知他遇見的卻是條老奸巨猾的熊，而且也快餓瘋了，竟一直不走，還不住用鼻子去嗅，用腳爪去抓，甚至用牙齒去咬。

他居然全都忍耐下來了，居然一直沒有動。

第二天他找到一隻已凍僵了的野狗，飽餐一頓後恢復了體力，於是他就去找這條熊報仇。

當天晚上他就享受了一頓熊掌，雖然因爲他不會烹調，所以熊掌的滋味並不如傳說中那麼好。

這種忍耐力並不是天生的，那得經長久的艱苦鍛鍊。

開始時還不到片刻功夫，他就覺得全身都癢了起來，忍住不去搔癢，以後就漸漸變得麻木。現在他卻連麻木的感覺都沒有了，只要他認爲沒有「動」的必要，他就可以接連幾個時辰不動。

林仙兒回來的時候，還以爲他已睡著了。

今天林仙兒的裝束很奇怪，她穿的是件寬大的粗布衣服，將她身材柔和的曲線全都掩沒。她頭上戴著頂破舊的氈笠，遮蓋了面目。

阿飛忽然坐起來的時候，她真嚇了一跳，撲入阿飛懷裡，拍著心口笑道：「原來你是在裝睡，難道故意想嚇我？」

看著她的嬌嗔甜笑，阿飛忍不住輕輕摟住了她，她的眼簾闔起，仰起了臉，但阿飛卻又鬆了手。

林仙兒理了理鬢髮，咬著唇道：「你討厭我？」

阿飛搖了搖頭。

林仙兒幽幽的道：「那麼……這兩天你爲什麼總是躲著我？」

阿飛避開她的目光，低下頭，道：「我……我只是怕自己控制不住。」

林仙兒溫柔的望著他，突然過去親了親他的臉，柔聲道：「你真好。」

阿飛站起來，將她脫下來的氈笠掛到牆上，等自己的呼吸慢慢的平息了，他才回過頭問道：「有消息了嗎？」

林仙兒嘆了口氣，搖了搖頭。

阿飛道：「那些和尚還不肯放他？」

林仙兒沉吟著，道：「少林寺的作風一向最穩健，無論做什麼事都要先觀察很久，絕不肯輕舉妄動，寧可不做，也不肯做錯。」

阿飛道：「但他們已等了六、七天了。」

林仙兒道：「也許他們還不肯相信殺張勝奇的人是梅花盜，因爲梅花盜做案一向是連著來的，絕不會一次就罷手。」

阿飛沉默了很久，緩緩道：「他們總有相信的時候，我一定要他們相信。」

林仙兒又摘下那頂氈笠戴上，道：「你隨我來，我帶你去個地方。」

阿飛道：「去那裡？」

林仙兒道：「去找你第二個對象。」

黃昏過後，雪已溶化，正是街上最熱鬧的時候，他們的裝束既已改變，所以走在人群中並不引人注意。

林仙兒忽然指著一家當舖道：「你看這招牌。」

這家當舖的規模很大，黑底金字的招牌上寫著：「申記當舖」。

阿飛道：「這招牌又有什麼特別之處？」

林仙兒並沒有回答他的話，走過七八家店面後，又指著一家酒樓外懸著的招牌道：「你再看這招牌。」

這家酒樓的生意很好，在路上就可以聽到裡面的刀杓聲，兩層樓的地方似已座無虛席，黑底金字招牌上寫的是：「申記狀元樓。」

這次阿飛不再問了，因爲他已發現對面一家綢緞莊的招牌，也是黑底金字，上面寫的也是：「申記老瑞祥。」

城裡較熱鬧的地區只有三條街，在這三條街上，每隔五七家店鋪，就有一家掛的是「申記」金字招牌。

凡是掛著「申記」招牌的店鋪，生意就做得特別大。

阿飛道：「這些店全都是一個人開的？」

林仙兒道：「嗯，全都是申老三開的。」

阿飛道：「現在我們還要到那裡去？」

林仙兒道：「你跟我來就知道了。」

阿飛本就不是喜歡多問的人，也不再問她，走著走著，已到了城郊，非但燈火寥落，連人聲都聽不到。

驟然從最熱鬧的地方走到最荒涼的地方，任何人都不免有種淒涼、蕭索的感覺，但有時這也是種享受。

望著眼前的一片空曠，阿飛長長呼吸了一次，心胸彷彿也開朗了起來，天地似已完全屬於他。

林仙兒靜靜的依偎在他身旁，也沒有打擾這份幽趣。

忽然間，夜空中亮起了一道流星。

林仙兒開心的笑了，歡呼道：「你看，流星。」

阿飛沉默了半晌，才緩緩道：「你許了願麼？」

林仙兒嘟起嘴道：「流星總是一眨眼就過了，沒有人能來得及許願的，除非他早已知道會有流星出現，但又有誰能知道流星會在什麼時候出現？我看這全是騙人的。」

阿飛道：「就算是騙人的，但它卻能使人生出許多美麗的幻想，永遠帶著它，一個人若能永遠帶著份美麗的希望，總是件好事。」

他的聲音忽然變得很溫柔。

林仙兒嫣然道：「我想不到你也知道這傳說。」

阿飛目光遙望著遠方，遠方的流星早已消逝，他目中卻流露出一抹淒涼悲傷之意，悠悠道：「這傳說我很小的時候就知道了。」

林仙兒含情脈脈的瞧著他的眼睛，柔聲道：「你又想起了你的母親？是不是她告訴你的？」

阿飛沒有說話，忽然大步向前走了出去。

晚風中隱隱傳來一陣更鼓，已是初更。

烏雲捲起，露出了半輪明月。

阿飛忽然發覺前面有一片很大的莊院，走近反而瞧不見了，只因這莊院的牆很高，高得出乎尋常，隔斷了他的視線。

林仙兒也在仰望著牆頭，喃喃道：「好高的牆，不知道有沒有四丈。」

阿飛道：「差不多了。」

林仙兒道：「你能不能掠過去？」

阿飛道：「世上沒有人能掠過四丈高牆，但若一定要進去，還是有法子的。」

林仙兒沉吟著，沿著牆腳走了幾步，才回頭道：「這就是申老三的家。」

阿飛目光閃動，道：「申老三就是我第二個下手的對象？」

林仙兒道：「附近幾百里之內，絕沒有其他更好的對象了。」

阿飛道：「但他卻是個生意人。」

林仙兒道：「我知道你不願向生意人下手，但生意人也有好多種。」

阿飛道：「他是那一種？」

林仙兒道：「最不規矩的那一種。」

她笑了笑，接著道：「你想，規矩的生意人怎會在同一個城裡，同條街上開十幾家舖子，規矩的生意人家裡怎會起這麼高的牆。」

阿飛道：「牆起得高些並沒有錯，舖子開得多些也不犯法。」

林仙兒道：「牆起得高是做賊心虛，怕人報復，舖子開得多是因爲他會搶。」

阿飛皺眉道：「搶？」

林仙兒道：「申家是大族，上一代已有五房，到了這一代，堂兄堂弟一共有十六個之多，十六個兄弟開了四十多家店舖。」

阿飛道：「算來每人只有三家舖子，並不多。」

林仙兒道：「但現在四十多家舖子全是申老三的了。」

阿飛道：「爲什麼？」

廿三　誤入羅網

林仙兒和阿飛在晚風中來到一片很大的莊院前，指著那座高得出奇的圍牆道：「這就是申老三的家，他們堂兄弟十六個合開了四十多家店舖，現在全是申老三的了，因為他的十五個兄弟已全都進了棺材。」

阿飛道：「那十五個人是怎麼死的？」

林仙兒道：「據說是病死的，但究竟是怎麼死的，誰也不知道，別人只奇怪平日身體很好的十五個人，怎會在兩三年之中就死得乾乾淨淨，就像是中了瘟疫似的，而申老三卻連一點小毛病都沒有。」

阿飛仰起了頭，似乎在計算牆的高度。

他什麼話都不說了，只淡淡說了句：「我明天晚上就來找他。」

阿飛手足並用，壁虎般爬上了高牆。

但他用的卻不是「壁虎遊牆」的功夫，他甚至沒聽過這種功夫，他只是用鋼鐵般的手抓在牆上，腳一蹬，身子就靈巧的翻了上去，與其說他像隻壁虎，倒不如說他像隻在山壁上攀越的猿猴。

爬上牆頭，就可以看到一片很大的園林和一層層房屋，這時人們多已熄燈就寢，偌大的莊院中只剩下寥寥幾點燈火。

林仙兒是個很能幹的女人，也是個很好的幫手，她已買通了申家一個僕人，爲她畫了張很詳細的圖，那裡是大廳、那裡是下房、那裡是申老三的寢室，這張圖上都畫得非常詳細清楚。

所以阿飛並沒有費什麼事就找到了申老三。

申老三還沒有睡，屋子裡還亮著燈，這精明的生意人頭髮已花白，此刻猶在燈下撥著算盤，清算一天的帳目。

他算盤打得並不快，因爲他的手指很短，食指、中指、無名指，幾乎都和小指差不多長。

但他的手指卻很粗，每個指頭都像是被人削斷了似的，連指甲都沒有，這養尊處優的濁世公子，怎會有這麼一雙挖煤工人般粗糙的手？

原來申老三小時候頑劣不堪，曾經被他父親趕出去過，在外面混了五年，誰也不知道他混的是什麼。

有人說這五年他跟大盜翻天虎做了五年不花錢的買賣，有人說他做了五年叫化子，也有人說他這五年入了少林寺，從挑水做起，雖吃了不少苦，卻練成了一身武功，所以後來他兄弟死的時候，雖也有不少人暗暗覺得懷疑，卻沒有一個人敢說出來。

這些傳說他當然全都否認，但卻有件事是否認不了的，那就是他的手，明眼人一看就知道他這雙手必定練過鐵沙掌一類的外門掌力，而且已練得有相當火候，否則他的堂房大哥也就不會忽然嘔血死了。

阿飛突然推開窗子，一掠而入。

他並沒有用什麼特殊的身法，只不過他身上每一環肌肉、每一條骨骼、每一根神經；甚至每一滴血都是完全協調、完全配合的，當他的手在推窗子時，他的人已躍起，窗子一開，他已站在屋子裡。

申老三並不是反應遲鈍的人，但他剛發覺窗子響動，阿飛已到了他面前，他從未想到一個人的行動能有這種速度，這久闖江湖、滿手血腥的武林豪客竟也嚇呆了，整個人都僵在椅子上。

阿飛的眼睛冷冷的盯住他，就好像在看著一個死人，一字字道：「你就是申老三？」

申老三不停的點頭，彷彿除了點頭外，他什麼事都不會做了，他的一身武功，此刻也似已消失得無影無蹤。

阿飛道：「你可知道我是來幹什麼的？」

申老三還是只有不停的點頭。

阿飛道：「你還有什麼話說？」

這次申老三不再點頭，卻在搖頭了。

在這生死俄頃之際，他竟連一點掙扎求生的意思都沒有，非但沒有反抗，也完全沒有逃避。

阿飛的劍已拔出，在這剎那之間，阿飛心裡突然有種不祥的警兆，這本是野獸獨具的本能，就宛如一隻兔子突然發覺有惡狼在暗中窺伺，雖然他並沒有聽到任何聲音，更沒有看到那隻狼的影子。

阿飛不敢再猶疑，一劍刺出！

劍光如流星般刺向申老三胸膛，只聽「叮」的一聲，火星四濺，這一劍竟如刺在鋼鐵之上。

原來申老三胸前藏著塊鋼板，也就難怪他刺不穿了。

一劍刺出，申老三的人立刻滾到桌下，阿飛的身子卻已凌空掠起，他已知遇險，但求速退。

但他畢竟還是遲了一步。

就在這時，屋頂上已有一張網撒下，這是張和整個屋子同樣大小的網，只要是在這屋裡的人，無論誰都無法逃避。

阿飛身子剛掠起，已被網住。

他揮劍、削網，但網卻是浸過桐油的九股粗繩結成的，他的劍再快，也只能削斷一根、兩根……他還是無法脫網而出。

「噗」的，他已被網結糾纏，跌在地上。

奇怪的是，這時他的心情既非憤怒；也非驚慌，只是感覺到一種深沉的悲哀，因爲他已忽然了解到一隻猛獸被獵人的網捕捉時的心情。

而野獸卻永遠無法了解獵人爲何要張網。

阿飛不再掙扎。

他知道掙扎已無用！

這時已有兩條人影飛鳥般落在網上，兩人手中各拿著根很長的白蠟竿子，長竿急點，阿飛已被點了八、九處穴道。

這兩人一個是灰袍、芒鞋、白襪的瘦長僧人，面色蠟黃，終年都帶著病容，但目中卻燃燒著火焰般的光芒。

另一人枯瘦矮小、隆鼻如鷹，行動也如鷹隼，兩人出手都快如閃電，正是少林寺的心鑑大師和「平江」百曉生。

中老三已不在桌子下了，桌下顯然另有地道。

這一切，根本就是個陷阱。

百曉生滿面都是得意之色，笑道：「我早就算準你要到這裡來的，你服氣了麼？」

阿飛沒有說話。

雖然他穴道被點後還是可以出聲，但他什麼話都沒有說，也沒有問：「你們怎會算準我要到這裡來？」

他眼睛空空洞洞的，像是已全無思想。

他是已不能想，還是不願想？不忍想？

百曉生悠然道：「我知道你是李尋歡的朋友，只爲了要救李尋歡，才冒充梅花盜……」

阿飛厲聲道：「我就是梅花盜，用不著冒充，我也不認得李尋歡！」

百曉生道：「哦——心鑑師兄，他說他就是梅花盜，你可相信？」

心鑑道：「不信。」

阿飛冷笑道：「你怎知我不是梅花盜？你怎能證明？」

百曉生微笑道：「這倒的確很難證明……心鑑師兄，你可記得轟天雷是死在誰手上的麼？」

心鑑道：「梅花盜。」

百曉生道：「他是怎麼死的？」

心鑑道：「他屍身上雖也有梅花標誌，但致命傷卻在『玄機』穴上。」

百曉生道：「如此說來，梅花盜想必也是點穴的高手了。」

心鑑道：「正是。」

百曉生笑了笑，轉向阿飛，道：「只要你能說出我們方才點了你那幾處穴道，我們就承認你是梅花盜，而且立刻放了李尋歡，這樣做你滿意麼？」

阿飛咬緊了牙齒，已咬出血來。

百曉生嘆了口氣，道：「你真不愧是李尋歡的好朋友，爲了他，不惜犧牲自己，卻不知他對你又如何？只要肯爲你走出那間屋子，也就算不錯了。」

杯中有酒。

李尋歡一杯在手。

角落上坐著個很纖秀、很文弱的僧人，雖然已過中年，但看上去並不顯得很蒼老。看來帶著很濃的書卷氣，就像是位中年便已退隱林下的翰苑清流，誰也想不到他就是少林寺中最內斂的心樹大師。

他雖已做了李尋歡的人質，但神情間並未顯得很憤怒，反而顯得很沉痛，一直靜靜的坐在那裡，沒有說話。

心眉大師的遺蛻仍留在禪床上，也不知是誰已爲他覆上了一床白被單，隔斷了十丈軟紅、人間煩惱。

李尋歡忽然向心樹舉了舉杯，微笑著道：「想不到少林寺居然也有這樣的好酒，喝一杯如何？」

心樹搖了搖頭。

李尋歡道：「我在令師兄的遺蛻旁喝酒，你是否覺得我有些不敬？」

心樹淡淡道：「酒質最純，更純於水，是以祭祀祖先天地時都以酒為醴，無論在任何地方喝酒，都絕無絲毫不敬之處。」

李尋歡拊掌道：「說得好，難怪一入翰苑，便簡在帝心。」

心樹大師平靜的面色竟變了變，像是被人觸及了隱痛。

李尋歡又滿斟一杯，一飲而盡，笑道：「我在此飲酒，正表示了我對令師兄的尊敬，令師兄若也是走犬之輩，無論他是死是活，我都不會在他身旁喝酒的。」

心樹大師沉重的嘆息了一聲，神情顯得更哀痛，卻也不知是為了死者，還是為了他自己。

李尋歡凝注著杯中琥珀色的酒，突然長長嘆息了一聲，徐徐道：「老實說，我實未想到這次救我的是你。」

心樹冷冷道：「我並未救你。」

李尋歡道：「十四年前，我棄官歸隱，雖說是為了厭倦功名，但若非為了你那一道奏章彈劾，說我身在官府，結交匪類，我也許還下不了那決心。」

心樹閉上了眼睛，黯然道：「昔日彈劾你的胡雲翼早已死了，你何必再提他。」

李尋歡喟然道：「不錯，一入佛門，便如兩世為人，但我自始至終都未埋怨過，你那時身為御史，自然要盡言官之責……」

心樹大師的神情似乎有些激動，沉聲道：「你棄官之後不久，我也隱身佛門，為的就是自覺『言多必失』，卻不想畢竟還是遇著你……」

李尋歡笑了笑，道：「我更未想到昔日瀟灑風流的鐵膽御史，今日竟變做了修為精純的得道高僧，而且會在我生死間不容髮時，救了我一命。」

心樹霍然張開眼睛，厲聲道：「我早已說過，我並未救你，而是我自己功力不夠，才會被你所劫持，你萬萬不可對我稍存感激之心。」

李尋歡道：「但若非你在屋中對我示意，我也未必會闖入這裡，若非你全無抵抗之意，我更無法將你留在這裡。」

心樹嘴角牽動，卻未說出話來。

李尋歡微笑道：「出家人戒打誑語，何況，這裡又只有你我兩人。」

心樹沉默了很久，忽然道：「縱然我對你有相助之意，為的也並非昔日之情。」

李尋歡似乎並未覺得驚奇，神情卻變得很嚴肅，正色道：「那麼你為的是什麼？」

心樹幾番欲言又止，似有很大的難言之隱。

李尋歡也並沒有催促他，只是慢慢的將杯中酒喝完。

就在這時，突聽窗外一人喝道：「李尋歡，你推開窗子來瞧瞧。」

這是心鑑大師的聲音。

李尋歡的人突然間已到了窗口，從窗隙間向外望了一眼——

他的臉色立刻變了！

他再也想不到阿飛竟會落在對方手裡。

百曉生負手而立，滿面俱是得意之色，悠然道：「李探花，你總該認得他吧，他為了保住你，不惜背負『梅花盜』之惡名，你對他又如何？」

心鑑厲聲道：「你若想保全他的性命，最好立刻縛手就擒。」

李尋歡磐石一般堅定的手，竟也有些顫抖起來，他看不到阿飛的臉，因爲阿飛整個人都伏在地上，似已受了重傷。

心鑑忽然掀起阿飛的頭來，讓阿飛的臉面對著窗子，大聲道：「李尋歡，我給你兩個時辰，日落前你若還不將我師兄好好送出來，就再也見不著你的好友了。」

百曉生悠然道：「李探花，此人對你不錯，你也莫要虧負了他。」

李尋歡伏在窗子上，似也痲木。

他看到阿飛被他們像狗一樣拖了出去，他也看到阿飛臉上的傷痕，他知道阿飛已受了許多苦。但這倔強的少年卻絕未發出半聲呻吟。

他只是向窗子這邊瞧了一眼，目光中竟是說不出的平靜，像是在告訴李尋歡，他對「死」並無畏懼。

李尋歡霍然站起，連盡三杯，長嘆道：「好朋友，好朋友……我明白你的意思，你不願我去救你。」

心樹一直在凝視著他，此刻忽然道：「但你的意思呢？」

李尋歡又乾了三杯，負手而立，微笑道：「我已準備縛手就擒，你隨時都可綁我出去。」

心樹道：「你可知道你一出去便必死無疑！」

李尋歡道：「我知道。」

心樹目光閃動，沉聲道：「你可知道你縱然死了，他們也未必會放了你的朋友。」

李尋歡道：「我知道。」

心樹道：「但你還是要出去。」

李尋歡道：「我還是要出去。」他回答得簡短而堅定，似全無考慮的餘地。

心樹道：「你如此做豈非太迂？」

李尋歡肅然一笑，道：「每個人這一生中都難免要做幾件愚蠢之事的，若是人人都只做聰明事，人生豈非就會變得更無趣了？」

心樹像是在仔細咀嚼他這幾句話中的滋味，徐徐道：「大丈夫有所不爲，有所必爲，你縱然明知非死不可，還是要這麼做，只因你非做不可！」

李尋歡微笑道：「你總算也是我的知己。」

心樹喃喃道：「義氣當先，生死不計，李尋歡果然不愧是李尋歡——」

李尋歡沒有看他，猝然回首道：「我先出去，就此別過。」

心樹忽然道：「且慢！」

他像是已下了很大的決心，目光凝視著李尋歡，道：「方才我還有句話沒有說完。」

李尋歡道：「哦？」

心樹道：「我方才說過，我救你別有原因。」

李尋歡道：「嗯。」

心樹神情凝重，緩緩道：「這是我少林本門的秘密，而且關係重大，我不願向你提起。」

李尋歡回轉身，等著他說下去。

心樹的聲音更緩慢，道：「少林藏經之豐，冠絕天下，其中非但有不少佛門重典，也有許多武林中的不傳之秘。」

李尋歡道：「這我也知道。」

心樹道：「百年以來，江湖中也不知有多少妄生貪念，要到少林寺來盜取藏經，但卻從來未有一人能如願得償，全身而退的。」

他肅然接道：「出家人雖戒嗔戒殺，但藏經乃少林之根本，是以無論什麼人敢生此念，少林門下都不惜與之周旋到底。」

李尋歡道：「近來我倒很少聽到有人敢打這主意了。」

心樹嘆了口氣，道：「你是外人，自然不知內情，其實這兩年來，本寺藏經已有七次被竊，除了一部耐平心經外，其餘都是久已絕傳的武林秘笈。」

李尋歡也不禁聳然失色，道：「盜經的人是誰？」

心樹大師嘆道：「最奇怪的就是這七次失竊事件，事先既無警兆，事後毫無線索可尋，都是在神不知鬼不覺的情形下失竊，第一、二次發生之後，藏經閣的戒備自然更森嚴，但失竊的事仍是接二連三的發生，本來掌藏經閣的三師兄，也因此引咎退位，面壁思過。」

李尋歡道：「如此重大的事，江湖中怎地全無風聞。」

心樹道：「就因爲此事關係重大，所以掌門師兄再三囑咐嚴守秘密，到現在爲止，知道此事的連你也只不過九個人而已。」

李尋歡道：「除了你們首座七位外，還有誰知道此事？」

心樹道：「百曉生。」

李尋歡嘆了口氣，苦笑道：「他參與的事倒當真不少。」

心樹道：「三師兄是我師兄中最謹慎持重的人，他退位之後，藏經閣便由我與二師兄負責，至今只不過才半個月而已。」

李尋歡皺眉道：「心眉大師既然負有重責，這次爲何竟離寺而出？」

心樹嘆道：「只因二師兄總懷疑失經之事與『梅花盜』有關，是以才搶著要去一查究竟，誰知他一去竟成永訣。」

說到這裡，他面對著心眉遺蛻，似已泫然欲涕。

李尋歡不禁暗暗嘆息，出家人雖然「四大皆空」，這「情」字一關，畢竟還是勘不破的。我佛如來若非有情，又何必普渡眾生，若有人真能勘破這「情」字一關，他也就不是人了。

心樹默然良久，才接著道：「二師兄自己老成持重，離寺之前，已將最重要的三部藏經取出，分別藏在三個隱秘之處，除了掌門師兄和我之外，總沒有第三個人知道。」

李尋歡道：「其中有一部是否就在這屋子裡？」

心樹點了點頭，道：「不錯。」

李尋歡苦笑道：「這就難怪他們出手有如此多的顧忌了。」

心樹道：「就因爲這幾次失竊事件太過離奇，所以二師兄和我在私下猜測，也認爲可能是出自內賊。」

李尋歡動容道：「內賊？」

心樹沉重的嘆息了一聲，道：「我們雖有此懷疑，但卻不敢說出來，因為除了我們首座七個人外，別的弟子誰也不能隨意出入藏經閣。」

李尋歡目光閃動，道：「如此說來，偷經的人極可能是你們七位師兄弟其中之一。」

心樹沉默了很久，才長嘆道：「我們七人同門至少已有十年之久，無論懷疑誰都大有不該，是以我們對這件事的處理，更不能不力求慎重，只不過……」

李尋歡忍不住問道：「只不過怎樣？」

心樹道：「只不過二師兄離寺之前，曾經悄悄對我說，他已發現我們七人中有一人很可疑，極有可能就是那偷經的人。」

李尋歡立刻追問道：「他說的是誰？」

心樹搖了搖頭，嘆道：「只可惜他並沒有說出來，因為他生怕錯怪了人，他只望盜經的人真是『梅花盜』，他不願看到師門蒙羞……」

說到這裡，他聲音已有些哽咽，幾乎難以繼續。

李尋歡皺眉道：「心眉大師的這番苦心，我也懂得，只不過……現在他在冥冥中眼見著那人逍遙法外，再想說也已不能說了，他豈非要抱憾終天、含恨九泉？」

心樹道：「二師兄並沒有想到這點，臨走的時候，他也曾對我說，他此去萬一有什麼不測，就要我將他的『讀經劄記』拿出來一看，他已將他所懷疑的那個人之姓名寫在劄記的最後一頁上。」

李尋歡攢眉道：「那本劄記現在那裡？」

心樹緩緩道：「本來是和藏經在一起的，現在已在我這裡……」

他取出本淡黃的絹冊，李尋歡立刻接過來，翻到最後一頁，上面寫的都是佛門要旨，並沒有一句話提到失經的事。

李尋歡抬頭望著心樹，道：「這最後一頁莫非已被人撕下了？」

心樹沉聲道：「非但最後一頁被人撕下了，那本藏經也變作了白紙！」

李尋歡道：「如此說來，盜經的那人想必已發現心眉大師懷疑到他了。」

心樹道：「不錯。」

李尋歡道：「但知道他藏經之處的，卻只有你和掌門心湖大師。」

心樹的面色如鉛，沉重的點著頭道：「不錯。」

李尋歡面上也不禁變了顏色，道：「難道你認爲心湖大師就是……」

心樹默然半晌，道：「這倒不一定，因爲那人既已發覺二師兄對他有所懷疑，自然也會對二師兄的行動分外留意，可能因此而在暗中窺得二師兄的藏秘之處，只不過……」

李尋歡道：「怎樣？」

心樹目光凝視李尋歡，一字字道：「只不過二師兄回來時並沒有死，原本就不致於死的！」

這句話說出來，李尋歡才真的爲之聳然失色。

只見心樹大師雙拳緊握，接著道：「我雖然對下毒並沒有什麼很深的研究，但近年來對此中典籍倒也頗有涉獵，二師兄回來的時候，我已看出他中毒雖深，但卻非無救，而且在短時間之內也絕不會有生命之危！」

李尋歡動容道：「你是說……」

心樹道：「偷經的那人既知道秘密已被二師兄發現，自然要將之殺了滅口！」

李尋歡忽然覺得這屋子裡悶得很，幾乎令人透不過氣來。

他緩緩踱了個圈子，才沉聲問道：「心眉大師回來後，到過這屋子的有幾個人？」

心樹道：「大師兄、四師兄、六師弟和七師弟都曾進來過。」

李尋歡沉吟著道：「你的意思是說，他們都有可能下手？」

心樹點了點頭，嘆道：「這是本門之不幸，我本不願對你說的，但現在我已發覺你絕不是出賣朋友的人，所以我希望你……」

李尋歡道：「你要我找出那兇手？」

心樹道：「是。」

李尋歡目光炯炯，盯著他的眼睛，一字字道：「兇手若是心湖呢？」

心樹突然怔住了，過了半晌，滿頭大汗涔涔而落。

李尋歡冷冷道：「就算少林門下人人都已知道心湖是兇手，也絕無一人肯承認的，是麼？」

心樹沒有說話，因爲他無話可說，江湖中人素來將少林視爲名門正宗，如今少林掌門若是殺人的兇手，少林寺數百年的聲名和威望豈非要毀於一旦。

李尋歡道：「就算我能證明心湖是兇手，只怕連你也不肯爲我說話，爲了保全你們少林的聲名，你恐怕也只有犧牲別人了。」

心樹長長嘆了口氣，道：「不錯，爲了保全少林威望，我的確不惜犧牲一切。」

李尋歡淡淡一笑，道：「那麼你又何苦要我找？」

心樹沉聲道：「我雖不願做任何有損本門聲名的事，但你只要能證明誰是殺死心眉師兄的兇手，我不惜與他同歸於盡，也要他血濺階下！」
李尋歡悠悠道：「出家人怎可妄動嗔念，看來你這和尚六根還不清淨。」
心樹垂下眼簾，合什道：「我佛如來也難免作獅子吼，何況和尚！」
李尋歡霍然而起，道：「好，有了你這句話，我就放心了。」
心樹動容道：「莫非你已知道兇手是誰？」
李尋歡道：「我雖不知道，卻有人知道。」
心樹皺眉道：「兇手自己當然知道。」
李尋歡道：「除了兇手自己之外，還有一個人知道，那人就在這屋子裡。」
心樹聳然道：「誰？」
李尋歡指著禪床上心眉的遺蛻道：「就是他！」
心樹失望的嘆息了一聲，道：「只可惜他已無法說話了。」
李尋歡笑了笑，道：「死人有時也會說話的。」
他忽然掀起覆在心眉屍身上的白被單，日光斜斜自窗外照進來，照著心眉枯槁乾癟的臉上。暗黃色的臉上，還帶著層詭異的灰黑色。
李尋歡道：「你可曾看過被五毒童子毒死的人？」
心樹道：「沒有。」

廿四　逆徒授首

李尋歡嘆了口氣道：「被他毒死的人實在不好看。」

其實無論被誰毒死的人都不會好看的。

心樹什麼都沒有說。

李尋歡閉起眼睛，緩緩道：「多年前，我曾經看到過一個被他毒死的人，那人中毒才不過片刻，全身已經發黑，我出去打個轉，再回去一看，那人身上的肉已全都不見了，已變成了一副骷髏——漆黑的骷髏！」

心樹凝視心眉的屍身，嘎聲道：「但現在二師兄中毒已有好幾天了……」

李尋歡霍然張開眼睛，道：「不錯，他中毒已有數日，卻還沒有發生那種可怕的變化，你可知道是爲了什麼？」

心樹搖了搖頭。

李尋歡一字字道：「這只因他又中了另外一種極厲害的毒！」

心樹道：「你……你是說……」

李尋歡道：「他雖中了五毒童子的『五毒水晶』，但中的毒並不深，再被他以內力逼住，所以他直到回來後毒性還未發作。」

心樹道：「正是如此。」

李尋歡道：「那兇手爲怕他說出秘密，一心想他快些死，生怕他中的毒還不夠深，就另給他服了一種極厲害的毒藥。」

心樹道：「殺人的法子很多，他爲什麼還是要用毒？」

李尋歡道：「只因無論用什麼法子殺人，難免還會留下痕跡，大家既然都知道心眉大師中了毒，他只有再用下毒這法子，才能避免別人疑心。」

心樹道：「不錯，這樣做，人人都認定二師兄必是被五毒童子毒死的，再也不會懷疑到他身上了。」

李尋歡冷冷道：「此人行事，雖然老謀深算，只可惜還是忘了一件事。」

心樹道：「什麼事？」

李尋歡道：「他忘了毒性必相剋，就因爲他下的毒既烈又重，剋住了『五毒水晶』之毒，所以心眉大師的遺蛻到現在還未有那種可怕的變化！」

心樹沉思了半晌，才點了點頭，道：「你的意思我明白了，只不過那下毒的人是誰，你我還是不知道。」

李尋歡目光閃動，道：「心眉大師回來之後，可曾服用過什麼？」

心樹道：「只吃過一碗藥。」

李尋歡道：「是誰餵他吃藥的？」

心樹道：「藥是七師弟心鑑配的，但餵他吃藥的人卻是四師兄心燭和六師弟心燈。」

他長長嘆了口氣，黯然接著道：「所以這三個人都有下毒的機會。」

李尋歡緩緩道：「世上的毒藥大致可分爲兩類，第一類毒藥雖然無色無味，但卻可令中毒的人死得很慘，叫別人看了害怕，只因這類毒不但要取人性命，還有要向人示威之意。」

心樹道：「那『五毒水晶』自然是屬於這一類的毒藥了。」

李尋歡道：「正是。」

他接著道：「第二類毒，也許並非無色無味，但卻可令被毒死的人死後全無異狀，甚至叫別人看不出他是被毒死的。」

心樹道：「你說那兇手用的就是這種毒？」

李尋歡點了點頭，嘆道：「就因爲兩種毒性迥異，是以才會互相剋制，那第一類毒雖可怕，這第二類毒卻更陰毒，江湖中能用這類毒的人並不多。」

他目光炯炯，盯著心樹，道：「少林門下，善於用毒的人有幾個？」

心樹深深吸了口氣，道：「這……」

李尋歡道：「少林寺領袖江湖，武林正宗，少林弟子也以此爲榮，絕不會有人肯去學這種下五門的技藝，是麼？」

心樹斷然道：「少林七十二絕藝中，絕沒有這『毒』字！」

李尋歡道：「心燭大師和心燈大師……」

心樹搶著道：「四師兄九歲時便已落髮，六師弟更在襁褓中便已入了佛門，他兩人這一生中只怕還未見過毒藥！」

李尋歡淡淡一笑，道：「如此說來，下毒的人是誰呢？」

心樹聳然道：「你難道說的是七師弟心鑑？」

李尋歡不再說話。

心鑑大師乃是半路出家，帶藝投師的，未入少林前，人稱「七巧書生」，正是位下毒的大行家！

心樹沉默了許久，緩緩抬起頭，凝視著李尋歡。

李尋歡也正在凝視著他……

小亭中擺著一局棋。

百曉生正輕輕的敲著棋子，一片片積雪燈花般隨著他的敲棋聲落下，又落在無邊無際的積雪中。

「夜半待客客不至，閒敲碁子落燈花。」

這境界是多麼悠閒、多麼瀟灑，但現在，天地間都似充滿肅殺之意，每個人的臉色更重於天色。

心湖大師、心燭、心燈、心鑑，也都在這裡。

阿飛蜷伏在小亭的圓柱下，連頭都無力抬起。

心湖大師望著他，雙眉一直未展，緩緩道：「你看……李尋歡會不會出來？」

百曉生笑了笑，道：「毫無疑問。」

心湖大師道：「他這種人難道還會爲了朋友而犧牲自己？」

百曉生微笑道：「這就叫盜亦有道。」

心湖大師長長嘆息了一聲，道：「但願如此……」

他的聲音忽然中斷，就像是忽然被凍結在寒風裡。

他已瞧見了心樹。

心樹已走入了這院子，卻只有一個人。

心湖搶先迎了上去，道：「你可安好？」

他不問別的，先問心樹可安好，畢竟不愧爲少林掌門。

心樹合什道：「多謝師兄關切，弟子僥倖逃過了這一劫。」

心鑑也趕了過來，厲聲道：「李尋歡呢？」

心樹淡淡道：「他取經去了。」

心鑑道：「取經？取什麼經？」

心樹道：「藝經閣內失竊的經。」

心鑑嘴角一陣牽動，冷笑道：「盜經的人果然是他！師兄你怎地放心讓他去？」

心樹道：「只因盜經的人並不是他！」

他目光逼視著心鑑，沉聲道：「盜經的人就是謀害二師兄的兇手，因爲二師兄已發現了這人的秘密，他只有將二師兄殺死滅口，但這人卻並非李尋歡！」

心鑑道：「不是李尋歡是誰？」

心樹目中寒光暴射，厲聲道：「是你！」

心鑑的嘴角又一陣牽動，臉色卻沉了下來，冷冷道：「五師兄怎會說出這種話來，我倒真有些不懂了。」

心樹冷冷道：「你不懂還有誰懂？」

心鑑轉向心湖大師，躬身道：「這件事還是請大師兄裁奪，弟子無話可說。」

心燭、心燈、百曉生早已聽得聳然動容。

心湖大師也不禁變色道：「二師弟明明是遭了李尋歡之毒手，你爲何要爲他洗脫？」

百曉生悠悠道：「若是在下記得不錯，心樹師兄與李尋歡好像還是同榜的進士。」

心鑑冷冷道：「五師兄只怕也中了李尋歡的毒了。」

心樹根本不理他們，沉聲道：「真正令二師兄致命的毒藥，並非五毒童子的『五毒水晶』……」

心鑑搶著道：「師兄你又怎會知道的？」

心樹冷笑道：「你以爲你做的事真的人不知、鬼不覺？你莫非已忘了二師兄臨死前還有這本東西留下來？」

他的手一揚，手裡拿著的正是心眉大師之「讀經劄記」。

心湖皺眉道：「這又是什麼？」

心樹道：「二師兄臨行之前，已發現了那盜經的叛徒，只是他宅心仁厚，未經證實前，還不願披露這叛徒的姓名，只不過卻已將之寫在他這本『讀經劄記』上，以防萬一他若有不測，也好留作證據。」

心湖大師動容道：「真有此事？」

心鑑搶著道：「這上面若真有我的名字，我就甘願……」

心樹冷笑道：「你甘願怎樣？……你雖已將最後一頁撕下了，又怎知二師兄沒有記在另一頁上？」

心鑑身子一震，忽然伏倒在地，顫聲道：「五師兄竟勾結外人，令弟子身遭不白之冤，求大師兄明鑑。」

心湖大師沉吟著，目光向百曉生望了過去。

百曉生緩緩道：「白紙上寫的雖是黑字，但這字卻是人人都可寫的。」

心鑑道：「不錯，就算二師兄這本『讀經劄記』上寫著我的名字，但卻也未必是二師兄自己寫的。」

百曉生淡淡道：「據我所知，小李探花文武雙全，韓蘇顏柳、蘭庭魏碑、名家的字，他都曾下過功夫臨摹。」

心鑑道：「不錯，他若要學一個人的筆跡，自然容易得很。」

心湖大師沉下了臉，瞪著心樹道：「你平時素來謹慎，這次怎地也疏忽起來？」

心樹神色不變，道：「師兄若認爲這證據不夠，還有個證據。」

心湖大師道：「你且說出來。」

心樹道：「本來藏在二師兄房中的那部『達摩易筋經』，也已失竊了。」

心湖大師動容道：「哦？」

心樹道：「李探花算準這部經必定還不及送走，必定還藏在心鑑房裡，是以弟子已令值日的一塵和一茵監視著他一起取經去了。」

心鑑忽然跳了起來，大呼道：「師兄切莫聽他的，他們是想栽贓！」

他嘴裡狂呼著，人已衝了出去。

心湖大師皺了皺眉，袍袖一展，人也隨之掠起，但卻並沒有阻止他，只是不疾不離的跟在他身後。

心鑑身形起落間，已掠回他自己的禪房。

門果然已開了。

心鑑衝了進去，一掌劈開了木櫃，木櫃竟有夾層。

易筋經果然就在那裡。

心鑑厲聲道：「這部經本在二師兄房中，他們故意放在這裡爲的就是要栽贓，但這種栽贓的法子，幾百年前已有人用過了，大師兄神目如電，怎會被你們這種宵小們所欺！」

直等他說完了，心湖才冷冷道：「就算我們是栽贓，但你又怎知我們會將這部經放在這木櫃裡？你爲何不到別處去找？一進來就直奔這木櫃？」

心鑑驟然楞住了，滿頭汗出如雨。

心樹長長吐出了口氣，道：「李探花早已算準只有用這法子，才可令他不打自招的。」

只聽一人微笑道：「但我這法子實在也用得很冒險，他自己若不上當，那就誰也無法令他招認了！」

笑聲中，李尋歡已忽然出現。

心湖大師長長嘆了口氣，合什爲禮。

李尋歡微微含笑，抱拳一揖。

這一揖一禮中已包含了許多話，別的已不必再說了。

心鑑一步步的後退，但心燭與心燈已阻住了他的去路，兩人俱是面色凝重，峙立如山嶽。

心湖大師黯然道：「單鶚，少林待你不薄，你爲何今日做出這種事來？」

單鶚正是心鑑的俗名，心湖如此喚他，無異已將之逐出門牆，不再承認他是少林佛門弟子。

單鶚汗如漿，顫聲道：「弟子……弟子知錯了。」

他忽然撲倒在地，道：「但弟子也是受了他人指使，被他人所誘，才會一時糊塗。」

心湖大師厲聲道：「你受了誰的指使？」

百曉生忽然道：「指使他的人，我倒可猜出一二。」

心湖大師道：「先生指教。」

百曉生笑了笑，道：「就是他！」

大家不由自主，一起隨著他的目光望了過去，但卻什麼也沒有瞧見，窗外竹葉簌簌，風又漸漸大了。

回過頭來時，心湖大師的面色已變。

百曉生的手，已按在他背後，鐵指如勾，已扣住了他「秉風」、「天庭」、「附分」、「魄戶」，四處大穴！

心樹的面色也變了，駭然道：「指使他的人原來是你！」

百曉生微笑道：「在下只不過想借貴寺的藏經一閱而已，誰知道各位竟如此小氣？」

心湖大師長嘆道：「我與你數十年相交，不想你竟如此待我？」

百曉生居然也嘆了口氣，道：「我本來也不想如此對你的，怎奈單鶚定要拖我下水，我若不出手救他，他怎會放過我。」

心湖大師道：「只可惜誰也救不了他了！」

單鶚早已躍起，一手抄起了那部易筋經，獰笑道：「不錯，誰也救不了我，只有你才救得了我，現在我就要你送我們下山……你們若還要你們的掌門人活著，最好誰也莫要妄動！」

心樹等人雖然氣得全身發抖，但卻誰也不敢出手。

心湖叱道：「你們若以少林爲重，就莫要管我！還不動手拿下這叛徒！」

百曉生微笑道：「你無論怎麼說，他們也不會拿你的性命來開玩笑的，少林派掌門人的一條命比別人一千條命還要值錢得多。」

「多」字出口，他臉上的笑容也凍結住了！

刀光一閃！

小李飛刀已出手！

刀已飛入他的咽喉！

沒有人看到小李飛刀是如何出手的！

百曉生一直以心湖大師爲盾牌，他的咽喉就在心湖的咽喉旁，他的咽喉僅僅露出了一小半。

他的咽喉隨時可避在心湖的咽喉之後。

在這種情況下，沒有人敢出手。

但刀光一閃，比閃電更快的一閃，小李的飛刀已在他咽喉！

心樹、心燭、心燈，立刻搶過去護住了心湖。

百曉生的雙眼怒凸，瞪著李尋歡，臉上的肌肉一根根抽動，充滿了驚懼、懷疑和不信……

他似乎死也不相信李尋歡的飛刀會刺入他的咽喉。

他的嘴唇還在動，喉嚨裡「格格」作響，雖然說不出話來，可是看他的嘴唇在動已可看出他想說什麼。

「我錯了……我錯了……」

不錯，百曉生「無所不知，無所不曉」，只有一件事弄錯了。

小李飛刀比他想像中還要快得多！

百曉生倒了下去。

李尋歡嘆了口氣，喃喃道：「百曉生作兵器譜，口評天下兵器，可稱武林智者，誰知到頭來還是難免死在自己所品評的兵器之下。」

心湖大師再次合什爲禮，滿臉愧色，道：「老僧也錯了。」

他面上忽又變色，失聲道：「那叛徒呢？」

單鶚竟趁著方才那一瞬息的混亂逃了出去。

像單鶚這種人，是永遠不會錯過機會的，他不但反應快，身法也快，兩個起落，已掠出院子。

少林門下還不知道這件事，縱然看到他，也絕不會攔阻，何況這是首座大師的居座，少林弟子根本不敢隨意闖入。

他掠過那小亭時，阿飛正在掙扎著爬起來——百曉生和單鶚點穴的手法雖重，但也還是有失效的時候。

單鶚瞧見了他，目中立刻露出了凶光，他竟要將滿心的怨毒全發洩在阿飛身上，身形一折，「嗖」的掠過去。

阿飛已被折磨得奄奄一息，那有力氣抵擋。

要殺這麼樣一個人，自然用不著費什麼功夫。

單鶚什麼話也沒有說，鐵拳已擊出，「少林神拳」名震天下，單鶚投入少林已十餘年，功夫並沒有白練。

這一拳神充氣足、招重力猛，要取人性命就如探囊取物——單鶚早已算準殺了他之後再逃也來得及。

誰知就在這時，阿飛的手也突然刺出。

他的手後發卻先至！

單鶚只覺自己的咽喉驟然一陣冰涼，冰涼中帶著刺痛，呼吸也驟然停頓，就彷彿被一隻魔手扼住！

他面上的肌肉也扭曲起來，也充滿了恐懼和不信……這少年出手之快，他早已知道的。

但這少年卻又是用什麼刺入他咽喉的呢？

這答案他永遠也無法知道了。

單鶚也倒了下去。
阿飛倚著欄杆，正在喘息。
心湖他們趕來時，也覺得很驚訝，因爲誰也想不到這少年在如此衰弱中，仍可置單鶚於死地！
單鶚的咽喉仍在冒著血。
一根冰柱，劍一般刺在他咽喉裡。
冰已開始融化。
欄杆下還結有無數根冰柱，這少年竟只用一根冰柱，就取了號稱少林七大高手之一心鑑的性命！
心湖大師望著他蒼白失血的臉，也不知該說什麼。
阿飛根本沒有瞧他們一眼，只是凝視著李尋歡，然後他臉上就漸漸露出一絲微笑！
李尋歡也正在微笑。
心湖大師的聲音很苦澀，合什道：「兩位請到老僧……」
阿飛霍然扭過頭，打斷了他的話，道：「李尋歡是不是梅花盜？」
心湖大師垂首道：「不是。」
阿飛道：「我是不是梅花盜。」
心湖大師嘆道：「檀越也不是。」
阿飛道：「既然不是，我們可以走了麼？」
心湖大師勉強笑道：「自然可以，只不過檀越……檀越行動似還有些不便，不如先請到……」

阿飛又打斷了他的話，冷冷道：「這不用你費心，莫說我還可以走，就算爬，也要爬下山去！」

心燭、心燈的頭也垂了下去，數百年來，天下從無一人敢對少林掌門如此無禮，他們現在又何嘗不覺得悲憤塡膺！

但現在他們卻只有忍耐！

阿飛已拉起李尋歡的手，大步走了出去。

一走入寒風中，他的胸膛立刻又挺起——這少年的身子就像是鐵打的，無論多大的折磨都無法令他彎下腰去！

李尋歡回首一笑道：「今日就此別過，他日或當再見，大師請恕我等無禮。」

心樹道：「我送你們一程。」

李尋歡微笑道：「送即不送，不送即送，大師何必著相？」

心樹也笑道：「既然送即不送，送又何妨，檀越又何必著相？」

直到他們身形去遠，心湖大師才長長嘆了口氣，他雖然並沒有說什麼，但這「不說」，卻比「說」更要難受。

心燭忽然道：「師兄也許不該讓他們走的。」

心湖沉下了臉，道：「爲何不該？」

心燭道：「李尋歡雖未盜經，也不是殺死二師兄的兇手，但這還是不能證明他並非梅花盜！」

心湖大師道：「你要怎樣證明？」

心燭道：「除非他能將那真的梅花盜找出來。」

心湖大師又嘆了口氣，道：「我想他一定會找出來的，而且一定會送到這裡，這都用不著我們關心，只有那六部經……」

盜經的人雖已找到，但以前的六部藏經都早已被送出去了，他們將這六部經送給了誰？

這件事幕後是否還另有主謀的人？

李尋歡不喜歡走路，尤其不喜歡在冰天雪地中走路，但現在卻非走不可，寒風如刀，四下那有車馬？

阿飛卻已走慣了，走路在別人是勞動，在他卻是種休息，每走一段路，他精力就似乎恢復了一分。

他走得永遠不太快；也不太慢，就像是在踩著一種無聲的節奏，他身上每一根肌肉都已放鬆。

他們已將自己的遭遇全都說了出來，現在李尋歡正在沉思，他眺望著遠方，緩緩道：「你說你不是梅花盜，我也不是，那麼梅花盜是誰呢？」

阿飛的目光也在遠方，道：「梅花盜已死了。」

李尋歡嘆了口氣，道：「他真的死了？你殺死的那人真是梅花盜？」

阿飛沉默著，眸子裡一片空白。

李尋歡忽然笑了笑，道：「不知你有沒有想到過，梅花盜也許不是男人。」

阿飛道：「不是男人是什麼？」

李尋歡笑道：「不是男人自然是女人。」

廿五　劍無情人卻多情

阿飛聽說梅花盜是女人，不由笑道：「女人不會強姦女人。」

李尋歡道：「這也許正是她在故佈疑陣，讓別人都想不到梅花盜是女人。」

阿飛道：「女人沒法子強姦女人。」

李尋歡又笑了笑，道：「有法子的。」

他輕輕的咳嗽著，接著說道：「那若果真是女人，她可以用一個男人做傀儡，替她做這種事，到了必要的時候，再找機會將這男人除去。」

阿飛道：「你想太多了。」

李尋歡嘆了口氣道：「也許我的確想得太多了，但想得多些，總比不想好。」

阿飛道：「也許……不想就是想。」

李尋歡失笑道：「說得好。」

阿飛道：「也許……好就是不好。」

李尋歡笑道：「想不到你也學會了和尚打機鋒……」

阿飛忽然又道：「梅花盜三十年前已出現過，如今至少已該有五十歲以上了。」

李尋歡道：「三十年前的梅花盜，也許並不是這次出現的梅花盜，他們也許是師徒，也許是父女。」

阿飛不再說話。

李尋歡也沉默了很久，才緩緩道：「百曉生也絕不是盜經的主謀，因爲他根本無法令心鑑爲他冒險。」

阿飛道：「哦？」

李尋歡道：「心鑑未入少林前，已橫行江湖，若是要錢財，當真是易如反掌，所以財帛利誘絕對打不動他。」

阿飛道：「哦？」

李尋歡道：「百曉生武功雖高，但入了少林寺就無用武之地了，所以心鑑也絕不可能是被他威脅的。」

阿飛道：「也許他有把柄被百曉生捏在手上。」

李尋歡道：「是什麼把柄呢？」

他接著道：「未入少林前，『單鶚』的所做所爲已和『心鑑』無關了，因爲出家人講究的是『放下屠刀，立地成佛』，百曉生絕不可能以他出家前所做的事來威脅他，他既已入了少林，也不可能再做出什麼事來了。」

阿飛道：「何以見得？」

李尋歡道：「因爲他若想做壞事，就不必入少林了，少林寺清規之嚴，天下皆知，他絕不敢冒這個險，除非……」

阿飛道：「除非怎樣？」

李尋歡道：「除非又有件事能打動他，能打動他的事，絕不是名，也不是利。」

阿飛道：「名利既不能打動他，還有什麼能打動他？」

李尋歡嘆了口氣道：「能打動他這種人的，只有絕代之紅顏，傾國之美色！」

阿飛道：「梅花盜？」

李尋歡道：「不錯！只有梅花盜這種女人才能令他不惜做少林的叛徒，只有梅花盜這種女人才敢盜少林的藏經！」

阿飛道：「你又怎知梅花盜必定是個絕色美人？」

李尋歡又沉默了很久，才嘆息著道：「也許我猜錯了……但願我猜錯了！」

阿飛忽然停下腳步，凝視著李尋歡，道：「你是不是要重回興雲莊。」

李尋歡淒然一笑，道：「我實在也想不出還有什麼別的地方可去。」

夜，漆黑的夜。

只有小樓上的一盞燈還在亮著。

李尋歡癡癡的望著這鬼火般的孤燈，也不知過了多久，忽然取出塊絲巾，掩住嘴不停的咳嗽起來。鮮血濺在絲巾上，宛如被寒風摧落在雪地上的殘梅，李尋歡悄悄將絲巾藏入衣，笑著道：「我忽然不想進去了。」

阿飛似乎並未發覺他笑容中的辛酸道：「你既已來了，為何不進去？」

李尋歡淡淡道：「我做的事有許多都沒有原因的，連我自己都解釋不出。」

阿飛的眸子在夜色中看來就像是刀。

他的話也像刀，道：「龍嘯雲如此對不起你，你不想找他？」

李尋歡卻只是笑了笑，道：「他並沒有對不起我……一個人爲了自己的妻子和兒女，無論做出什麼事來，都値得別人原諒的。」

阿飛瞪著他，良久，良久，慢慢的垂下頭，黯然道：「你是個令人無法了解的人，卻也是個令人無法忘記的朋友。」

李尋歡笑道：「你自然不會忘記我，因爲我們以後還時常會見面的。」

阿飛道：「可是……可是現在……」

李尋歡道：「現在我知道你有件事要去做，你只管去吧。」

兩人就這樣面對面的站著，誰也沒有再說話。

風吹過大地，風在嗚咽。

遠處傳來零落的更鼓，遙遠得就像是眼淚滴落在枯葉上的聲音。

兩人還是面對面的站著，明亮的眸子裡已有了霧。

沒有星光、沒有月色，只有霧——

李尋歡忽又笑了笑，道：「起霧了，明天一定是好天氣。」

阿飛道：「是。」

他只覺喉嚨裡像是被什麼東西塞住，連聲音都發不出。

他沒有再說第二個字，就轉身飛掠而去，只剩下李尋歡一個人，一個人動也不動的站在黑暗裡。

他的人與生命都似已和黑暗溶爲一體。

阿飛掠過高牆，才發現「冷香小築」那邊也有燈火亮著，昏黃的窗紙上，映著一個人纖纖的身影。

阿飛的心似在收縮。

屋子的人對著孤燈，似在看書，又似在想著心事。

阿飛驟然推開了門——

他推開門，就瞧見了他旦夕不忘的人；他推開了門，就似已用盡了全身力氣，木立在門口，再也移不動半步。

林仙兒霍然轉身，吃了一驚，嬌笑道：「原來是你。」

阿飛道：「是我。」

他發覺自己的聲音似乎也很遙遠，連他自己都聽不清。

林仙兒拍著胸口，嬌笑道：「你看你，差點把我的魂都嚇飛了。」

阿飛道：「你以爲我已死了，看到我才會嚇一跳，是麼？」

林仙兒眨著眼，道：「你在說什麼呀？還不快進來，小心著涼。」

她拉著阿飛的手，將阿飛拉了進去。

她的手柔軟、溫暖、光滑，足可撫平任何人的創痛。

阿飛甩開了她的手。

林仙兒眼波流動，柔聲道：「你在生氣……是在生誰的氣？告訴我，我替你出氣。」

她依偎到阿飛懷裡。

她的身子也是那麼柔軟而溫暖，帶著種淡淡的香氣，是可令任何男人都醉倒在她裙下。

阿飛反手一掌，將她摑了出去。

林仙兒踉蹌後退、跌倒、楞住。

過了半晌，她眼淚慢慢流下，垂首道：「我是不是有什麼地方得罪了你？你為何要這樣對我？我對你有什麼不好？你說出來，我被你打死也甘心。」

阿飛的手緊握，似已將自己的心揑碎。

他已發現林仙兒方才是在看書，看的是經書。

少林寺的藏經。

林仙兒流淚道：「那天你去了之後，我左等你不回來，右等你也不回來，你永遠也不會知道我多為你擔心，現在好容易等到你回來，你卻變成這樣子，我……我……」

阿飛靜靜的看著她，就像是從未見過她這個人似的。

等她說完了，阿飛才冷冷道：「你怎麼等我？你明知我一走入申老三的屋子，就是有去無回的了。」

林仙兒道：「你……你這是什麼意思？」

阿飛道：「百曉生和單鶚將少林藏經交給你時，你就要他們在申老三的屋裡佈下陷阱，你不但要害我，還要害李尋歡。」

林仙兒咬著嘴唇，道：「你真的以爲是我害你？」

阿飛道：「當然是你，除了你之外，沒有人知道我會去找申老三。」

林仙兒以手掩面，痛哭著道：「但我爲什麼要害你？爲什麼？……」

阿飛道：「因爲你就是梅花盜！」

林仙兒就像是忽然被抽了一鞭子，整個人都跳了起來，道：「我是梅花盜？你竟說我是梅花盜？」

阿飛道：「不錯，你就是梅花盜！」

林仙兒道：「梅花盜已被你殺死了，你……」

阿飛打斷她的話，道：「我殺死的那人，只不過是你用來故佈疑陣、轉移他人耳目的傀儡而已。」

他接著道：「你知道金絲甲已落入李尋歡手裡，知道李尋歡絕不會上你的當，就發覺自己的處境已很危險了，所以那天晚上你就故意約好李尋歡到你那裡去。」

林仙兒幽幽的道：「那天晚上我的確約了李尋歡，只因那時我還不認得你。」

阿飛根本不聽她的話，接著道：「你要那傀儡故意將你劫走，爲的就是要李尋歡救你，要李尋歡將那傀儡殺死，等到世人都認爲『梅花盜』已死了，你就可高枕無憂了，你不但要利用李尋歡，也利用了你那伙伴做替死鬼。」

林仙兒反而安靜了下來，道：「你說下去。」

阿飛道：「但你卻未算到李尋歡忽然有了意外，更未算到會有我這樣一個人救了你……」

林仙兒道：「你莫忘了，我也救過你。」

阿飛道：「不錯。」

林仙兒道：「我若是梅花盜，爲何要救你？」

阿飛道：「只因那時事情又有了變化，你還要利用我，你就將我藏在這裡，居然沒有人來搜查，那時我已覺得疑心了。」

林仙兒道：「你認爲龍嘯雲他們也是和我同謀的人？」

阿飛道：「他們自然不知道你的陰謀，只不過也受你利用而已，何況龍嘯雲早已對李尋歡嫉恨在心，他這麼樣做爲的也是自己。」

林仙兒道：「這些話都是李尋歡教你說的？」

阿飛道：「你以爲天下的男人都是呆子，都可被你玩弄，你心裡畏懼的只有李尋歡一個人，所以千方百計的想除了他。」

他自己的聲音也在顫抖，咬緊牙關，接著道：「你不但心狠手辣，而且貪得無厭，連少林寺的藏書你都想要，連出家人你都不肯放過，你……你……」

林仙兒的眼淚竟又流了下來，緩緩道：「我的確看錯了你。」

阿飛的嘴唇已咬出血，一字字道：「但我卻未看錯你……」

林仙兒道：「我若說這部經不是百曉生和單鶚給我的你一定不會相信，是麼？」

阿飛道：「你無論說什麼，我都再也不會相信！」

林仙兒淒然一笑，道：「我總算明白了你的意思……我總算明白了你的……」

她一面說著話，一面向阿飛走了過去，她走得很慢，但步子卻很堅定，像是已下了很大的決心。

風在呼嘯，燈火飄搖。

閃動著的燈光映著她蒼白絕美的臉；映著她秋水般的眼波，她癡癡的望著阿飛，良久良久，幽幽道：「我知道你是來殺我的，是不是？」

阿飛的拳緊握；嘴緊閉。

林仙兒忽然撕開了衣襟，露出白玉般的胸膛。

她指著自己的心，道：「你腰畔既然有劍，爲什麼還不出手？……我只望你能往這裡刺下去。」

阿飛的手已握住了劍柄。

林仙兒闔起眼簾，顫聲道：「你快動手吧，能死在你手上，我死也甘心。」

她胸膛起伏，似在輕輕顫抖。

她長長的睫毛覆蓋著眼簾，懸掛著兩粒晶瑩的淚珠。

阿飛不敢看她，垂下眼望著自己的劍。

無情的劍，冷而鋒利。

阿飛咬著牙，道：「你全都承認了？」

林仙兒眼簾抬起，凝視著他。

她眼中充滿了淒涼、充滿了幽怨、充滿了愛、也充滿了恨——世上絕沒有任何事比她的眼色更能打動人的心。

她嘴角露出一絲淒涼的微笑，幽幽道：「你是我這一生中最愛的人，若連你都不相信我，我活在這世上還有什麼意思？……」

阿飛的手握得更緊，指節已發白，手背已露出青筋。

林仙兒還是在凝視著他，黯然道：「只要你認爲我是梅花盜，只要你認爲我真是那麼惡毒的女人，你就殺了我吧，我……我絕不恨你。」

劍柄堅硬、冰冷。

阿飛的手卻已開始發抖。

無情的劍，劍無情；但人呢？

人怎能無情？

燈滅了。

但林仙兒絕代的風姿，在黑暗中卻更動人。

她沒有說話，但在這絕望的黑暗中，她的呼吸聲聽來就宛如令人心碎的呻吟。

世上還有什麼力量能比情愛的力量更大？

面對著這麼樣一個女人，面對著自己一生中最強烈的情感，面對著這無邊無際的黑暗！……

阿飛這一劍是不是還能刺得下去？

劍無情！人卻多情！

請續看多情劍客無情劍（中）

多情劍客無情劍（上）

作者：古龍
發行人：陳曉林
出版所：風雲時代出版股份有限公司
地址：10576台北市民生東路五段178號7樓之3
電話：(02) 2756-0949　　傳真：(02) 2765-3799
封面原圖：明人出警圖（原圖為國立故宮博物館典藏）
封面影像處理：風雲編輯小組
執行主編：劉宇青
業務總監：張瑋鳳
出版日期：古龍珍藏限量紀念版2024年4月二刷
ISBN：978-626-7369-31-9

風雲書網：http://www.eastbooks.com.tw
官方部落格：http://eastbooks.pixnet.net/blog
Facebook：http://www.facebook.com/h7560949
E-mail：h7560949@ms15.hinet.net
劃撥帳號：12043291
戶名：風雲時代出版股份有限公司

風雲發行所：33373桃園市龜山區公西村2鄰復興街304巷96號
電話：(03) 318-1378　　傳真：(03) 318-1378
法律顧問：永然法律事務所 李永然律師
北辰著作權事務所 蕭雄淋律師

行政院新聞局局版台業字第3595號 營利事業統一編號22759935

定價：340元　**版權所有　翻印必究**

國家圖書館出版品預行編目資料

多情劍客無情劍／古龍 著.　-- 三版.--
臺北市：風雲時代出版股份有限公司, 2024.01
冊；公分.（I小李飛刀系列）古龍珍藏限量紀念版
ISBN 978-626-7369-31-9（上冊：平裝）
ISBN 978-626-7369-32-6（中冊；平裝）
ISBN 978-626-7369-33-3（下冊；平裝）
857.9　　112019701